abc LA COLLECTION

Excellence

Le BAC brillamment et un bon dossier pour Parcoursup

Philosophie Term

Denis Vanhoutte

Nathan

QR codes Nathan

À l'aide de votre smartphone, **flashez les QR codes** que vous voyez apparaître au fil des pages.

Ils vous donneront accès à des **ressources numériques*** (vidéos, articles, podcasts...) sélectionnées par les auteurs.

1. Flashez les QR codes

Vidéo

2. Accédez aux différentes ressources numériques

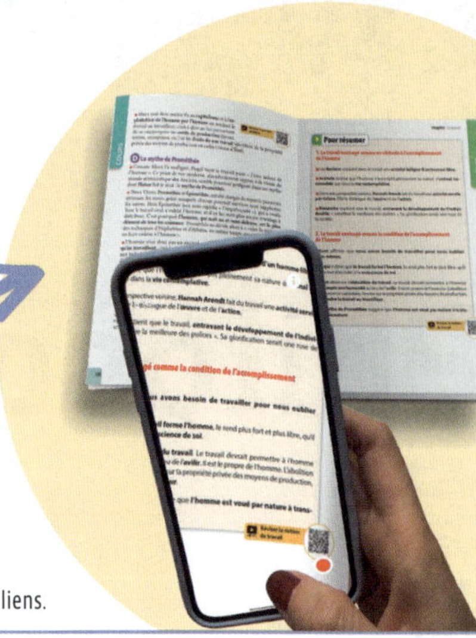

* Les éditions Nathan ne sont pas garantes de la pérennité des liens.

Crédits photographiques

220 David Beck / Scottish National Portrait Gallery N°188 .
Toutes les autres images proviennent de Shutterstock.

Direction éditoriale : Raphaëlle Mourey
Édition : Cindy Savin
Conception graphique intérieur : Élise Launay
Couverture : Hugues Vollant, Marc Henry
Schémas : Coredoc
Compositeur : Linéale, Fabienne Grain
Fabrication : Kévin Magar

ISBN : 978-2-09-157140-9
Code éditeur : 157140
Dépôt légal : juillet 2023
N° de projet : 10278763
Achevé d'imprimer en juin 2023 par Macrolibros à Valladolid en Espagne

Mode d'emploi

Un ouvrage efficace pour réviser et aller plus loin

COURS

- Un **cours** très clair, très complet et très structuré.
- Des petits **encadrés** qui donnent des informations complémentaires, des explications pour mieux comprendre, des citations, des liens vers des ressources vidéo et audio pour approfondir…

REPÈRES

- Un **résumé** qui reprend les points importants du chapitre.
- Une **frise chronologique** qui replace les auteurs ayant traité les thématiques du chapitre.
- Les **incontournables** : les textes les plus représentatifs et qu'il faut connaître.

CAHIER SPÉCIAL BAC

- La **présentation de l'épreuve finale** de l'enseignement commun de Philosophie.
- Quatre **sujets types** pour bien se préparer aux épreuves du Bac : deux dissertations et deux explications de texte.
- Des **corrigés complets**, précédés d'un « Coup de pouce » pour aider à déchiffrer le sujet et accompagnés d'encadrés présentant des conseils, remarques, astuces pour gagner des points.

ANNEXES

- En fin d'ouvrage, vous trouverez la liste complète des **Auteurs** et **Repères** au programme, présentés et expliqués.

SOMMAIRE

OBJECTIF BAC

Le Bac

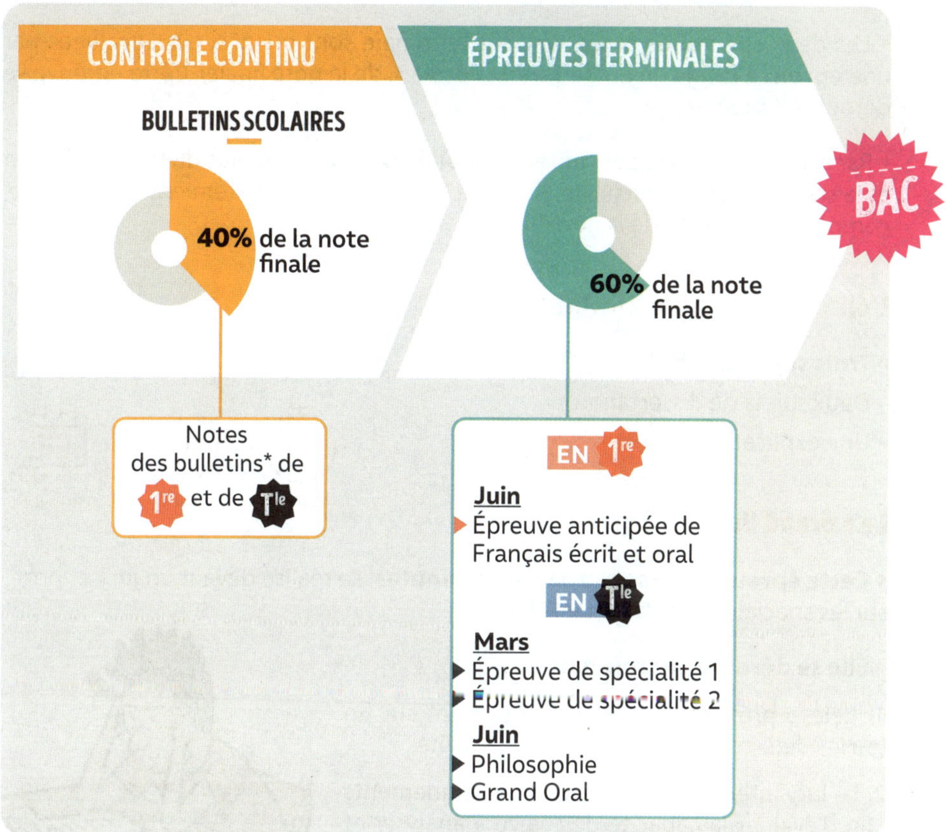

* Sur les matières du tronc commun et la spécialité non poursuivie en fin de Première

3 spécialités en Première, 2 spécialités en Terminale

• À la fin de l'année, les élèves de Première **sélectionnent parmi les trois spécialités** choisies en début d'année **celle qu'ils ne poursuivront pas** en Terminale.

• Les deux spécialités conservées en Terminale sont quant à elles évaluées par une **épreuve finale** en fin de Terminale (60 % de la note finale). Cette épreuve se déroule en mars.

• Par ailleurs, les notes des **bulletins scolaires** sur les matières du tronc commun et la spécialité non poursuivie en fin de 1re, des années de Première et Terminale, comptent pour 40 % de la note finale.

L'épreuve finale pour la Philosophie

• **Trois sujets au choix** 20 pts

– Deux sujets de dissertation

– Une explication de texte

Le « Grand Oral »

• **Cette épreuve, d'une durée de 20 minutes**, se réalise devant un jury et porte sur les spécialités choisies par l'élève.

• **Elle se déroule en trois parties :**

1) L'élève présente une question portant sur un (ou les deux) enseignement(s) de spécialité.

2) Le jury interroge l'élève sur ces enseignements afin d'évaluer la capacité de l'élève à analyser et mobiliser des connaissances.

3) S'ensuit enfin un échange à propos du projet d'orientation de l'élève.

Les grands moments de l'année de Terminale

CALENDRIER DU BAC		CALENDRIER PARCOURSUP
	Novembre	Recherche des informations sur Parcoursup
	Janvier	Inscription sur Parcoursup
	Février	Constitution du dossier complet, saisie et confirmation des vœux
Deux épreuves écrites de spécialité	Mars	
	Avril	
	Mai	Réponse aux propositions des établissements
Épreuve écrite de Philosophie et Grand Oral	Juin	
	Juillet	Éventuellement, phase complémentaire
	Septembre	

Informations mises à jour en mars 2023

MÉTHODOLOGIE DE L'ÉPREUVE

MÉTHODOLOGIE

I – La dissertation

1. L'esprit de l'exercice

• Pour apprendre à faire une bonne dissertation, il est utile de comprendre d'abord l'esprit de cet exercice. On s'intéresse ensuite aux méthodes proprement dites, c'est-à-dire aux techniques.

A. Trois maîtres mots : ordre, logique et clarté

• La dissertation est un exercice scolaire qui exacerbe (pousse à un degré élevé) le souci de l'**ordre**, de la **rigueur logique** et de la **clarté**. Apprendre à disserter, c'est donc avant tout apprendre à écrire avec ordre, logique et clarté. Apprendre à écrire ou tout aussi bien **apprendre à penser**, puisque comme on le sait depuis Boileau : « Ce qui se conçoit bien s'énonce clairement, et les mots pour le dire arrivent aisément. »

B. Qu'est-ce qu'une dissertation ?

• Une dissertation n'est pas un long développement sur un thème qui s'achèverait avec l'épuisement de l'inspiration. Ce n'est pas non plus la restitution fidèle d'un cours appris par cœur (même bien compris).

• Une dissertation, c'est d'abord un **problème** (formulé dans l'introduction), pour lequel on élabore progressivement une **solution** (au cours du développement), solution qui sera **formulée clairement sous forme ramassée** (résumée) dans la conclusion.

• On ne disserte donc pas pour développer un thème ou exposer un cours, mais pour **poser un problème et le résoudre** (chacun à sa manière).

C. Quelques réserves concernant l'idée de méthode

• À la limite, comprendre la nature et l'esprit de la dissertation pourrait dispenser de toute « méthode ». Certains estiment d'ailleurs que chaque sujet appelle une « méthode » qui lui est propre, c'est-à-dire un **cheminement intellectuel approprié** à ce sujet singulier.

• Il est vrai que procéder avec méthode ne dispense pas de réfléchir et d'adapter les **règles générales** au **cas particulier** que constitue chaque sujet.

- Disserter, ce n'est donc pas appliquer mécaniquement les règles d'une méthode qui suffirait à garantir le succès, mais c'est **conduire une véritable réflexion**.

D. Oser penser

- « *Sapere aude* », nous dit Kant. Cela signifie littéralement « Ose savoir » ou « Ose penser », c'est-à-dire « Aie le courage de te servir de ton propre entendement ». C'est, aux yeux du philosophe, la devise et l'esprit des Lumières.

- C'est ce courage intellectuel, cette résolution de penser par soi-même, qui fait les vraies dissertations. Penser par soi-même, c'est-à-dire penser véritablement, permet en effet de donner une unité, une cohérence à la copie. Une bonne dissertation doit avoir un auteur, il faut un sujet au verbe « penser ».

2. Les méthodes et les techniques

A. Le brouillon

- Faire un brouillon, ce n'est pas rédiger entièrement sa copie au brouillon pour la recopier proprement ensuite. Ce serait une perte de temps. Celui-ci doit être consacré à la réflexion.

- Le brouillon doit servir à analyser les termes du sujet, définir une problématique, rédiger une introduction et bâtir un plan détaillé.

B. Analyser les termes du sujet

- N'abordez pas une question philosophique comme si son sens allait de soi. Si on vous demande l'heure, vous pouvez répondre spontanément. Le sens de la question ne fait pas problème (du moins dans la pratique). Il en va tout autrement de la question que vous aurez à examiner le jour du bac. Il s'agit de l'examiner, de la questionner, de s'interroger sur le **sens** ou les différents sens possibles de la question. Cela suppose qu'on interprète aussi les termes qui la composent.

- Ne cherchez pas forcément **la** bonne définition de chaque terme, comme s'il n'y en avait toujours qu'une. Certaines interprétations sont parfois à écarter (si elles ne font pas sens dans le contexte), mais on ne peut pas donner en commençant une définition catégorique et définitive des termes essentiels. Cela reviendrait à verrouiller la réflexion.

- Par exemple, si on vous demande en quoi consiste le bonheur ou si la liberté signifie l'absence de contrainte, toute la copie devra s'interroger sur le sens de ces mots pour **aboutir** à une définition qui ne peut pas être donnée **en commençant**.

C. La problématique

- La problématique, ce n'est pas la question telle que le sujet la pose ou vaguement reformulée. Il s'agit d'**expliquer**, de **développer** ou de **préciser** le problème dont il est question. La question « Suis-je libre quand j'obéis à la loi ? » peut devenir par exemple : la loi est-elle un obstacle à ma liberté, une contrainte liberticide, ou au contraire la condition de cette liberté ?
- Soignez la formulation de la problématique, elle est comme le cœur de votre dissertation.

D. L'introduction

- L'introduction doit, comme son nom l'indique, **introduire le sujet**. Vous êtes censé apprendre au correcteur quel est le sujet que vous traitez. Ne supposez donc pas la question connue et ne commencez pas votre introduction par des formules comme « Cette question… », « La question posée… », etc.
- Bannissez également les **formules banales** comme « Depuis la nuit des temps… » ou « De nos jours… ».
- Évitez de laisser plusieurs **fautes d'orthographe** dans la première phrase. C'est fréquent !
- La fonction principale de l'introduction est de **formuler une problématique** précise. Celle-ci constitue la base de votre travail. L'introduction peut éventuellement aussi montrer l'importance du sujet. Il n'est pas toujours nécessaire d'annoncer le plan de manière explicite. La formulation du problème peut suffire à suggérer le plan.

E. Bâtir un plan

- Il existe une multitude de plans. Aucun ne peut prétendre être le bon, celui qui marcherait le mieux et à tous les coups. Il y a plusieurs manières de bien faire. L'essentiel est que votre plan obéisse à une logique claire et rigoureuse.
- Retenons deux modèles principaux et des variantes : le plan dialectique et le plan analytique.

a. Le plan dialectique

- Le plan dialectique est probablement le plan le plus « classique ». Le développement est structuré en trois parties : **thèse, antithèse et synthèse** (solution ou dépassement de la contradiction).
- Cette méthode ne doit pas être appliquée de manière mécanique et caricaturale. Ne donnez pas le sentiment de vous contredire, mais présentez les thèses opposées comme des **hypothèses** que vous confrontez pour en examiner la validité.

- Ne passez pas d'une partie à l'autre **sans explication ni transition**. Vous pouvez par exemple formuler une ou deux objections à la fin de la thèse pour préparer et justifier l'examen de la thèse (ou hypothèse) opposée.
- La synthèse ne doit pas répéter ou résumer les deux premières parties, mais proposer **une vraie solution** (pas **la** vraie solution). En général, on peut considérer soit que les deux thèses sont fausses, soit (c'est plus fréquent) qu'elles sont toutes les deux vraies. Dans ce dernier cas, on s'efforcera de montrer que la réponse dépend du sens qu'on donne aux termes du sujet. Par exemple, qu'appelle-t-on « liberté », « loi » ou « obéissance » ?
- On peut en rester à deux parties **si la seconde nuance la première** sans réellement la contredire.
- Ce plan convient davantage aux questions auxquelles on peut répondre par **oui ou non**. Pour les autres, un plan analytique est souvent préférable.

b. Le plan analytique

- Moins mécanique, le plan analytique décompose (analyse) le sujet en **deux ou trois questions** qui deviennent les grands axes (parties) du développement. À l'intérieur des grandes parties, on peut éventuellement retrouver un cheminement dialectique (thèse, antithèse, synthèse).
- Par exemple, le sujet « Qu'est-ce que penser par soi-même ? » peut suggérer le plan suivant :

– **Première partie :** Quand dit-on qu'une personne pense, ou ne pense pas, par elle-même ? (Pourquoi ? Qu'est-ce qui l'en empêche ? Pourquoi estime-t-on qu'elle devrait penser par elle-même ? Qu'est-ce que cela impliquerait à nos yeux ?)

– **Deuxième partie :** Peut-on vraiment penser par soi-même ou ce que l'on pense est-il toujours déterminé par des causes dont nous n'avons pas conscience (éducation, milieu, époque, lectures…) ?

– **Troisième partie :** « Penser par soi-même » doit-il se comprendre comme la recherche d'une « vérité personnelle » (une opinion, un point de vue original et subjectif) ou plutôt comme la recherche personnelle de la Vérité ? Dans ce dernier cas, la liberté de pensée ne s'opposerait ni à la nécessité d'admettre ce qui est vrai (que deux et deux font quatre, par exemple), ni au fait d'y être amené par la pensée d'un autre (un « maître » comme Socrate, par exemple).

F. Argumenter

- Les **exemples** ont une valeur illustrative et non démonstrative, puisqu'on ne peut pas tirer de généralités à partir d'un cas particulier. Ils doivent être analysés (expliqués).
- Les **références aux auteurs** ne doivent pas être présentées comme des arguments d'autorité. Une thèse n'est pas vraie parce qu'elle est défendue par un philosophe illustre. En revanche, les idées empruntées aux auteurs doivent nourrir la réflexion. Comme le dit André Comte-Sponville, la connaissance des auteurs permet de penser mieux et plus loin qu'on ne le ferait tout seul. Penser par soi-même, ce n'est donc pas penser seul.
- Les **citations** sont un plus, mais elles ne sont pas indispensables. On peut se référer à un auteur sans le citer textuellement.
- Enfin, il est préférable de **relier les arguments entre eux** au lieu de simplement les juxtaposer.

G. Conclure

- La fonction de la conclusion est de formuler ou **reformuler la solution** du problème de manière claire et concise.
- La conclusion doit **répondre à la question** (ou aux questions) posée dans l'introduction. Il est donc utile de relire celle-ci avant de rédiger la conclusion. L'ouverture est facultative.

II – L'explication de texte

1. L'esprit de l'exercice

A. Écouter la pensée d'un auteur

- L'explication de texte est un **exercice d'humilité**. Il s'agit de se mettre à l'écoute d'une pensée, de l'entendre, de la comprendre et de la valoriser (ou au moins de lui rendre justice). Nous sommes naturellement plus enclins à discuter, critiquer et réfuter qu'à écouter et comprendre. Expliquer un texte suppose qu'on fasse taire ses propres pensées pour faire place à celles d'un autre.
- L'explication de texte est en ce sens un exercice **très différent de la dissertation**. Il n'est pas impossible de penser que certains y sont prédisposés par leur personnalité. Si vous n'avez pas d'affinités avec cet exercice, forcez-vous. Vous avez beaucoup à y gagner. « Il faut contrarier les goûts », disait Alain.

B. Expliquer, c'est développer et interpréter

● « Expliquer » est un synonyme de « **développer** ». Il va donc sans dire que **l'explication doit être plus longue**, et même beaucoup plus longue, que le texte lui-même. Chaque phrase mérite un développement. Certains mots, certaines expressions appellent une **analyse plus approfondie**.

● Il ne s'agit pas simplement de répéter ou de paraphraser dans l'espoir de montrer qu'on a vaguement compris de quoi il est question. Il s'agit de comprendre le **raisonnement de l'auteur** de manière précise et détaillée : que dit-il exactement et pourquoi le dit-il ?

● « Expliquer » signifie aussi « **interpréter** ». Retenez l'idée qu'un texte peut se comprendre comme une réponse à des questions qu'un auteur se pose, mais que nous pouvons aussi nous poser parce qu'elles ont une portée universelle.

2. Les méthodes et les techniques

A. Le brouillon

● On peut d'abord **souligner**, **surligner** ou **annoter** le texte.

● Le brouillon proprement dit doit servir à dégager l'**ordre** et l'**enchaînement logique** des idées de manière claire et précise, à identifier le **problème** dont il est question et la **solution** de l'auteur, à indiquer des **pistes de réflexion** qu'on développera ensuite, et enfin à rédiger l'**introduction**.

B. L'introduction

● On peut organiser l'introduction de différentes manières, l'essentiel étant qu'elle dégage le **problème** dont il est question, la **solution** de l'auteur et les éventuelles **difficultés** (objections) que soulève cette solution.

C. Le plan

● Il est utile de dégager rapidement l'**ordre** et l'**enchaînement logique** des idées principales au début du développement. C'est une vue d'ensemble du raisonnement (**composition du passage**).

● On passe ensuite à l'**explication détaillée**, qui est pour l'essentiel linéaire. Il n'est pourtant pas interdit de rapprocher des passages pour les éclairer. Cette longue étape doit être structurée en paragraphes, comme n'importe quel écrit.

● Il ne semble pas pertinent d'organiser l'explication par thème, comme on peut le faire dans un commentaire littéraire. Cela reviendrait en effet à faire disparaître le raisonnement de l'auteur.

- On peut éventuellement terminer le développement en soulignant certaines **difficultés** (objections) et se référer alors à un auteur ou à un courant de pensée dont les thèses contrediraient le point de vue de l'auteur. Quoi qu'il en soit, cette éventuelle **réflexion critique** doit être concise. Elle n'est pas l'essentiel du travail.

D. Exploiter ses connaissances pour développer

- Le texte, comme le sujet de dissertation, porte sur des **notions au programme**, comme la vérité ou la liberté. Il est bien entendu utile de se souvenir de son cours pour mieux comprendre le sens que prennent ces termes dans le texte.
- Il ne s'agit pourtant pas de réciter un cours, ni sur les notions évoquées, ni sur l'auteur. La connaissance de la doctrine de l'auteur n'est pas requise. Cela signifie qu'on ne peut exiger que vous la connaissiez et que le texte peut se comprendre (en principe) sans elle. Cela ne signifie pas, cependant, que la connaissance de la pensée de l'auteur ne puisse pas être mise à profit pour **éclairer le texte**.

E. Les erreurs à éviter

- Le **contresens** est l'erreur la plus lourde : comprendre autre chose, voire le contraire, de ce qu'il fallait comprendre. Soyez attentif et n'oubliez pas que les philosophes soutiennent souvent des thèses paradoxales. Par exemple, Kant affirme que « le beau plaît universellement ».
- La **paraphrase** : elle répète le texte sans vraiment l'expliquer.
- Les **digressions** et le « **recouvrement** » : il s'agit d'éclairer le texte, pas de parler d'autre chose. Il faut dévoiler le sens du texte, non le recouvrir.

F. Conclure

- La conclusion souligne la **valeur** et les **limites** de la thèse défendue par l'auteur. Autrement dit, elle rend justice à l'auteur et à sa pensée, dégage l'intérêt du passage et rappelle les difficultés éventuellement soulevées par la thèse.

PERSPECTIVES

PERSPECTIVES

• Le programme de l'enseignement de la philosophie en terminale est principalement défini par une liste de **notions** (l'art, la science, le bonheur...), accompagnée d'une longue liste d'**auteurs**.

Bien comprendre

Il ne s'agit pas d'étudier les auteurs au programme pour eux-mêmes, mais de s'appuyer sur leurs idées et leurs œuvres pour penser mieux et aller plus loin qu'on ne pourrait le faire seul.

• Les textes officiels indiquent que ces notions peuvent être envisagées selon trois **perspectives**, qui précisent et limitent le programme ainsi que les sujets d'examen :

- **l'existence humaine et la culture ;**
- **la morale et la politique ;**
- **la connaissance.**

Bien comprendre

Ces perspectives ont été choisies parce qu'elles suggèrent des questions récurrentes et importantes dans l'histoire de la philosophie, « des problèmes constamment présents dans la tradition philosophique, qu'un enseignement initial de la philosophie ne saurait ignorer » selon les textes officiels.

• Par exemple, on peut aborder la notion de l'**art** selon chacune de ces perspectives :

– on peut envisager cette notion sous l'angle de l'**existence humaine** et de la **culture** et se poser la question suivante : « Peut-on vivre sans art ? » ;
– on peut envisager cette notion sous l'angle de la **morale** et de la **politique** et se poser la question suivante : « La société peut-elle se passer de l'art ? » ;
– on peut envisager cette notion sous l'angle de la **connaissance** et se poser la question suivante : « L'art est-il un moyen d'accéder à la vérité ? ».

• Le nombre de questions qu'on peut concevoir en croisant notions et perspectives étant infini, aucun cours ne peut toutes les poser. Vous devez donc acquérir des **connaissances** et des **méthodes** grâce auxquelles vous pourrez élaborer une **réflexion personnelle** sur le sujet que vous aurez à traiter.

• Les **textes classiques** présentés aux pages suivantes vous aideront à vous faire une idée plus précise de ce qui se cache derrière les intitulés de ces trois perspectives.

I – L'existence humaine et la culture

1. De quoi s'agit-il ?

• L'homme est conscient de lui-même. Il se pose ainsi des questions sur son origine, sur sa nature ou sur le sens de sa vie. L'homme est aussi un être de culture, c'est-à-dire que son existence n'est pas essentiellement déterminée par la nature et l'instinct, mais par ce qu'il crée et transmet de génération en génération : l'art, la science, les techniques, la religion, les langues, les institutions politiques…

• Les philosophes se sont régulièrement interrogés sur l'existence humaine, sa spécificité et son sens.

2. Les incontournables

A. Socrate : une vie sans examen ne mérite pas d'être vécue

Accusé de corrompre la jeunesse par ses discours, Socrate explique à ses juges qu'il ne peut pas renoncer à philosopher. À ses yeux, une vie sans examen, c'est-à-dire sans philosophie, ne mérite pas d'être vécue.

Mais peut-être y aura-t-il quelqu'un pour dire : « Tu ne pourrais donc pas, Socrate, une fois que tu nous auras débarrassés de ta présence, vivre en te tenant tranquille, sans discourir ? » Ma réponse serait encore plus difficile à faire admettre à certains d'entre vous. Vous ne me croirez pas et vous penserez que je pratique l'ironie si, en effet, je vous réponds que ce serait désobéir au dieu[1] et que, pour cette raison, il m'est impossible de me tenir tranquille. Et si j'ajoute que, pour un homme, le bien le plus grand c'est de s'entretenir tous les jours de la vertu et de tout ce dont vous m'entendez discuter, lorsque je soumets les autres et moi-même à cet examen, et que je vais jusqu'à dire qu'une vie à laquelle cet examen ferait défaut ne mériterait pas d'être vécue, je vous convaincrai encore moins. Or, citoyens, il en va bien comme je vous le dis, mais il n'est pas facile de vous le faire admettre.

Platon, *Apologie de Socrate*, IVe siècle av. J.-C.

1. Apollon, dieu de la raison et des arts.

B. Aristote : l'homme est un animal raisonnable et politique

*Pour Aristote, l'homme est un animal raisonnable, c'est-à-dire doué de la faculté de parler et de raisonner (*logos *en grec). Cette faculté fait de lui un animal politique : il est fait pour vivre dans la Cité (*polis *en grec).*

La Cité[1] fait partie des choses naturelles, et l'homme est par nature un animal politique ; et celui qui est hors Cité, naturellement bien sûr et non par le hasard des circonstances, est soit un être dégradé soit un être surhumain, et il est comme celui qui est injurié en ces termes par Homère[2] : « sans lignage, sans loi, sans foyer ». C'est pourquoi il est évident que l'homme est un animal politique plus que n'importe quelle abeille et n'importe quel animal grégaire[3]. Car, comme nous le disons, la Nature ne fait rien en vain : or, seul parmi les animaux l'homme a un langage[4]. Certes, la voix est le signe exprimant ce qui est douloureux ou agréable, aussi la rencontre-t-on chez les animaux ; leur nature, en effet, est parvenue jusqu'au point d'éprouver la sensation du douloureux et de l'agréable et de pouvoir se les signifier mutuellement. Mais le langage existe en vue de concevoir et d'exprimer ce qui est avantageux et ce qui est nuisible, et, par suite, aussi le juste et l'injuste. Il n'y a en effet qu'une chose qui soit propre aux hommes par rapport aux autres animaux : le fait que seuls ils aient la perception du bien, du mal, du juste, de l'injuste et des autres notions de ce genre. Or, avoir de telles notions en commun, c'est ce qui engendre famille et Cité.

Aristote, *Les Politiques*, IVe siècle av. J.-C.

1. Cité : traduit le grec *polis* (« cité », « État »), qui a donné le mot « politique ».

2. Homère : poète grec du VIIIe siècle av. J.-C., auteur présumé de l'*Iliade* et l'*Odyssée*.

3. Grégaire : qui vit en groupe.

4. Langage : traduit le grec *logos*, qui signifie aussi « raison ».

C. Rousseau : l'homme est un animal perfectible

Dans ce passage du Discours sur l'origine et les fondements de l'inégalité parmi les hommes, *Rousseau s'interroge sur les spécificités de l'être humain par rapport à l'animal. Le philosophe souligne que la vie d'un animal est régie par des instincts immuables, alors que l'homme apprend et se perfectionne au cours de sa vie et de l'histoire.*

Mais quand les difficultés qui environnent toutes ces questions[1] laisseraient quelque lieu de disputer sur cette différence de l'homme et de l'animal, il y a une autre qualité très spécifique qui les distingue et sur laquelle il ne peut y avoir de contestation : c'est la faculté de se perfectionner ; faculté qui, à l'aide des circonstances, développe toutes les autres et réside parmi nous tant dans l'espèce que dans l'individu, au lieu qu'un animal est au bout de quelques mois ce qu'il sera toute sa vie, et son espèce au bout de mille ans ce qu'elle était la première année de ces mille ans.

Pourquoi l'homme seul est-il sujet à devenir imbécile ? N'est-ce point qu'il retourne ainsi dans son état primitif et que, tandis que la bête, qui n'a rien acquis et qui n'a rien non plus à perdre, reste toujours avec son instinct, l'homme, reperdant par la vieillesse ou d'autres accidents tout ce que sa perfectibilité lui avait fait acquérir, retombe ainsi plus bas que la bête même ? Il serait triste pour nous d'être forcés de convenir que cette faculté distinctive, et presque illimitée, est la source de tous les malheurs de l'homme ; que c'est elle qui le tire, à force de temps, de cette condition originaire dans laquelle il coulerait des jours tranquilles et innocents ; que c'est elle qui, faisant éclore avec les siècles ses lumières et ses erreurs, ses vices et ses vertus, le rend à la longue le tyran de lui-même et de la nature.

Jean-Jacques Rousseau, *Discours sur l'origine et les fondements de l'inégalité parmi les hommes*, 1755.

1. Toutes ces questions : Rousseau vient d'expliquer que les animaux communiquent grâce à des langues naturelles (innées), mais que l'homme s'en distingue par la faculté d'inventer des langues.

II – La morale et la politique

1. De quoi s'agit-il ?

• Les questions morales et politiques sont constamment présentes dans la tradition philosophique : qu'est-ce qui est bien ou mal, juste ou injuste ? Comment vivre ? Et comment vivre ensemble ?

2. Les incontournables

A. Platon : la justice est le fondement de la Cité

Selon Platon, les hommes ne pourraient pas unir leurs forces et vivre en société s'ils n'avaient aucune conscience morale ni aucun sens de la justice. Morale et politique sont donc intimement liées dans l'esprit du philosophe.

Quand l'homme fut en possession de son lot divin[1], […] il eut bientôt fait, grâce à la science qu'il avait, d'articuler sa voix et de former les noms des choses, d'inventer les maisons […] et de tirer les aliments du sol. Avec ces ressources, les hommes, à l'origine, vivaient isolés et les villes n'existaient pas […] ; les arts mécaniques[2] suffisaient à les faire vivre, mais ils étaient d'un secours insuffisant dans la guerre contre les bêtes car ils ne connaissaient pas encore la science politique[3] dont l'art militaire fait partie. En conséquence ils cherchaient à se rassembler et à se mettre en sûreté en fondant des villes ; mais quand ils s'étaient rassemblés, il se faisaient du mal les uns aux autres parce que la science politique leur manquait […].

Alors Zeus, craignant que notre race ne fût anéantie, envoya Hermès porter aux hommes la pudeur[4] et la justice, pour servir de règles aux cités et unir les hommes par les liens de l'amitié. Hermès alors demanda à Zeus de quelle manière il devait donner aux hommes la justice et la pudeur :

« Dois-je les partager comme on a partagé les arts ? Or, les arts ont été partagés de manière qu'un seul homme, expert en l'art médical, suffit pour un grand nombre de profanes, et les autres artisans de même. Dois-je répartir ainsi la justice et la pudeur parmi les hommes, ou les partager entre tous ?

– Entre tous, répondit Zeus. Que tous y aient part, car les villes ne sauraient exister si ces vertus étaient, comme les arts, le partage exclusif de quelques-uns. Établis en outre en mon nom cette loi : que tout homme incapable de pudeur et de justice sera exterminé comme un fléau de la société. »

Platon, *Protagoras*, IVe siècle av. J.-C.

1. Il s'agit d'une suite au mythe de Prométhée imaginée par Protagoras, un célèbre sophiste que Platon fait dialoguer avec Socrate.

2. **Arts mécaniques :** les techniques comme la menuiserie ou l'agriculture.

3. **Science politique :** l'art de vivre ensemble.

4. **Pudeur :** *aîdos* en grec, qu'on peut aussi traduire par « sentiment de honte », « sens de l'honneur » ou « respect ».

B. Kant : une action morale est une action accomplie par devoir

La morale kantienne est un monument de la philosophie. Dans ce passage des Fondements de la métaphysique des mœurs, *Kant explique ce qu'est à ses yeux une action authentiquement morale ou vertueuse : agir moralement, ce n'est pas seulement agir conformément au devoir, c'est agir par devoir.*

Par exemple, il est sans doute conforme au devoir qu'un marchand ne surfasse pas sa marchandise[1] aux acheteurs inexpérimentés ; et, quand il fait un grand commerce, le marchand sage ne surfait jamais, mais il a un prix fixe pour tout le monde, en sorte qu'un enfant peut acheter chez lui tout aussi bien qu'un autre. On est donc *loyalement* servi, mais cela ne suffit pas pour croire que le marchand agit ainsi par devoir et d'après des principes de probité[2] ; son intérêt l'exigeait car il ne peut être ici question d'inclination immédiate[3], et l'on ne peut supposer en lui une sorte d'amour pour tous ses chalands[4] qui l'empêcherait de traiter l'un plus favorablement que l'autre. Voilà donc une action qui n'a été faite ni par devoir, ni par inclination immédiate, mais seulement par intérêt personnel.

Au contraire, si c'est un devoir de conserver sa vie, c'est aussi une chose à laquelle chacun est porté par une inclination immédiate. Or, c'est précisément ce qui fait que ce soin, souvent si plein d'anxiété, que la plupart des hommes prennent de leur vie n'a aucune valeur intrinsèque, et que leur maxime[5] à ce sujet n'a aucun caractère moral. Ils conservent leur vie *conformément au devoir* sans doute, mais non pas par devoir. Mais que des malheurs et un chagrin sans espoir ôtent à un homme toute espèce de goût pour la vie ; si ce malheureux, fort de caractère, plutôt irrité de son sort qu'abattu ou découragé, conserve la vie sans l'aimer, et tout en souhaitant la mort, et ainsi ne la conserve ni par inclination ni par crainte mais par devoir, alors sa maxime aura un caractère moral.

Emmanuel Kant, *Fondements de la métaphysique des mœurs*, 1785.

1. Surfaire la marchandise : vendre trop cher la marchandise.

2. Probité : honnêteté.

3. Inclination immédiate : désir spontané, par opposition au calcul d'intérêt.

4. Chalands : clients.

5. Maxime : principe en fonction duquel une action est décidée.

C. Sartre : l'homme est libre et responsable de ce qu'il choisit d'être

Dans son célèbre essai L'existentialisme est un humanisme, *Sartre explique que l'homme, contrairement aux choses, n'a pas de nature. Cela signifie que tout être humain est libre et responsable de ce qu'il choisit d'être. Un homme est ce qu'il se fait.*

Lorsqu'on considère un objet fabriqué, comme par exemple un livre ou un coupe-papier, cet objet a été fabriqué par un artisan qui s'est inspiré d'un concept ; il s'est référé au concept de coupe-papier [...] Nous dirons donc que, pour le coupe-papier, l'essence – c'est-à-dire l'ensemble des recettes et des qualités qui permettent de le produire et de le définir – précède l'existence ; et ainsi la présence, en face de moi, de tel coupe-papier ou de tel livre est déterminée. Nous avons donc là une vision technique du monde, dans laquelle on peut dire que la production précède l'existence.

Lorsque nous concevons un Dieu créateur, ce Dieu est assimilé la plupart du temps à un artisan supérieur [...] Ainsi, le concept d'homme, dans l'esprit de Dieu, est assimilable au concept de coupe-papier dans l'esprit de l'industriel ; et Dieu produit l'homme suivant des techniques et une conception, exactement comme l'artisan fabrique un coupe-papier suivant une définition et une technique. Ainsi l'homme individuel réalise un certain concept qui est dans l'entendement divin. Au XVIIIe siècle, dans l'athéisme des philosophes, la notion de Dieu est supprimée, mais non pas pour autant l'idée que l'essence précède l'existence. Cette idée, nous la retrouvons un peu partout : nous la retrouvons chez Diderot, chez Voltaire, et même chez Kant. L'homme est possesseur d'une nature humaine ; cette nature humaine, qui est le concept humain, se retrouve chez tous les hommes, ce qui signifie que chaque homme est un exemple particulier d'un concept universel, l'homme [...] Ainsi, là encore, l'essence d'homme précède cette existence historique que nous rencontrons dans la nature.

L'existentialisme athée, que je représente, est plus cohérent. Il déclare que si Dieu n'existe pas, il y a au moins un être chez qui l'existence précède l'essence, un être qui existe avant de pouvoir être défini par aucun concept et que cet être c'est l'homme ou, comme dit Heidegger, la réalité humaine. Qu'est-ce que signifie ici que l'existence précède l'essence ? Cela signifie que l'homme existe d'abord, se rencontre, surgit dans le monde, et qu'il se définit après. L'homme, tel que le conçoit l'existentialiste, s'il n'est pas définissable, c'est qu'il n'est d'abord rien. Il ne sera qu'ensuite, et il sera tel qu'il se sera fait. Ainsi, il n'y a pas de nature humaine, puisqu'il n'y a pas de Dieu pour la concevoir. L'homme est non seulement tel qu'il se conçoit, mais tel qu'il se veut, et comme il se conçoit après l'existence, comme il se veut après cet élan vers l'existence, l'homme n'est rien d'autre que ce qu'il se fait.

[...] Ainsi je suis responsable pour moi-même et pour tous, et je crée une certaine image de l'homme que je choisis ; en me choisissant, je choisis l'homme.

Jean-Paul SARTRE, *L'existentialisme est un humanisme* (1946), Gallimard, 1996.

III – La connaissance

1. De quoi s'agit-il ?

- Les questions relatives à la connaissance ont toujours occupé une place importante dans la philosophie. « Que sais-je ? » demande Montaigne, « Que puis-je savoir ? » s'interroge Kant.
- Tout le monde connaît cette célèbre formule attribuée à Socrate : « Je ne sais qu'une chose, c'est que je ne sais rien. » On peut en effet se demander s'il est possible d'atteindre une quelconque vérité. Et si oui, de quelle manière ?

2. Les incontournables

A. Socrate : la sagesse consiste à reconnaître son ignorance

Selon Socrate, les hommes prétendent communément savoir ce qu'ils ignorent et prennent leurs opinions pour des connaissances véritables. La véritable sagesse appartient au contraire à celui qui reconnaît qu'il ne sait rien.

Pour témoigner[1] de ma sagesse, je produirai le dieu de Delphes[2], qui vous dira si j'en ai une et ce qu'elle est. Vous connaissez sans doute Khairéphon. [...] Or, un jour qu'il était allé à Delphes, il osa poser à l'oracle la question que voici – je vous en prie encore une fois, juges, n'allez pas vous récrier –, il demanda, dis-je, s'il y avait au monde un homme plus sage que moi. Or la pythie[3] lui répondit qu'il n'y en avait aucun. [...]

Lorsque j'eus appris cette réponse de l'oracle, je me suis mis à réfléchir en moi-même. « Que veut dire le dieu et quel sens recèlent ses paroles ? Car moi, je n'ai conscience d'être sage en quoi que ce soit, petite ou grande chose. Que veut-il donc dire, quand il affirme que je suis le plus sage ? Car il ne ment certainement pas ; cela ne lui est pas permis. » [...] Je me rendis chez un de ceux qui passent pour être des sages, pensant que je ne pouvais, mieux que là, contrôler l'oracle et lui déclarer : « Cet homme-ci est plus sage que moi, et toi, tu m'as proclamé le plus sage. » J'examinai donc cet homme à fond [...] Il me parut en effet, en causant avec lui, que cet homme semblait sage à beaucoup d'autres et surtout à lui-même, mais qu'il ne l'était point. J'essayai alors de lui montrer qu'il n'avait pas la sagesse qu'il croyait avoir. [...] Tout en m'en allant, je me disais en moi-même : « Je suis plus sage que cet homme-là. Il se peut qu'aucun de nous deux ne sache rien de beau ni de bon ; mais lui croit savoir quelque chose, alors qu'il ne sait rien, tandis que moi, si je n'ai aucun savoir, je ne crois pas non plus savoir. Il me semble donc que je suis un peu plus sage que lui par le fait même que ce que je ne sais pas, je ne pense pas non plus le savoir. »

Platon, *Apologie de Socrate*, IVe siècle av. J.-C.

1. La scène se déroule au tribunal d'Athènes où Socrate, accusé d'impiété et de corrompre la jeunesse, s'efforce de justifier la manière dont il a mené sa vie.

2. Apollon, dieu de la raison et des arts.

3. Pythie : servante d'Apollon qui rendait ses oracles par son intermédiaire.

B. Descartes : il faut douter de tout pour établir la vérité

Considérant que le doute permet d'écarter tout ce qui est incertain (opinions, préjugés, idées toutes faites et souvent mal faites...), Descartes entreprend de douter de tout pour mettre en lumière une vérité indiscutable.

Il y a déjà quelques temps que je me suis aperçu que, dès mes premières années, j'avais reçu quantité de fausses opinions pour véritables, et que ce que j'ai depuis fondé sur des principes si mal assurés ne pouvait être que fort douteux et incertain ; de façon qu'il me fallait entreprendre sérieusement une fois en ma vie de me défaire de toutes les opinions que j'avais reçues jusques alors en ma créance et commencer tout de nouveau dès les fondements si je voulais établir quelque chose de ferme et de constant dans les sciences [...]

Maintenant donc que mon esprit est libre de tous soins et que je me suis procuré un repos assuré dans une paisible solitude, je m'appliquerai sérieusement et avec liberté à détruire généralement toutes mes anciennes opinions.

René Descartes, *Méditations métaphysiques*, 1641.

C. Kant : d'où viennent nos connaissances ?

Dans ce passage de la Critique de la raison pure, *Kant s'interroge sur l'origine de nos connaissances. Il s'oppose aux empiristes qui estiment que toutes nos connaissances dérivent de l'expérience. Pour le philosophe, l'expérience ne nous apprendrait rien si elle n'était pas éclairée par des connaissances* a priori.

Que toute notre connaissance commence avec l'expérience, cela ne soulève aucun doute. En effet, par quoi notre pouvoir de connaître pourrait-il être éveillé et mis en action, si ce n'est par des objets qui frappent nos sens [...]

Mais si toute notre connaissance débute avec l'expérience, cela ne prouve pas qu'elle dérive toute de l'expérience, car il se pourrait bien que même notre connaissance par expérience fût un composé de ce que nous recevons des impressions sensibles et de ce que notre propre pouvoir de connaître (simplement excité par des impressions sensibles) produit de lui-même [...]

C'est donc au moins une question qui exige encore un examen plus approfondi et que l'on ne saurait résoudre du premier coup d'œil que celle de savoir s'il y a une connaissance de ce genre, indépendante de l'expérience et même de toutes les impressions des sens. De telles connaissances sont appelées *a priori* et on les distingue des empiriques qui ont leur source *a posteriori*, à savoir dans l'expérience.

Emmanuel Kant, *Critique de la raison pure* (2e édition), 1787.

NOTIONS

CHAPITRE 1

L'art

DE QUOI S'AGIT-IL ?

Les livres d'histoire de l'art laissent croire qu'il existe une essence éternelle de l'art. Ceux-ci montrent bien que l'art évolue, mais ils supposent aussi que toutes les œuvres qu'ils représentent sont bien ce qu'on appelle de l'art. Or, qu'est-ce que l'art ? Peut-on le réduire à la technique ? On a défini l'art comme la production de la beauté, mais la beauté n'est-elle pas changeante et relative ? N'est-ce pas plus fondamentalement la vérité que l'on recherche dans l'art ?

1 Peut-on réduire l'art à la technique ?

A Quel est le problème ?

- L'opposition de l'**art** et de la **technique**, si commune aujourd'hui, est pourtant relativement récente à l'échelle de l'histoire des idées, puisqu'elle n'apparaît qu'à l'époque de la révolution industrielle, au XVIIIe siècle. Auparavant, c'est le mot « art » qui était utilisé pour désigner ce que nous appelons aujourd'hui « technique ». On peut donc se demander si l'art doit être distingué de la technique ou s'il se réduit au contraire à la technique, comme l'étymologie le suggère.

B L'assimilation de l'art à la technique

- **« Art » signifie d'abord « technique »**, comme dans les expressions « arts et métiers » ou « arts martiaux ». D'ailleurs, on admire communément la technicité, l'habileté, le savoir-faire de l'artiste : savoir dessiner, peindre, sculpter, chanter, jouer d'un instrument… N'est-ce pas d'abord cela, être un artiste ? Quand les philosophes grecs de l'Antiquité, comme **Platon**, parlent d'art, c'est ainsi le mot *technè* qu'ils utilisent.

- Certes, il nous semble aujourd'hui que l'artiste est plus qu'un artisan, mais au Moyen Âge, il n'existait pas de distinction entre **artiste** et **artisan**. L'enlumineur, le tailleur de pierre, le sculpteur, l'architecte (qui est aussi un maître d'œuvre et pas seulement un concepteur) sont d'abord des **professionnels maîtrisant des techniques**. Ils perpétuent un savoir-faire traditionnel transmis de maîtres en apprentis, souvent appris en famille, et ils ne semblent guère soucieux d'innover ou d'exprimer leur subjectivité dans leurs œuvres.

- Sans réduire l'art à la technique, **Hegel** souligne que « **l'œuvre d'art a un côté purement technique qui confine à l'artisanal**, surtout en architecture et en sculpture ». L'artiste doit en effet apprendre à maîtriser son matériau, à vaincre sa résistance, et cela exige une réflexion, de l'application et une pratique assidue.

Doc. Hegel

- Aujourd'hui, **art, technique et industrie se rejoignent dans le design** : le designer est à la fois **artiste** et **technicien**. Les objets qu'il dessine doivent être à la fois esthétiques et fonctionnels, d'où l'idée d'un lien entre **beauté** et **fonctionnalité**. C'est ce qu'on appelle le **fonctionnalisme** : la théorie selon laquelle la beauté d'une chose naîtrait d'un accord parfait entre sa forme et sa fonction. La forme découle de la fonction et la beauté tient à cette forme expressive de la fonction. On peut penser par exemple à une voiture de course ou à la morphologie d'un athlète, mais l'esthétique fonctionnaliste a surtout été appliquée à l'architecture et au mobilier.

C La distinction de l'art et de la technique

● On refuse aujourd'hui de réduire l'artiste à l'artisan et l'art à la technique. L'artiste est à nos yeux plus qu'un bon ouvrier ou un technicien habile : il se caractérise par sa **créativité** ou son **génie**, c'est-à-dire sa capacité à créer une œuvre originale, unique, dans laquelle il exprime sa **subjectivité**.

● **Alain** distingue le travail de l'artiste de celui de l'artisan. L'**artisan** exécute un projet bien défini, il sait ce qu'il fait. L'**artiste**, lui, ne sait pas exactement où il va, il découvre ce qu'il fait en le faisant. Il est « spectateur de son œuvre en train de naître », écrit Alain. Autrement dit, dans la **production technique**, « l'idée précède et règle l'exécution », alors que dans la **création artistique**, l'idée vient à mesure de l'exécution et n'est complètement définie qu'une fois l'œuvre achevée. Par exemple, « le portrait naît sous le pinceau » ou le vers sous la plume.

> **Citation**
> « Il faut que le génie ait la grâce de la nature et s'étonne lui-même »
> Alain

● Les techniques, les méthodes et les règles permettent de reproduire des résultats connus. Mais **la création n'obéit à aucune règle**. En ce sens, on pourrait dire qu'il n'y a pas de « règles de l'art ». C'est pourquoi **Kant** définit le génie comme « le talent de produire ce dont on ne peut pas donner de règle déterminée ».

D L'imitation du réel

● Si l'on ramène parfois l'art à la technique, au savoir-faire, c'est aussi parce qu'on considère que le but de l'art est de produire une **représentation illusoire du réel**. On pense alors l'art sur le modèle de la peinture. En effet, le but du peintre serait d'imiter ce qu'il voit aussi fidèlement que possible. C'est ce qui fait dire à **Platon** que **l'art est mensonge et illusion**, parce qu'en imitant les apparences, l'art nous trompe et nous éloigne de ce qui est vraiment réel : les Idées (voir chap. 12 : La vérité).

● Mais **Hegel** estime que **l'imitation constitue une fin médiocre pour l'art**. À quoi bon reproduire ce qui existe déjà ? C'est un travail superflu ! Et aussi un jeu présomptueux : toute imitation est imparfaite, ce n'est qu'une caricature du réel. Ainsi les raisins peints par Zeuxis, dont on a fait un chef-d'œuvre parce qu'ils trompèrent des pigeons, ne représentent qu'un tour de force, un **exploit technique** sans réelle **valeur artistique**. Pour Hegel, l'habileté dont un artiste peut faire preuve dans l'imitation du réel est aussi **inutile** et **dérisoire** que celle de cet homme qui, après avoir réalisé devant Alexandre le Grand le tour de force de jeter des lentilles dans un petit trou sans jamais manquer son but, s'est vu offrir des lentilles pour seule récompense.

> **Citation**
> « L'homme montre mieux son habileté dans des productions surgissant de l'esprit qu'en imitant la nature. »
> Hegel

COURS

2 L'art peut-il se définir comme la production de la beauté ?

A Quel est le problème ?

• En 1926, Lalande définit encore l'art comme la production de la beauté. Une dizaine d'années plus tôt, Marcel Duchamp avait pourtant déjà exposé un urinoir baptisé « Fountain », signifiant par ce geste que l'art moderne pouvait se donner un autre but que la beauté. **Peut-on encore définir l'art par la beauté ?** La notion même de beauté est bien entendu problématique : qu'est-ce que le beau ? **Qu'est-ce qui est beau et comment en juger ?**

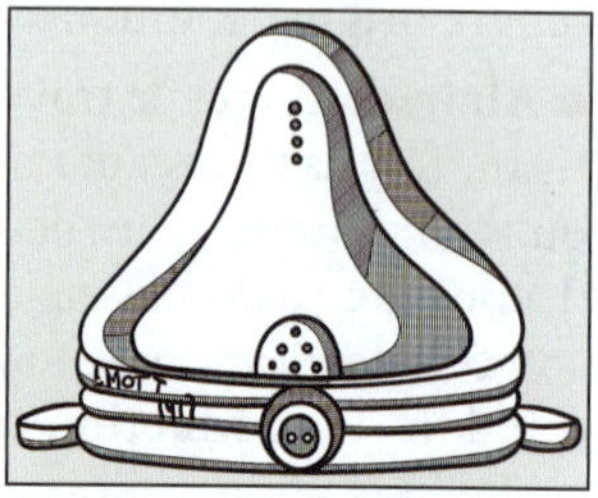

Doc. « Fontaine » de Marcel Duchamp, signé R. Mutt, 1917

B La conception antique : la beauté est objective

• L'idée selon laquelle la beauté serait relative et subjective est assez récente. Les Grecs de l'Antiquité conçoivent la beauté comme un fait **objectif** ou une **propriété des choses** : à leurs yeux, on peut dire qu'une statue est belle comme on peut dire qu'elle est faite de marbre. Pour les Anciens, la beauté est liée à l'**ordre** et à l'**harmonie** de l'Univers ou du Cosmos (*cosmos* signifie « ordre » en grec), et une œuvre d'art reflète cet ordre et cette harmonie : elle est comme un petit univers, un microcosme. Si le visage d'une statue grecque n'exprime aucune émotion, c'est qu'il reflète la sérénité qu'inspire la contemplation de l'ordre et de l'harmonie. De ce point de vue, l'artiste peut être défini comme un artisan ou un technicien capable de produire des choses objectivement belles.

• **Platon** fait du **Beau** un **absolu**. La **Beauté absolue**, qui est l'objet de l'Amour, peut être atteinte progressivement. Il faut partir de l'amour de la beauté des corps (beauté physique) pour apprendre à aimer celle des âmes, des belles occupations et des belles règles de conduite (beauté spirituelle ou morale), puis s'élever encore jusqu'à l'amour de la beauté de la connaissance pour atteindre enfin la Beauté absolue comme dans une **révélation qui donne sens à la vie**.

• Toutefois, Platon ne définit pas l'art par la beauté et ne fait guère allusion à l'art quand il analyse le Beau. De son point de vue, il y a même une opposition entre l'aspiration au **Beau,** qui est en même temps aspiration au **Vrai** et au **Bien,** et l'**art**, qui nous éloigne de ces idéaux en imitant les **apparences sensibles**. C'est la raison pour laquelle **Platon exclut les poètes de la cité** (société) **idéale** qu'il imagine dans *La République*.

Comprendre la théorie de Platon

C Kant : le beau est à la fois subjectif et universel

- Pour les Anciens, le beau est donc une propriété objective. C'est pourquoi ceux-ci ne semblent pas se poser la question du jugement de goût ou des critères du beau : ce qui est beau l'est **objectivement** et **pour tout homme**. Mais l'idée selon laquelle le beau est ce qui plaît à un sujet ou à une subjectivité s'impose au XVIIIe siècle : « Les sources du beau sont en nous-mêmes », écrit **Montesquieu**. La question du **jugement de goût** (ou jugement esthétique) devient alors la question centrale de l'**esthétique** (la philosophie de l'art) : pourquoi quelque chose plaît ou non ? Quels sont les **critères** qui nous font juger qu'une œuvre est belle ?

Comprendre la pensée de Kant

Citation

« Le beau est ce qui plaît universellement sans concept. »

Kant

- Cependant, pour les philosophes de l'époque, il ne s'agit pas tant de comprendre pourquoi ce qui plaît aux uns ne plaît pas aux autres que de comprendre au contraire **comment nos jugements peuvent s'accorder**. De fait, il existe des **consensus** : sans cela, comment pourrions-nous parler de chef-d'œuvre ou de génie ? Personne ne pense, par exemple, que Mozart est un musicien médiocre ou que Léonard de Vinci est un artiste mineur.

- C'est ce problème du jugement de goût qui amène **Kant** à distinguer l'**agréable** du **beau**. L'**agréable** c'est ce qui plaît aux **sens**. Par exemple, j'aime tel ou tel vin, c'est indiscutable car c'est purement subjectif : je suis le seul juge de l'impression que ce vin fait à mon palais. Par contre, quand je dis qu'une musique est belle, je ne veux pas seulement dire qu'elle est belle *pour moi*. Je souhaite au contraire que les autres partagent mon sentiment ou mon jugement, comme si c'était « logique », bien qu'il n'existe aucune preuve, aucune démonstration du bien-fondé de ce jugement. Le jugement esthétique prétend donc à l'**universalité** et cette prétention est **légitime**, non parce que le beau serait une propriété objective, mais parce que ce jugement se fonde sur une **universalité subjective.**

- En d'autres termes, c'est parce que tous les hommes sont des hommes, parce qu'ils sont tous « faits de la même façon » qu'ils peuvent s'accorder sur ce qui est beau ou non. Kant en conclut qu'on peut **discuter des goûts dans l'espoir de s'accorder**, même si personne ne peut donner la preuve du bien-fondé de son jugement.

Citation

« On peut discuter du goût. »

Kant

D La conception relativiste contemporaine : la beauté est relative et subjective

• **Kant** suppose qu'on peut être bon ou mauvais juge en matière de goûts. Cette idée est bien entendu aux antipodes du **relativisme contemporain**. Qu'est-ce que le bon ou le mauvais goût ? L'idée semble dépassée parce qu'elle date d'une époque révolue où une élite prétendait détenir le monopole du bon goût. En effet, d'un point de vue **sociologique**, le mauvais goût n'est rien d'autre que le **goût du vulgaire**, c'est-à-dire le goût des classes populaires que la bourgeoisie méprise.

• D'un point de vue **psychologique**, nos goûts et nos dégoûts sont le résultat d'un **conditionnement** : on aime ou on déteste ce qu'on a appris à aimer ou à détester. **Descartes** remarque qu'un chien régulièrement battu au son du violon prendrait cet instrument en horreur. Comme l'écrit **Marcel Duchamp** : « **Le goût, bon ou mauvais, c'est de l'habitude.** »

• Dans cette perspective **relativiste**, il semble difficile de définir l'art comme la production de la beauté sans le dévaloriser : il ne s'agirait alors pour l'artiste que de se conformer aux **normes** de son temps ou, au mieux, d'en imposer de nouvelles, comme on le fait dans la mode.

• Ce qui prime dans l'art contemporain, c'est donc le **sens**, et non une hypothétique **beauté** jugée parfaitement **relative**, **conventionnelle** et **subjective.** C'est ce que suggère Marcel Duchamp quand il expose son célèbre urinoir. En effet, il ne s'agit pas d'une **œuvre** faite de ses mains, mais de ce qu'il appelle un ***ready made*** : Duchamp n'a pas sculpté un urinoir, il a simplement exposé un véritable urinoir. La valeur artistique de cette « œuvre » ne tient donc pas à l'**habileté technique** dont l'artiste aurait fait preuve en la réalisant. L'œuvre ne vaut pas non plus parce qu'elle représente fidèlement la réalité, puisque l'objet est **présenté** et non **représenté**. Enfin, un urinoir n'est pas censé être **beau**. En quoi s'agit-il donc encore d'une œuvre d'art ?

• Duchamp soutient que l'urinoir est regardé comme de l'art parce qu'il est installé dans une salle d'exposition. L'art, c'est donc **ce que l'on regarde comme tel**. Une œuvre d'art n'a pas à être belle, elle n'a pas à représenter quoi que ce soit, elle n'a même pas à être une œuvre. Ce qui importe (du moins dans l'art contemporain), c'est qu'elle ait du **sens**, qu'elle donne à penser, qu'elle éveille une réflexion. **Le « spectateur » a donc un rôle actif** : il crée l'œuvre lui aussi, par l'interprétation qu'il en fait.

• Mais dire que l'œuvre d'art vaut par la réflexion qu'elle éveille, cela ne revient-il pas à dire, avec **Hegel**, que ce que nous cherchons dans l'art comme dans la pensée n'est autre chose que la **vérité** ? L'œuvre d'art ne serait donc rien d'autre qu'une manière de saisir et d'exprimer la vérité.

3 L'art est-il un moyen d'accéder à la vérité ?

A Platon : l'art est apparence et illusion

Doc. Platon

- **Platon** estime que **l'art nous éloigne de la réalité des Idées** parce qu'il ne fait qu'imiter les apparences sensibles. En effet, ce que nous voyons n'est pas vraiment réel. Ce qui est vraiment réel, ce sont les **Idées** qui sont comme les **modèles** des choses (voir chap. 12 : La vérité). Par exemple, un artisan fabrique un lit qui est comme une **copie** de l'Idée de lit. Or, c'est cette copie qui devient ensuite le modèle du peintre. Ainsi, l'œuvre d'art est une **copie de copie**, bien éloignée de la réalité de l'Idée.
- **L'art s'oppose donc à la philosophie**, qui cherche la vérité au-delà des apparences sensibles, c'est-à-dire au-delà de ce que nos sens perçoivent.

B Hegel : c'est la vérité que l'on cherche dans l'art

- Mais **Hegel** remarque que « toute essence, toute vérité, pour ne pas rester abstraction pure, *doit* apparaître ». Or, l'œuvre d'art est « la **manifestation sensible d'une idée** ». Bien que l'art ne permette pas de saisir la vérité aussi clairement que la pensée conceptuelle, il la manifeste cependant sous une forme intuitive, sensible, et les apparences de l'art sont plus proches de la vérité que les apparences ordinaires.

> **Citation**
> « Ce que nous recherchons, dans l'art comme dans la pensée, c'est la vérité. »
> Hegel

- Prenons l'exemple d'une pièce de **Molière** comme *L'Avare* ou *Le Malade imaginaire*. Ces comédies ne nous apprennent pas ce que sont l'avarice ou l'hypochondrie de manière aussi claire et précise qu'un traité de psychiatrie. Toutefois, par la caricature qui souligne les traits de l'avarice ou de l'hypochondrie, Molière nous fait saisir ce qu'elles sont plus sûrement que ne peut le faire l'observation du réel. L'avare de Molière est l'**incarnation** de l'avarice, la **manifestation sensible** de l'essence de l'avarice.
- Le beau serait donc apparenté au vrai et l'art pourrait se comprendre comme une manière d'appréhender le réel, comme une voie d'accès à la vérité différente de la science ou de la philosophie. Pour **Hegel**, le philosophe doit **clarifier les intuitions encore confuses de l'artiste** en les reformulant dans le langage du concept.

C Bergson : l'artiste est un homme qui voit mieux que les autres

• Mais pour **Bergson**, **la vérité se situe au-delà des mots**, dans l'inexprimable ou dans ce qu'on ne peut percevoir et exprimer que dans l'art (ou la philosophie) : « L'artiste voit mieux que le commun des mortels, parce qu'il voit la réalité nue et sans voiles », écrit-il. C'est que d'ordinaire, « nous ne voyons pas les choses mêmes, nous nous bornons le plus souvent à lire des étiquettes collées sur elles ». Autrement dit, les mots occultent paradoxalement ce qu'ils désignent, parce qu'ils n'en retiennent que la fonction la plus commune. L'artiste, lui, perçoit la chose même de manière **immédiate** et **intuitive** (voir chap. 9 : Le langage).

Citation

« L'art n'est sûrement qu'une vision plus directe de la réalité. Mais cette pureté de perception implique une rupture avec la convention utile, un désintéressement inné et spécialement localisé du sens ou de la conscience, enfin une certaine immatérialité de vie, qui est ce qu'on a toujours appelé de l'idéalisme. »

Bergson

• Platon fait de l'artiste un technicien habile à imiter les apparences et donc le contraire du philosophe qui ignore les apparences pour se tourner vers les Idées qui sont la vraie réalité. Bergson soutient au contraire que l'artiste a de profondes affinités avec le philosophe puisqu'il soulève le voile qui cache la réalité au commun des mortels. « Lorsque nous regardons un objet, d'habitude, nous ne le voyons pas », écrit Bergson. Que voyons-nous donc ? « Des conventions interposées entre l'objet et nous », c'est-à-dire des étiquettes, des mots, des concepts que nous prenons pour la réalité. Ces mots ou ces concepts sont utilitaires, ils ont été inventés pour communiquer, coopérer, agir. C'est pourquoi une chaise n'est rien d'autre pour nous qu'une chose sur laquelle on peut s'asseoir. Mais le peintre Van Gogh, par exemple, voit la chose même au-delà du mot ou du concept qui indique sa fonction. Pour Platon, le réel, c'est l'idée derrière la chose, pour Bergson, c'est au contraire la chose derrière l'idée. »

Pour résumer

1. Peut-on réduire l'art à la technique ?

■ « **Art** » signifie d'abord « **technique** ». Au Moyen Âge, on ne distinguait pas l'artiste de l'artisan.

■ Sans réduire l'art à la technique, **Hegel** remarque que « **l'art a un côté purement technique** qui confine à l'artisanal ».

■ **Alain** souligne cependant que si l'artisan exécute un projet bien défini, **l'artiste**, au contraire, **découvre ce qu'il fait en le faisant**.

■ Dans une perspective voisine, **Kant** définit le **génie** comme « l'**art de produire ce dont on ne peut pas donner de règle déterminée** ».

■ **Hegel** souligne que l'habileté dont on peut faire preuve dans l'**imitation de la nature** ne fait pas la valeur artistique de l'œuvre.

2. L'art peut-il se définir comme la production de la beauté ?

■ Les **Anciens** considèrent la beauté comme une **propriété objective**.

■ **Kant** estime paradoxalement que la beauté est à la fois **universelle** et **subjective**.

■ Le **relativisme contemporain** juge la beauté **subjective** et **relative**. Il estime que l'art peut se passer de toute référence au beau.

3. L'art est-il un moyen d'accéder à la vérité ?

■ **Platon** oppose l'**art**, qui imite les **apparences sensibles**, à la **philosophie**, qui nous en détourne pour nous élever à la **réalité des Idées**.

■ **Hegel** pense au contraire que l'art est « la **manifestation sensible de l'idée** ».

■ Enfin, **Bergson** estime que « **l'artiste voit la réalité nue et sans voiles** ».

Les incontournables

Dans ce passage bien connu de la Critique de la faculté de juger, *Kant établit la distinction de l'agréable et du beau : quand j'affirme qu'une chose est agréable, je ne peux pas légitiment prétendre que tout homme devrait partager mon jugement, parce que celui-ci se fonde sur une impression personnelle. En revanche, quand j'affirme qu'une chose est belle, je prétends légitimement à l'assentiment de tous.*

Lorsqu'il s'agit de ce qui est agréable, chacun consent à ce que son jugement, qu'il fonde sur un sentiment personnel et en fonction duquel il affirme qu'un objet lui plaît, soit restreint à sa seule personne. Aussi bien disant : « Le vin des Canaries est agréable », il admettra volontiers qu'un autre corrige l'expression et lui rappelle qu'il doit dire : cela m'est agréable. Il en est ainsi non seulement pour le goût de la langue, du palais et du gosier, mais aussi pour tout ce qui peut être agréable aux yeux et aux oreilles de chacun. La couleur violette sera douce et aimable pour celui-ci, morte et éteinte pour celui-là. Celui-ci aime le son des instruments à vent, celui-là aime les instruments à corde. Ce serait folie que de discuter à ce propos, afin de réputer erroné[1] le jugement d'autrui, qui diffère du nôtre, comme s'il lui était logiquement opposé ; le principe : « À chacun son goût » (s'agissant des sens) est un principe valable pour ce qui est agréable. Il en va tout autrement du beau. Il serait (tout juste à l'inverse) ridicule que quelqu'un, s'imaginant avoir du goût, songe en faire la preuve en déclarant : cet objet (l'édifice que nous voyons, le vêtement que porte celui-ci, le concert que nous entendons, le poème que l'on soumet à notre appréciation) est beau pour moi. Car il ne doit pas appeler beau, ce qui ne plaît qu'à lui. Beaucoup de choses peuvent avoir pour lui du charme ou de l'agrément ; personne ne s'en soucie ; toutefois lorsqu'il dit qu'une chose est belle, il attribue aux autres la même satisfaction ; il ne juge pas seulement pour lui, mais aussi pour autrui et parle alors de la beauté comme si elle était une propriété des choses[2]. C'est pourquoi il dit : la chose est belle, et dans son jugement exprimant sa satisfaction, il exige l'adhésion des autres, loin de compter sur leur adhésion, parce qu'il a constaté maintes fois que leur jugement s'accordait avec le sien[3]. Il les blâme s'ils jugent autrement et leur dénie un goût qu'ils devraient cependant posséder d'après ses exigences ; et ainsi on ne peut dire : « À chacun son goût ». Cela reviendrait à dire : le goût n'existe pas, il n'existe pas de jugement esthétique qui pourrait légitimement prétendre à l'assentiment[4] de tous.

Emmanuel Kant, *Critique de la faculté de juger* (1790), trad. A. Philonenko, © Vrin, 1993.

1. Réputer erroné : prétendre faux.

2. Les Anciens considéraient la beauté comme une propriété des choses.

3. L'universalité du jugement esthétique est de droit, non de fait.

4. Assentiment : accord.

*Dans ce passage de l'*Esthétique*, Hegel réfute l'idée selon laquelle le but de l'art serait de reproduire fidèlement le réel. À ses yeux, ce serait un travail inutile et un jeu présomptueux.*

L'opinion la plus courante qu'on se fait de la fin[1] que se propose l'art est qu'elle consiste à imiter la nature[2].

Dans cette perspective, l'imitation, c'est-à-dire l'habileté à reproduire avec une parfaite fidélité les objets naturels tels qu'ils s'offrent à nous, constituerait le but essentiel de l'art, et quand cette reproduction fidèle serait bien réussie, elle nous donnerait une complète satisfaction. Cette définition n'assigne à l'art que le but tout formel de refaire à son tour, aussi bien que ses moyens le lui permettent, ce qui existe déjà dans le monde extérieur, et de le reproduire tel quel.

Mais on peut remarquer tout de suite que cette reproduction est un travail superflu, que ce que nous voyons représenté et reproduit sur des tableaux, à la scène ou ailleurs : animaux, paysages, situations humaines, nous le trouvons déjà dans nos jardins, dans notre maison, ou parfois dans ce que nous tenons du cercle plus ou moins étroit de nos amis et connaissances. En outre, ce travail superflu peut passer pour un jeu présomptueux, qui reste bien en-deçà de la nature. Car l'art est limité par ses moyens d'expression, et ne peut produire que des illusions partielles, qui ne trompent qu'un seul sens. En fait, quand l'art s'en tient au but formel de la stricte imitation, il ne nous donne, à la place du réel et du vivant, que la caricature de la vie. On sait que les Turcs, comme tous les mahométans[3], ne tolèrent qu'on peigne ou reproduise l'homme ou toute autre créature vivante [...] Le Prophète[4] lui-aussi, comme il est dit dans la Sunna[5], répondit à ses deux femmes, Ommi Habida et Ommi Selma, qui lui parlaient des peintures des temples éthiopiens : « Ces peintures accuseront leurs auteurs au jour du Jugement ».

On cite aussi des exemples d'illusions parfaites fournies par des reproductions artistiques. Les raisins peints par Zeuxis[6] ont été donnés depuis l'Antiquité comme le triomphe de l'art et comme le triomphe de l'imitation de la nature, parce que des pigeons vivants vinrent les picorer. On pourrait rapprocher de ce vieil exemple l'exemple plus récent du singe de Büttner[7], qui dévora une planche d'une précieuse collection d'histoire naturelle, laquelle figurait un hanneton, et qui fut pardonné par son maître pour avoir ainsi démontré l'excellence de la reproduction. Mais dans des cas de ce genre, on devrait au moins comprendre qu'au lieu de louer des œuvres d'art parce que même des pigeons ou des singes s'y sont laissés tromper, il faudrait plutôt blâmer ceux qui croient avoir porté bien haut l'art, alors qu'ils ne savent lui donner comme fin suprême qu'une fin si médiocre. D'une façon générale, il faut dire que l'art, quand il se borne à imiter, ne peut rivaliser avec la nature, et qu'il ressemble à un ver qui s'efforce en rampant d'imiter un éléphant.

Georg Wilhelm Friedrich Hegel, *Esthétique*, 1835.

1. **La fin :** le but.
2. **La nature :** le réel en général.
3. **Mahométans :** musulmans.
4. **Le Prophète :** Mahomet.
5. **La Sunna :** partie du Coran qui évoque le comportement de Mahomet.
6. **Zeuxis :** peintre grec de l'Antiquité.
7. **Guillaume Büttner :** naturaliste allemand.

Chronologie

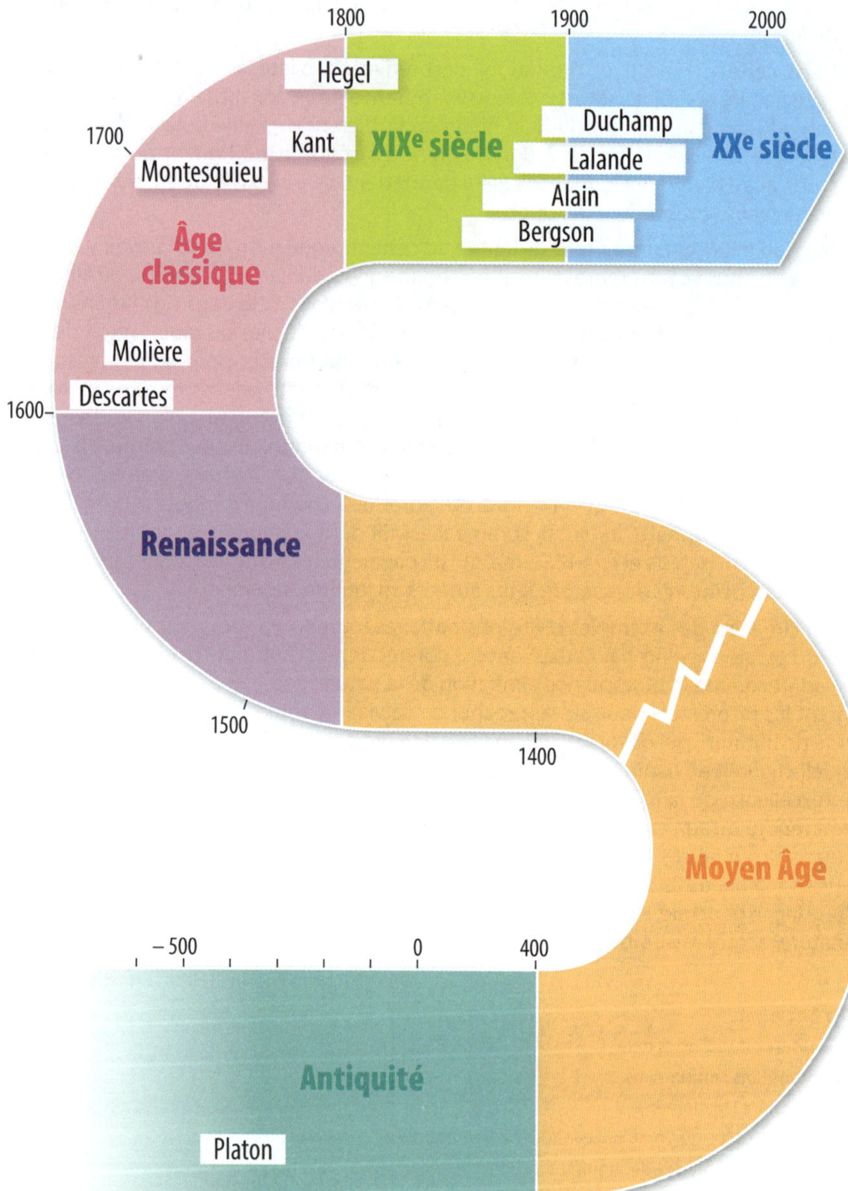

L'essentiel

Mots-clés

Art : le terme dérive du latin *ars* qui désigne l'habileté, le savoir-faire, le métier. Il conserve parfois ce sens en français, mais paradoxalement, « art » est souvent opposé à « technique » aujourd'hui. Dans son dictionnaire philosophique, Lalande définit l'art comme la production de la beauté, mais toute définition de l'art est discutable.

Esthétique : du grec *aisthêsis* (« sensation »). Le terme désigne la théorie de l'art et du beau.

Jugement de goût : cette expression désuète désignait autrefois le jugement esthétique, c'est-à-dire dire le jugement que l'on porte sur la beauté, en particulier sur la beauté d'une œuvre d'art. Les questions que pose ce type de jugements sont au centre des débats philosophiques sur l'art au XVIIIe siècle.

Idée : synonyme de concept, d'opinion ou de théorie dans la langue courante, le terme prend une signification particulière dans la philosophie de Platon. Les Idées (avec une majuscules), opposées aux apparences sensibles, constituent aux yeux de Platon la vraie réalité. Elles sont comme des modèles à l'image desquelles les choses sensibles (celles que nos sens perçoivent) ont été façonnées.

Beau : la beauté (ou le beau comme disent volontiers les philosophes) désigne pour nous ce qui provoque un plaisir ou une émotion esthétique d'ordre visuel ou auditif. A nos yeux, le beau est donc subjectif : il plaît à un sujet, il est variable et relatif. Cependant pour les grecs de l'Antiquité, le beau, synonyme d'ordre et d'harmonie, est objectif, c'est une propriété des choses.

Génie : le terme désigne communément le talent inné ou le don qui permet de concevoir, de créer des choses ou des concepts d'une qualité exceptionnelle. On attribue volontiers du génie à l'artiste. Kant le génie définit comme « le talent de produire ce dont on ne peut pas donner de règle déterminée ». Nietzsche critique l'idée de génie : il n'y a rien de miraculeux ou de surnaturel dans la création, seulement de l'intelligence et du travail.

Repères

– Absolu / Relatif ➔ p. 305
– En fait / En droit ➔ p. 310
– Intuitif / Discursif ➔ p. 313
– Objectif / Subjectif / Intersubjectif ➔ p. 315
– Universel / Général / Particulier / Singulier ➔ p. 319

Auteurs

– Platon ➔ p. 285
– Descartes ➔ p. 291
– Montesquieu ➔ p. 293
– Kant ➔ p. 294
– Hegel ➔ p. 295
– Bergson ➔ p. 298
– Alain ➔ p. 299

CHAPITRE 2

Le devoir

DE QUOI S'AGIT-IL ?

Le devoir, c'est ce que nous devons faire, ce que la morale exige que nous fassions. Mais quel est le fondement de la morale et des obligations qu'elle nous impose ? Qu'est-ce qui détermine ce que nous devons faire ou ne pas faire ? Notre conscience ? Sans doute, mais n'est-elle pas elle-même le produit de notre éducation ? Nos devoirs sont-ils donc autre chose que des normes sociales que nous avons intériorisées ? Dans ce cas, sont-ils encore des devoirs ? Pourquoi serions-nous tenus de les accomplir ? Cela revient à se demander si nous avons vraiment des devoirs ou si nous sommes seulement soumis à des contraintes exogènes (qui viennent de l'extérieur) dont la valeur serait toute relative.

1 Première hypothèse : nos devoirs sont des normes sociales intériorisées

A Glaucon : l'anneau de Gygès

• L'histoire de Gygès est racontée par **Glaucon** dans *La République* de **Platon**. Un berger nommé Gygès découvre un anneau ayant le pouvoir de le rendre invisible, qu'il utilise pour pénétrer dans le palais royal, séduire la reine, assassiner le roi et s'emparer du pouvoir. Glaucon défend (sans être lui-même convaincu) l'hypothèse selon laquelle ceux qui pratiquent la justice « agissent par impuissance de commettre l'injustice ». S'il peut agir impunément, celui qui commet l'injustice est plus heureux que celui qui s'en abstient. Par conséquent, « personne n'est juste volontairement » et **on ne s'abstient de commettre l'injustice que par peur d'être jugé et sanctionné**. Ainsi, celui qui pourrait, comme Gygès, échapper au regard et au jugement de ses semblables réaliserait tous ses désirs sans se soucier de la morale et du devoir.

Citation
« Personne n'est juste volontairement. »
Glaucon, dans *La République* de Platon

• En effet, **la justice n'est pas un bien individuel mais collectif, social ou politique** : les lois sont de simples conventions par lesquelles les hommes s'engagent à ne plus se faire de torts mutuellement (voir chap. 3 : La justice). Si on pouvait commettre l'injustice sans jamais la subir, on le ferait. Mais en l'absence de lois, tous les hommes commettent et subissent l'injustice. C'est donc seulement pour **éviter de la subir** que les hommes renoncent à la commettre.

• De ce point de vue, la morale, ses interdits et ses obligations seraient une illusion et nous ne les respecterions que par calcul, par prudence ou par hypocrisie, pour ne pas être jugés ou sanctionnés. **Nous n'aurions ainsi aucun vrai devoir**, mais nous subirions seulement des contraintes socialement utiles.

• Mais est-il vrai que nous poursuivrions nos désirs égoïstes sans aucune limite si nous possédions l'anneau de Gygès ? Le sentiment de pouvoir agir en toute impunité, sans être vu, jugé ou sanctionné, nous ferait assurément faire beaucoup de choses dont nous nous abstenons d'ordinaire, mais n'y aurait-il pas encore bien des choses que nous nous interdirions ou que nous nous sentirions moralement obligés de faire ? Agirions-nous alors vraiment par devoir, c'est-à-dire parce qu'il le faut ? Même quand personne ne nous regarde, notre comportement ne nous est-il pas encore dicté par des **normes sociales intériorisées** ?

Citation
« Tout homme [...] pense que l'injustice est individuellement plus profitable que la justice. »
Glaucon, dans *La République* de Platon

B Durkheim : la voix de la conscience est celle de la société

Doc. Durkheim

- Quand nous nous demandons comment nous devons agir, explique **Durkheim, la voix qui nous dit « Voilà ton devoir » est celle de la société**. « Quand notre conscience parle, c'est la société qui parle en nous », écrit-il. Autrement dit, **nos devoirs ne sont rien d'autre que des normes sociales intériorisées**. Qu'est-ce qui détermine la manière dont nous devons nous comporter, sinon la société ? « Un homme ne doit pas pleurer », « Une mère doit être douce et aimante »... Qui ne voit que ces injonctions émanent de la société ? Elles diffèrent d'ailleurs selon les cultures, comme l'ethnologie l'a bien montré. Toutes les sociétés n'imposent pas à leurs membre les mêmes comportements (voir chap. 3 : La justice).
- Par exemple, **Margaret Mead** (une anthropologue américaine) a comparé le comportement des hommes et des femmes dans trois ethnies océaniennes voisines. Elle montre que celui-ci est défini par la société. Chez les Arapesh, les hommes et les femmes sont doux et sensibles, alors qu'ils ont un comportement viril et agressif chez les Mundugumor. Enfin, chez les Chambuli, par une curieuse inversion des valeurs et des normes (par rapport à notre société), les hommes sont sensibles et introvertis, alors que les femmes sont au contraire entreprenantes et extraverties. **C'est donc bien la société qui définit la manière dont un homme ou une femme croient devoir se comporter.**
- **La société nous dicterait ainsi nos devoirs** sans que nous en ayons conscience. Mais dans ce cas, pourquoi prescrit-elle une action plutôt qu'une autre ?

C La thèse utilitariste : la société érige en devoirs les actions utiles au plus grand nombre

- Pourquoi la société érigerait-elle une action en devoir, sinon parce qu'elle lui est **utile** ? Est bon ou juste ce qui est utile à la communauté ; mal ou injuste ce qui lui nuit.
- Pour les **utilitaristes** comme **Bentham** ou **Stuart Mill**, **une action est morale ou vertueuse si elle tend à maximiser le bonheur de l'humanité**. Dans cette perspective, faire son devoir, c'est agir « utilement », l'utilité devant être entendue selon Bentham comme « la tendance de quelque chose à engendrer bien-être, avantages, joie, biens ou bonheur ».
- Or, il ne s'agit nullement de sacrifier son intérêt personnel au profit de l'intérêt collectif, mais de **bien comprendre son propre intérêt**. Si je calcule bien toutes les conséquences de mes actes à long terme, je comprends que ce qui est utile à la communauté à laquelle j'appartiens, et au-delà, à la communauté des hommes, m'est aussi utile personnellement. En d'autres termes, **quand je fais mon devoir, je ne fais en réalité rien d'autre qu'agir en raison de mon intérêt bien compris**.

COURS

• Par exemple, je n'ai pas intérêt à polluer ou à rester indifférent au sort des pays pauvres, parce que nous vivons tous dans un même monde décloisonné, où tout a des répercussions sur tout. Ainsi, il y a dans les hôpitaux français des gens atteints par des virus ou des bactéries qui ont pu se développer à la faveur de la misère des *favelas* du Brésil. En agissant pour l'environnement ou contre la misère, j'agis aussi pour moi-même. **L'égoïsme bien compris est le principe du devoir.**

Bien comprendre
Notez la différence entre la thèse de Glaucon et celle de Bentham : pour le second, je n'ai pas intérêt à commettre l'injustice, quand bien même je pourrais échapper à toute sanction.

D Freud : la civilisation ne pourrait exister sans les interdits et les injonctions du surmoi

• La conscience morale ne semble pas innée. Elle apparaît plutôt comme le fruit de l'éducation. Ainsi, pour **Freud**, **l'enfant intériorise les injonctions et les interdits parentaux** qui constituent ce qu'il appelle le **surmoi**. Les valeurs, les interdits ou les devoirs que nous dicte notre conscience morale sont donc relatifs à une culture, à une époque, à un milieu, voire à une histoire familiale, et n'ont ainsi qu'une valeur relative.

• **La voix de la conscience doit ainsi être écoutée de manière critique**, comme l'a aussi souligné **Nietzsche**. Pourquoi obéissons-nous à la voix de notre conscience ? Pourquoi serait-elle infaillible ? Comment les jugements qu'elle porte sont-ils nés ?

La pensée de Nietzsche : généalogie de la morale

• Toutefois, la civilisation ne pourrait exister sans les interdits et les injonctions du surmoi. « Si la culture a établi le commandement de ne pas tuer le voisin que l'on hait, qui nous fait obstacle et dont on convoite les biens, cela fut manifestement dans l'intérêt de la vie en commun des hommes, qui autrement serait impraticable », écrit Freud. **La civilisation exige de l'homme qu'il apprenne à maîtriser son agressivité naturelle**. « L'homme est un loup pour l'homme », mais l'éducation en fait un être civilisé en posant des **règles,** des **interdits** et des **devoirs**. « La civilisation doit tout mettre en œuvre pour limiter l'agressivité humaine et pour en réduire les manifestations à l'aide de réactions psychiques d'ordre éthique », écrit Freud.

Nietzsche contre les méchants

• Par exemple, **le devoir d'aimer son prochain est tout à fait contraire à la nature humaine primitive.** Si la société doit exiger l'amour du prochain, c'est précisément parce qu'il ne s'agit pas d'une tendance naturelle. La société civilisée est constamment menacée par les pulsions violentes et agressives inhérentes à la nature de l'homme. Elle doit donc les combattre en imposant des idéaux qui, comme celui de l'amour du prochain, contrarient la nature humaine.

2 Seconde hypothèse : le devoir est une norme de la raison

A Critique du relativisme et de l'utilitarisme

• Affirmer que nos devoirs nous sont dictés par la société à laquelle nous appartenons revient à dire que **toute morale est relative**. De ce point de vue, rien ne peut être considéré comme bien ou mal, juste ou injuste **dans l'absolu**, c'est-à-dire indépendamment de tout contexte social, culturel et historique. Ainsi, selon **Pyrrhon** : « Rien n'est honnête ou honteux, juste ou injuste [...] ; en toutes choses, les hommes se gouvernent d'après la coutume et la loi. » Ce **relativisme moral** a le mérite de combattre l'**ethnocentrisme** et d'incliner à la **tolérance** : « Chacun appelle barbarie ce qui n'est pas de son usage », écrit **Montaigne** (voir chap. 3 : La justice). Mais il conduit aussi au **nihilisme** et à l'**immoralisme**, c'est-à-dire à la négation de toute valeur ou de toute morale, puisqu'il admet que rien n'est vraiment bien ou mal.

• L'**utilitarisme** fonde la morale sur un **calcul rationnel**, et non pas seulement sur l'usage, la coutume ou la loi : **une action est morale quand elle est utile au bonheur du plus grand nombre**. Par exemple, le devoir de respecter les autres ou l'interdit du meurtre existent manifestement dans l'intérêt du plus grand nombre. Mais la logique utilitariste conduit aussi à admettre qu'**il est légitime de sacrifier un individu ou un groupe pour assurer le bonheur de la majorité**, ce qui est plus difficile à accepter. Serait-il légitime de torturer un enfant si cela devait servir le bonheur de l'humanité ? La logique utilitariste ne permet pas de déterminer si une action est bonne ou mauvaise **en elle-même**, mais seulement **en fonction de ses conséquences**. La morale utilitariste est **conséquentialiste**. Faut-il toujours dire la vérité ? Dire la vérité n'est en soi ni bien ni mal, tout dépend des circonstances et des conséquences prévisibles de cette action. La raison ne peut que peser le pour et le contre, anticiper et calculer, mais elle n'établit **aucune obligation morale absolue**.

B La raison nous dicte des principes moraux indiscutables

1. Malebranche : « Il faut préférer son ami à son chien »

• Les limites du relativisme moral et de l'utilitarisme inclinent à fonder la morale sur des devoirs ou des principes qui auraient une valeur absolue : « Je vois que deux fois deux font quatre, et qu'il faut préférer son ami à son chien », écrit **Malebranche**. Mon devoir se présente donc comme une **évidence rationnelle**, au même titre qu'une vérité mathématique : *je sais* ce que je dois faire, comme *je sais* que deux et deux font quatre. S'agit-il seulement d'une norme comportementale dictée par la société à laquelle j'appartiens et intériorisée au cours de mon éducation ? Malebranche est convaincu de l'**universalité** de cette **vérité morale** et il ne peut pas douter qu'elle apparaisse avec la même évidence à tout être doué de raison. Je sais *a priori* et de manière certaine que les Chinois (pas plus que les Arapesh, les Mundugumor ou les Chambuli, pourrait-on ajouter) ne peuvent pas penser autrement que moi ou que n'importe quel être doué de raison. Aux yeux de Malebranche, la morale n'est pas moins universelle que les mathématiques.

Citation

« Je vois, par exemple, que deux fois deux font quatre, et qu'il faut préférer son ami à son chien, et je suis certain qu'il n'y a point d'homme au monde qui ne le puisse voir aussi bien que moi. »

Malebranche

• Sans doute un homme peut-il préférer, par exemple, la vie de son cheval à celle de son cocher. Mais cette préférence ne lui est pas dictée par la **raison**. Son jugement est altéré par ses **passions**, c'est-à-dire par ses sentiments et ses émotions. Il a certes ses raisons, mais « ce sont des raisons qui dans le fond ne sont pas raisonnables », écrit Malebranche.

• De ce point de vue, **nos devoirs nous seraient donc dictés par la raison universelle** (voir chap. 10 : La raison), et non par les valeurs particulières établies dans notre société. Il existerait une **vérité morale universelle** et **fondée en raison**. Que tous les hommes ne reconnaissent pas toujours cette vérité ne suffit pas à en réfuter l'existence. Tous les hommes ne savent pas que la Terre tourne, mais cela ne l'empêche pas de tourner !

2. Kant : la morale déontologique

• La **morale déontologique** (du grec *déon* : « devoir ») soutient que nous devons agir conformément à des **principes** (des devoirs ou des impératifs) qui ont une **valeur absolue** : « Il faut toujours dire la vérité » ou « Il faut toujours tenir nos promesses », par exemple. De ce point de vue, **la valeur morale d'une action ne dépend pas de ses conséquences mais du principe qui l'inspire**. La morale déontologique s'oppose donc au conséquentialisme.

Doc. Kant

• **Kant**, le principal représentant de la morale déontologique, appelle **impératifs catégoriques** ces principes auxquels nous devons obéir sans conditions. Le devoir, c'est ce que nous devons faire **absolument**. Les Anciens n'ont donc pas saisi la véritable nature de la morale. En effet, leur morale dit ce que nous devons faire **si** nous voulons être heureux, elle repose sur des **impératifs hypothétiques** qui ne sont pas de véritables devoirs, mais plutôt des conseils de « prudence », c'est-à-dire de sagesse : accepter le destin, vivre au présent, limiter ses désirs… Nos devoirs nous disent au contraire ce que nous devons faire sans conditions, que cela nous rende heureux ou non (voir chap. 7 : Le bonheur). « La morale n'est pas [...] la doctrine qui nous enseigne comment nous devons nous rendre heureux, mais comment nous devons nous rendre dignes du bonheur », écrit Kant.

Citation

« La raison commande par elle-même, et indépendamment de tous les faits donnés, ce qui doit avoir lieu. »

Kant

- La morale n'est donc pas faite de conseils de sagesse tirés de l'expérience, mais d'impératifs catégoriques dictés par la raison *a priori*, **indépendamment de l'observation des mœurs.** La morale ne nous dit pas comment les hommes se comportent (à la manière de l'anthropologie), mais comment ils **doivent** se comporter ; elle ne nous dit pas ce qui est, mais ce qui **doit** être.

- Kant estime que tous nos devoirs découlent d'un seul et même principe : l'impératif catégorique, dont il donne plusieurs formulations. Retenons-en deux :

– D'abord, notre devoir est de nous déterminer à **agir d'après une maxime qui puisse être universalisée sans contradiction** : « Agis comme si la maxime de ton action devait être érigée par ta volonté en loi universelle de la nature. » Par exemple, la maxime qui prétendrait qu'il est permis de mentir pour se tirer d'embarras n'est pas universalisable. Les hommes ne pourraient plus communiquer et se faire confiance si le mensonge était permis. Paradoxalement, ils ne pourraient même plus se mentir, puisqu'on ne peut tromper que celui qui nous accorde sa confiance (voir chap. 12 : La vérité).

– La seconde formulation exprime l'exigence du **respect inconditionnel de la personne humaine** : « Agis de telle sorte que tu traites l'humanité aussi bien dans ta personne que dans la personne de tout autre toujours en même temps comme une fin et jamais simplement comme un moyen. » De ce point de vue, le mal consiste toujours à traiter une personne comme une chose, à l'utiliser sans égards pour sa dignité d'être humain : esclavage, exploitation, viol, harcèlement, maltraitance...

- Puisque l'homme doit être considéré comme une fin en soi, il ne peut être un simple moyen au service d'un devoir qui s'imposerait à lui de l'extérieur. L'homme est donc l'**auteur de la loi morale à laquelle il obéit**. Faire son devoir (par devoir), ce n'est donc pas **se plier à une contrainte extérieure**, mais **obéir librement à la loi qu'on s'est prescrite**. C'est ce que Kant nomme l'**autonomie** (du grec *nomos* : « loi »).

- De ce point de vue, **le devoir ne peut pas se ramener à une contrainte sociale**, pas plus d'ailleurs qu'à l'observation d'une loi divine regardée comme un décret arbitraire. Aux yeux de Kant, la religion donne du poids à la morale, mais **elle ne la fonde pas** (voir chap. 16 : La religion).

COURS

Pour résumer

1. Première hypothèse : nos devoirs sont des normes sociales intériorisées

■ **Glaucon** affirme que la justice consiste en des **conventions sociales** que nous ne respectons que par crainte d'être punis.

■ **Durkheim** estime que nos devoirs sont des **normes sociales intériorisées**.

■ Dans une perspective voisine, les **utilitaristes** soulignent que **la société érige en devoirs les actions utiles au plus grand nombre.**

■ **Freud** explique que nous intériorisons, au cours de notre éducation, des interdits et des injonctions par lesquels **la civilisation combat notre agressivité naturelle**.

2. Seconde hypothèse : le devoir est une norme de la raison

■ Selon **Malebranche**, c'est la **raison universelle** et non la société qui nous dicte notre devoir.

■ Dans une perspective voisine, **Kant** soutient que **la raison détermine *a priori* ce qui doit être**. Ainsi le devoir ne s'impose-t-il pas à l'être raisonnable du dehors : agir par devoir, c'est **obéir librement à la loi qu'on s'est prescrite (autonomie)**.

■ Ainsi nos devoirs ne sont-ils pour Kant ni des normes sociales, ni des décrets divins, mais bien des obligations, dictées par la raison, auxquelles nous choisissons librement de nous soumettre ou non.

Les incontournables

Dans ce passage de L'Éducation morale, *Durkheim défend la thèse selon laquelle nos devoirs ne seraient rien d'autre que des normes sociales intériorisées : « Quand notre conscience parle, c'est la société qui parle en nous. »*

Toutes les fois où nous délibérons pour savoir comment nous devons agir, il y a une voix qui parle en nous et qui nous dit : voilà ton devoir.

Et quand nous avons manqué à ce devoir qui nous a été ainsi présenté, la même voix se fait entendre et proteste contre notre acte. Parce qu'elle nous parle sur le ton du commandement, nous sentons bien qu'elle doit émaner de quelque être supérieur à nous ; mais cet être, nous ne voyons pas clairement qui il est ni ce qu'il est. C'est pourquoi l'imagination des peuples, pour pouvoir s'expliquer cette voix mystérieuse, dont l'accent n'est pas celui avec lequel parle une voix humaine, l'imagination des peuples l'a rapportée à des personnalités transcendantes, supérieures à l'homme, qui sont devenues l'objet du culte, le culte n'étant en définitive que le témoignage extérieur de l'autorité qui leur était reconnue. Il nous appartient, à nous, de dépouiller cette conception des formes mythiques dans lesquelles elle s'est enveloppée au cours de l'histoire, et, sous le symbole, d'atteindre la réalité. Cette réalité, c'est la société. C'est la société qui, en nous formant moralement, a mis en nous ces sentiments qui nous dictent si impérativement notre conduite, ou qui réagissent avec cette énergie, quand nous refusons de déférer[1] à leurs injonctions[2]. Notre conscience morale est son œuvre et l'exprime ; quand notre conscience parle, c'est la société qui parle en nous. Or, le ton dont elle nous parle est la meilleure preuve de l'autorité exceptionnelle dont elle est investie.

Émile DURKHEIM, *L'Éducation morale*, 1903.

1. Déférer : obéir.

2. Injonctions : commandements, impératifs.

Chronologie

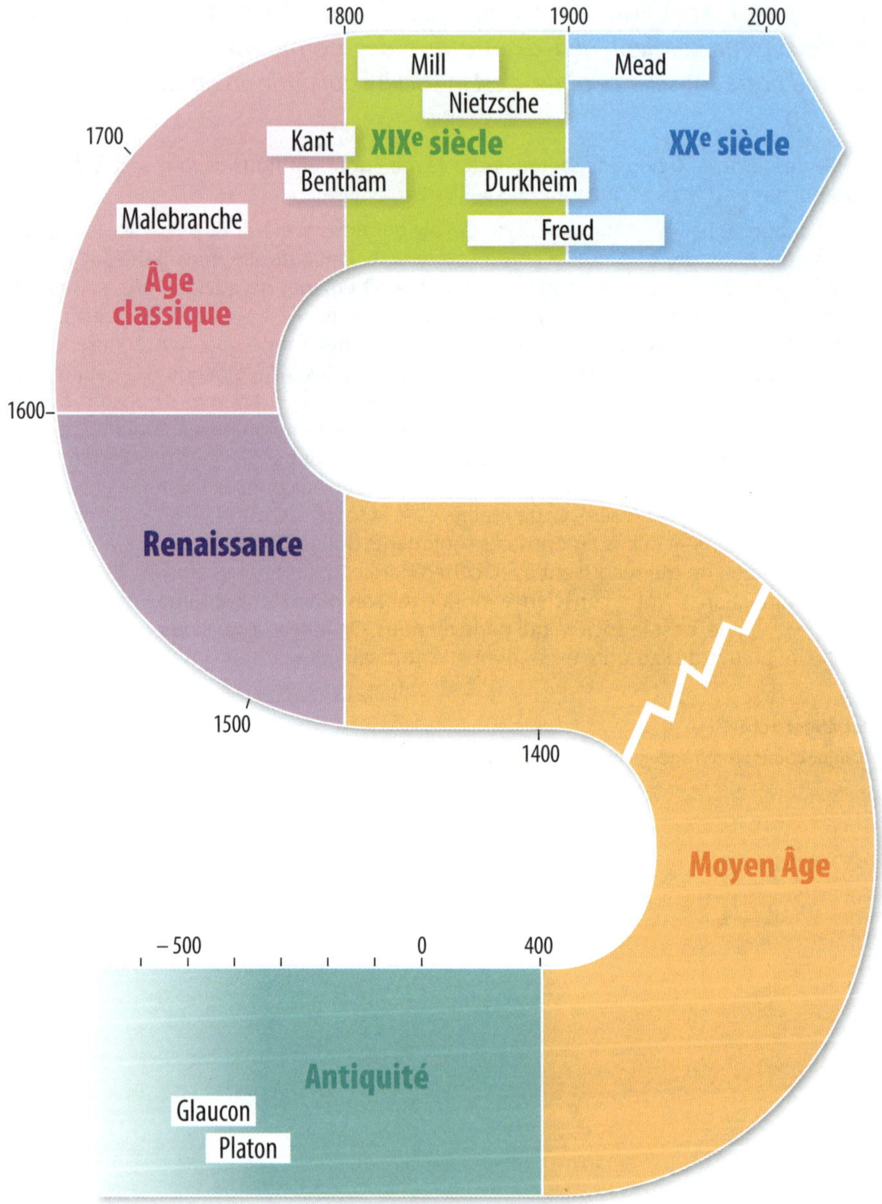

L'essentiel

Mots-clés

■ **Devoir** : ce qui doit être, ce qu'il faut faire, l'obligation morale envisagée comme une loi que l'on se donne à soi-même, et non comme une contrainte extérieure.

■ **Morale déontologique** : (du grec *déon* : « devoir ») doctrine selon laquelle une action doit être jugée en fonction de sa conformité à des principes, devoirs ou obligations (comme celle de dire la vérité) et non en fonction de ses conséquences.

■ **Utilitarisme** : doctrine selon laquelle une action morale n'est rien d'autre qu'une action utile au bonheur de l'humanité.

■ **Norme sociale** : valeur, idéal ou modèle de comportement défini par la société.

■ **Raison** : faculté de connaître et ainsi de distinguer, d'une part le vrai du faux (raison théorique dans le vocabulaire de Kant), et d'autre part le bien du mal ou le juste de l'injuste (raison pratique dans ce même vocabulaire).

Repères

– Absolu / Relatif ➜ p. 305
– En fait / En droit ➜ p. 310
– Obligation / Contrainte ➜ p. 315
– Théorie / Pratique ➜ p. 318

Auteurs

– Platon ➜ p. 285
– Malebranche ➜ p. 292
– Kant ➜ p. 294
– Mill ➜ p. 296
– Nietzsche ➜ p. 297
– Freud ➜ p. 298
– Durkheim ➜ p. 298

CHAPITRE 3

La justice

DE QUOI S'AGIT-IL ?

Certaines situations, certains actes, certaines personnes nous inspirent un sentiment d'injustice tellement fort qu'on ne saurait douter de sa légitimité, du moins au moment où on l'éprouve. Nous savons pourtant que ce sentiment peut être subjectif. Qu'est-ce qui est vraiment bien ou mal, juste ou injuste ? L'esclavage n'avait rien de choquant pour un Grec ou un Romain, les cannibales mangent de la chair humaine, les Inuits pratiquent l'hospitalité conjugale… Faut-il en conclure que le juste et l'injuste ne sont que des conventions ?

1 La thèse conventionnaliste : rien n'est juste en dehors de ce que les usages, les coutumes et les lois définissent comme tel

A Les lois, les coutumes et les usages sont changeants et relatifs

- On peut douter que les notions de bien et de mal, de justice et d'injustice signifient quelque chose **dans l'absolu**. Comment ignorer en effet que **les mœurs et les lois sont relatives aux époques et aux lieux** ? Dans la Rome antique, le père avait (sous certaines conditions) droit de vie et de mort sur ses enfants, sa femme et ses esclaves. Les Aztèques faisaient couramment des sacrifices humains. La conception de la justice de certaines civilisations nous est tellement étrangère que nous pouvons à peine la comprendre.

- Ainsi, le code d'Hammourabi (roi de Babylone ayant régné de 1792 à 1750 av. J.-C.) prévoyait qu'un architecte responsable de l'effondrement d'une maison verrait ses enfants mourir si ceux de la maisonnée perdaient eux-mêmes la vie dans l'accident. Le droit était donc fondé sur le principe d'une **stricte équivalence entre le dommage subi par la victime et la peine infligée au coupable**, comme dans la **loi du talion** : « Œil pour œil, dent pour dent. » Cela, nous pouvons le comprendre. Mais comment comprendre que nos « semblables » aient pu penser que la justice impliquait le meurtre d'enfants innocents ? On peut résoudre le problème en qualifiant les Babyloniens de barbares, mais comme on le sait depuis **Montaigne** : « Chacun appelle barbarie ce qui n'est pas de son usage. »

- L'ethnologie et la sociologie confirment ce premier constat historique : les Inuits pratiquent l'hospitalité conjugale, les musulmans proscrivent la consommation d'alcool, les partisans de la *deep ecology* (écologie profonde ou radicale), comme le philosophe **Michel Serres** en France, entendent accorder aux animaux, aux arbres et, plus fondamentalement, à la Terre elle-même le statut de sujets et leur donner ainsi des droits, tandis que la corrida a été déclarée « bien d'intérêt culturel » par le Parlement espagnol en 2013. « **Vérité en deçà des Pyrénées, erreur au-delà** », écrit **Pascal**.

> **Bien comprendre**
> Pascal estime que les lois ne sont que des coutumes sans fondement rationnel. Toutefois, les notions de bien et de mal, de justice et d'injustice conservent un sens à ses yeux. Il n'est donc pas relativiste.

B Le relativisme moral : rien n'est juste ou injuste

• Ce constat que les lois, les mœurs et les coutumes dépendent des époques et des lieux fonde le **relativisme moral** : **il n'y a pas de vérité morale**, rien ne peut être dit bien ou mal, juste ou injuste dans l'absolu. La doctrine sceptique de **Pyrrhon**, telle que le témoignage de **Diogène Laërce** nous la laisse entrevoir (voir chap. 12 : La vérité), préfigure ce relativisme éthique : « Rien n'est honnête ou honteux, juste ni injuste, […] **en toutes choses les hommes se gouvernent d'après la loi et la coutume**. »

• Le juste et l'injuste peuvent donc apparaître comme de simples **conventions** qui ne tirent leur force que de l'habitude et de la **coutume**. Mais pourquoi telle coutume s'est-elle établie plutôt qu'une autre ? Plusieurs hypothèses sont concevables.

1. Première hypothèse : on appelle justes les normes qui permettent de vivre en société

• **Glaucon** est un personnage de *La République* de **Platon**. Il y expose la thèse des sophistes sur l'origine de la justice et des lois. À l'origine, les hommes vivant sans lois sont perpétuellement en conflit et se font du tort réciproquement. Nul ne tire avantage de cette liberté anarchique, car chacun souffre davantage des torts qu'il subit qu'il ne tire profit de ceux qu'il peut infliger aux autres. Mais parce qu'ils sont des êtres rationnels, les hommes finissent par convenir entre eux de ne plus se faire de tort, adoptent des règles et échappent ainsi à la violence. Depuis, **on appelle juste ce qui est conforme à ces règles admises par convention** et injuste tout ce qui s'en écarte.

> **Citation**
> « Ceux qui sont incapables de fuir le mal et de choisir le bien jugent qu'il leur sera profitable de passer un accord les uns avec les autres pour ne plus commettre ni subir l'injustice. »
> Glaucon, dans *La République* de Platon

• De ce point de vue, les règles qui régissent la vie en société seraient donc adoptées parce qu'elles sont de nature à **pacifier les relations entre les hommes**. Par exemple, s'il est interdit de jouer de la batterie dans un immeuble au milieu de la nuit, ce n'est pas parce que c'est une action condamnable en vertu d'un principe de justice qui aurait une **valeur absolue**, mais seulement parce que ce genre de règles permet de cohabiter plus agréablement et plus pacifiquement.

• L'interdiction de tuer un homme s'explique-t-elle de la même façon ? C'est ce que semble penser **Freud**. « Si la culture a établi le commandement de ne pas tuer le voisin que l'on hait, qui nous fait obstacle et dont on convoite les biens, cela fut manifestement dans l'intérêt de la vie en commun des hommes qui, autrement, serait **impraticable** », écrit-il.

● De ce point de vue, **le meurtre n'est pas injuste en soi, mais seulement parce qu'il est incompatible avec la vie en société**. Quand un homme est tué, ses proches s'efforcent de le venger. La violence engendre la violence, dans un cercle sans fin. La société doit ainsi tout mettre en œuvre pour limiter l'agressivité naturelle des hommes et éviter qu'ils ne s'entretuent. La justice se résumerait donc à des **règles conventionnelles utiles à la vie en commun**. Mais n'est-ce pas en réalité le plus fort qui impose ses règles ?

2. Deuxième hypothèse : le juste n'est rien d'autre que l'intérêt du plus fort

● **Thrasymaque** est un sophiste mis en scène par **Platon** dans *La République*. « **Le juste est l'avantage du plus fort** », explique-t-il. Cela signifie que le gouvernement déclare juste ce qui sert son intérêt. Pourquoi cette ruse ? Parce que, comme le souligne **Rousseau** : « **Le plus fort n'est jamais assez fort pour être toujours le maître, s'il ne transforme sa force en droit et l'obéissance en devoir.** » Le plus fort cache donc son intérêt derrière le masque de la justice afin que ceux qu'il domine se sentent non pas seulement contraints d'obéir, mais moralement obligés de le faire.

● **Marx** nomme « **idéologie** » la **représentation du monde que la classe dominante impose dans son propre intérêt à la classe dominée**. La justice et le droit relèvent de cette idéologie. « Votre droit n'est que la volonté de votre classe érigée en loi », écrit-il.

Citation

« Les pensées de la classe dominante sont aussi, à toutes les époques, les pensées dominantes. »

Marx

3. Troisième hypothèse : la loi est faite par les faibles et à leur avantage

● **Calliclès** est un sophiste mis en scène par **Platon** dans *Gorgias*. « **Ce sont les faibles, la masse des gens, qui établissent les lois** [...] en fonction d'eux-mêmes et de leur intérêt personnel », affirme-t-il. Ainsi les faibles prônent-ils l'égalité parce qu'elle les avantage : les forts intériorisent au cours de leur éducation les valeurs égalitaristes imposées par la masse et sont transformés en esclaves.

Bien comprendre

Notez que pour Calliclès, il existe une vraie « justice » : la loi de la nature, la loi du plus fort.

● La thèse de Calliclès préfigure celle de **Nietzsche** : **la morale naît du ressentiment**, c'est-à-dire de la rancune ou de l'amertume des faibles. Du point de vue du faible, de l'esclave, le mal c'est ce que fait le fort. Par contraste, le faible croit incarner le bien. La force, la puissance, la vie même sont donc condamnées par la morale qui fait de l'impuissance une vertu.

2 La thèse naturaliste : il existe des principes de justice supérieurs aux usages, aux coutumes et aux lois

A Le droit naturel et le droit positif

Comprendre le droit naturel

- Le **droit positif,** c'est le droit tout court, au sens qu'a ce mot dans la langue courante : l'ensemble des lois en vigueur dans un État ou dans une société. **Le droit positif est variable et relatif**.

- Mais les lois sont censées être justes, c'est-à-dire que nous croyons qu'elles sont conformes à des **principes de justice éternels**. Ces principes constituent ce que les philosophes appellent le **droit naturel** (naturel parce qu'il n'est pas conventionnel, c'est-à-dire institué par l'homme). « Il y a une loi vraie, droite raison, conforme à la nature, diffuse en tous, constante, éternelle [...] ; elle n'est pas autre à Rome ou à Athènes ; elle n'est pas autre aujourd'hui que demain ; mais **loi une, et éternelle, et immuable, elle sera pour toutes nations et de tout temps** », écrit **Cicéron**. C'est au nom de cette loi d'origine divine qu'Antigone, désobéissant à Créon, offre une sépulture à son frère.

Bien comprendre
Si le droit positif est un fait, le droit naturel n'est qu'une hypothèse.

B Strauss : le droit naturel est nécessaire

- **Leo Strauss** défend l'hypothèse du droit naturel contre ceux qui prétendent en faire une idée périmée, dépassée : **« Le besoin du droit naturel est aussi manifeste aujourd'hui qu'il l'a été durant des siècles et même des millénaires** », écrit-il en 1953 dans *Droit naturel et histoire*. Il défend cette thèse en avançant plusieurs arguments :

– Premier argument : nier le droit naturel revient à dire que le droit n'est déterminé que par les législateurs et les tribunaux. Or, **il est parfaitement sensé et légitime de parler de lois injustes**. Et comment déclarer la loi injuste, sinon au nom de principes de justice supérieurs aux lois ?

– Deuxième argument : ces principes ne se réduisent pas à un idéal de justice lui-même variable et relatif. Si les mœurs des cannibales n'étaient pas moins bonnes que les nôtres, nous n'aurions aucune raison valable de nous opposer à une lente évolution de nos mœurs vers le cannibalisme. Autrement dit, le relativisme n'est pas tenable. **On ne peut pas tout tolérer** : l'esclavage, la discrimination, l'intolérance... Si rien n'est juste ou injuste, pourquoi combattre l'injustice ?

– Troisième argument : le simple fait que nous puissions nous demander ce que vaut notre conception de la justice montre qu'**il y a en l'homme quelque chose qui n'est pas totalement conditionné par la société** (la raison).

– Quatrième argument : **les conflits sociaux sont insolubles** si on ne peut pas décider de ce qui est juste.

C On peut dire en quoi consiste la justice

1. Comment peut-on savoir en quoi consiste la justice ?

- On peut estimer que **la raison permet aux hommes de distinguer le bien du mal et la justice de l'injustice** (voir chap. 10 : La raison). La raison peut en effet se définir comme la faculté propre à l'homme de distinguer le vrai du faux, le bien du mal, le juste de l'injuste. « Je vois, par exemple, que deux fois deux font quatre, et qu'il faut préférer son ami à son chien », écrit **Malebranche**. La justice est présentée ici comme une **évidence rationnelle**.

- Mais comment comprendre alors que les hommes puissent avoir des **conceptions différentes de la justice** ? On peut penser, comme **Malebranche**, que nos sentiments peuvent fausser notre jugement. Un homme peut préférer la vie de son cheval à celle de son cocher.

- On peut aussi penser, comme **Rousseau**, que **le droit naturel n'apparaît pas spontanément à la conscience**, mais qu'il doit être découvert par la réflexion, puis explicité et traduit en lois par le débat public.

- Enfin, on peut supposer que seuls le temps, l'expérience et la réflexion permettent aux hommes de cerner progressivement l'essence de la justice. En d'autres termes, il y aurait un **progrès de la conscience morale de l'humanité**, comme il y a un progrès des sciences ou des techniques. On peut voir la *Déclaration universelle des droits de l'homme*, proclamée en 1948, comme l'aboutissement de ce progrès, ou du moins comme une tentative pour donner une formulation aux exigences idéales de justice du droit naturel. Elle définit les **droits que tout homme possède par nature, du seul fait qu'il est homme**, sans distinctions culturelles ou ethniques, et elle souligne que **la justice implique l'équité**. Celle-ci consiste à traiter de la même façon des êtres qui, au-delà de leurs **différences accidentelles**, doivent être considérés comme **essentiellement semblables**.

2. Kant : le respect de la personne humaine est l'exigence fondamentale de la morale

• « Agis de telle sorte que tu traites l'humanité, aussi bien dans ta personne que dans la personne de tout autre, toujours en même temps comme une **fin** et jamais simplement comme un **moyen** », écrit **Kant**. De ce point de vue, **le mal et l'injustice consistent à traiter une personne comme une chose**, à l'utiliser sans égards pour sa dignité d'être humain : esclavage, exploitation, viol, harcèlement, maltraitance... Il n'est alors pas si difficile de définir ce qui est juste, et encore moins ce qui est injuste.

3. Rawls : qu'est-ce qu'une société juste ?

• Une société juste serait fondée sur des principes choisis par ses futurs membres, dans l'ignorance de la position qu'ils y occuperont, estime **John Rawls**. C'est ce qu'il appelle le « **voile d'ignorance** ». Une telle société accorderait à ses membres le **maximum de liberté compatible avec l'égalité effective des chances**.

Citation

« La justice est la première vertu des institutions sociales comme la vérité est celle des systèmes de pensée. »

Rawls

4. Justice et égalité

• Comme le montrent la thèse de Rawls, la *Déclaration universelle des droits de l'homme* ou le symbole de la balance, **l'idée de justice entretient un lien évident avec l'idée d'égalité**. Faut-il en conclure que toutes les inégalités sont injustes ? Par exemple, on ne trouve pas injuste le fait que les majeurs et les mineurs ne soient pas égaux en droit. Le fait que les mineurs n'aient pas le droit de voter ou qu'ils ne soient pas punis avec la même sévérité en cas de délit ne nous choque pas. C'est que **la justice ne consiste pas à donner la même chose à tous, mais à donner à chacun ce qui lui revient** (en fonction de ce qu'il est, de ce qu'il fait, de ses mérites, de ses besoins...), comme le voulait le droit romain.

Citation

« Rendre à chacun son dû. »

Principe du droit romain

• Dans une perspective voisine, **Aristote** affirme que la **justice distributive** (celle qui concerne la répartition des biens, des récompenses ou des honneurs, et non la justice pénale) est fondée sur une **égalité proportionnelle**. Par exemple, la Cité doit distribuer les charges (fonctions officielles) et les honneurs en proportion des mérites de chacun. Ainsi la justice consiste-t-elle à **traiter inégalement des individus inégaux.**

• L'idée est valable si on suppose que **les hommes, étant essentiellement égaux, jouissent des mêmes droits fondamentaux**. Mais Aristote estime que certains hommes de nature inférieure (les barbares) peuvent légitimement être réduits en esclavage.

Pour résumer

1. La thèse conventionnaliste : rien n'est juste en dehors de ce que le droit définit comme tel.

■ L'histoire, l'ethnologie et la sociologie montrent combien l'idée de justice est changeante et relative. Ainsi, dans la Rome antique, le père avait droit de vie et de mort sur sa femme, ses enfants et ses esclaves.

■ Constater que les coutumes et les lois changent selon les époques et les lieux incline au **relativisme** : les termes de bien et de mal, de justice et d'injustice ne signifient rien dans l'absolu.

■ De ce point de vue, les lois seraient seulement des **conventions.**

■ Mais ces conventions sont-elles **nécessaires à la vie en commun (Glaucon, Freud)** ? Établies à **l'avantage des plus forts (Thrasymaque, Marx)** ? A l'avantage **des plus faibles (Calliclès, Nietzsche)** ?

2. La thèse naturaliste : il y a des principes de justice supérieurs au droit.

■ On appelle droit naturel l'ensemble des principes universels de justice qui existeraient indépendamment des conventions humaines, des lois, usages et coutumes propres à un pays et à une époques donnés.

■ **Léo Strauss** souligne les limites du relativisme : on ne peut pas tout accepter, tout tolérer. **Ce qui est juste ou injuste ne l'est pas seulement au regard des lois** qui peuvent elles-mêmes être jugées au nom du droit naturel.

■ On peut estimer que le progrès de la conscience morale de l'humanité a permis de comprendre que la justice requière fondamentalement l'équité qui regardant tous les hommes comme des égaux leur accorde **les mêmes droits fondamentaux.**

Les incontournables

Dans ce passage bien connu des Pensées, *Pascal expose sa conception du rapport entre la justice et le droit. Il ne nie pas l'existence du droit naturel, mais estime que les lois, changeantes et contradictoires, sont sans rapport avec lui.*

On ne voit presque rien de juste ou d'injuste qui ne change de qualité en changeant de climat. Trois degrés d'élévation du pôle renversent toute la jurisprudence[1]. Un méridien décide de la vérité ; en peu d'années de possession, les lois fondamentales changent. Le droit a ses époques, l'entrée de Saturne au Lion nous marque l'origine d'un tel crime. Plaisante justice qu'une rivière borne[2] ! Vérité en deçà des Pyrénées, erreur au-delà.

Ils confessent que la justice n'est pas dans ces coutumes, mais qu'elle réside dans les lois naturelles[3], connues en tout pays. Certainement ils le soutiendraient opiniâtrement si la témérité du hasard qui a semé les lois humaines en avait rencontré au moins une qui fût universelle. Mais la plaisanterie est telle que le caprice des hommes s'est si bien diversifié qu'il n'y en a point.

Le larcin, l'inceste, le meurtre des enfants et des pères, tout a eu sa place entre les actions vertueuses[4]. Se peut-il rien de plus plaisant qu'un homme ait droit de me tuer parce qu'il demeure au-delà de l'eau et que son prince a querelle contre le mien, quoique je n'en aie aucune avec lui ?

Il y a sans doute des lois naturelles, mais cette belle raison corrompue a tout corrompu[5] […].

De cette confusion arrive que l'un dit que l'essence de la justice est l'autorité du législateur ; l'autre, la commodité du souverain ; l'autre, la coutume présente, et c'est le plus sûr : rien, suivant la seule raison, n'est juste de soi ; tout branle avec le temps. La coutume fait toute l'équité, par cette seule raison qu'elle est reçue ; c'est le fondement mystique de son autorité. Qui la ramène à son principe l'anéantit. Rien n'est si fautif que ces lois qui redressent les fautes. Qui leur obéit parce qu'elles sont justes obéit à la justice qu'il imagine, mais non pas à l'essence de la loi ; elle est toute ramassée en soi. Elle est loi, et rien davantage.

Blaise Pascal, *Pensées*, 1670.

1. **Jurisprudence :** décisions de justice.
2. On comprend que la rivière en question marque une frontière entre deux États.
3. **Les lois naturelles :** le droit naturel.
4. Tout ce que nous jugeons criminel a pu être jugé légitime.
5. Pascal ne nie donc pas l'existence d'un droit naturel : celui qu'enseigne la religion chrétienne.

Chronologie

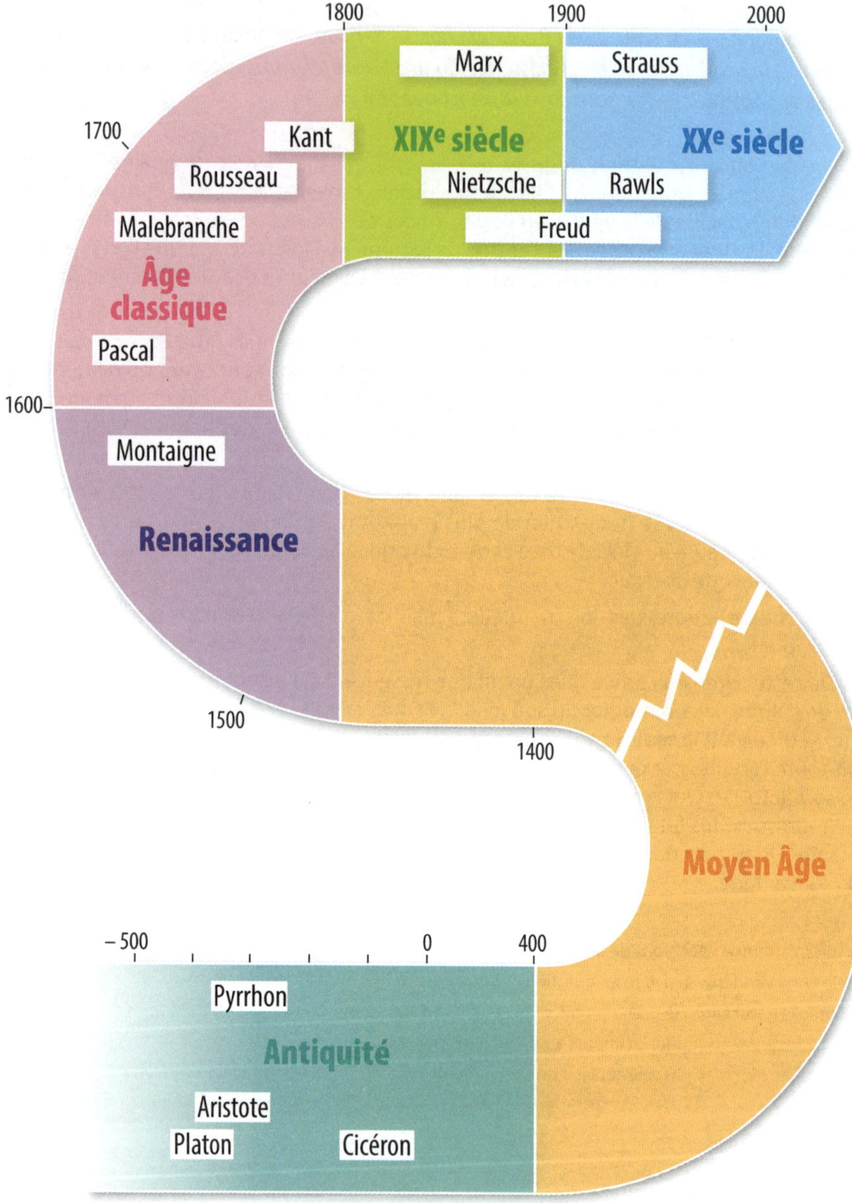

L'essentiel

Mots-clés

Justice : du latin *jus* (« droit », « justice »). Le terme désigne ici le principe supérieur au nom duquel on peut juger un fait légitime ou illégitime. Il est à noter que les lois font partie de ces faits.

Droit positif : ensemble des lois en vigueur dans un espace juridique donné à une époque donnée. Par exemple le droit romain, français ou européen.

Droit naturel : ensemble des principes universels de justice qui existeraient indépendamment des conventions humaines.

Relativisme morale : doctrine selon laquelle rien ne serait en soi, bien ou mal, juste ou injuste.

Conventionnel : qui est admis par suite d'une convention, qui est établi par l'usage (en vertu d'un accord tacite entre les hommes). C'est par exemple le cas des conventions sociales ou du sens des mots. S'oppose à **naturel**.

Repères

Absolu / Relatif → p. 305
Légal / Légitime → p. 314
Objectif / Subjectif / Intersubjectif → p. 315
Universel / Général / Particulier / Singulier → p. 319

Auteurs

– Platon → p. 285
– Malebranche → p. 292
– Rousseau → p. 293
– Kant → p. 294
– Marx → p. 297
– Nietzsche → p. 297
– Freud → p. 298

CHAPITRE 4

La nature

DE QUOI S'AGIT-IL ?

Les Anciens conçoivent la nature comme un ensemble organisé au sein duquel l'homme, comme toute chose, a un rôle assigné. C'est particulièrement clair dans la philosophie stoïcienne, qui nous encourage à chercher le bonheur dans une vie conforme à la nature. De ce point de vue, l'homme appartiendrait à la nature et devrait se soumettre à son ordre. Mais le progrès des sciences et des techniques nous donne au contraire le sentiment de dominer la nature. De ce point de vue, la nature nous appartiendrait et nous pourrions la modeler selon nos désirs. Il s'agit donc de déterminer si la nature appartient à l'homme, qui serait libre de la modifier, ou si c'est au contraire l'homme qui appartient à la nature et lui doit une forme de respect. La question suppose une clarification de l'idée même de nature.

1 Première hypothèse : l'homme appartient à la nature et doit s'y conformer

A Le stoïcisme : « Vivre en accord avec la nature »

- Les stoïciens, comme **Épictète**, nous conseillent de vivre conformément à la nature. L'idée est séduisante, mais que signifie-t-elle exactement ? Le mot « nature » désigne ici le monde, l'Univers ou plus exactement le **Cosmos**, c'est-à-dire l'ensemble de tout ce qui existe. Il s'agit d'un **ensemble ordonné, harmonieux, rationnel et divin où toute chose a une place et un rôle**, une raison d'être.

- De ce point de vue, la morale consiste à **vivre en accord avec la nature** ou, comme l'affirme Épictète, à **bien jouer le rôle qui nous a été assigné** : « Souviens-toi que tu joues dans une pièce qu'a choisie le metteur en scène : courte, s'il l'a voulue courte ; longue, s'il l'a voulue longue. S'il te fait jouer le rôle d'un mendiant, joue-le de ton mieux ; et fais de même, que tu joues un boiteux, un homme d'État ou un simple particulier. Le choix du rôle est l'affaire d'un autre. »

> **Citation**
> « Mais moi, qu'est-ce que je cherche ? À connaître la nature afin de la prendre pour guide. »
> Épictète

- Le rôle que nous devons jouer est inscrit dans notre nature d'être humain comme dans notre nature individuelle. **La sagesse requiert donc la connaissance et le respect de la nature et de notre propre nature.**

- C'est le sens de deux devises qui figuraient au fronton du temple de Delphes : « **Connais-toi toi-même** » et « **Rien de trop** ». La première invite l'homme à **comprendre sa nature et son rôle** ; la seconde le met en garde contre la tentation d'**outrepasser sa fonction**. Les Grecs nomment *hubris* l'orgueil et la démesure qui poussent les hommes à se prendre pour des dieux en menaçant ainsi l'ordre naturel des choses.

- Par exemple, nous sommes par nature des êtres mortels et non des dieux, de sorte que nous devons accepter la mort comme un événement nécessaire (inéluctable) et inscrit dans le cours naturel des choses. « C'est une malédiction pour les épis de ne pas être moissonnés, et ce serait une malédiction pour les hommes de ne pas mourir », soutient Épictète.

- Vivre en accord avec la nature, c'est donc **accepter le cours naturel et nécessaire des choses**, accepter ce que nous ne pouvons pas changer : le **destin**.

B Aristote : « La nature ne fait rien en vain »

- Comme les stoïciens et la plupart des Anciens, **Aristote** estime que **tout ce qui est naturel a une fin, un but ou une raison d'être** : « La nature ne fait rien en vain », écrit-il. Dans cette citation, le mot « nature » ne désigne pas une chose ou l'ensemble des choses (l'Univers), mais plutôt le **principe** ou la **cause** qui produit les choses naturelles ainsi que l'**ordre**, l'**harmonie** et la **finalité** que l'on observe en elles (par exemple, dans le corps humain) ou entre elles (par exemple, entre les abeilles et les fleurs) : « C'est la nature qui fait les animaux et les parties dont ils sont composés ; c'est elle qui fait les plantes et les corps simples comme la terre, le feu, l'air ou l'eau », écrit Aristote.

- De ce point de vue, **rien n'existe par hasard** : tout a un but ou une fin, tout s'explique et tout est justifié. C'est ce qui nous émerveille dans les œuvres de la nature : « Ce n'est pas le hasard qui règne dans les œuvres de la nature, mais au plus haut degré, la finalité. »

- **Comprendre la raison d'être des choses**, répondre à la question « Pourquoi ? » **est essentiel**, tant à la connaissance qu'à la vie et à l'action. Vivre heureux et s'accomplir en tant qu'homme suppose en effet que l'on comprenne la fonction propre de l'homme, ce pour quoi il est fait, ce à quoi la nature et sa nature le destinent.

- Aristote estime ainsi que l'homme, étant par nature un **animal raisonnable** (*zôon logikon*), c'est-à-dire un être doué de raison, est fait pour **connaître** et doit chercher son bonheur dans cette voie. C'est ce qu'on appelle l'**idéal de la vie contemplative** (ou théorétique).

- Mais en dotant l'homme de raison, la nature a aussi fait de lui un **animal politique** ou social (*zôon politikon*), ce qui signifie que nous sommes faits pour **vivre en société** et que nous ne pouvons trouver le bonheur et nous accomplir qu'en vivant parmi nos semblables au sein de la Cité (*polis*).

> **Citation**
> « Celui qui est hors cité, naturellement bien sûr et non par le hasard des circonstances, est soit un être dégradé, soit un être surhumain. »
> Aristote

- On l'a compris, pour les stoïciens et pour Aristote, comme pour la plupart des Anciens, **l'homme appartient à une nature divine et rationnelle** au sein de laquelle il doit **accepter la place et la fonction qui lui sont assignées**. Mais l'homme peut-il vivre sans modifier l'ordre naturel des choses ? N'est-il pas au contraire voué par sa nature à transformer la nature ?
C'est ce que suggère le mythe de Prométhée et ce que semble confirmer l'observation des faits.

Comprendre la pensée d'Aristote

2 Deuxième hypothèse : la nature appartient à l'homme qui est libre de la transformer

A Le mythe de Prométhée : l'homme est un être à part dans la nature

- Selon un épisode de la mythologie grecque, deux Titans, **Prométhée** et **Épiméthée**, ont été chargés de répartir parmi les animaux les atouts grâce auxquels chacun pourrait survivre sans supplanter les autres. Mais Épiméthée (dont le nom signifie « l'imprévoyant »), qui a voulu faire le travail seul, a oublié l'homme et il ne lui reste plus aucun avantage à offrir. C'est la raison pour laquelle l'homme, qui naît nu et sans défense, est le plus démuni de tous les animaux. Son frère, Prométhée (« le prévoyant »), se décide alors à voler « la maîtrise des arts [techniques] d'Héphaïstos et d'Athéna, en même temps que le feu [...] et à en faire cadeau à l'homme », raconte **Platon**. Les **sciences** et les **techniques** sont donc d'abord quelque chose de divin dont la maîtrise élève l'homme au-dessus des animaux.
- De ce point de vue, **l'homme n'est pas un animal comme les autres** : il est un être à part dans la nature, un être voué par sa nature à **transformer la nature** grâce au pouvoir que lui confèrent la science et la technique. Il en va de sa survie même : parce qu'il n'est pas équipé pour survivre dans un environnement naturel, l'homme n'a pas d'autre choix que de transformer son environnement pour l'adapter à ses besoins.
- Dans cette perspective, la **raison** (***logos***), qui distingue l'homme de l'animal, désigne d'abord l'intelligence qui permet à l'homme d'inventer des **techniques**, des **outils** ou des **artefacts** grâce auxquels il peut survivre, puis vivre de plus en plus confortablement, dans un monde toujours plus artificiel, c'est-à-dire éloigné d'une nature hostile à laquelle il n'est nullement adapté.

B Descartes : l'homme maître et possesseur de la nature

- Au XVIIe siècle, **Descartes**, anticipant les progrès prodigieux dont la science et la technique lui semblent capables, imagine que nous deviendrons un jour « comme maîtres et possesseurs de la nature ». La formule témoigne d'une profonde transformation de la manière dont l'homme se représente son rapport à la nature. Alors que les Anciens se percevaient comme appartenant à une nature immuable et harmonieuse à laquelle ils devaient ajuster leur conduite, **les modernes se posent en maîtres et possesseurs d'une nature qu'ils peuvent transformer à volonté**.

Comprendre la pensée de Descartes

- Préfigurant les thèses du **transhumanisme**, Descartes imagine que le progrès scientifique et technique nous épargnera les souffrances de la maladie et de la vieillesse, et même qu'il rendra les hommes « plus sages et plus habiles », c'est-à-dire qu'il augmentera leurs capacités intellectuelles et physiques. Repoussant les limites de la condition humaine, **l'homme, maître et possesseur de sa propre nature, accoucherait ainsi d'une humanité nouvelle**, transformée ou transcendée par la science.

COURS

C Bataille : l'homme dit non à la nature et à sa propre nature

- **Georges Bataille** définit l'homme comme l'animal qui refuse le donné naturel, qui le transforme par le travail et par l'éducation. En effet, contrairement aux autres animaux, l'homme ne vit pas dans un environnement naturel mais dans un monde très largement artificiel qu'il a profondément transformé pour l'adapter à ses besoins : « L'homme change le monde extérieur naturel, il en tire des outils et des objets fabriqués qui composent un monde nouveau, le monde humain. » **L'homme n'accepte donc pas le monde tel qu'il est**, mais il ne s'accepte pas davantage lui-même puisqu'**il se transforme par l'éducation**. Il refuse par exemple de donner libre cours à la satisfaction de ses besoins animaux.

Citation
« L'homme est l'animal qui n'accepte pas simplement le donné naturel, qui le nie. »
Bataille

- Dans une perspective voisine, **Freud** souligne que la vie en société exige de l'homme qu'il réprime ses pulsions ou instincts violents. En ce sens, **c'est en contrariant sa nature et son animalité que l'homme devient un être civilisé.**

D Sartre : « L'homme n'est rien d'autre que ce qu'il se fait »

- Aux antipodes du stoïcisme qui soutient que l'homme doit se conformer au rôle que lui assigne sa nature, **Sartre** affirme que **l'homme, n'ayant pas de nature, est entièrement libre et responsable de ce qu'il choisit d'être**.

Doc. Sartre

- C'est l'idée maîtresse de l'**existentialisme** sartrien : « **L'existence précède l'essence.** » Cela signifie qu'il n'existe aucune essence, aucune définition universelle de l'homme censée déterminer nos existences : « L'homme existe d'abord, [...] il se définit après. » L'homme n'est pas comparable à un objet fabriqué par un artisan ou créé par Dieu : l'objet existe d'abord dans l'esprit de son créateur, il est d'abord un concept, une idée ou une essence, il est conçu avant d'être réalisé. Au contraire, **l'homme se définit lui-même par ses actes ou par ses choix.** Son existence n'est pas tracée d'avance en fonction d'une quelconque nature.

Citation
« Il n'y a pas de nature humaine, puisqu'il n'y a pas de Dieu pour la concevoir. »
Sartre

• C'est par exemple le sens de la fameuse formule de **Simone de Beauvoir** : « **On ne naît pas femme, on le devient.** » La femme n'est pas par nature inférieure et esclave de l'homme, elle n'est pas faite pour avoir des enfants, entretenir la maison ou faire la cuisine, elle n'est pas « condamnée » à être femme et à se cantonner dans le rôle qui lui serait assigné par sa prétendue nature. Elle est libre.

• Mais si la nature ne nous assigne *a priori* aucun rôle, pouvons-nous pour autant nous en libérer entièrement ? L'homme ne reste-t-il pas un élément de la nature, inscrit dans une réalité physique et biologique dont il ne peut modifier les lois ? « L'homme n'est pas un empire dans un empire », remarque **Spinoza**. Cela signifie que **l'homme n'est pas détaché de la nature à laquelle il appartient, mais reste déterminé par ses lois.**

3 Troisième hypothèse : l'homme appartient à la nature autant qu'elle lui appartient

A Épicure : il n'y a pas de fins dans la nature

• On l'aura compris, les Anciens perçoivent l'Univers comme un système bien organisé au sein duquel tout a un rôle ou une fin. Cependant, les épicuriens s'opposent dès l'Antiquité à l'idée d'une finalité naturelle. Ainsi, **Lucrèce**, un auteur latin disciple d'**Épicure**, soutient qu'**aucune intention n'est à l'œuvre dans la nature** ou dans le règne du vivant.

• Contre ce qu'il considère comme une fausse évidence, Lucrèce affirme par exemple que **nos organes n'ont pas été créés en vue de nos besoins** : nos yeux n'ont pas été créés pour que nous puissions voir, pas plus que nos jambes pour marcher, etc. Expliquer l'existence de nos organes par leur fonction, c'est commettre une erreur de raisonnement, c'est mettre, contre toute logique, la cause après l'effet. Nous avons des jambes, donc nous marchons ; nous avons des yeux, donc nous voyons. Mais ce n'est pas parce que nous avons besoin de voir ou de marcher que nous avons des yeux et des jambes.

• Les épicuriens ne perçoivent donc pas l'Univers comme un système bien organisé (Cosmos) où tout aurait un but ou une fin, mais comme le **fruit du hasard et de la nécessité.** Cela signifie que l'Univers pourrait être différent et que rien dans la nature n'est « fait exprès », comme on dit familièrement. De ce point de vue, l'homme n'a pas à se soumettre sagement aux fins de la nature ou à ses desseins, puisqu'elle n'en a pas.

• Par exemple, **les épicuriens ne croient pas en un destin qu'il faudrait comprendre et accepter pour trouver le bonheur** : « Le sage se moque du destin. » Par conséquent, l'avenir nous appartient : il est ce que nous en ferons (dans les limites du possible) et non ce qu'une nature prétendument douée d'intentions aurait « décidé » d'en faire.

• Cependant, il est sage de **contenir nos désirs dans leurs limites naturelles**. Nous avons en effet de vrais besoins, des désirs naturels et nécessaires (manger, boire ou dormir, par exemple), mais nous sommes aussi habités par des désirs non naturels et non nécessaires qui nous condamnent à l'insatisfaction, comme les désirs de gloire, de richesse ou d'immortalité. **Bien que nous n'ayons pas à nous soumettre aux prétendues fins de la nature, nous restons soumis à ses lois** (par exemple, on ne peut pas survivre sans manger, boire ou dormir, ni être heureux sans renoncer à nos désirs insatiables).

• Épicure affirme donc lui aussi que **l'homme doit vivre en accord avec la nature**, mais pas au sens où les stoïciens l'entendent : il ne s'agit pas d'accepter le cours naturel des choses, le destin, mais de trouver la sérénité au sein de la nature en comprenant ses lois.

B Bacon : « On ne commande à la nature qu'en lui obéissant »

• De ce point de vue, **l'homme est donc maître de son destin et non pas soumis au cours naturel des choses**. Mais il n'est pas tout-puissant. Si la nature n'a pas de desseins, si elle ne nous assigne aucun rôle auquel nous devrions sagement nous conformer, elle a tout de même des lois que nous n'avons nullement le pouvoir de changer. En ce sens, on peut dire que **nous appartenons à la nature autant qu'elle nous appartient**. Comme tout ce qui existe, l'homme reste soumis aux lois de la nature. Il ne fait pas exception. « On ne commande à la nature qu'en lui obéissant », remarque ainsi **Bacon**. En effet, **la science découvre les lois de la nature et la technique les utilise, mais il est impossible de les changer**.

• Par exemple, comprendre la poussée d'Archimède permet d'établir la flottabilité d'un corps et de concevoir des bateaux, mais on ne peut évidemment pas en changer le principe : tout corps plongé dans un fluide (de l'eau, par exemple) subit une poussée verticale dirigée de bas en haut égale au poids du volume de fluide déplacé.

• Une image permet d'illustrer le rapport de l'homme à la nature tel que Bacon se le représente : un marin peut utiliser le vent pour aller où il veut (**il commande à la nature**), mais il ne peut pas changer la direction du vent (**il obéit à la nature**).

C L'écologie modérée : respecter la nature pour respecter l'homme

• Alors que l'**écologie radicale** (*deep ecology*) estime que **la nature a une valeur intrinsèque** (une valeur en elle-même) et prétend lui accorder des droits, l'**écologie modérée** (*shallow ecology*) estime que **la nature n'est que l'environnement de l'homme** et que c'est à ce titre qu'elle doit être respectée. De ce point de vue, **protéger la nature, c'est d'abord protéger l'homme** en préservant les conditions qui rendent la vie possible sur Terre.

• Le vocabulaire a ici son importance : **parler de « protection de l'environnement », c'est admettre implicitement que la nature appartient à l'homme**, qui est libre de la transformer tant qu'il ne se met pas en danger. À l'inverse, **parler de la nature et de ses droits, c'est en faire une personne juridique** ou un sujet de droit (comme le souhaite par exemple **Michel Serres**).

En savoir plus sur *Le Contrat naturel* de Michel Serres

D Jonas : la nature appartient aussi aux générations futures

• Dans *Le Principe responsabilité*, Hans Jonas introduit l'idée selon laquelle les générations présentes sont responsables vis-à-vis des générations futures. De ce point de vue, **la Terre n'appartient pas tant aux hommes du présent qu'à ceux du futur**. Ainsi avons-nous le devoir de préserver les conditions qui rendront la vie possible sur Terre pour nos descendants.

• Dans une formule inspirée par l'impératif catégorique de Kant (voir chap. 2 : Le devoir), Jonas exprime ainsi une nouvelle **obligation morale essentielle** : « Agis de façon que les effets de ton action soient compatibles avec la permanence d'une vie authentiquement humaine sur Terre. »

• Il ne s'agit pas seulement pour Jonas de protéger l'homme et ses intérêts, mais de **respecter la nature pour elle-même** (la biosphère) comme une **fin en soi** et non pas seulement comme un **moyen** . La morale kantienne est fondée sur la distinction entre les personne et les choses. Les personnes sont des fins en soi, elles ont une valeurs intrinsèque, elles ont des droits. Au contraire, les choses ne sont que des moyens, elles n'ont pas de valeur intrinsèque et n'ont aucun droit. Aux yeux de Kant la morale n'exige rien d'autre que **le respect inconditionnel de la personne humaine** qui ne doit jamais être traitée comme une simple chose : être utilisée, manipulée, exploitée, achetée ou vendu…

• De ce point de vue, l'homme n'a de devoir qu'envers lui-même (envers les hommes). Mais Hans Jonas introduit l'idée paradoxale selon laquelle l'homme aurait aussi **des devoirs envers la biosphère** : les animaux, les plantes, les océans, les rochers et les arbres…

Pour résumer

1. Première hypothèse : l'homme appartient à la nature et doit s'y conformer

■ Les **stoïciens** perçoivent la nature comme un système bien organisé au sein duquel **l'homme doit jouer le rôle qui lui est assigné.**

■ « **La nature ne fait rien en vain** », affirme **Aristote**. Pour trouver le bonheur, l'homme doit comprendre que sa nature d'**animal raisonnable** le destine à la **vie contemplative**.

2. Deuxième hypothèse : la nature appartient à l'homme qui est libre de la transformer

■ Le **mythe de Prométhée** suggère que **l'homme, n'étant pas adapté à la nature, ne peut survivre qu'en la transformant.**

■ **Descartes** estime que le progrès des sciences et des techniques rendra l'homme **maître et possesseur de la nature**.

■ **Bataille** définit l'homme comme **l'animal qui refuse la nature** (par le travail) **et sa propre nature** (par l'éducation).

■ **Sartre** soutient que l'existence n'étant déterminée par aucune essence, **l'homme est entièrement libre et responsable** de ce qu'il choisit d'être.

3. Troisième hypothèse : l'homme appartient à la nature autant qu'elle lui appartient

■ **Épicure** réfute l'existence d'une finalité naturelle et du destin. Nous n'avons donc pas à nous conformer au cours naturel des choses, mais seulement à **trouver la sérénité en comprenant la nature**.

■ **Bacon** remarque que **nous ne commandons à la nature qu'en lui obéissant** : nous pouvons la transformer, mais pas changer ses lois.

■ **L'écologie modérée** perçoit la nature comme **l'environnement de l'homme**, qu'il est libre de modifier tout en préservant les conditions qui rendent la vie possible.

■ **Hans Jonas** explique que **la Terre appartient aux générations qui en hériteront.**

Les incontournables

Dans ce texte du XVIIe siècle, Descartes anticipe ce que nous appelons communément le progrès, c'est-à-dire les bienfaits de l'évolution des sciences et des techniques. Il affirme, dans une formule devenue célèbre, que la science rendra l'homme maître et possesseur de la nature. Il nous arrive de regretter aujourd'hui que le pouvoir des sciences et des techniques ait rendu l'homme si téméraire.

Mais sitôt que j'ai eu acquis quelques notions générales touchant la physique et que, commençant à les éprouver en diverses difficultés particulières, j'ai remarqué jusques où elles peuvent conduire et combien elles diffèrent des principes dont on s'est servi jusqu'à présent, j'ai cru que je ne pouvais les tenir cachées sans pécher grandement contre la loi qui nous oblige à procurer autant qu'il est en nous le bien général de tous les hommes. Car elles m'ont fait voir qu'il est possible de parvenir à des connaissances qui soient fort utiles à la vie, et qu'au lieu de cette philosophie spéculative[1] qu'on enseigne dans les écoles, on en peut trouver une pratique[2] par laquelle, connaissant la force et les actions du feu, de l'eau, de l'air, des astres, des cieux et de tous les autres corps qui nous environnent, aussi distinctement que nous connaissons les divers métiers de nos artisans, nous les pourrions employer en même façon à tous les usages auxquels ils sont propres, et ainsi nous rendre comme maîtres et possesseurs de la nature[3]. Ce qui n'est pas seulement à désirer pour l'invention d'une infinité d'artifices[4] qui feraient qu'on jouirait sans aucune peine des fruits de la terre et de toutes les commodités qui s'y trouvent, mais principalement aussi pour la conservation de la santé, laquelle est sans doute le premier bien et le fondement de tous les autres biens de cette vie ; car même l'esprit dépend si fort du tempérament et de la disposition des organes du corps que, s'il est possible de trouver quelque moyen qui rende communément les hommes plus sages et plus habiles[5] qu'ils n'ont été jusques ici, je crois que c'est dans la médecine qu'on doit le chercher.

René Descartes, *Discours de la méthode*, 1637.

1. Spéculative : théorique.

2. Pratique : utile pour vivre et agir.

3. Dieu reste dans l'esprit de Descartes le véritable maître de la nature car il est l'auteur de ses lois. L'homme est seulement *comme* maître et possesseur de la nature.

4. Artifices : techniques, outils, machines, artefacts.

5. Plus sages et plus habiles : Descartes imagine que les progrès de la médecine permettront d'augmenter les capacités humaines.

Dans ce passage de L'Érotisme, *Bataille définit l'homme comme l'animal qui transforme la nature (par le travail) et sa propre nature (par l'éducation). À ses yeux, l'humanité se distingue de l'animalité en instaurant des interdits (notamment la prohibition de l'inceste).*

Je pose en principe un fait peu contestable : que l'homme est l'animal qui n'accepte pas simplement le donné naturel[1], qui le nie. Il change ainsi le monde extérieur naturel, il en tire des outils et des objets fabriqués qui composent un monde nouveau, le monde humain. L'homme parallèlement se nie lui-même, il s'éduque, il refuse par exemple de donner à la satisfaction de ses besoins animaux ce cours libre auquel l'animal n'apporte pas de réserve. Il est nécessaire encore d'accorder que les deux négations[2] que, d'une part, l'homme fait du monde donné et, d'autre part, de sa propre animalité[3], sont liées. Il ne nous appartient pas de donner une priorité à l'une ou à l'autre, de chercher si l'éducation (qui apparaît sous la forme des interdits religieux[4]) est la conséquence du travail, ou le travail la conséquence d'une mutation morale[5]. Mais en tant qu'il y a homme, il y a d'une part travail et de l'autre négation par interdits de l'animalité de l'homme.

Georges Bataille, *L'Érotisme*, éditions de Minuit, 1957.

1. Le donné naturel : les choses telles qu'elles sont naturellement (avant que l'homme ne les change).

2. Les deux négations : le refus et la transformation par l'homme du monde extérieur naturel (par le travail) et de lui-même (par l'éducation).

3. Sa propre animalité : la part d'animalité en l'homme, ses besoins naturels, ses instincts.

4. Interdits religieux : interdits moraux originellement formulés par la religion.

5. Mutation morale : transformation de l'esprit humain.

Chronologie

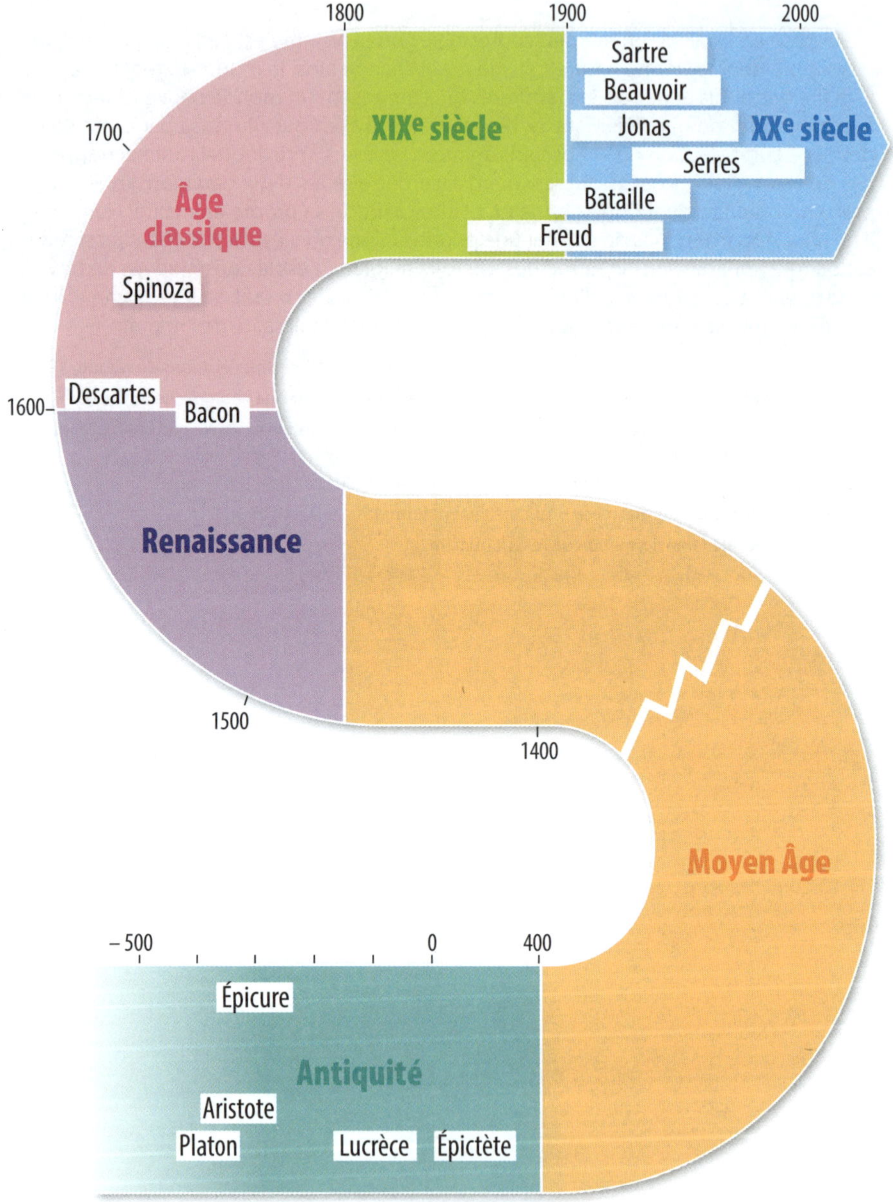

L'essentiel

Mots-clés

Nature : du latin *natura* (« monde physique », « nature des choses », « cours des choses »). Le terme peut désigner notamment :
1. l'ensemble de tout ce qui existe (l'Univers) ;
2. cet ensemble considéré comme un système bien organisé (le Cosmos des Grecs) ;
3. le principe ou la cause à l'origine de ce système ;
4. ce qui n'a pas été créé par l'homme ;
5. l'ensemble des propriétés définissant un être (son essence) ;
6. plus spécifiquement, ce qu'il y a d'inné, de naturel dans cet être.

Environnement : les termes de nature et d'environnement sont communément employés l'un pour l'autre. Par exemple on parle indifféremment de protection de la nature ou de protection de l'environnement. Cependant la notion d'environnement peut paraître anthropocentrique puisqu'elle désigne ce qui entoure l'homme et lui permet de survivre.

Stoïcisme : doctrine fondée par le philosophe grec Zénon de Citium au IVe siècle av. J.-C. Le stoïcisme considère la nature, Dieu et la raison comme des aspects d'une même réalité. Le sage stoïcien trouve la paix en vivant en accord avec la nature.

Existentialisme : au sens large, le terme désigne toute doctrine qui met l'existence au centre de sa réflexion. Il évoque plus spécifiquement la philosophie de Sartre qui soutient que, l'homme étant jeté dans le monde sans raison ni but, il est entièrement libre et responsable de ce qu'il fait de son existence.

Repères

Principe / Cause / Fin → p. 317

Auteurs

– Aristote → p. 285
– Épicure → p. 286
– Bacon → p. 290
– Descartes → p. 291
– Spinoza → p. 292
– Freud → p. 298
– Sartre → p. 302

CHAPITRE 5

La science

DE QUOI S'AGIT-IL ?

Il s'agit d'abord de définir la science, ses méthodes et la nature des vérités qu'elle établit. La vérité scientifique est-elle absolue ou relative, certaine ou seulement probable, éternelle ou provisoire ? On se demandera ensuite si la science est la seule connaissance véritable et si elle peut résoudre tous les problèmes qui se posent à l'homme, comme l'affirme le scientisme.

COURS

1 Qu'est-ce que la science ?

A Quel est le problème ?

• Pour la pensée commune, science est synonyme de connaissance exacte, vérifiée et indiscutable. Pourtant, **les connaissances scientifiques évoluent** et **les vérités qui semblaient les mieux établies hier s'avèrent parfois inexactes**. Qu'est-ce donc que la science ? Quel est le critère de la scientificité ? Quelle vérité la science peut-elle atteindre et par quelles méthodes ?

B Sciences formelles et sciences expérimentales

• La **logique** et les **mathématiques** constituent ce qu'on appelle les **sciences formelles** parce qu'elles ne s'occupent d'aucun contenu concret.

• **La logique établit la forme des raisonnements valides** (rigoureux), indépendamment de tout contenu. On peut en effet faire abstraction du contenu d'un raisonnement pour n'en retenir que la forme, comme dans l'exemple suivant :

Tout homme est mortel		Tout A est B
Or Socrate est un homme	→	Or C est A
Donc Socrate est mortel		Donc C est B

Tout raisonnement de cette forme est valide, quel que soit son contenu. C'est le cas même si ce contenu n'est pas en accord avec le réel, comme dans l'exemple suivant :

Tout ce qui est rare est cher		Tout A est B
Or un âne boiteux est rare	→	Or C est A
Donc un âne boiteux est cher		Donc C est B

• **Les mathématiques sont vraies par la forme de leurs raisonnements**, c'est-à-dire par leur rigueur logique et non par leur accord avec la réalité concrète. Les mathématiques peuvent certes s'appliquer au réel, mais **leurs raisonnements concernent des idées abstraites** qui n'existent que dans l'esprit qui les conçoit. « L'arithmétique, la géométrie, et les autres sciences de cette nature [...] ne traitent que de choses fort simples et fort générales, sans se mettre beaucoup en peine de savoir si elles sont dans la nature ou si elles n'y sont pas », écrit ainsi **Descartes.** Par exemple, on chercherait vainement dans le réel un cercle parfait, un point mathématique (sans extension) ou un segment de droite (sans largeur ni profondeur).

Décoder la démarche scientifique

> **Citation**
> « Les principes se sentent, les propositions se concluent ; et le tout avec certitude, quoique par différentes voies. »
> Pascal

- De plus, **les démonstrations mathématiques reposent sur des principes** (postulats ou axiomes) **dont le statut est problématique**. Par définition, ceux-ci ne peuvent être démontrés puisqu'ils constituent les points de départ (le mot « principe » vient du latin *principium* qui signifie « commencement ») de toute démonstration. On les considérait autrefois comme des évidences. **Pascal** affirme ainsi que les principes sont connus de manière immédiate et intuitive : ce sont des « connaissances du cœur et de l'instinct » (voir chap. 10 : La raison).

- Mais les travaux de **Lobatchevski** puis de **Riemann** ont conduit à reconsidérer le statut de ces principes. En effet, ces mathématiciens du XIXe siècle ont montré qu'il était possible de concevoir des géométries différentes de celle d'**Euclide** : les **géométries non euclidiennes**, reposant sur des définitions et des postulats différents et démontrant des théorèmes eux aussi différents. Par exemple, dans la géométrie d'Euclide (la géométrie « classique »), la somme des angles d'un triangle est égale à deux angles droits (180°), alors qu'elle peut être supérieure ou inférieure à deux angles droits dans les géométries non euclidiennes, selon les postulats choisis.

- Les principes sont donc des hypothèses qu'on peut parfois changer sans qu'il en résulte aucune contradiction. On parle de **système hypothético-déductif**. Cela signifie que **les démonstrations mathématiques n'établissent pas des vérités absolues, mais des vérités relatives** à un système de postulats ou d'axiomes et de définitions. « La somme des angles d'un triangle est égale à 180° » n'est pas une vérité absolue.

- Contrairement aux sciences formelles, les **sciences expérimentales**, comme la **physique**, la **chimie** ou la **biologie**, se réfèrent au monde réel. Elles se fondent sur l'**observation** et l'**expérimentation**. Elles ne sont pas seulement vraies **formellement** (*vi formae*, « par la force de la forme ») mais aussi **matériellement** (*vi materiae*, « par la force de la matière »), c'est-à-dire parce que **leur contenu est en accord avec le réel** (ou supposé tel). Par exemple, la loi de l'attraction universelle est vraie parce qu'on peut observer que tous les corps s'attirent : elle est conforme à la réalité observable.

C Bernard : la méthode expérimentale

- **Claude Bernard**, un physiologiste du XIXe siècle, a dégagé les étapes de la **méthode expérimentale**.

– La première étape consiste à **observer les phénomènes** sans idées préconçues.

– La deuxième étape consiste à **formuler des hypothèses** ou idées expérimentales capables d'expliquer les faits observés. Ces idées sont suggérées par les faits et demandent à être vérifiées. Elles s'opposent en cela aux spéculations des métaphysiciens (les spéculations des philosophes sur Dieu ou l'âme, par exemple).

Citation
« Le savant complet est celui qui embrasse à la fois la théorie et la pratique expérimentale. »
Bernard

– La troisième étape consiste à **vérifier les hypothèses au moyen de l'expérimentation**. Par exemple, l'expérience du Puy-de-Dôme, imaginée par Pascal, a permis de vérifier l'hypothèse de Torricelli et d'établir l'existence de la pression atmosphérique. Mais cette démarche est sans fin car l'expérimentation fait naître de nouveaux phénomènes qu'il faut observer…

D Popper : le critère de la scientificité

Doc. Karl Popper

• Mais **Karl Popper**, un épistémologue du XXe siècle, montre que l'expérimentation ne vérifie pas à proprement parler les hypothèses scientifiques. Une théorie scientifique n'est pas une théorie **vérifiable,** mais plutôt une théorie **testable** ou **falsifiable**. **La falsifiabilité (ou la testabilité) est le critère de la scientificité.** Les théories non scientifiques et les fausses sciences ne sont pas testables, c'est-à-dire qu'elles sont à la fois **invérifiables** et **irréfutables** (c'est le cas du marxisme ou de la psychanalyse, par exemple). Trop vagues, les énoncés qui constituent ces théories ne peuvent pas être testés, c'est-à-dire mis à l'épreuve de l'expérience.

• Dans cette perspective, la théorie vraie n'est pas à strictement parler une théorie vérifiée par l'expérience, mais plutôt une **théorie que l'on tient provisoirement pour vraie** parce qu'aucune expérience n'a permis jusqu'à présent de la réfuter. La vérité des théories scientifiques n'est pas une vérité **absolue** et **éternelle**, mais seulement une vérité **relative** et **provisoire**.

E Bachelard : « Rien n'est donné, tout est construit »

Citation
« La connaissance du réel n'est jamais immédiate […]. Rien ne va de soi. Rien n'est donné. Tout est construit. »
Bachelard

• Pour les Anciens, connaître, c'est **contempler** (*theôrein*) **l'Univers**. Pour la science moderne, il s'agit plutôt d'en **construire une représentation possible**. **Bachelard** souligne ainsi le rôle que jouent les constructions théoriques à chaque étape de la démarche expérimentale : même les faits sont construits, c'est-à-dire que **le phénomène scientifique est une production de l'esprit**.

- En effet, **l'observation n'est pas un phénomène passif** : « L'observation scientifique est toujours une observation polémique, elle confirme ou infirme une thèse antérieure », écrit Bachelard. De plus, les phénomènes scientifiques sont aujourd'hui générés par des machines ou mesurés par des instruments qui sont comme des « **théories matérialisées** », de sorte qu'« il en sort des phénomènes qui portent de toutes parts la marque théorique ». Enfin, le rôle de la **construction théorique** est évident dans l'expérimentation, puisque celle-ci sert à vérifier une hypothèse.

- Bachelard souligne également que les concepts et les théories scientifiques se forment par rectifications successives, en surmontant des **obstacles épistémologiques** : « On connaît contre une connaissance antérieure, en détruisant des connaissances mal faites. » Par exemple, la masse a d'abord été confondue avec le poids (un objet a la même masse sur Terre que sur la Lune, mais pas le même poids).

F Kuhn : les révolutions scientifiques

- **Thomas Samuel Kuhn**, un épistémologue américain du XXe siècle, souligne que **l'histoire des sciences est marquée par des révolutions** au cours desquelles un paradigme scientifique (un modèle théorique fondamental) est supplanté par un modèle radicalement différent (incommensurable). Ce dernier impose un vocabulaire et des concepts nouveaux, ainsi qu'une véritable **conversion intellectuelle qui engendre des conflits et des débats** (comme le montre l'exemple de la révolution copernicienne).

- Constater que la science construit successivement des cadres théoriques radicalement différents conduit à **remettre en cause la conception commune de la vérité comme accord avec le réel**. La science n'est pas vraie parce que ses théories sont conformes au réel. Elle raconte seulement des « histoires » qui expliquent ce qu'on voit et en invente régulièrement de nouvelles qui donnent de meilleures explications.

- **Einstein** compare ainsi le physicien à un horloger qui aurait à expliquer le mécanisme d'une montre sans pouvoir l'ouvrir. La vérité dite objective n'est que la théorie qui explique le plus simplement possible l'ensemble des phénomènes qu'on a pu observer jusqu'à présent. **Une théorie scientifique est donc une construction, une vue de l'esprit qui rend les phénomènes intelligibles**, qui permet de les anticiper et, dans une certaine mesure, de les maîtriser.

Découvrir les différentes révolutions scientifiques

COURS

2 Toute vérité est-elle scientifique ?

A Quel est le problème ?

- Si seule la méthode scientifique permet d'établir des connaissances valides, il paraît vain de chercher une quelconque vérité en dehors des sciences. Le scientisme espère donc étendre la méthode scientifique à tous les domaines possibles et renonce à poser les questions auxquelles elle ne peut apporter de réponses. Mais **ne peut-on accéder à la vérité** (ou à certaines vérités) **par d'autres voies que celle des sciences ?** Et doit-on vraiment renoncer à poser les questions auxquelles la science ne peut répondre ?

B Positivisme et scientisme : toute vérité est scientifique

- **Auguste Comte** est considéré comme le père du **positivisme**. Sa philosophie s'appuie sur la **loi des trois états** qui affirme que notre compréhension du monde passe par trois étapes ou états : l'**état théologique** (ou fictif), l'**état métaphysique** (ou abstrait) et l'**état scientifique** (ou positif).
– Dans le premier état, les hommes expliquent les phénomènes naturels par l'intervention d'**êtres surnaturels**, de divinités ou d'un Dieu unique.
– Dans le deuxième état, des **entités abstraites** (comme la « vertu dormitive » de l'opium) remplacent les êtres surnaturels.
– Dans le dernier état, l'esprit humain, parvenu à maturité, s'en tient à observer les faits et à établir entre eux des **relations invariables** : des lois (comme celle de la gravité) qui permettent d'anticiper et d'agir.

> **Citation**
> « Science, d'où prévoyance ; prévoyance, d'où action. »
> Comte

- Pour Comte, **l'esprit doit se limiter à ce qu'il peut connaître de manière certaine et renoncer aux spéculations métaphysiques**. Il doit notamment renoncer à s'interroger sur la raison d'être des choses (« Pourquoi ? ») et s'en tenir à la recherche des lois scientifiques. Comte prétend même confier la politique, c'est-à-dire l'organisation de la société, à la science (c'est la **sociologie**).

- Le **scientisme** prolonge et radicalise le positivisme. Il se caractérise par une **confiance immense dans le progrès scientifique**, supposé capable de résoudre tous les problèmes de l'humanité (notamment les problèmes sociaux), et prétend **étendre l'esprit et les méthodes scientifiques à tous les domaines. Ernest Renan**, figure emblématique du scientisme, espère ainsi « organiser scientifiquement l'humanité ». Il est convaincu que la science remplacera un jour la philosophie, la religion et même la poésie en dévoilant ce qu'il y a de merveilleux dans l'Univers.

En savoir plus sur le scientisme

● Le terme de scientisme a été utilisé pour la première fois par le biologiste **Félix Le Dantec**. Celui-ci estime que **la science est la seule connaissance légitime**. « Je crois que la Science et la Science seule résoudra toutes les questions qui ont un sens », écrit-il. Il croit ainsi possible de faire de la psychologie une véritable science capable de pénétrer « jusqu'aux arcanes de notre vie sentimentale ». Toutefois, la science ne peut répondre à toutes les questions parce que « les hommes se posent bien des questions qui ne signifient rien ». À ses yeux, **les questions auxquelles la méthode scientifique ne peut apporter de réponses sont absurdes** et doivent être négligées.

C Critiques du scientisme

1. La science ne répond pas à toutes les questions

● « Refuser le scientisme, ce n'est pas refuser les sciences ; c'est refuser de s'illusionner sur elles », écrit **André Comte-Sponville**. Pour lui, **la science n'est pas toute-puissante** : elle ne peut ni répondre à toutes les questions, ni résoudre tous les problèmes.

● Bien des questions se posent, ou même s'imposent, auxquelles la science ne peut répondre. Par exemple, **la science ne nous dit pas que faire de la science**. La question relève de la **morale** ou de l'**éthique**. Est-il légitime de cloner un être humain ? Doit-on cultiver des organismes génétiquement modifiés ? Peut-on utiliser les découvertes scientifiques et techniques pour améliorer la condition humaine en augmentant nos capacités physiques et mentales, comme le veut le transhumanisme ? « **Science sans conscience n'est que ruine de l'âme** », écrit **Rabelais**. La science et la technique nous offrent les moyens d'atteindre nos objectifs, mais elles ne disent rien de la valeur morale de ces objectifs ou de leur légitimité.

● **La science ne nous dit pas non plus comment organiser la société humaine** parce que cette organisation doit être guidée par des **valeurs** et des **idéaux**, comme la liberté ou la justice, qui ne peuvent être validés scientifiquement. De plus, le scientisme conduit à la **technocratie**, qui retire le pouvoir au peuple pour le confier aux experts. En effet, si on estime qu'il est possible de déterminer scientifiquement la meilleure manière d'organiser la société, il devient absurde de permettre au peuple d'en décider.

● **La science ne peut donc pas tenir lieu de morale ni de politique.** Elle conduit même à poser des questions qui ne relèvent pas de sa compétence, mais de celle de la **philosophie** : des questions **éthiques, politiques**, mais aussi **métaphysiques**, comme celle de l'existence de Dieu. Un astrophysicien peut par exemple se demander si l'histoire de l'Univers réalise un projet divin, un dessein intelligent. La matière s'est progressivement organisée depuis le Big Bang jusqu'à permettre l'apparition de la vie sur Terre. Faut-il y voir un effet du hasard ? « L'univers m'embarrasse et je ne puis songer que cette horloge existe et n'ait pas d'horloger », écrit **Voltaire**. On ne peut apporter aucune réponse vérifiable à ce genre de questions. Mais doit-on pour autant renoncer à se les poser ?

- **Kant** observe que **la raison est naturellement conduite à dépasser les limites de l'expérience possible et donc de la science**. Elle se pose alors des questions métaphysiques insolubles : le monde a-t-il un commencement ? L'Univers est-il infini ? La liberté est-elle possible ou tout se produit-il nécessairement selon les lois de la nature ? On ne peut pas répondre à ces questions scientifiquement en s'appuyant sur l'expérience. La métaphysique ne peut donc pas être une science. Mais **ce qu'on ne peut pas savoir ou connaître, on peut quand même le penser** et même l'admettre pour des raisons morales. Par exemple, la liberté est concevable et Kant estime que nous devons nous considérer comme des êtres libres et responsables (voir chap. 2 : Le devoir).

- On peut aussi estimer, comme **Russell**, que **la philosophie vaut par son incertitude** parce qu'elle libère l'esprit de ses préjugés en y introduisant le **questionnement** et le **doute**. Par exemple, nous sommes spontanément convaincus de l'existence d'un monde d'objets matériels extérieurs à notre esprit, mais **Descartes** montre qu'il s'agit d'une hypothèse en droit discutable. La vie pourrait ainsi n'être qu'un rêve (voir chap. 13 : La conscience).

2. On peut atteindre la vérité par d'autres voies

Découvrir la théorie de Stephen Hawking

- On peut espérer atteindre certaines vérités par d'autres voies que la science. Le **dialogue**, par exemple, peut être considéré comme une méthode permettant d'établir une vérité au moins probable par l'échange et la confrontation rationnelle des points de vue. **Platon** estime que **la vérité est scellée par l'accord des interlocuteurs au terme d'une discussion bien conduite**. La démocratie suppose que le débat public permet de prendre de bonnes décisions. **Rousseau** affirme d'ailleurs que **ce qui est juste** n'apparaît pas spontanément à la conscience de manière claire et explicite, mais **doit être découvert et traduit en lois par la réflexion et le débat public** (voir chap. 3 : La justice).

- On peut également chercher et trouver une forme de **vérité intuitive** dans l'**art**, comme le pensent **Hegel** et **Bergson** (voir chap. 1 : L'art).

- Il existe enfin une **vérité subjective**, que les relativistes comme **Protagoras** considèrent même comme la seule possible. Chacun aurait sa propre vérité, fondée sur des impressions subjectives dont il serait le seul juge : « J'ai froid », « J'ai mal », « J'ai peur », etc. La psychologie affirme ainsi qu'on ne peut mesurer la gravité d'un traumatisme en fonction de ses seules causes objectives. Comme le dit Protagoras : « **L'homme est la mesure de toutes choses.** »

Pour résumer

1. Qu'est-ce que la science ?

■ Les **sciences formelles** (la logique et les mathématiques) doivent être distinguées des **sciences expérimentales** comme la physique et la biologie.

■ Les **sciences formelles** ne s'occupent d'aucun contenu concret, elles s'attachent seulement à la forme des raisonnements.

■ Les sciences expérimentales se réfèrent au monde réel, elles s'appuient sur l'observation et l'expérimentation.

■ La **méthode expérimentale** consiste à **vérifier des hypothèses suggérées** par l'expérience comme le montre Claude Bernard.

■ Les **théories scientifiques** ne sont pourtant pas des **vérités absolues**, mais seulement des constructions provisoires qui permettent d'expliquer, d'anticiper et de maîtriser les phénomènes.

2. Toute vérité est-elle scientifique ?

■ Le **scientisme** affirme que la science est la **seule connaissance réelle et utile**.

■ Celle-ci ne peut pourtant pas répondre à toutes les questions, notamment aux questions morales ou politiques dont on ne saurait faire l'économie.

■ On peut estimer que **la vérité peut être recherchée en dehors des sciences** et par d'autres voies. Dans la philosophie ou dans l'art, par exemple.

Les incontournables

Karl Popper se pose ici la question de savoir ce qui distingue une théorie scientifique d'une théorie non scientifique. Quel est, autrement dit, le critère de la scientificité ?

C'est en 1919 que j'ai été, pour la première fois, confronté au problème d'avoir à tracer une ligne de démarcation entre les énoncés et systèmes d'énoncés que l'on peut, à bon droit, référer à la science empirique et ceux que l'on pourrait qualifier de « pseudo-scientifiques[1] » ou (dans certains contextes) de « métaphysiques[2] », ou encore qui relèvent éventuellement de la logique et des mathématiques pures [...]. L'idée la plus répandue est que la science se caractérise par son assise observationnelle ou sa méthode inductive[3], alors que les pseudosciences et la métaphysique se définissent par leur méthode spéculative[4] [...]. Je n'ai jamais pu souscrire à une telle représentation. Les théories physiques modernes, notamment celle d'Einstein (que l'on discutait abondamment en 1919), sont extrêmement spéculatives et abstraites, et elles entretiennent un rapport très lointain avec l'« assise observationnelle » qu'on pourrait leur assigner [...].

Il apparaissait donc nécessaire de pouvoir disposer d'un autre critère de démarcation. Et j'ai proposé [...] de prendre pour critère en la matière la possibilité, pour un système théorique, d'être réfuté ou invalidé. Selon cette conception, que je continue toujours de défendre, un système doit être tenu pour scientifique seulement s'il formule des assertions pouvant entrer en conflit avec certaines observations. Les tentatives pour provoquer des conflits de ce type, c'est-à-dire pour réfuter ce système, permettent en fait de le tester. Pouvoir être testé, c'est pouvoir être réfuté, et cette propriété peut donc servir, de la même manière, de critère de démarcation.

Cette conception voit dans la démarche critique la caractéristique essentielle de la science. Le savant doit donc étudier les théories sous l'angle de leur aptitude à être examinées de manière critique : il se demande si celles-ci se prêtent à des critiques de toute nature et, lorsque tel est le cas, si elles sont en mesure d'y résister. La théorie de Newton, par exemple, prédisait certains écarts par rapport aux lois de Kepler (en raison des interactions entre planètes), alors que ceux-ci n'avaient pas été observés. Elle s'exposait en conséquence à des tentatives de réfutation dont l'échec allait signifier le succès de cette théorie. La théorie einsteinienne a été testée de manière analogue. Et de fait, tous les tests effectifs constituent des tentatives de réfutation. Ce n'est que lorsqu'une théorie est parvenue à supporter les contraintes de ce genre d'efforts qu'on pourra affirmer qu'elle se trouve confirmée ou corroborée par l'expérience.

Karl Popper, *Conjectures et réfutations* (1963),
trad. Michelle Irene, Marc de Launay et Melitta Mew, Payot, 2006.

1. **Systèmes d'énoncés pseudo-scientifiques :** les fausses sciences comme l'astrologie.
2. **Énoncés métaphysiques :** thèses philosophiques sur Dieu ou l'âme, par exemple.
3. **Méthode inductive :** méthode qui dégage des lois générales à partir de faits particuliers.
4. **Méthode spéculative :** tirer des idées de son seul esprit, sans être attentif aux faits.

Dans ce passage de son Cours de philosophie positive, *Comte formule la loi des trois états. À ses yeux, le développement de l'intelligence humaine passe nécessairement par trois états : l'état théologique, l'état métaphysique et l'état positif (ou scientifique).*

En étudiant le développement total de l'intelligence humaine dans ses diverses sphères d'activité, depuis son premier essor le plus simple jusqu'à nos jours, je crois avoir découvert une grande loi fondamentale [...]. Cette loi consiste en ce que chacune de nos conceptions principales, chaque branche de nos connaissances, passe successivement par trois états théoriques différents : l'état théologique, ou fictif ; l'état métaphysique, ou abstrait ; l'état scientifique, ou positif. En d'autres termes, l'esprit humain, par sa nature, emploie successivement dans chacune de ses recherches trois méthodes de philosopher, dont le caractère est essentiellement différent et même radicalement opposé : d'abord la méthode théologique, ensuite la méthode métaphysique, et enfin la méthode positive. De là, trois sortes de philosophies, ou de systèmes généraux de conceptions sur l'ensemble des phénomènes, qui s'excluent mutuellement : la première est le point de départ nécessaire de l'intelligence humaine ; la troisième, son état fixe et définitif ; la seconde est uniquement destinée à servir de transition.

Dans l'état théologique, l'esprit humain dirigeant essentiellement ses recherches vers la nature intime des êtres, les causes premières et finales de tous les effets qui le frappent, en un mot, vers les connaissances absolues, se représente les phénomènes comme produits par l'action directe et continue d'agents surnaturels[1] plus ou moins nombreux, dont l'intervention arbitraire explique toutes les anomalies apparentes de l'univers.

Dans l'état métaphysique, qui n'est au fond qu'une simple modification générale du premier, les agents surnaturels sont remplacés par des forces abstraites[2], véritables entités (abstractions personnifiées) inhérentes aux divers êtres du monde, et conçues comme capables d'engendrer par elles-mêmes tous les phénomènes observés, dont l'explication consiste alors à assigner pour chacun l'entité correspondante.

Enfin, dans l'état positif, l'esprit humain, reconnaissant l'impossibilité d'obtenir des notions absolues, renonce à chercher l'origine et la destination de l'univers, et à connaître les causes intimes des phénomènes, pour s'attacher uniquement à découvrir, par l'usage bien combiné du raisonnement et de l'observation, leurs lois effectives[3], c'est-à-dire leurs relations invariables de succession et de similitude.

Auguste Comte, *Cours de philosophie positive*, 1830.

1. Agents surnaturels : les divinités de la mythologie grecque, par exemple.

2. Forces abstraites : la « vertu dormitive » de l'opium, par exemple.

3. Leurs lois effectives : les lois scientifiques.

REPÈRES

Chronologie

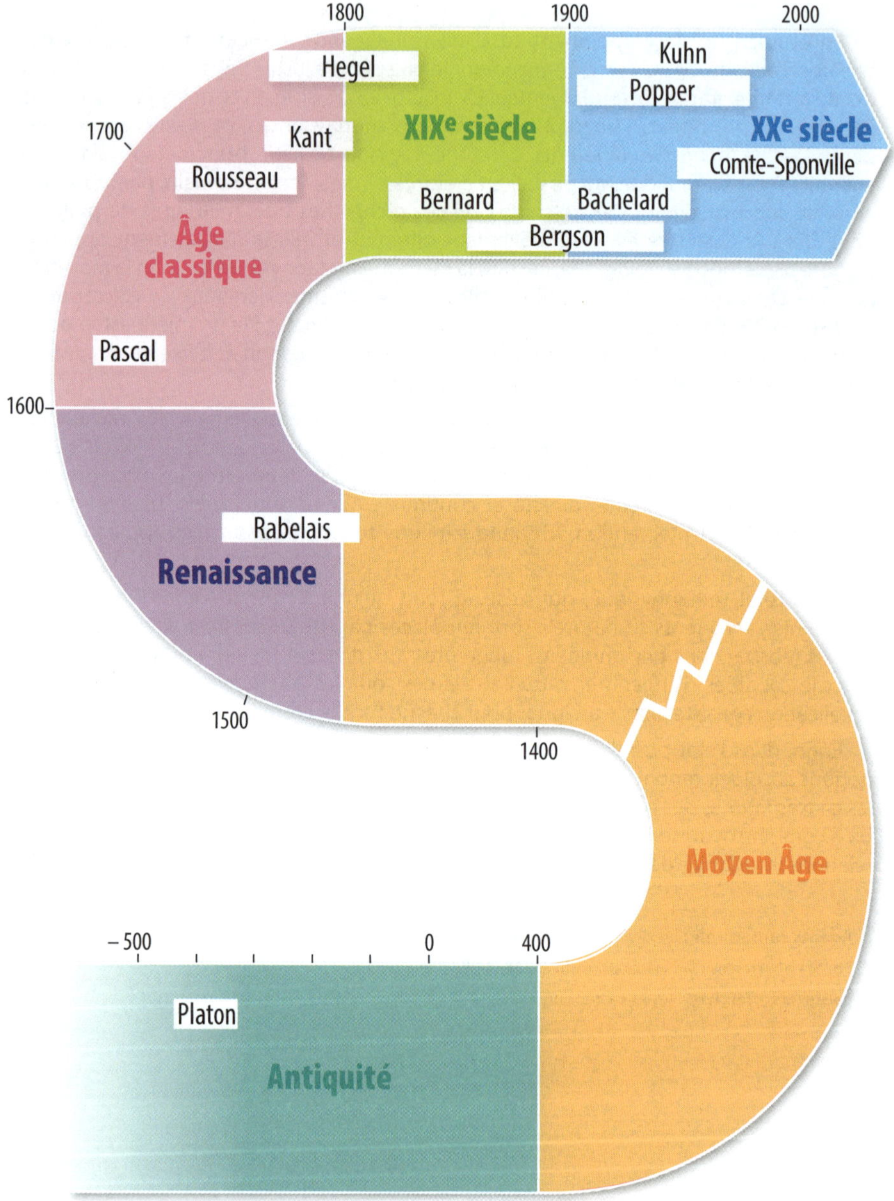

L'essentiel

Mots-clés

Science : connaissance rationnelle fondée sur le raisonnement seul (sciences formelles) ou sur l'observation et l'expérimentation (sciences expérimentales).

Positivisme : doctrine philosophique, fondée par Auguste Comte, selon laquelle la connaissance scientifique constitue le dernier stade du développement de l'esprit humain.

Révolution scientifique : période de l'histoire des sciences marquée par un changement de paradigme (modèle théorique fondamental). Exemple : la révolution copernicienne.

Scientisme : doctrine selon laquelle la science, seule connaissance véritable, permettrait de résoudre tous les problèmes qui se posent à l'homme.

Méthode expérimentale : méthode qui consiste à tester par l'expérimentation les hypothèses que suggère l'observation des phénomènes.

Repères

Absolu / Relatif → p. 305
Abstrait / Concret → p. 306
Objectif / Subjectif / Intersubjectif → p. 315
Vrai / Probable / Certain → p. 319

Auteurs

– Pascal → p. 291
– Rousseau → p. 293
– Kant → p. 294
– Hegel → p. 295
– Bergson → p. 298
– Bachelard → p. 300
– Popper → p. 301

CHAPITRE 6

Le travail

DE QUOI S'AGIT-IL ?

Les Anciens méprisaient le travail et s'en déchargeaient volontiers sur leurs esclaves. À leurs yeux, on ne pouvait vivre de manière pleinement humaine qu'à condition d'être libéré de la contrainte du travail et de se consacrer à des activités plus nobles et plus enrichissantes. Pourtant, les Modernes voient en l'homme un animal fabricateur, voué par nature au travail et s'y accomplissant. On peut donc se demander si le travail est un obstacle à l'accomplissement de l'homme, ou s'il en est au contraire la condition.

1 Le travail envisagé comme un obstacle à l'accomplissement de l'homme

A Aristote : l'idéal de la vie contemplative

- Les Grecs et les Romains voyaient dans le travail un **fardeau** dont il était légitime de se décharger sur des esclaves pour se consacrer à des activités plus épanouissantes et plus dignes de l'homme. Pour **Aristote**, la **vie heureuse**, celle d'un homme pleinement accompli, est consacrée à la **contemplation** (*theôria* en grec), c'est-à-dire à la connaissance ou à la philosophie.

- L'homme peut en effet se définir comme un **animal doué de raison**, c'est-à-dire de la faculté de connaître, de distinguer le vrai du faux et le bien du mal (voir chap. 10 : La raison). Il est donc fait pour le savoir, comme le cheval est fait pour la course, par exemple. En d'autres termes, **l'homme est voué par nature à la recherche du savoir, à l'étude ou à la philosophie**, au sens large et étymologique du terme (« amour de la sagesse ou du savoir »). La **vie contemplative** (ou théorétique) est donc la vie la plus élevée pour l'homme. C'est en elle qu'il pourra accomplir pleinement sa nature d'animal raisonnable et trouver le bonheur, et non dans le travail.

B Arendt : le travail est un asservissement à la nécessité

- **Hannah Arendt** souligne que les Grecs considéraient le travail comme une **activité servile par nature** et que c'est la raison pour laquelle ils s'en déchargeaient sur des esclaves. La nécessité de se libérer du travail pour s'accomplir justifiait même l'esclavage à leurs yeux. Travailler, c'est en effet être esclave de ses besoins animaux, de ses besoins vitaux. On travaille pour gagner sa vie, pour gagner son pain. Ainsi, loin de permettre à l'homme de s'accomplir, **le travail rabaisse l'homme au rang de l'animal**.

- Or, notre société tend à réduire l'homme à son statut de **travailleur** et de **consommateur**. Nous ne savons (presque) plus rien des activités plus **nobles** et plus **enrichissantes** que le travail, cultivées autrefois par l'**aristocratie**. Nous ne savons plus que **produire** et **consommer** des biens. Or, avec les progrès de l'automatisation qui vident progressivement les usines, nous avons devant nous la perspective d'une « société de travailleurs sans travail ». Paradoxalement, **la technique pourrait nous libérer de la contrainte du travail** alors que nous avons perdu le souvenir des activités qui motivaient ce rêve.

> **Citation**
> « C'est une société de travailleurs que l'on va délivrer des chaînes du travail. »
> Arendt

- Contrairement aux Anciens, Hannah Arendt n'affirme pas la supériorité de la **vie contemplative** sur la **vie active.** Elle entend au contraire réhabiliter cette dernière en distinguant le travail de l'œuvre et de l'action :

– Le **travail** préserve la vie et doit être cantonné dans ce rôle, alors qu'il tend à envahir toute l'existence humaine.

– L'**œuvre** peuple le monde d'objets humains (les œuvres d'art, par exemple). Elle procède de la quête d'immortalité, c'est-à-dire de l'effort de l'homme (qui fait sa grandeur) d'échapper à sa condition de mortel en produisant des œuvres, des exploits ou des paroles qui mériteraient de n'être jamais oubliés. L'œuvre s'oppose ainsi au travail, qui produit des objets éphémères.

– L'**action** (surtout politique) crée un monde commun, un espace public qui permet à l'homme d'échapper au confinement biologique de la famille et à l'isolement du soi.

C Nietzsche : le travail entrave le développement de l'individu

- **Notre société glorifie le travail**, elle le survalorise même de manière suspecte, estime **Nietzsche**. C'est que « **le travail constitue la meilleure des polices** », un **puissant facteur d'ordre et de sécurité**, parce qu'il entrave le développement de l'individualité. Nietzsche suggère donc qu'il existe un antagonisme naturel entre l'**individu** et la **société**. Comment le comprendre ?

– D'abord, l'intérêt individuel s'oppose à l'intérêt collectif. Encourager l'individu à travailler, c'est donc l'encourager à **se sacrifier dans l'intérêt du groupe**.

– Ensuite, **la société veut normaliser l'individu**. Le travail sert cet objectif parce qu'il épuise l'individu et le détourne de la réflexion, de la méditation, de la rêverie et des passions… Bref, de tout ce qui peut contribuer à faire de lui un être unique, différent de tous les autres, **original** et **indépendant**.

- Tous les individus sont donc des « individus dangereux » pour la société : l'**indépendance** et l'**originalité** menaçant l'ordre social, l'individu est dangereux par définition.

- Nietzsche défend parfois le travailleur contre « la folie […] des nations qui ne pensent qu'à produire le plus possible et à s'enrichir le plus possible », au détriment de l'épanouissement individuel. Mais il adopte le plus souvent une attitude **aristocratique** et défend l'idée que **l'élévation de l'humanité est le fait d'une élite** qui échappe à la contrainte du travail en asservissant d'autres hommes.

> **Citation**
> « Jusqu'ici toute élévation du type humain a été l'œuvre d'une société aristocratique […] qui a besoin d'une forme quelconque d'esclavage. »
> Nietzsche

2 Le travail envisagé comme la condition de l'accomplissement de l'homme

A Kant : l'homme est voué au travail

Doc. Adam et Ève, chassés du paradis

- « L'homme est le seul animal qui soit voué au travail », écrit **Kant**. En effet, **l'homme a besoin de travailler**, non seulement pour gagner sa vie, mais aussi pour s'occuper. Chacun peut en faire l'expérience : l'**oisiveté nous tourmente**, nous avons besoin de nous absorber dans une activité pour nous oublier nous-mêmes. Ainsi, même Adam et Ève auraient souffert de l'oisiveté s'ils n'avaient pas été chassés du paradis. Nous ne serions pas plus heureux si nous n'avions pas à travailler, bien au contraire. Quel meilleur repos d'ailleurs que celui qui suit le travail ?
- Ce sont ses **réflexions sur l'éducation** qui amènent Kant à aborder le thème du travail. Il faut apprendre aux enfants à travailler, affirme-t-il. Kant était lui-même un travailleur acharné et particulièrement discipliné.

B Hegel : le travail forme

- En travaillant, **l'homme transforme la nature à son image**, se reconnaît dans son œuvre et atteint ainsi la **conscience de soi**. C'est la thèse d'**Hegel**, qu'il illustre en analysant le plaisir que les enfants prennent à jeter des cailloux dans l'eau : « Le petit garçon qui jette des pierres dans le torrent et admire les ronds qui se forment dans l'eau admire en fait une œuvre où il bénéficie du spectacle de sa propre activité. »
- Dans la **dialectique du maître et de l'esclave**, Hegel montre comment l'« esclave » (au sens large) apprend, se forme et devient plus fort grâce au travail alors que le « maître » s'affaiblit dans l'oisiveté jusqu'à ce que, le rapport de force s'inversant, l'esclave devienne finalement le maître du maître. On peut interpréter la Révolution française comme une illustration de ce **renversement dialectique** : ceux qui travaillent (la bourgeoisie et le peuple) deviennent assez forts pour renverser la noblesse affaiblie par l'oisiveté et le confort de ses privilèges.

Doc. Un maître et son esclave dans la Grèce antique

C Marx : le travail est le propre de l'homme

- **Marx** souligne que Hegel tient le travail pour « l'être même de l'homme », c'est-à-dire son essence. Travailler permettrait donc à l'homme de s'accomplir ou de réaliser son essence. Mais dans les faits, **le travail est souvent synonyme d'aliénation**, c'est-à-dire de dépossession et d'asservissement.

> **Citation**
> « Le travail aliéné [...] est mortification. »
> Marx

- Marx dénonce le **travail aliéné** du prolétaire, condamné à vendre sa force de travail pour vivre ou survivre. De ce point de vue, le salarié exploité n'est rien de plus qu'un **esclave moderne** qui perd sa vie en la gagnant. **Étranger à ce qu'il fait**, et comme **étranger à lui-même**, il exécute une tâche qui devient de plus en plus **mécanique** et **répétitive**. On pense à Charlot, dans *Les Temps modernes*, serrant des boulons sur une chaîne de montage à une cadence infernale et terminant sa journée dans un hôpital psychiatrique.

> **Bien comprendre**
> Le travail à la chaîne est postérieur à la mort de Marx, qui ignorait à quel point l'avenir allait lui donner raison.

- Si l'ouvrier est déshumanisé, ce n'est pas, selon Marx, parce qu'il travaille, mais parce qu'il est **dépossédé** de son travail.
  - D'abord, **le produit du travail du salarié ne lui appartient pas** : il appartient à son employeur, qui le revend en réalisant de gros bénéfices.

  Le travailleur est aussi dépossédé de la tâche elle-même, qu'il ne peut pas regarder comme son œuvre parce qu'elle ne lui appartient pas. Il ne s'investit donc pas dans ce qu'il fait, il n'y met rien de lui-même, ne peut s'y reconnaître, l'aimer et en être fier. La séparation de la conception du travail et de son exécution accentue bien entendu ce processus d'aliénation.

- C'est parce que le travail devrait permettre à l'homme d'**accomplir son humanité** au lieu de l'avilir que Marx dénonce son aliénation. Le prolétaire n'est pas condamné à travailler, il est condamné à **travailler pour un autre**. Il est ainsi privé des bénéfices (matériels et immatériels) qu'il est en droit d'attendre de son travail.

> **Bien comprendre**
> Parce qu'il dénonce le travail aliéné, Marx est parfois perçu à tort comme un « anti-travail ». C'est un grave contresens.

- Pour Marx, **le travail est le propre de l'homme**. En travaillant, l'homme fait donc ce pour quoi il est fait, il accomplit sa nature, sa fonction propre. Alors que l'**animal** travaille de manière **instinctive** et donc **mécanique**, l'homme qui travaille agit de manière **consciente** et **volontaire** : il réalise un projet dont il a conscience.

> **Citation**
> « Ce qui distingue dès l'abord le plus mauvais architecte de l'abeille la plus experte, c'est qu'il a construit la cellule dans sa tête avant de la construire dans la ruche. »
> Marx

● Marx veut donc mettre fin au **capitalisme** et à l'**exploitation de l'homme par l'homme** en rendant le travail au travailleur, c'est-à-dire en lui permettant de se réapproprier les **outils de production** (terres, usines, entreprises, etc.) et les **fruits de son travail** (abolition de la propriété privée des moyens de production ou collectivisme d'État).

Réviser la pensée de Marx

D Le mythe de Prométhée

● Comme Marx l'a souligné, Hegel tient le travail pour « l'être même de l'homme ». Ce point de vue moderne, diamétralement opposé à la vision du monde aristocratique des Anciens, semble pourtant préfiguré dans un mythe dont **Platon** fait le récit : le **mythe de Prométhée**.

● Deux Titans, **Prométhée** et **Épiméthée**, ont été chargés de répartir parmi les animaux les atouts grâce auxquels chacun pourrait survivre sans supplanter les autres. Mais Épiméthée (son nom signifie « l'imprévoyant »), qui a voulu faire le travail seul, a oublié l'homme, et il ne lui reste plus aucun avantage à distribuer. C'est pourquoi **l'homme, qui naît nu et sans défense, est le plus démuni de tous les animaux**. Prométhée se décide alors à « voler la maîtrise des techniques d'Héphaïstos et d'Athéna, en même temps que le feu [...] et à en faire cadeau à l'homme ».

● L'homme n'est donc pas un animal comme les autres : **il ne peut survivre qu'en travaillant**, c'est-à-dire en transformant la nature par son travail grâce aux techniques que son intelligence lui permet d'inventer. En ce sens, on peut dire qu'il est un **être à part dans la nature**, un être voué par nature à transformer la nature.

● **Bergson** propose d'ailleurs de rebaptiser l'espèce humaine : ***homo sapiens*** (« homme sage ») pourrait se nommer plus modestement ***homo faber*** (« homme fabricateur »), et l'intelligence pourrait se définir comme la **faculté de fabriquer des outils** (voir chap. 11 : La technique).

● Dans une perspective voisine, **Georges Bataille** définit l'homme comme l'**animal qui refuse le donné naturel**, qui le transforme par le **travail** et par l'**éducation** (qui est un travail sur soi). Il crée ainsi un monde nouveau et artificiel : celui de la **culture** par opposition à la **nature**.

Citation

« L'homme est un animal qui n'accepte pas simplement le donné naturel, qui le nie. »

Bataille

Pour résumer

1. Le travail envisagé comme un obstacle à l'accomplissement de l'homme

■ Les **Anciens** voyaient dans le travail une **activité indigne d'un homme libre**.

■ **Aristote** estime que l'homme n'accomplit pleinement sa nature d'**animal raisonnable** que dans la **vie contemplative**.

■ Dans une perspective voisine, **Hannah Arendt** fait du travail une **activité servile par nature**. Elle le distingue de l'**œuvre** et de l'**action**.

■ **Nietzsche** soutient que le travail, **entravant le développement de l'individualité**, « constitue la meilleure des polices ». Sa glorification serait une ruse de la société.

2. Le travail envisagé comme la condition de l'accomplissement de l'homme

■ **Kant** affirme que **nous avons besoin de travailler pour nous oublier nous-mêmes.**

■ **Hegel** estime que **le travail forme l'homme**, le rend plus fort et plus libre, qu'il lui permet d'accéder à la **conscience de soi**.

■ **Marx** dénonce l'**aliénation du travail**. Le travail devrait permettre à l'homme d'**accomplir son humanité** au lieu de l'**avilir**. Il est le propre de l'homme. L'abolition de l'économie capitaliste, fondée sur la propriété privée des moyens de production, doit **rendre le travail au travailleur**.

■ Le **mythe de Prométhée** suggère que **l'homme est voué par nature à transformer la nature**.

Réviser la notion de travail

Les incontournables

Dans ce passage des Manuscrits de 1844, *Marx analyse la notion de travail aliéné. La notion d'aliénation, entendue au sens marxiste comme un synonyme de dépossession et d'asservissement, est entrée dans la pensée et le langage communs.*

En quoi consiste l'aliénation[1] du travail ?

D'abord, dans le fait que le travail est extérieur à l'ouvrier, c'est-à-dire qu'il n'appartient pas à son essence[2], que donc, dans son travail, celui-ci ne s'affirme pas mais se nie, ne se sent pas à l'aise, mais malheureux, ne déploie pas une libre activité physique et intellectuelle, mais mortifie son corps et ruine son esprit. En conséquence, l'ouvrier n'a le sentiment d'être auprès de lui-même qu'en dehors du travail et, dans le travail, il se sent en dehors de soi[3]. Il est comme chez lui, quand il ne travaille pas et, quand il travaille, il ne se sent pas chez lui. Son travail n'est donc pas volontaire, mais contraint, c'est du travail forcé. Il n'est donc pas la satisfaction d'un besoin, mais seulement un moyen de satisfaire des besoins en dehors du travail. Le caractère étranger du travail apparaît nettement dans le fait que, dès qu'il n'existe pas de contrainte physique ou autre, le travail est fui comme la peste. Le travail extérieur, le travail dans lequel l'homme s'aliène, est un travail de sacrifice de soi, de mortification. Enfin, le caractère extérieur à l'ouvrier du travail apparaît dans le fait qu'il n'est pas son bien propre, mais celui d'un autre, qu'il ne lui appartient pas, que dans le travail l'ouvrier ne s'appartient pas lui-même, mais appartient à un autre[4].

Karl Marx, *Manuscrits de 1844*, trad. Jean Salem, © Garnier Flammarion, 1996.

1. **Aliénation :** dépossession.
2. **Essence :** nature.
3. **Il se sent en dehors de soi :** c'est le sentiment d'être comme étranger à soi-même, de ne pas se reconnaître dans le travail.
4. **Un autre :** celui qui emploie l'ouvrier, « le bourgeois » en termes marxistes.

Dans cet extrait du Capital, *Marx montre la différence du travail conscient de l'homme et celui de l'animal qui, lui, ne procède pas à une conception mentale des choses avant de les réaliser.*

Notre point de départ, c'est le travail sous une forme qui appartient exclusivement à l'homme. Une araignée fait des opérations qui ressemblent à celles du tisserand, et l'abeille confond par la structure de ses cellules l'habileté de plus d'un architecte.

Mais ce qui distingue dès l'abord le plus mauvais architecte de l'abeille la plus experte, c'est qu'il a construit la cellule dans sa tête avant de la construire dans la ruche. Le résultat auquel le travail aboutit préexiste idéalement dans l'imagination du travailleur. Ce n'est pas qu'il opère seulement un changement de forme dans les matières naturelles ; il y réalise du même coup son propre but dont il a conscience, qui détermine comme loi son mode d'action, et auquel il doit subordonner sa volonté.

Karl Marx, *Le Capital*, 1867.

Dans cet extrait de la Condition de l'homme moderne, *Hannah Arendt montre que les Grecs considéraient le travail comme une activité servile par nature.*

Dire que le travail et l'artisanat étaient méprisés dans l'Antiquité parce qu'ils étaient réservés aux esclaves, c'est un préjugé des historiens modernes. Les Anciens faisaient le raisonnement inverse : ils jugeaient qu'il fallait avoir des esclaves à cause de la nature servile de toutes les occupations qui pourvoyaient aux besoins de la vie[1]. C'est même par ces motifs que l'on défendait et justifiait l'institution de l'esclavage. Travailler, c'était l'asservissement à la nécessité[2], et cet asservissement était inhérent[3] aux conditions de la vie humaine. Les hommes étant soumis aux nécessités de la vie ne pouvaient se libérer qu'en dominant ceux qu'ils soumettaient de force à la nécessité[4]. La dégradation de l'esclave était un coup du sort, un sort pire que la mort, car il provoquait une métamorphose qui changeait l'homme en un être proche des animaux domestiques. C'est pourquoi si le statut de l'esclave se modifiait, par exemple par l'affranchissement[5], ou si un changement des conditions politiques générales élevait certaines occupations au rang d'affaires publiques, la « nature » de l'esclave changeait automatiquement. L'institution de l'esclavage dans l'Antiquité [...] fut une tentative pour éliminer des conditions de la vie le travail. Ce que les hommes partagent avec les autres animaux, on ne le considérait pas comme humain. C'était d'ailleurs aussi la raison de la théorie grecque, si mal comprise, de la nature non humaine de l'esclave. Aristote, qui exposa si explicitement cette théorie et qui, sur son lit de mort, libéra ses esclaves, était sans doute moins inconséquent que les modernes ont tendance à le croire. Il ne niait pas que l'esclave fût capable d'être humain ; il refusait de donner le nom d'« hommes » aux membres de l'espèce humaine tant qu'ils étaient totalement soumis à la nécessité.

Hannah Arendt, *Condition de l'homme moderne* (1958),
trad. Georges Fradier, Calmann-Lévy, 1961.

1. Travailler pour satisfaire ses besoins est en soi un esclavage aux yeux des Anciens.

2. Asservissement à la nécessité : soumission aux besoins vitaux.

3. Inhérent à : inséparable de.

4. Ceux qu'ils soumettaient de force à la nécessité : les esclaves.

5. Affranchissement : action de rendre libre un esclave.

Chronologie

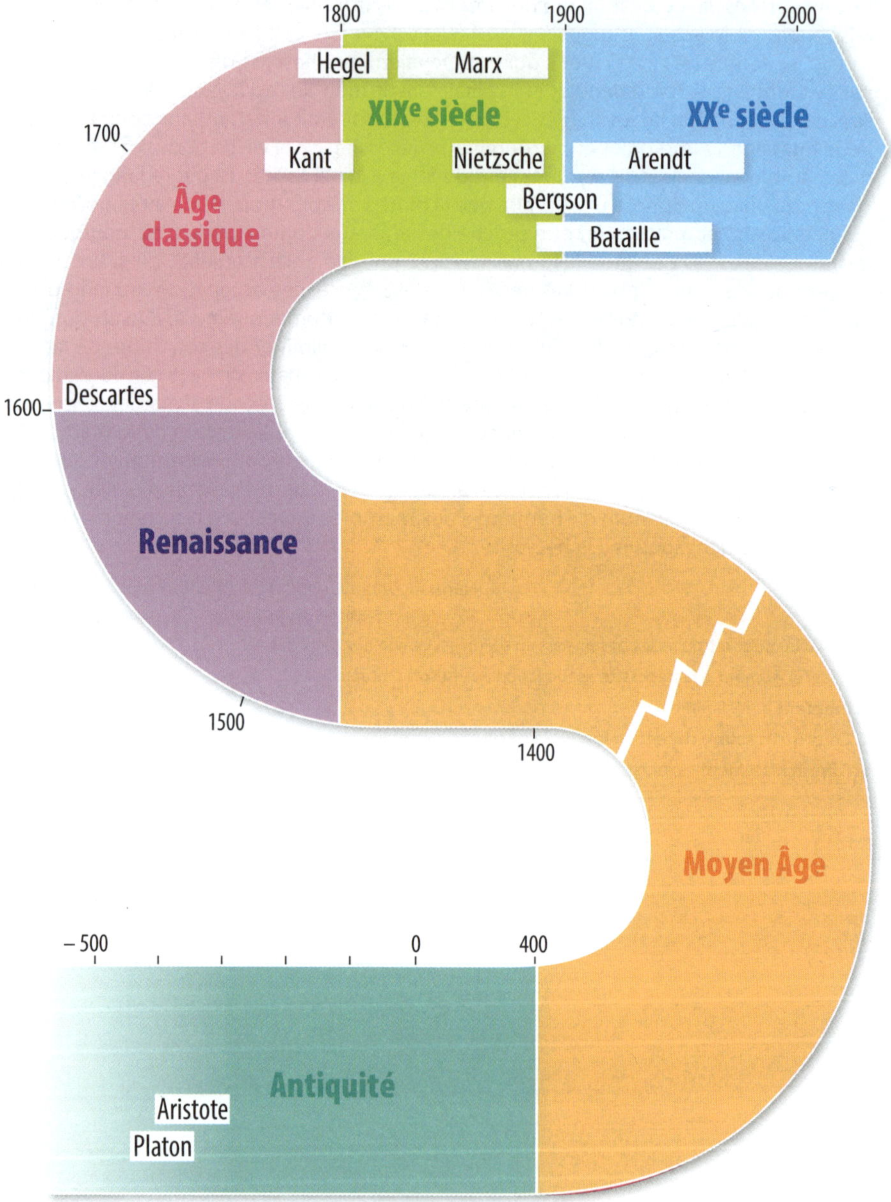

L'essentiel

Mots-clés

Travail : du latin *tripalium* (instrument de torture). Le terme désigne l'action par laquelle l'homme transforme la nature pour l'adapter à ses besoins ou à ses désirs. L'étymologie suggère que le travail est une contrainte et une souffrance.

Technique : du grec *technè* (« art », « métier »). Dans le contexte de ce chapitre, le terme désigne l'ensemble des procédés inventés par l'homme pour transformer le donné naturel par son travail.

Aliénation : du latin *alienatio* (« aliéner »). Chez Marx, le terme est synonyme de dépossession et d'asservissement. C'est en particulier l'état du prolétaire dépossédé de son travail et de lui-même dans l'économie capitaliste.

Vie contemplative (ou théorétique) : c'est la vie consacrée à la pensée, à la philosophie au sens étymologique, c'est-à-dire à la recherche de la sagesse ou du savoir. C'est dans cette vie contemplative que l'homme accomplit au mieux sa nature et trouve le bonheur selon Aristote.

Activité servile : activité accomplie par nécessité et non librement, comme le travail selon Hannah Arendt. Servile dérive du latin *servus* : serviteur, esclave.

Repères

– En acte / En puissance ➜ p. 306
– En fait / En droit ➜ p. 310
– Théorie / Pratique ➜ p. 318

Auteurs

– Aristote ➜ p. 285
– Kant ➜ p. 294
– Hegel ➜ p. 295
– Marx ➜ p. 297
– Nietzsche ➜ p. 297
– Bergson ➜ p. 298
– Arendt ➜ p. 302

CHAPITRE 7

Le bonheur

DE QUOI S'AGIT-IL ?

L'étymologie suggère que le bonheur est pour l'essentiel un phénomène aléatoire, une question de chance ou de malchance : nous serions heureux ou malheureux au gré des circonstances. Mais pour les Anciens, le bonheur dépend de nous : de la manière dont nous menons notre vie et de celle dont nous regardons les choses. Pour être heureux, il faudrait posséder la sagesse, entendue comme une « science du bonheur ». On se demandera donc d'abord si on peut faire du bonheur une « science ». Peut-on savoir comment être heureux ? Mais on peut aussi se demander s'il est légitime de chercher à l'être par tous les moyens. Le bonheur est-il, comme le pensaient les Anciens, le souverain bien et le but de la vie ? Quelle importance faut-il accorder à l'idéal du bonheur ? Quelle place doit-il occuper dans la hiérarchie des biens ?

1 Peut-on faire du bonheur une « science » ?

A Quel est le problème ?

• Il s'agit de savoir si on peut **déterminer ce qu'est le bonheur** et **comment l'atteindre**. Peut-on prendre le bonheur dans les filets de la raison, le comprendre et le maîtriser, comme le croient les philosophes de l'Antiquité ? Le bonheur n'est-il pas trop aléatoire et insaisissable pour qu'on puisse en faire une science ou un art ?

B La sagesse comme « science du bonheur »

1. Le bonheur, c'est la sérénité du sage

• Le bonheur tel que nous le concevons d'ordinaire dépend des aléas de l'existence. Mais les philosophes de l'Antiquité, notamment les stoïciens et les épicuriens, ont imaginé un bonheur **indépendant des circonstances de l'existence**, un bonheur qui ne dépendrait que de **nous-mêmes**, de la **manière dont nous menons notre vie** et de la **manière dont nous l'envisageons**.

Citation
« La sagesse n'est autre chose que la science du bonheur. »
Diderot

• Ce bonheur, loin d'être instable et aléatoire, fragile et soumis aux aléas de la vie, serait au contraire **solide** et **stable**. Les **stoïciens** affirment ainsi que le sage serait heureux même dans le **taureau de Phalaris** : un taureau de bronze creux dans lequel le tyran Phalaris faisait rôtir ses victimes ! Le bonheur du sage serait donc un **bonheur à toute épreuve**, qui résisterait aux pires circonstances. Ce bonheur stable, serein et assuré, qui semble si improbable, n'est-il pas pourtant le seul qui mériterait son nom ?

• En effet, on peut distinguer le **bonheur** de la **joie**. Le mot « bonheur » suggère le calme et la stabilité, une satisfaction paisible et durable. La joie est au contraire intense et de courte durée. On saute de joie, on ne saute pas de bonheur ! Pour les **stoïciens** et les **épicuriens,** le bonheur se confond avec la **sérénité du sage**, la **paix intérieure** : l'**ataraxie** (du grec *ataraxia* : « absence de trouble »).

2. Le stoïcisme : le sage est heureux parce qu'il accepte l'ordre des choses

• Nous sommes heureux quand les choses arrivent conformément à nos désirs, et malheureux quand elles les contrarient. Les stoïciens nous invitent au contraire à **accepter l'ordre des choses** : « Ne demande pas que ce qui arrive arrive comme tu désires ; mais désire que les choses arrivent comme elles arrivent, et tu seras heureux », dit **Épictète**. **Descartes**, s'inspirant du stoïcisme, le dira autrement : « Tâcher toujours plutôt à me vaincre que la fortune, et à **changer mes désirs** que l'ordre du monde. »

- S'il faut accepter l'ordre des choses, c'est qu'il n'est pas en notre pouvoir de les changer. Qu'est-ce qui dépend vraiment de nous ? Quel pouvoir avons-nous sur le cours des choses, sur l'ordre du monde ? Que pouvons-nous changer ? Que devons-nous, au contraire, accepter ? **Si nous voulons changer ce qui ne peut pas l'être, nous serons nécessairement malheureux.**

- Il faut donc apprendre à **distinguer les choses qui dépendent de nous de celles qui n'en dépendent pas**. Or, seules nos pensées (nos représentations, nos désirs, nos émotions) dépendent de nous : **nous pouvons apprendre à devenir maîtres de nous-mêmes, mais nous ne sommes pas maîtres du monde**. Le monde tourne comme il tourne, la condition humaine est immuable, personne n'échappe au temps et à la mort, personne n'a le pouvoir de changer fondamentalement le cours naturel des choses. On peut s'entêter et refuser l'ordre des choses, le subir et en souffrir, ou s'accorder à lui et être heureux, vivre en paix.

> **Citation**
> « Il n'y a rien qui soit entièrement en notre pouvoir que nos pensées. »
> Descartes

- « Que la force me soit donnée de **supporter ce qui ne peut être changé** et le courage de **changer ce qui peut l'être**, mais aussi la sagesse de **distinguer l'un de l'autre** », écrit **Marc Aurèle**. La mort, par exemple, est inéluctable. Vouloir être immortel est donc une **folie**. C'est se condamner à souffrir, gâcher le présent par la **peur de l'avenir**, dans l'anticipation anxieuse de l'inéluctable. La **sagesse** serait au contraire d'**accepter la mort parce qu'elle est dans l'ordre des choses** (voir chap. 17 : Le temps). Car si nous ne pouvons pas échapper à la mort, nous pouvons en revanche **changer l'idée que nous nous en faisons**. Ce n'est pas la mort qui est à craindre : ce qui est à craindre, c'est plutôt l'opinion que la mort est à craindre. Ce n'est pas la mort mais la manière dont nous l'envisageons qui nous rend malheureux. « Ce ne sont pas les choses qui troublent les hommes, mais l'**opinion qu'ils en ont** », enseigne **Épictète**.

- S'il faut accepter l'ordre des choses, c'est donc que nous ne pouvons guère le changer. Mais c'est aussi parce qu'il est **rationnel**. Les stoïciens se représentent l'univers, le Cosmos, comme un grand organisme dans lequel chaque chose est à sa place et joue son rôle. L'homme doit comprendre, accepter et jouer son rôle dans cet **Univers ordonné et harmonieux où tout est justifié**. Être heureux n'implique donc pas de changer l'ordre des choses, mais d'en **comprendre la perfection**. Comprendre, admirer et aimer la perfection du Cosmos, c'est « **vivre en accord avec la nature** », être en phase, en harmonie avec l'Univers.

- Le **stoïcisme** est donc une **philosophie de l'acceptation** (et non de la résignation) : être heureux, ce n'est pas plier le monde à ses désirs, mais au contraire plier ses désirs au monde. À la limite, c'est même ne plus désirer du tout, mais aimer ce qui est ou ce qui doit être. C'est l'amour du **destin** : « ***Amor fati*** », dit **Nietzsche** dans une formule d'inspiration stoïcienne. « Le bonheur ne consiste pas à acquérir et à jouir, mais à **ne rien désirer**, car il consiste à être libre », écrit **Épictète**.

3. L'épicurisme : le sage est heureux parce qu'il sait limiter ses désirs et a vaincu la peur

- **Épicure** nie l'existence du destin et l'idée d'un Cosmos où tout serait justifié. En revanche, il estime que le bonheur suppose qu'on sache **contenir le désir dans ses limites naturelles**. Il s'agit donc encore de « vivre en accord avec la nature », mais dans un sens très différent.
- Épicure met l'intelligence au service de la vie et du bonheur : il faut réfléchir, peser ses actes, en anticiper les conséquences. Ainsi, satisfaire tous ses désirs sans discernement, c'est forcément faire son propre malheur. Être heureux suppose au contraire que l'on **anticipe les joies et les peines liées à la satisfaction d'un désir**.
- Le plaisir lié à la satisfaction d'un désir est certes toujours un bien en lui-même. C'est ce qu'on appelle l'**hédonisme** : **le bonheur consiste dans le plaisir** (*hêdonê*). « Le plaisir est le commencement et la fin de la vie heureuse » (son principe et son but), écrit Épicure. Mais la satisfaction d'un désir peut aussi engendrer beaucoup de souffrances. Or, nous privilégions souvent à tort le plaisir immédiat, sans avoir clairement conscience des souffrances à venir.
- Ce calcul des plaisirs et des peines est éclairé par une **classification des désirs**. Il faut apprendre à distinguer trois catégories de désirs.

– Certains désirs sont **vains** et **insatiables** (le désir de possession ou de gloire, par exemple). Ceux qui les poursuivent sont malheureux parce qu'ils ne peuvent jamais être satisfaits, atteindre la satiété : on n'est jamais assez riche, assez connu, reconnu ou aimé. La société de consommation le montre clairement : on désire toujours plus, ce qu'on n'a pas encore, la énième version d'un objet qui n'est mise sur le marché que dans le but de périmer la précédente et de renouveler ainsi le désir d'acheter.

– D'autres désirs sont au contraire **naturels** et **nécessaires** : ce sont nos vrais besoins (boire ou manger, par exemple), que nous devons apprendre à reconnaître et à privilégier.

En savoir plus sur l'épicurisme d'Épicure

– Enfin, certains désirs, sans être vraiment nécessaires ni à la vie, ni à la santé, ni à la paix de l'esprit (ataraxie), sont néanmoins **acceptables** si l'habitude de les satisfaire n'en fait pas des besoins artificiels (bien manger, boire de bons vins, le désir sexuel…).

- Mais le bonheur implique aussi que nous nous débarrassions des **peurs** qui empoisonnent l'existence, comme la peur des dieux ou de la mort. Les dieux sont des êtres parfaits et autosuffisants qui ne se soucient pas des affaires humaines. Quant à la mort, elle n'est rien pour nous : tant que nous sommes vivants, la mort n'est pas là ; quand elle est là, nous n'existons plus (voir chap. 17 : Le temps).

> **Citation**
> « La mort n'est pas à craindre. »
> Épicure

- Épicure est un philosophe optimiste : pour lui, le bonheur est à portée de main. Suivre ses conseils de sagesse doit permettre de « **vivre comme un dieu parmi les hommes** », c'est-à-dire avec une sérénité égale à celle d'un immortel. Mais peut-on vraiment savoir en quoi consiste le bonheur ? La pluralité des sagesses incline à en douter. « Nous recherchons tous le bonheur, mais sans savoir où, comme des ivrognes qui cherchent leur maison, sachant confusément qu'ils en ont une », écrit **Voltaire**.

C Kant : personne ne sait en quoi consiste le bonheur

- Nous cherchons le bonheur, mais que cherchons-nous au juste quand nous le cherchons ? Qui peut dire précisément en quoi il consiste ? **Kant** estime que **le bonheur est un concept indéterminé**, c'est-à-dire une idée sans contenu précis. Nous voulons être heureux, pourtant nous ne savons pas ce que nous voulons, parce que nous ne savons pas de quoi le bonheur est fait. « Le concept du bonheur est un concept si indéterminé que, malgré le désir qu'a tout homme d'arriver à être heureux, personne ne peut jamais dire en termes précis et cohérents ce que véritablement il désire et il veut », écrit Kant.

- **La question de savoir comment être heureux est insoluble** : aucun homme, aussi intelligent qu'il soit, ne peut savoir à l'avance et à coup sûr ce qui le rendra heureux. Les biens communément recherchés comme des conditions du bonheur (la richesse, la connaissance, la santé, une longue vie…) peuvent paradoxalement faire notre malheur. Nous ne sommes pas omniscients, nous ne savons pas tout, nous ne pouvons pas anticiper la série infinie des conséquences de nos choix.

> **Citation**
> « Le problème qui consiste à déterminer d'une façon sûre et générale quelle action peut favoriser le bonheur […] est un problème tout à fait insoluble. »
> Kant

• L'idée du bonheur, c'est l'idée d'un parfait bien-être présent et futur. Tout le monde peut comprendre qu'il s'agit d'une chimère, d'un **idéal de notre imagination** dont la réalisation est manifestement impossible. **La raison ne peut « se figurer le plan du bonheur »**. Du reste, ceux qui ont le plus cultivé leur raison finissent par haïr cette faculté parce qu'elle les rend malheureux. C'est la **misologie** : la haine de la raison. Aux yeux de Kant, **l'homme, étant un être doué de raison, n'est pas fait pour le bonheur**.

2 Le bonheur est-il le souverain bien ?

A Quel est le problème ?

• Quelle importance accorder à l'idéal du bonheur ? On s'accorde communément à penser que le bonheur est le but de la vie, mais peut-on vraiment considérer le bonheur comme le souverain bien, c'est-à-dire comme le bien suprême, celui qui surpasse tous les autres ? **Rien n'est-il plus important que le bonheur ?** La vérité, la justice, le devoir, la vertu ou encore l'amour ne peuvent-ils pas constituer des valeurs plus hautes ?

B Aristote : le bonheur est le souverain bien

• Nous recherchons une multitude de biens, mais le seul bien qui soit toujours recherché pour lui-même, comme une fin en soi et non comme le moyen d'autre chose, c'est le bonheur. « Le bonheur n'est jamais choisi [...] en vue d'autre chose que lui-même, il est la fin de nos actions », écrit **Aristote**. **Tout ce que nous faisons, c'est en vue du bonheur que nous le faisons**. Il est le bien suprême, la fin (le but) ultime de toute activité humaine.

Citation

« Plus on possède la faculté de contempler, plus on est heureux. »

Aristote

• On nomme **eudémonisme** (du grec *eudaimonia* : « bonheur ») toute philosophie qui, comme celle d'Aristote, fait du bonheur le **souverain bien** et le but légitime de l'action humaine. Pour Aristote, c'est dans la **vie contemplative** (ou théorétique), c'est-à-dire vouée à la connaissance, que l'homme peut trouver pleinement le bonheur (voir chap. 6 : Le travail). Le stoïcisme et l'épicurisme sont également des doctrines eudémonistes.

C Kant : le souverain bien est dans la volonté de bien agir

• L'eudémonisme confond le **bonheur** et la **vertu**, soutient **Kant**. Agir en vue du bonheur, ce n'est pas agir vertueusement. La vertu (la moralité) réside dans le désintéressement. Une action est vertueuse, c'est-à-dire moralement bonne, quand elle est accomplie **par devoir, de manière désintéressée, sans calcul** (voir chap. 2 : Le devoir). Ce qui fait la valeur morale d'une action, ce n'est pas son **but** (le bonheur) mais son **principe** (la volonté qui la motive). « Il n'est rien qui puisse sans restriction être tenu pour bon, si ce n'est seulement une bonne volonté », écrit Kant.

• Qui ne voit d'ailleurs qu'on peut être à la fois heureux et égoïste, heureux et immoral, peut-être plus facilement que dans la vertu, quand on sacrifie son intérêt par devoir ?

D Descartes : faut-il être heureux à tout prix ?

• Si la joie ou la gaieté, le contentement (la satisfaction) étaient le souverain bien, il serait légitime de **tout faire pour les obtenir** : se mentir à soi-même, s'illusionner, s'enivrer ou fumer au point de s'étourdir. Or, ces conduites ne sont pas bonnes. On ne peut donc pas vouloir être « heureux », c'est-à-dire content, par tous les moyens et à n'importe quel prix.

• Pour **Descartes**, la **connaissance de la vérité**, la lucidité, la conscience valent mieux qu'un bonheur qui reposerait sur le mensonge et l'illusion, l'ignorance et la naïveté. Du reste, ajoute-t-il, on ne peut pas vraiment se mentir sans savoir qu'on se ment et **l'illusion du bonheur est toujours mêlée d'amertume**.

E Nietzsche : l'homme ne cherche pas le bonheur mais la puissance

• Cherchons-nous réellement le bonheur ? **Nietzsche** estime que l'homme, comme tout ce qui vit, cherche à accroître sa **puissance** et non son **bonheur**. La vie serait **volonté de puissance**. Or, pour devenir plus forts, nous avons besoin de combattre l'adversité, de nous confronter au malheur et de surmonter des épreuves : « Appris à l'école de guerre de la vie : **ce qui ne me tue pas me rend plus fort**. »

Doc. Nietzsche

Pour résumer

1. Peut-on faire du bonheur une « science » ?

■ Pour les **stoïciens** et les **épicuriens**, le bonheur se confond avec la sérénité du sage, la paix intérieure : l'**ataraxie**.

■ Les **stoïciens** estiment que le bonheur est lié à l'**acceptation de l'ordre des choses** ou du **destin.**

■ Pour **Épicure**, il s'agit surtout d'apprendre à reconnaître et à **privilégier nos vrais besoins** (les désirs naturels et nécessaires).

2. Le bonheur est-il le souverain bien ?

■ On qualifie d'**eudémonistes** les philosophes qui, comme Aristote, Épicure ou les stoïciens, font du bonheur le but de la vie et le **souverain bien**.

■ Cependant, **Kant** estime que le souverain bien ne réside pas dans le bonheur, mais dans la **volonté de bien agir** (la bonne volonté).

■ **Descartes** remarque que si le bonheur (au sens de la satisfaction) était le souverain bien, il serait légitime de se rendre heureux **à n'importe quel prix**.

■ **Nietzsche** affirme que nous ne cherchons pas le bonheur, mais la **puissance**.

Les incontournables

Dans ce passage de la Lettre à Ménécée, *Épicure établit une classification des désirs qui doit nous guider vers le bonheur. Il justifie aussi l'idée selon laquelle le bonheur consiste dans le plaisir (hédonisme).*

Il faut se rendre compte que parmi nos désirs les uns sont naturels, les autres vains[1], et que, parmi les désirs naturels, les uns sont nécessaires et les autres naturels seulement. Parmi les désirs nécessaires, les uns sont nécessaires pour le bonheur, les autres pour la tranquillité du corps, les autres pour la vie même. Et en effet une théorie non erronée des désirs doit rapporter tout choix et toute aversion[2] à la santé du corps et à l'ataraxie[3] de l'âme, puisque c'est là la perfection même de la vie heureuse. Car nous faisons tout afin d'éviter la douleur physique et le trouble de l'âme. Lorsqu'une fois nous y avons réussi, toute l'agitation de l'âme tombe, l'être vivant n'ayant plus à s'acheminer vers quelque chose qui lui manque, ni à chercher autre chose pour parfaire le bien-être de l'âme et celui du corps. Nous n'avons en effet besoin du plaisir que quand, par suite de son absence, nous éprouvons de la douleur ; et quand nous n'éprouvons pas de douleur, nous n'avons plus besoin du plaisir[4]. C'est pourquoi nous disons que le plaisir est le commencement et la fin[5] de la vie heureuse.

Épicure, *Lettre à Ménécée* (IIIe siècle av. J.-C.), trad. Octave Hamelin, 1910.

1. Vain : inutile.

2. Aversion : rejet, répulsion.

3. Ataraxie : absence de trouble, sérénité, quiétude.

4. Par exemple, la faim est une douleur à laquelle met fin le plaisir de manger.

5. Le commencement et la fin : le principe et le but.

Chronologie

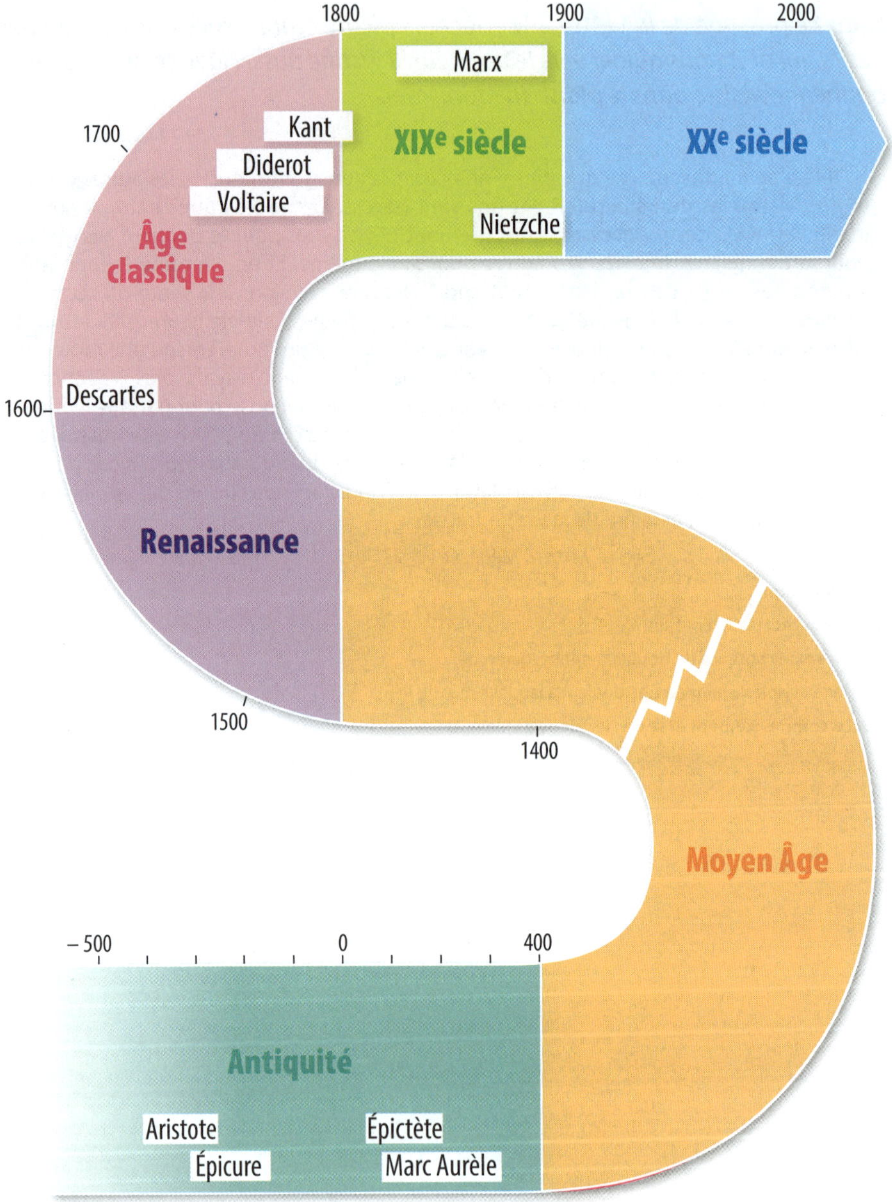

Mots-clés

■ **Bonheur** : de l'ancien français *bon* et *heur* (« bonne fortune », « chance », « plaisir »). Le terme évoque un état de contentement durable, à distinguer de la joie qui est plus éphémère.

■ **Épicurien** : le terme désigne aujourd'hui un bon vivant, un jouisseur. Mais Épicure est plutôt un ascète : à ses yeux, nous devons apprendre à reconnaître et à privilégier nos vrais besoins pour trouver le bonheur. Épicure n'est donc pas un épicurien au sens ordinaire du terme.

■ **Stoïcisme** : doctrine selon laquelle le bonheur passe par l'acceptation du cours naturel des choses ou du destin.

■ **Hédonisme** : du grec *hêdonê* (« plaisir »). Doctrine philosophique selon laquelle le bonheur réside dans le plaisir.

■ **Eudémonisme** : du grec *eudaimonia* (« bonheur »). Doctrine qui fait du bonheur le but de la vie et le souverain bien, c'est-à-dire le plus grand de tous les biens.

■ **Souverain bien** : bien suprême et fin (but) ultime de l'action humaine.

Repères

Contingent / Nécessaire → p. 308
Idéal / Réel → p. 312
Impossible / Possible → p. 313
Théorie / Pratique → p. 318

Auteurs

– Aristote → p. 285
– Épicure → p. 286
– Épictète → p. 287
– Descartes → p. 291
– Kant → p. 294
– Nietzsche → p. 297

CHAPITRE 8

L'État

DE QUOI S'AGIT-IL ?

La notion d'État soulève principalement deux questions. La première met en doute la valeur même de l'État. Celui-ci se présente comme le garant de l'ordre, de la sécurité et de la justice, mais n'est-il pas en réalité un instrument de domination imposant par la force un ordre injuste, établi à l'avantage des privilégiés ? Dans ce cas, on peut souhaiter une société sans État. Mais si on estime au contraire que l'État joue un rôle positif, une seconde question se pose, récurrente dans l'histoire de la philosophie : celle du meilleur régime politique. Si la démocratie nous apparaît aujourd'hui comme le seul régime légitime, elle n'en reste pas moins critiquable.

1 Quelle est la fonction réelle de l'État ?

A Quel est le problème ?

- L'État se présente comme le garant de la sécurité, de la liberté et de la justice. Mais est-ce bien là sa **fonction réelle** ? Ne sert-il pas plutôt à imposer un ordre établi à la faveur de la classe dominante, comme le soutiennent les marxistes et les anarchistes ? Faut-il donc vouloir une **société sans État** ? Est-ce concevable ?

B Les critiques de l'État

1. Marx : l'État sert les intérêts de la classe dominante

- « L'histoire de toute société jusqu'à nos jours n'a été que l'histoire de **luttes de classes** », écrit **Marx** dans le *Manifeste du parti communiste*. À ses yeux, toutes les sociétés sont depuis l'Antiquité divisées en **classes**, c'est-à-dire en groupes d'intérêts opposés. Par exemple, dans la Grèce antique, les intérêts des esclaves sont opposés à ceux de leurs maîtres. Mais l'abolition de l'esclavage et des privilèges de la noblesse n'ont pas mis fin à la lutte des classes : le prolétaire est un esclave moderne et la lutte des classes oppose désormais la **bourgeoisie** au **prolétariat** (voir chap. 6 : Le travail).
- Dans cette perspective, l'État apparaît comme un **instrument au service de la classe sociale dominante**. L'ordre qu'il maintient par la force est en effet établi à l'avantage de la bourgeoisie, qui exploite ceux qu'elle emploie. C'est « l'exploitation de l'homme par l'homme ». L'État serait donc en réalité un **appareil répressif** permettant à la classe dominante de conserver ses privilèges.
- On trouve une préfiguration de cette hypothèse dans l'opinion exprimée par **Thrasymaque** dans *La République* de **Platon** : « **Le juste est l'avantage du plus fort.** » Autrement dit, le plus fort (le gouvernement) déclare juste ce qui sert son intérêt (voir chap. 3 : La justice). En faisant respecter le droit, l'État imposerait donc en réalité « l'avantage du plus fort », soit les intérêts de la classe dominante (en termes marxistes).
- **Engels** (qui a écrit le *Manifeste du parti communiste* avec Marx) précise que **l'État apparaît à un stade de l'histoire où la lutte des classes menace l'existence même de la société**, afin de donner à la classe dominante de « nouveaux moyens pour mater et exploiter la classe opprimée. » Grâce à l'État, la classe économiquement dominante devient aussi politiquement dominante.

Citation

« L'État [...] est, dans la règle, l'État de la classe la plus puissante, de celle qui domine au point de vue économique. »

Engels

- Si l'État est un instrument répressif qui sert à asseoir la domination de la bourgeoisie, ne faut-il pas le détruire ? La liberté et la justice ne semblent en effet pouvoir régner que dans une **société sans classes et sans État**. Celle-ci serait l'aboutissement de la lutte des classes et la fin de l'histoire. Mais cette fin heureuse de l'histoire passe par la **révolution prolétarienne**, l'abolition de la propriété privée des moyens de production et la création d'un **État communiste**. Avant d'être aboli, l'État doit donc devenir l'instrument de la domination du prolétariat (dictature du prolétariat). C'est ce dernier point qui sépare le **communisme** de l'**anarchisme**.

2. Bakounine : détruire l'État

- « Nous pensons que la politique, nécessairement révolutionnaire, du prolétariat doit avoir pour objet immédiat et unique la **destruction des États** », écrit **Bakounine**. On peut difficilement être plus clair ou plus radical. À ses yeux, l'État est en effet l'**ennemi juré de la justice, de la liberté et même de la paix**, puisque les conflits d'intérêts qui opposent les États sont une cause permanente de guerre.

- L'opposition entre État et liberté, si marquée dans l'esprit des anarchistes, tient à la conception qu'ils se font de l'un et de l'autre. Comme Marx, les anarchistes estiment que **l'État impose par la force un ordre injuste**. Pour eux, la liberté ne s'accommode pas de l'autorité de l'État. **L'État et les lois anéantissent la liberté en la restreignant au profit de la sécurité**. « La liberté est indivisible », écrit Bakounine. Autrement dit, on ne peut pas en retrancher une partie sans l'anéantir. Soit on est libre, soit on ne l'est pas. On ne peut pas l'être à moitié, c'est-à-dire à condition de se soumettre à une quelconque autorité, *a fortiori* à celle d'un État injuste et violent (voir chap. 15 : La liberté).

- **L'anarchisme défend l'individu libre, indépendant et singulier contre l'État** qui veut le soumettre. Dans cette perspective, il existerait un antagonisme radical entre la **liberté individuelle** et l'**ordre établi**, et l'État serait autant une menace pour l'individu que l'individu une menace pour l'État.

Citation
« Ni Dieu, ni maître. »
Devise anarchiste

3. Kropotkine : le rêve d'une société sans État

- La conviction anarchiste selon laquelle une société sans État est possible repose sur un **optimisme anthropologique** : l'homme serait naturellement bon, sociable, enclin à l'**entraide** et à la **coopération**. C'est notamment la conviction de **Pierre Kropotkine**, un anarchiste russe du XIXe siècle : « Nous sommes persuadés que l'immense masse des hommes, à mesure qu'ils seront de plus en plus éclairés et se débarrasseront des entraves actuelles, fera et agira toujours dans une direction utile à la société », écrit-il.

- De ce point de vue, l'égoïsme, la violence et la méchanceté que les hommes manifestent ne seraient pas **spontanés** ni **naturels**, mais devraient être compris comme une **réaction à l'oppression et à l'exploitation**. C'est paradoxalement le maintien de l'ordre, et à plus forte raison d'un ordre injuste et liberticide, qui engendrerait le désordre.

- Pour les **libertaires** comme Kropotkine, il faut donc **renoncer aux juges, aux sanctions et même aux obligations morales** qui seraient, paradoxalement, la cause même des maux qu'ils prétendent combattre.

Citation

« Nous ne craignons pas de dire : "Fais ce que tu veux, fais comme tu veux." »

Kropotkine

- **Pierre Clastres**, un anthropologue français du XXe siècle proche du mouvement libertaire, a étudié certaines sociétés dites primitives (les Guarani, par exemple) qui ne sont pas seulement des sociétés sans État, mais aussi ce qu'il appelle des « **sociétés contre l'État** », parce qu'elles sont organisées de manière à éviter toute forme de prise de pouvoir. Par exemple, leur « chef » n'est qu'un beau parleur qui n'exerce paradoxalement aucun pouvoir réel. Son rôle serait de régler les conflits et de maintenir la paix, mais il n'aurait pas le droit de donner des ordres.

C L'apologie de l'État

1. Hobbes : il ne peut y avoir de société sans État

- Loin de l'optimisme anthropologique des anarchistes libertaires, **Hobbes** affirme après **Plaute** (un auteur latin du IIIe siècle av. J.-C.) que « **l'homme est un loup pour l'homme** ». C'est aussi l'opinion de **Freud**, qui estime que **l'homme est habité par des pulsions agressives et destructrices**, comme semblent l'enseigner l'histoire et l'expérience de la vie.

- Toutefois, Hobbes n'impute pas l'agressivité naturelle de l'homme à des pulsions inconscientes, mais à la **compétition**, à la **défiance** et à la **gloire**. Les hommes sont concurrents ou rivaux, ils convoitent les mêmes choses, ils se craignent et se méfient les uns des autres, ils sont orgueilleux et vaniteux. Dans ces conditions, comment l'**état de nature** pourrait-il être autre chose qu'un **état de guerre perpétuelle** ?

- Aussi l'État apparaît-il à Hobbes comme la **condition de la paix, de l'ordre et de la sécurité**. « Tant que les hommes ne sont pas tenus en respect par un pouvoir commun, ils vivent dans cet état qu'on nomme la guerre », écrit-il.

- **Les hommes doivent donc renoncer à leur liberté pour échapper à la misère, à la violence et à l'insécurité qui caractérisent la vie à l'état de nature.** Ils s'engagent les uns envers les autres à « confier tout leur pouvoir et toute leur force à un seul homme ou à une seule assemblée », écrit Hobbes. Ce **contrat social** confère à l'État un **pouvoir absolu**. Le philosophe justifie ainsi l'absolutisme.
- Mais vivre en société sous l'autorité de l'État implique-t-il vraiment de **renoncer à la liberté** ? Cela dépend à l'évidence de la manière dont on conçoit l'État et la liberté.

2. Montesquieu : l'État bien constitué ne s'oppose pas à la liberté bien comprise

- Si la **liberté** se confondait avec la **licence** (le droit de tout faire, sans limites), elle serait en effet incompatible avec la soumission à une quelconque autorité ou règle. Il faudrait donc choisir entre la liberté et l'État. Les anarchistes choisissent la liberté, Hobbes choisit l'État.
- Mais si on admet avec **Montesquieu** que « **la liberté est le droit de faire tout ce que les lois permettent** », alors l'État n'apparaît plus comme un obstacle à la liberté. De ce point de vue, il en est même au contraire la **condition**. Car si les citoyens pouvaient faire ce que la loi défend, il n'y aurait pas davantage de liberté : il n'y en aurait plus du tout. Ainsi, **l'État garantit la liberté de tous en limitant celle de chacun** (voir chap. 15 : La liberté).
- L'État peut néanmoins représenter une **menace pour la liberté** quand il abuse de son pouvoir. Or, « c'est une loi éternelle que tout homme qui a du pouvoir est porté à en abuser ». **Le pouvoir de l'État doit donc être limité, modéré.** « La liberté politique ne se trouve que dans les gouvernements modérés », écrit Montesquieu.
- Mais comment limiter le pouvoir de l'État ? Il ne peut que se limiter lui-même : « **Il faut que le pouvoir arrête le pouvoir** », écrit Montesquieu. C'est ce que permet la **séparation des trois pouvoirs de l'État** : législatif, exécutif et judiciaire.
- La question n'est donc plus de savoir s'il faut ou non accepter l'autorité de l'État, mais plutôt de **déterminer les conditions requises pour qu'il serve la justice et la liberté**. On ne voit pas bien, du reste, comment nos grandes sociétés modernes pourraient se passer de toute organisation étatique.

2 La question du meilleur régime politique

A Quel est le problème ?

• Si on ne rejette pas l'État purement et simplement (comme les anarchistes) et si on voit en lui autre chose qu'un instrument répressif au service de la classe sociale économiquement dominante (comme les marxistes), la question se pose de savoir **quel type d'État est souhaitable**. Un large consensus existe aujourd'hui autour de l'idée selon laquelle la **démocratie** serait non seulement le **meilleur régime politique**, mais aussi le **seul légitime**. C'est donc sous cet angle que se pose désormais la question du meilleur régime politique : la démocratie est-elle le meilleur régime, voire le seul légitime ? En quoi peut-elle être critiquée ?

B Rousseau : « Le peuple soumis aux lois doit en être l'auteur »

• Qu'est-ce qui justifie l'ordre social et l'autorité politique ? Qu'est-ce qui justifie que la liberté naturelle des hommes soit limitée par l'État et la loi ? Qu'est-ce qui fonde l'autorité ? De quel droit un homme peut-il exercer une autorité sur son semblable ? **Rousseau** pose et résout ces questions dans son œuvre politique majeure : *Du contrat social.* Il y examine plusieurs hypothèses successives.

– Première hypothèse : **l'ordre social et l'autorité politique sont naturels**. C'est l'hypothèse d'**Aristote**, pour qui l'autorité politique est comparable à celle que le père exerce sur la microsociété qu'est la famille. Rousseau réfute cette hypothèse : l'homme est libre et indépendant dès qu'il est adulte, le roi n'est pas un père pour son peuple et l'autorité politique n'est en rien comparable à l'autorité paternelle.

– Seconde hypothèse : **l'autorité politique et l'ordre social sont fondés sur la force.** C'est ce qu'on appelle « le droit du plus fort ». Cette seconde hypothèse est également rejetée par Rousseau : « **Force ne fait pas droit**. » La force peut me **contraindre** à me soumettre, non m'y **obliger moralement** : elle ne donne aucune **légitimité** à celui qui l'utilise pour me contraindre. Par exemple, si je suis agressé par un voleur qui me menace avec un pistolet, je suis **contraint** de lui donner ma bourse, mais je ne suis pas **moralement obligé** de le faire. **Obéir au plus fort n'est pas un devoir.**

Connaître les théories sur la nature de l'homme

• Ainsi, **l'autorité ne peut être fondée que sur une convention ou un contrat** par lequel le peuple se soumet **volontairement** à l'autorité de l'État. Toutefois, le contrat par lequel un peuple se soumettrait à un despote en échange de sa sécurité est illégitime puisque **la liberté est inaliénable** : on ne peut y renoncer sans renoncer à son humanité même. « Renoncer à sa liberté, c'est renoncer à sa qualité d'homme », écrit Rousseau.

• Le contrat social, pour être **légitime**, doit donc **conserver à l'homme sa liberté**. Rousseau résout ce problème en imaginant que chacun, du seul fait qu'il vit en société, s'engage tacitement à se soumettre à la **volonté générale**. Celle-ci s'exprime dans la **loi, votée par tous et applicable à tous**.

C Les critiques de la démocratie

1. Platon critique le principe même de la démocratie

• Pour **Platon**, confier le pouvoir au peuple, c'est faire marcher la Cité sur la tête. De même que la raison doit gouverner dans l'âme et dominer les passions (voir chap. 10 : La raison), **les philosophes rois doivent gouverner la Cité**. En effet, gouverner est une science que seul un petit nombre d'hommes peut posséder, et confier le pouvoir au peuple, c'est en réalité le confier à l'**opinion** et à ceux qui la manipulent : les **orateurs**, les **sophistes** et les **démagogues**.

• La démocratie, parce qu'elle accorde **trop de libertés**, ruine toute autorité, laisse s'installer le désordre et l'anarchie, et fait ainsi le lit de la tyrannie. Il revient donc à la philosophie de « **tracer les limites du juste et de l'injuste** » et aux philosophes de **gouverner** . « On ne peut espérer de voir la fin des misères humaines avant que les vrais philosophes n'arrivent à la tête des gouvernements ou que, par une providence toute divine, ceux qui ont le pouvoir dans les États ne deviennent eux-mêmes philosophes », écrit Platon.

2. La critique marxiste de la démocratie

• Pour **Marx, l'État démocratique est un État bourgeois** qui sert les intérêts de la classe dominante (voir le début de ce chapitre).

3. Critiques des démocraties au nom de l'idéal démocratique

• On peut estimer que les démocraties existantes ne donnent pas réellement ou suffisamment de pouvoir au peuple. Le pouvoir est confisqué par une élite, les représentants du peuple ne sont pas représentatifs, la démocratie n'existe que pour la forme. C'est la **critique du caractère formel de la démocratie**.

Citation

« La démocratie est le pire des régimes à l'exception de tous les autres. »

Churchill

COURS

- Ces critiques amènent à se poser la question de savoir si la démocratie représentative (la nôtre, par exemple) donne réellement le pouvoir au peuple. **Rousseau** estime que **le peuple ne peut pas être représenté** : « À l'instant qu'un peuple se donne des représentants, il n'est plus libre ; il n'est plus. » La loi n'est légitime que parce qu'elle exprime la volonté générale (la **volonté du peuple**). Par conséquent, elle doit être votée directement par le peuple : « Toute loi que le peuple n'a pas ratifiée en personne est nulle ; ce n'est point une loi », écrit Rousseau.

- On considère parfois Rousseau comme un des **pères de la démocratie moderne**. Celui-ci estime pourtant que **la démocratie est un idéal qu'il est impossible de réaliser** : « Il n'a jamais existé de véritable démocratie, et il n'en existera jamais », « Un gouvernement si parfait ne convient pas à des hommes », écrit-il. En effet, le peuple doit être **souverain**, c'est-à-dire que le pouvoir législatif doit lui appartenir de droit, mais le peuple ne peut pas **gouverner**, c'est-à-dire exercer le pouvoir exécutif, ne serait-ce que parce qu'il n'en a pas le temps.

- **Alain** concède qu'un régime purement démocratique ne peut pas réellement exister. Tout régime est, dans des proportions variables, à la fois monarchique (l'exécutif), oligarchique (le législatif) et démocratique. Mais en quoi peut donc consister le **pouvoir du peuple** ? Cela doit être un **pouvoir de contrôle** : le pouvoir de surveiller et de congédier ceux qui gouvernent, « un effort perpétuel des gouvernés contre les abus du pouvoir ».

Bien comprendre

« Le Peuple soumis aux lois en doit être l'auteur ; il n'appartient qu'à ceux qui s'associent de régler les conditions de la société », écrit Rousseau. Le Peuple détient donc de droit le pouvoir législatif. Cependant, Rousseau doute qu'on puisse confier l'exécutif (le Gouvernement) au Peuple.

Pour résumer

1. Quelle est la fonction réelle de l'État ?

■ **Marx** voit dans l'État un **appareil répressif au service de la classe dominante**. Il espère que les classes sociales disparaîtront un jour, et l'État avec elles.

■ Plus radicaux, les **anarchistes** visent la **destruction immédiate de l'État**, qu'ils perçoivent comme l'ennemi de la liberté individuelle.

■ Mais **Hobbes** estime qu'**il ne peut y avoir de société sans État**, parce que « l'homme est un loup pour l'homme ».

■ **Montesquieu** soutient que **l'État n'est pas un obstacle à la liberté, mais sa condition**. Il prône néanmoins la **séparation des pouvoirs** pour éviter les abus du pouvoir.

2. La question du meilleur régime politique

■ La **démocratie** est aujourd'hui considérée comme le **seul régime légitime**.

■ **Rousseau** montre que **l'autorité politique n'est légitime que si elle appartient au peuple**.

■ La démocratie n'en reste pas moins critiquable, notamment parce qu'on peut craindre, comme **Platon**, que **le peuple ne se laisse manipuler par les sophistes et les démagogues**.

■ On peut aussi douter, comme **Rousseau**, que **le peuple puisse être représenté** et s'interroger sur la véritable nature des régimes prétendument démocratiques.

■ **Alain** estime que tout régime politique est en réalité mixte et que le peuple n'exerce qu'un **pouvoir de contrôle sur le pouvoir**.

Les incontournables

Montesquieu présente ici sa théorie de la séparation des pouvoirs. Pour qu'on ne puisse abuser du pouvoir, « il faut que, par la disposition des choses, le pouvoir arrête le pouvoir », écrit-il. Cette séparation des pouvoirs existe, en droit, dans les démocraties modernes.

Il y a dans chaque État trois sortes de pouvoirs : la puissance législative, la puissance exécutrice des choses qui dépendent du droit des gens[1], et la puissance exécutrice de celles qui dépendent du droit civil[2].

Par la première, le prince ou le magistrat fait des lois pour un temps ou pour toujours, et corrige ou abroge celles qui sont faites. Par la seconde, il fait la paix ou la guerre, envoie ou reçoit des ambassades, établit la sûreté, prévient les invasions. Par la troisième, il punit les crimes, ou juge les différends des particuliers. On appellera cette dernière la puissance de juger, et l'autre simplement la puissance exécutrice de l'État.

La liberté politique dans un citoyen est cette tranquillité d'esprit qui provient de l'opinion que chacun a de sa sûreté ; et pour qu'on ait cette liberté, il faut que le gouvernement soit tel qu'un citoyen ne puisse pas craindre un autre citoyen.

Lorsque, dans la même personne ou dans le même corps de magistrature, la puissance législative est réunie à la puissance exécutrice, il n'y a point de liberté ; parce qu'on peut craindre que le même monarque ou le même sénat ne fasse des lois tyranniques pour les exécuter tyranniquement.

Il n'y a point encore de liberté si la puissance de juger n'est pas séparée de la puissance législative et de l'exécutrice. Si elle était jointe à la puissance législative, le pouvoir sur la vie et la liberté des citoyens serait arbitraire car le juge serait législateur. Si elle était jointe à la puissance exécutrice, le juge pourrait avoir la force d'un oppresseur.

Tout serait perdu si le même homme, ou le même corps des principaux, ou des nobles, ou du peuple, exerçaient ces trois pouvoirs : celui de faire des lois, celui d'exécuter les résolutions publiques, et celui de juger les crimes ou les différends des particuliers.

Montesquieu, *De l'esprit des lois*, 1748.

1. **La puissance exécutrice des choses qui dépendent du droit des gens :** le pouvoir exécutif.
2. **La puissance exécutrice de celles qui dépendent du droit civil :** le pouvoir judiciaire.

Dans cet extrait de Du citoyen, *Hobbes compare les avantages et les inconvénients de l'État afin d'écarter l'idée selon laquelle chacun pourrait vivre comme bon lui semble, sans se soumettre à l'autorité de l'État.*

Il est vrai que hors de la société civile chacun jouit d'une liberté très entière, mais qui est infructueuse, parce que comme elle donne le privilège de faire tout ce que bon nous semble, aussi elle laisse aux autres la puissance de nous faire souffrir tout ce qu'il leur plaît. Mais dans le gouvernement d'un État bien établi, chaque particulier ne se réserve qu'autant de liberté qu'il lui en faut pour vivre commodément, et en une parfaite tranquillité, comme on n'en ôte aux autres que ce dont ils seraient à craindre. Hors de la société, chacun a tellement droit sur toutes choses qu'il ne s'en peut prévaloir et n'a la possession d'aucune ; mais dans la république, chacun jouit paisiblement de son droit particulier. Hors de la société civile, ce n'est qu'un continuel brigandage et on est exposé à la violence de tous ceux qui voudront nous ôter les biens et la vie[1] ; mais dans l'État, cette puissance n'appartient qu'à un seul[2]. Hors du commerce des hommes[3], nous n'avons que nos propres forces qui nous servent de protection ; mais dans une ville, nous recevons le secours de tous nos concitoyens. Hors de la société, l'adresse et l'industrie sont de nul fruit ; mais dans un État, rien ne manque à ceux qui s'évertuent[4]. Enfin, hors de la société civile, les passions règnent, la guerre est éternelle, la pauvreté est insurmontable, la crainte ne nous abandonne jamais, les horreurs de la solitude nous persécutent, la misère nous accable, la barbarie, l'ignorance et la brutalité nous ôtent toutes les douceurs de la vie ; mais dans l'ordre du gouvernement, la raison exerce son empire, la paix revient au monde, la sûreté publique est rétablie, les richesses abondent, on goûte les charmes de la conversation, on voit ressusciter les arts, fleurir les sciences, la bienséance est rendue à toutes nos actions et nous ne vivons plus ignorants des lois de l'amitié.

Thomas Hobbes, *Du citoyen*, 1643.

1. « L'homme est un loup pour l'homme », dit Hobbes.
2. **Cette puissance n'appartient qu'à un seul :** l'État.
3. **Le commerce des hommes :** les relations sociales.
4. **Ceux qui s'évertuent :** ceux qui travaillent.

Chronologie

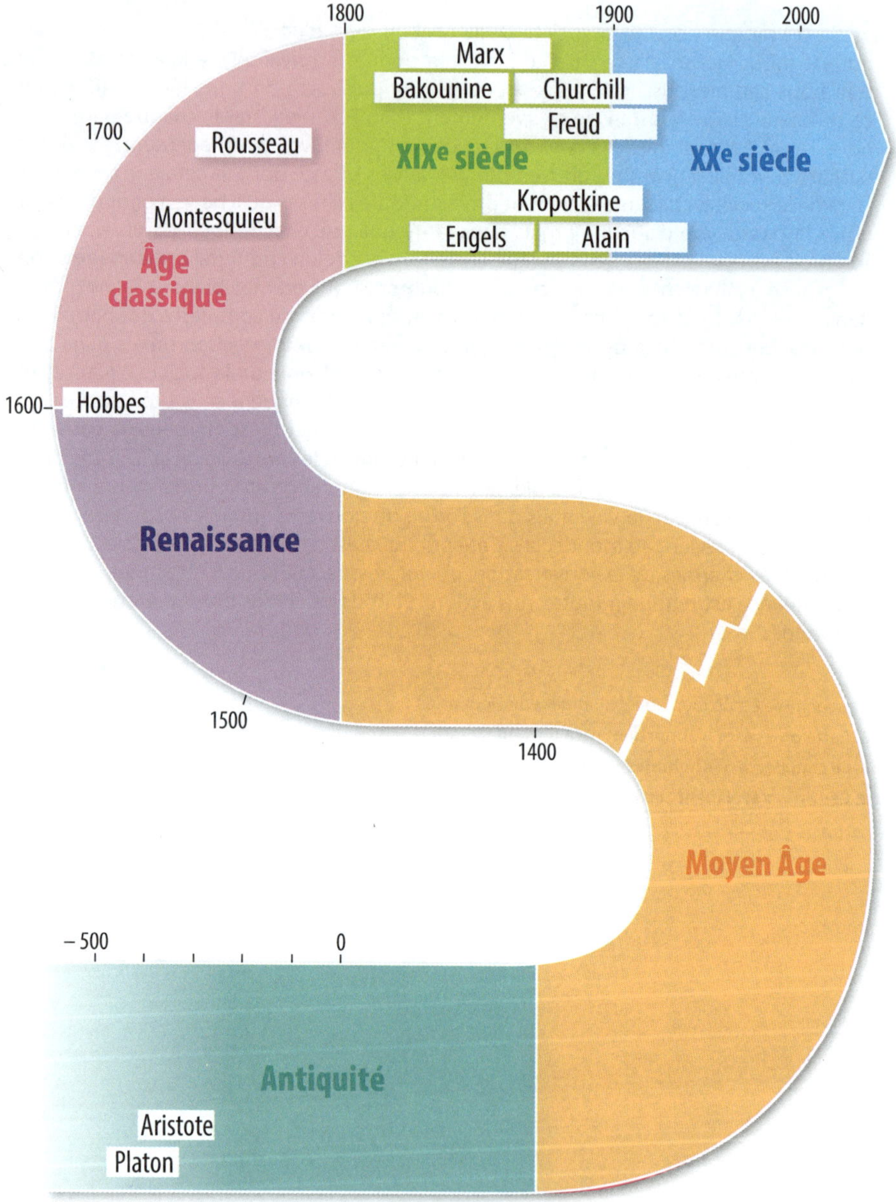

L'essentiel

Mots-clés

État : instance gouvernante de la société.

État de nature : cette expression désigne, par opposition à l'**état civil**, l'état dans lequel les hommes auraient vécu avant la naissance de la société. Ce concept est surtout utilisé par les philosophes du XVIIe et du XVIIIe siècles qui cherchent à comprendre le fondement de la société et de l'État.

Contrat social : contrat ou pacte tacite qui fonderait la société et justifierait l'autorité de l'État, selon Hobbes ou Rousseau par exemple.

Anarchisme : du grec *anarkhia* (absence de chef). Doctrine politique rejetant l'autorité de l'État.

Société sans État : dans la doctrine anarchiste, société organisée librement en communautés plus ou moins vastes, sur le principe de l'entraide et de la coopération.

Démocratie : du grec *demos* (« peuple ») et *kratos* (« pouvoir »). Régime politique dans lequel la souveraineté appartient au peuple.

Auteurs

- Platon → p. 285
- Aristote → p. 285
- Hobbes → p. 291
- Montesquieu → p. 293
- Rousseau → p. 293
- Marx → p. 297
- Freud → p. 298

Repères

- Idéal / Réel → p. 312
- Légal / Légitime → p. 314
- Obligation / Contrainte → p. 315
- Public / Privé → p. 317

CHAPITRE 9

Le langage

DE QUOI S'AGIT-IL ?

Aristote définit l'homme comme un animal raisonnable, c'est-à-dire doué de la faculté de parler et de raisonner. Mais d'autres animaux semblent posséder un langage et ont de toute évidence des comportements intelligents. Pouvons-nous encore soutenir que le langage est le propre de l'homme ? Ce qui est propre à l'homme, ce n'est peut-être ni le langage ni l'intelligence, mais la faculté de penser dans et par les mots. L'hypothèse engage une réflexion sur le rapport entre langage et pensée : la pensée préexiste-t-elle au langage ou se forme-t-elle grâce à celui-ci ?

1 Le langage est-il le propre de l'homme ?

A Quel est le problème ?

• Il s'agit de savoir si le langage n'appartient qu'à l'homme et peut servir à le définir, ou si certains animaux possèdent également cette faculté. La question engage une réflexion sur l'**essence de l'homme et du langage**.

B La communication animale

1. Montaigne : les animaux ont un langage que nous n'entendons pas

• C'est seulement parce que nous ne comprenons pas leur langage que nous pensons que les animaux n'en ont pas, estime **Montaigne**. Le langage d'un animal serait donc comme une **langue étrangère** pour l'homme.

• Certains comportements montrent que **les animaux communiquent entre eux**. Par exemple, un cheval comprend qu'un chien aboyant d'une certaine façon est en colère. Et les bêtes qui n'ont pas de voix communiquent elles aussi, comme le prouve leur coopération : « Leurs mouvements discourent [...] tout aussi bien que nos muets disputent, argumentent et content des histoires », écrit Montaigne.

Citation
« Entre elles [les bêtes], il y a une pleine et entière communication. »
Montaigne

• Mais **les animaux communiquent aussi avec nous**, ils savent se faire comprendre de nous et nous savons nous faire comprendre d'eux.

2. Nous comprenons les codes de communication utilisés par certains animaux

• Comme **Rousseau** l'a bien compris, les animaux qui vivent en groupe et coopèrent doivent bien communiquer d'une façon ou d'une autre : « Ceux d'entre eux qui travaillent et vivent en commun, les castors, les fourmis, les abeilles, ont quelque **langue naturelle** pour s'entrecommuniquer, je n'en fais aucun doute. »

• L'observation scientifique confirme cette hypothèse. On a étudié par exemple le **langage des abeilles**. Il est ainsi établi que les éclaireuses qui découvrent des fleurs en indiquent l'emplacement aux butineuses par une sorte de danse. Dans leur vocabulaire, le cercle signifie par exemple la proximité, la lenteur, un vent contraire, etc.

C Pourquoi peut-on penser que le langage est propre à l'homme ?

1. Les limites de la communication animale

- Si certains animaux, comme les abeilles, communiquent grâce à des signes qui leur sont donnés **par l'instinct**, cela ne veut dire pas qu'ils sont capables, comme l'homme, d'instituer des signes **par convention**, c'est-à-dire d'inventer et de faire évoluer une langue. Leur mode de communication est instinctif, il a donc les **limites de l'instinct**.

- Si on définit le langage comme la faculté d'instituer (ou au moins d'utiliser) des **signes conventionnels** pour communiquer, on ne peut pas dire que les abeilles, par exemple, soient douées de langage.

- **Rousseau** établit clairement cette distinction entre les **langues naturelles** des animaux et les **langues de convention** qui n'appartiennent qu'à l'homme : « Par cela même que les unes et les autres de ces langues sont naturelles, elles ne sont pas acquises ; les animaux qui les parlent les ont en naissant : ils les ont tous et partout la même. Ils n'en changent point, ils n'y font point de progrès. **La langue de convention n'appartient qu'à l'homme.** »

- Toutefois, certains singes se montrent capables d'apprendre et de combiner des signes pour communiquer. On pourrait donc admettre, bien que cette question soit encore débattue par la science, que **ces animaux proches de l'homme sont des êtres doués de langage**.

- Rousseau résout la question de la différence entre l'homme et l'animal en définissant l'homme comme un **animal perfectible** : « Quand les difficultés qui environnent toutes ces questions laisseraient quelque lieu de disputer sur cette différence de l'homme et de l'animal, il y a une autre qualité très spécifique qui les distingue, et sur laquelle il ne peut y avoir de contestation, c'est la faculté de se perfectionner. » Alors que l'animal est à la fois guidé et limité par l'instinct, **l'homme apprend et évolue**, tant sur le plan individuel que collectif.

2. Descartes : le langage témoigne d'une faculté de penser propre à l'homme

- Si les animaux ne parlent pas, c'est qu'**ils n'ont pas de pensées à exprimer**, estime **Descartes**. En d'autres termes, les animaux n'auraient rien à dire. Mais qu'en savons-nous ? N'est-ce pas là, comme le pense **Montaigne**, un effet de notre orgueil naturel ? N'est-ce pas que nous voulons nous élever au-dessus de l'animal, nous distinguer ? Comment savoir ce qui se passe dans la tête des animaux ? Montaigne les croit **intelligents** ; Descartes en fait de simples **machines**. Comment savoir qui a raison et qui a tort ?

- Descartes affirme que, quand nous nous trouvons en présence d'un autre homme, la seule chose qui nous permette de savoir que nous avons affaire à un être pensant, à une autre **conscience** et non à une **machine sans âme**, c'est la possibilité de communiquer avec lui : « Il n' y a aucune de nos actions extérieures qui puissent assurer ceux qui les examinent que notre corps n'est pas seulement une machine qui se remue de soi-même, mais qu'il y a aussi en lui une âme qui a des pensées, exceptées les paroles ou autres signes faits à propos de ce qui se présente », écrit-il.

> **Citation**
> « La parole [. . .] ne convient qu'à l'homme seul. »
> Descartes

- Descartes précise que d'autres signes que les paroles peuvent attester de l'existence d'une pensée : les gestes des muets. **Ceux-ci trouvent le moyen de communiquer parce qu'ils ont des pensées à exprimer.** Les animaux en feraient autant s'ils avaient eux aussi des pensées.
- Descartes précise également que les paroles qui témoignent d'une pensée doivent être proférées « à propos de ce qui se présente » pour écarter le cas des « **animaux parleurs** » comme les perroquets, qui répètent des sons mais ne peuvent soutenir une véritable conversation et utiliser les mots de manière pertinente.
- Descartes souligne enfin que, pour attester de l'existence d'une pensée, les paroles ou signes ne doivent se rapporter à aucune « passion » (sentiment ou désir) afin d'exclure les cris de joie ou de tristesse et les conduites de dressage (liées au désir d'une récompense ou à la crainte d'une correction). Ni les uns ni les autres n'engagent en effet la pensée. Les animaux expriment leurs passions mais ils n'expriment aucune pensée, parce qu'ils n'en ont pas. Aux yeux de Descartes, **la parole n'appartient qu'à l'homme**.

3. Aristote : l'homme est le seul animal doué de langage

- **Aristote** admet que les animaux expriment par des cris des sensations de douleur ou de plaisir, mais il leur refuse le langage : ce qu'il nomme **langage** (*logos* en grec), ce n'est pas seulement la faculté de **communiquer**, mais aussi la faculté de **raisonner** afin d'établir ce qui est (le **vrai**) ou ce qui doit être (le **bien**, la **justice**). Il faut souligner que le grec *logos* désigne à la fois le langage (ou la **parole**) et la **raison**, qui ne sont donc pas envisagés comme deux facultés distinctes : **parler** et **raisonner** relèveraient d'une seule et même faculté qui serait propre à l'homme.

> **Citation**
> « Seul parmi les animaux l'homme a un langage. »
> Aristote

● C'est cette faculté de raisonner et de parler qui fait de l'homme un **animal politique** (ou social), à un degré bien plus élevé que les autres animaux grégaires (qui vivent en groupe), comme les abeilles par exemple. Car le ***logos*** (la parole, la raison) permet à l'homme de distinguer le **bien** du **mal**, le **juste** de l'**injuste**, et d'établir ainsi des **lois** qui régissent les rapports entre les hommes au sein de la **Cité** (l'État, la société). **L'homme est voué à la vie sociale par sa nature d'animal raisonnable.**

Citation

« Il n'y a en effet qu'une chose qui soit propre aux hommes par rapport aux autres animaux : le fait que seuls ils aient la perception du bien, du mal, du juste et de l'injuste. »

Aristote

2 La pensée préexiste-t-elle au langage ?

A Quel est le problème ?

● Descartes souligne que les muets inventent des signes pour exprimer leur pensée (et que les animaux en feraient autant s'ils avaient eux aussi des pensées). Il semble ainsi supposer que les hommes ont **d'abord** des pensées, qu'ils expriment **ensuite**. Mais la pensée préexiste-t-elle au langage ou se forme-t-elle grâce à lui ? Autrement dit, la pensée peut-elle exister autrement que dans et par les mots ?

B Première hypothèse : la pensée existe avant d'être exprimée

1. Locke : les mots ont été inventés pour communiquer

● **Locke** attribue deux fonctions au langage : la première est d'**enregistrer** nos propres pensées, la seconde est de les **exprimer** aux autres et de rendre ainsi possible la vie en société. De ce point de vue, **une pensée peut exister avant qu'on invente les mots qui servent à l'exprimer**.

2. Bergson : l'intuition est une pensée indépendante des mots

● La difficulté que nous éprouvons parfois à exprimer notre pensée témoigne, à première vue, en faveur de l'hypothèse selon laquelle **les mots exprimeraient** (de manière plus ou moins imparfaite) **une pensée qui serait élaborée indépendamment d'eux**. De ce point de vue, nous penserions d'abord, puis nous chercherions, avec plus ou moins de succès, à « traduire » notre pensée en mots.

Comprendre la critique du langage selon Bergson

- **Bergson** estime que **les mots ne peuvent exprimer fidèlement nos sentiments et nos pensées en raison de leur généralité**. Le langage est né des nécessités de l'action. Il est donc **utilitaire** : sa fonction primitive est d'« établir une communication en vue d'une coopération ». Transmettre des ordres, décrire une chose, indiquer ses propriétés… Telles sont les fonctions premières des mots. Les mots et les idées qu'ils expriment sont donc schématiques et ne retiennent des choses que leur **utilité** ou leurs **propriétés**. Par exemple, les chaises ne sont rien de plus que des choses sur lesquelles on peut s'asseoir. De ce point de vue strictement utilitaire, elles ne se distinguent pas les unes des autres.
- Cependant, l'esprit est capable de saisir le réel de manière **immédiate** et **intuitive**, et cette intuition est **inexprimable**, **indicible**. Aux yeux de Bergson, il existe donc bien une pensée indépendante des mots. C'est par exemple celle de l'artiste, qui voit mieux que le commun des mortels parce que son rapport aux choses n'est pas conventionnel et utilitaire (voir chap. 1 : L'art). C'est aussi la pensée du philosophe, qui cherche la vérité au-delà des mots ou des représentations schématiques et réductrices que le langage impose à la pensée commune.

Citation
« Nous échouons à traduire entièrement ce que notre âme ressent : la pensée demeure incommensurable avec le langage. »
Bergson

C Seconde hypothèse : la pensée se forme grâce au langage

1. Platon : discours et pensée sont une seule et même chose

- La thèse de Bergson, selon laquelle la pensée s'altèrerait en s'exprimant en mots, repose sur un présupposé discutable : il existerait une **pensée intuitive** que les mots ne pourraient traduire qu'en la trahissant.
- Or, la pensée n'est-elle pas déjà un **discours intérieur** ? C'est la thèse de **Platon** : « Pensée et discours ne sont qu'une même chose, sauf que le discours intérieur que l'âme tient en silence avec elle-même a reçu le nom spécial de pensée », écrit-il.

2. Merleau-Ponty : la pensée n'existe pas hors des mots

- Pour **Merleau-Ponty**, ce sont les pensées déjà constituées et déjà formulées que nous pouvons nous rappeler silencieusement qui nous donnent l'illusion d'une pensée intérieure qui préexisterait à son expression. Mais **le silence de la pensée est en réalité « bruissant de parole »**.
- La **vie intérieure**, dont Bergson prétend qu'elle ne peut jamais être entièrement traduite en mots, est déjà un **langage intérieur**

Doc. Merleau-Ponty

pour Merleau-Ponty. Penser et parler ne seraient ainsi qu'une seule et même chose. Aux yeux de Merleau-Ponty, **la pensée se constitue dans l'expression même, c'est-à-dire dans et par les mots**.

3. Hegel : on ne peut pas penser sans mots

● Ce que l'on nomme l'ineffable (l'inexprimable) n'est aux yeux de **Hegel** qu'une pensée encore confuse, « une **pensée obscure** à l'état de fermentation » qui ne devient claire qu'en s'exprimant, « lorsqu'elle trouve le mot ».

Citation
« C'est dans les mots que nous pensons. »
Hegel

● De ce point de vue, les **difficultés d'expression** seraient en réalité des **difficultés de conception** : ce qu'on ne peut pas exprimer clairement, on ne peut pas le penser clairement.

4. Mounin : notre vision du monde est déterminée par la langue que nous parlons

● Si nous pensons dans et par les mots, il n'est pas indifférent de penser en français, en anglais ou en chinois : « Une langue est un prisme à travers lequel ses usagers sont condamnés à voir le monde », écrit le linguiste **Georges Mounin**. Il compare par exemple la vision du monde d'un citadin qui ne connaît et ne nomme que des arbres à celle d'un paysan qui reconnaît, nomme et distingue le chêne, le charme, le hêtre, l'aulne, le bouleau, le châtaignier, le frêne, etc. **Ces deux hommes ne parlant pas exactement la même langue** (le même français), **ils ne perçoivent pas non plus exactement le même monde**.

● Cela pose la question de savoir si nous sommes **prisonniers de la langue que nous parlons** (comme des limites du vocabulaire que nous maîtrisons) et peut nous faire douter de la possibilité même de la traduction.

● Par exemple, l'équivocité du mot grec ***logos***, qui désigne à la fois la raison, la parole et le discours, suggère que la pensée n'est rien d'autre qu'un discours intérieur, « un dialogue silencieux de l'âme avec elle-même », comme l'écrit **Platon**. Peut-on penser et traduire en français ce que Platon pense et formule en grec sans le déformer ? De ce point de vue, apprendre une langue étrangère, c'est aussi accéder à une **autre manière de penser et de percevoir le monde**.

Bien comprendre
Selon la Genèse, tous les hommes parlaient une seule et même langue avant que Dieu ne les divise en créant des langues diverses, pour les punir d'avoir entrepris la construction d'une tour dont le sommet devait toucher le ciel : la Tour de Babel.

Doc. La Tour de Babel

Pour résumer

1. Le langage est-il le propre de l'homme ?

■ **Montaigne** estime que **les animaux ont un langage** que nous ne comprenons pas.

■ Nous comprenons aujourd'hui certains codes utilisés par des animaux pour communiquer (le **langage des abeilles**, par exemple).

■ Pourtant, les philosophes considèrent généralement que le langage, entendu au sens strict, est le **propre de l'homme**.

■ **Rousseau** distingue ainsi le **langage naturel** du **langage de convention**, qui n'appartient qu'à l'homme.

■ **Descartes** affirme que le langage témoigne d'une **faculté de penser** propre à l'homme.

■ **Aristote** définit l'homme comme un **animal raisonnable**, c'est-à-dire capable de raisonner et de parler afin d'établir ce qui est bien ou mal, juste ou injuste. Cette faculté spécifique le distingue de tous les autres animaux et fait de lui un **animal politique**.

2. La pensée préexiste-t-elle au langage ?

■ **Locke** envisage le langage comme un **moyen d'exprimer nos pensées**.

■ **Bergson** voit dans l'**intuition** une **pensée indépendante des mots**.

■ **Platon**, **Hegel** et **Merleau-Ponty** affirment que **la pensée se forme dans et par les mots**.

■ **Mounin** soutient que **la langue que nous parlons conditionne notre manière de penser**.

Les incontournables

Dans ce fameux passage d'une lettre au marquis de Newcastle, Descartes soutient, contre Montaigne, que le langage n'appartient qu'à l'homme.

Enfin il n'y a aucune de nos actions extérieures qui puisse assurer ceux qui les examinent que notre corps n'est pas seulement une machine qui se remue de soi-même[1], mais qu'il y a aussi en lui une âme qui a des pensées[2], excepté les paroles ou autres signes faits à propos des sujets qui se présentent, sans se rapporter à aucune passion[3]. Je dis les paroles ou autres signes, parce que les muets se servent de signes en même façon que nous de la voix ; et que ces signes soient à propos, pour exclure le parler des perroquets sans exclure celui des fous, qui ne laisse pas d'être à propos des sujets qui se présentent bien qu'il ne suive pas la raison ; et j'ajoute que ces paroles ou signes ne se doivent rapporter à aucune passion, pour exclure non seulement les cris de joie ou de tristesse, et semblables, mais aussi tout ce qui peut être enseigné par artifice aux animaux ; car si on apprend à une pie à dire bonjour à sa maîtresse lorsqu'elle la voit arriver, ce ne peut être qu'en faisant que la prolation[4] de cette parole devienne le mouvement de quelqu'une de ses passions ; à savoir, ce sera un mouvement de l'espérance qu'elle a de manger, si l'on a toujours accoutumé de lui donner quelque friandise lorsqu'elle l'a dit ; et ainsi toutes les choses qu'on fait faire aux chiens, aux chevaux et aux singes ne sont que des mouvements de leur crainte, de leur espérance, ou de leur joie, en sorte qu'ils les peuvent faire sans aucune pensée. Or il est, ce me semble, fort remarquable que la parole, étant ainsi définie, ne convient qu'à l'homme seul. Car, bien que Montaigne et Charon aient dit qu'il y a plus de différence d'homme à homme que d'homme à bête, il ne s'est toutefois jamais trouvé aucune bête si parfaite qu'elle ait usé de quelque signe pour faire entendre à d'autres animaux quelque chose qui n'eût point de rapport à ses passions ; et il n'y a point d'homme si imparfait qu'il n'en use ; en sorte que ceux qui sont sourds et muets inventent des signes particuliers par lesquels ils expriment leurs pensées. Ce qui me semble un très fort argument pour prouver que ce qui fait que les bêtes ne parlent point comme nous est qu'elles n'ont aucune pensée, et non point que les organes leur manquent. Et on ne peut dire qu'elles parlent entre elles, mais que nous ne les entendons pas ; car, comme les chiens et quelques autres animaux nous expriment leurs passions, ils nous exprimeraient aussi bien leurs pensées s'ils en avaient.

René Descartes, *Lettre au marquis de Newcastle*, le 23 novembre 1646.

1. Descartes envisage les animaux comme des machines sans âmes ni pensées (théorie des animaux-machines).

2. Une âme qui a des pensées : Descartes fait de l'âme le principe de la pensée.

3. Passion : émotion, désir (par exemple, l'espoir ou la crainte impliqués dans le dressage).

4. Prolation : acte de proférer (une parole).

Chronologie

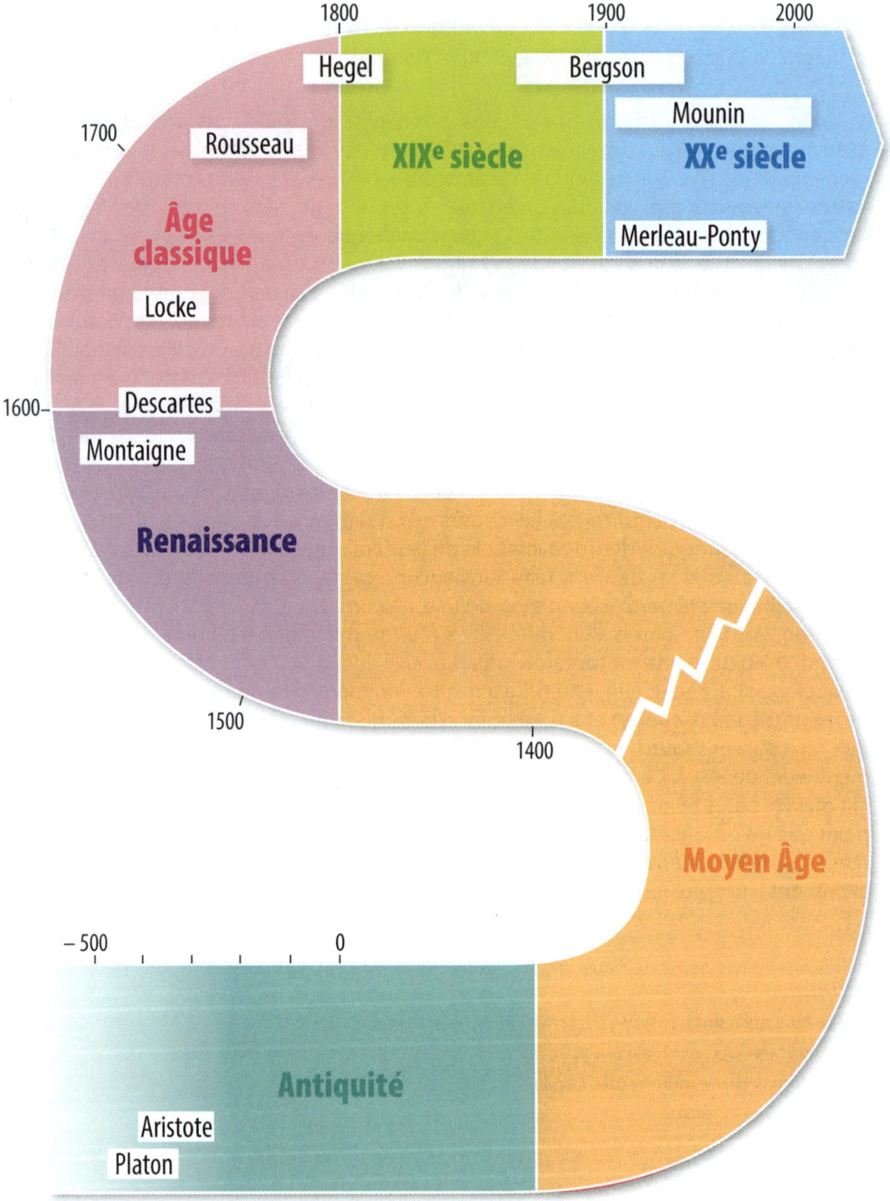

L'essentiel

Mots-clés

■ **Langage :** du latin *lingua*, qui renvoie à l'organe nommé langue. Au sens strict, le terme désigne la faculté, supposée propre à l'homme, d'utiliser des signes conventionnels pour communiquer. Au sens large, le terme désigne tout système de signes pouvant servir à la communication.

■ **Langue :** système de signes et de règles utilisé pour communiquer dans une culture donnée.

■ **Pensée discursive :** c'est l'enchaînement des mots et des idées qui forment un raisonnement, une pensée, un « discours ».

■ **Intuition :** du latin *intueri* (« regarder attentivement »). Le terme désigne une connaissance immédiate du réel qui ne passerait pas par le langage et le raisonnement.

Repères

– Abstrait / Concret ➜ p. 306
– Intuitif / Discursif ➜ p. 313
– Médiat / Immédiat ➜ p. 315
– Universel / Général / Particulier / Singulier ➜ p. 319

Auteurs

– Aristote ➜ p. 285
– Montaigne ➜ p. 290
– Descartes ➜ p. 291
– Locke ➜ p. 291
– Rousseau ➜ p. 293
– Hegel ➜ p. 295
– Bergson ➜ p. 298

CHAPITRE 10

La raison

DE QUOI S'AGIT-IL ?

Aristote définit la raison comme la faculté, propre à l'homme, de distinguer le vrai du faux et le bien du mal. Ainsi, les rationalistes, comme Descartes ou Malebranche, estiment que la raison corrige le témoignage trompeur des sens et les délires de l'imagination, combat les préjugés et permet à l'homme de se gouverner sans être aveuglé par ses passions (ses désirs et ses sentiments). Mais la raison a-t-elle toujours raison ? Tout doit il toujours être soumis à sa juridiction ? La question appelle une analyse critique des pouvoirs et de la nature même de ce qu'on appelle raison.

1 Le rationalisme : la raison a toujours raison

A Définitions

• Au sens large, le rationalisme (du latin *ratio*, « raison ») désigne la **confiance en la raison**. Les rationalistes estiment en effet que la raison peut, en droit, tout expliquer et qu'elle devrait toujours guider notre conduite. Ils rejettent donc tout ce qu'ils estiment contraire à la raison, comme l'instinct, les émotions, le mysticisme et la révélation religieuse. Cette entière confiance en la raison est un trait caractéristique de la philosophie des Lumières. **Voltaire** a écrit un *Éloge historique de la raison* et un culte de Raison a été instauré pendant la Révolution française.

• Au sens strict, le rationalisme désigne la doctrine philosophique selon laquelle **toutes nos connaissances sont fondées sur des principes universels**, qui ne peuvent être tirés de l'expérience mais sont constitutifs de la raison (le principe de causalité, par exemple).

B La raison s'oppose à l'instinct et aux réactions affectives

• Le **rationalisme** défend la **raison** contre l'**instinct** et les **réactions affectives**. Au sens strict et biologique du terme, un instinct est un **comportement mécanique et stéréotypé, propre à une espèce et nécessaire à sa survie**. L'animal est la fois guidé et limité par l'instinct, alors que la raison permet à l'homme de s'affranchir de ses limites.

• **Descartes** oppose ainsi le **comportement mécanique et instinctif de l'animal** au **comportement conscient et intelligent de l'homme doué de raison.** À ses yeux, les animaux ne sont que des machines qui n'agissent pas de manière consciente et intelligente. Ils font ainsi certaines choses mieux qu'un homme, mais ne savent pas ce qu'ils font et ne peuvent faire que ce pour quoi ils sont faits. La raison est au contraire un « instrument universel » grâce auquel l'homme peut adopter un comportement pertinent dans des circonstances variées, inédites et non prévues par l'instinct.

> **Citation**
> « La raison est un instrument universel qui peut servir en toutes sortes de rencontres. »
> Descartes

• Mais le mot « instinct » peut aussi désigner, comme chez **Freud**, les **pulsions naturelles que l'homme doit maîtriser pour vivre en société**. Par exemple, la vie en société serait impossible s'il n'était pas interdit de tuer le voisin que l'on hait ou dont on convoite les biens. De ce point de vue, **la raison s'oppose aux instincts égoïstes et destructeurs qui menacent la civilisation** puisqu'elle nous dicte les règles qui nous permettent de vivre ensemble.

- **La raison s'oppose plus généralement à ce que les philosophes appellent les passions**, c'est-à-dire les désirs, les sentiments, les émotions ou les réactions affectives. **Malebranche** souligne ainsi que nous pouvons être aveuglés par nos sentiments au point de penser et d'agir contre toute raison. Il y a donc des **évidences rationnelles**, universelles et indiscutables, tant dans les mathématiques que dans la morale. Mais nos passions peuvent les occulter. Ainsi, un homme peut préférer la vie de son cheval à celle de son cocher : c'est une réaction affective, celle d'un homme dominé par ses sentiments et, par conséquent, incapable de penser et d'agir raisonnablement.

Citation

« Je vois par exemple que deux fois deux font quatre, et qu'il faut préférer son ami à son chien. »

Malebranche

- Dans une perspective voisine, **Platon** affirme que **la raison révèle le bien véritable**, au-delà de ce faux bien qu'est le plaisir des sens. Il imagine ainsi l'âme comme un attelage ailé dont la raison doit tenir les rennes pour maîtriser les désirs du corps.

- La **philosophie** (littéralement, « l'amour du savoir ») peut donc se définir comme une conversion de l'âme qui, se détournant des apparences et des désirs sensibles, se tourne vers la réalité des Idées que la raison lui révèle. En ce sens, elle n'est rien d'autre qu'une **conversion à la raison**. Celle-ci doit régner dans l'âme du philosophe, comme dans la Cité idéale qu'il devrait gouverner (voir chap. 8 : L'État).

C La raison s'oppose aux préjugés, à la tradition et aux croyances

- **Les préjugés, la tradition, les croyances irrationnelles font souvent obstacle à la connaissance de la vérité.** Les rationalistes n'acceptent donc de se soumettre qu'à l'autorité de la raison. Cette volonté de n'accorder foi qu'à ce que la raison peut clairement établir est particulièrement marquée dans la philosophie de **Descartes**.

- Dans *Les Principes de la philosophie*, il feint de soumettre ses opinions « au jugement des plus sages et à l'autorité de l'Église », mais prie en même temps ses lecteurs de n'admettre que « ce que la force et l'**évidence de la raison** les pourra contraindre de croire ».

- Revenant sur ses années d'études dans le *Discours de la méthode*, Descartes explique son goût pour les mathématiques : « Je me plaisais surtout aux mathématiques, à cause de la certitude et de l'évidence de leurs raisons. » Il rêve de fonder une **science universelle** dont la certitude serait égale à celle des mathématiques : la *mathesis universalis* (« mathématique universelle »).

- **Descartes fait du doute une méthode** qui permet d'écarter tout ce qui est incertain et de **ne retenir que les évidences rationnelles** dont on ne peut pas douter. Ainsi, la fausse évidence des idées héritées du passé et des philosophes qui font autorité (comme Aristote) est dissipée au bénéfice de la vérité.

- Cette résolution de **n'accorder foi qu'à ce que la raison peut clairement établir** est aussi exprimée très clairement par **Molière** dans ***Dom Juan***. Interrogé par son valet au sujet de ses croyances, Dom Juan répond : « Je crois que deux et deux sont quatre, Sganarelle, et que quatre et quatre sont huit. »

Bien comprendre
Dom Juan est un rationaliste athée, mais on peut aussi estimer, comme Descartes, qu'il est possible de démontrer rationnellement l'existence de Dieu.

D La raison s'oppose à l'expérience

- Le rationalisme, entendu au sens strict, affirme que **nos connaissances ne peuvent pas être tirées de l'expérience seule**, mais avant tout de la raison ou des principes qui la constituent (éventuellement secondés par l'expérience). Il suppose plus fondamentalement que **le réel est rationnel**, c'est-à-dire toujours conforme à la raison et à ses principes. La confiance que les rationalistes placent dans la raison n'a d'égale que leur méfiance à l'égard de l'expérience, c'est-à-dire à l'égard du **témoignage de nos sens**.

- **Platon** estime ainsi que **ce que nous percevons grâce à nos sens ne peut pas être vraiment réel**, ces perceptions étant **changeantes** et **contradictoires** : « La démarche qui consiste à examiner une chose au moyen de la vue est toute remplie d'illusions, et remplie d'illusions aussi celle qui se sert des oreilles ou de n'importe quel autre sens. »

- Prenons un exemple : l'eau peut se présenter sous des apparences changeantes et contradictoires, tantôt comme une glace dure et froide, tantôt comme un liquide tiède et agréable, tantôt comme une vapeur brûlante. Platon pense que la raison saisit, comme cachée derrière ces apparences fluctuantes, la **vraie réalité** de l'eau, son **essence**, une et immuable : l'**Idée** de l'eau (H_2O pour la science moderne). **La vraie réalité d'une chose, c'est l'Idée abstraite, suprasensible** (située au-delà du monde perceptible) **ou métaphysique** (située au-delà de la réalité physique ou matérielle) qui se trouve derrière cette chose. On ne peut voir cette vraie réalité qu'avec la raison, qui est comme l'œil de l'âme.

- On retrouve chez **Descartes** cette même **méfiance** à l'égard du **témoignage des sens** : « Nos sens nous trompent », écrit-il. Par exemple, un bâton à demi immergé dans l'eau paraît brisé. La raison, même quand elle s'appuie sur les sens, doit en **rectifier** le témoignage. « Quand l'eau courbe un bâton, ma raison le redresse, la raison décide en maîtresse », écrit **La Fontaine**.

- Descartes juge le témoignage de ses sens tellement **trompeur** qu'il s'efforce d'**en faire entièrement abstraction** quand il entreprend d'établir les **fondements de la connaissance** dans les *Méditations métaphysiques* : « Je fermerai maintenant les yeux, je boucherai mes oreilles, je détournerai tous mes sens, j'effacerai même de ma pensée toutes les images des choses corporelles, ou du moins, parce qu'à peine cela se peut-il faire, je les réputerai comme vaines et comme fausses. »

E Le réel est rationnel

- Les rationalistes affirment que **toutes nos connaissances reposent sur des principes qui ne peuvent être tirés de l'expérience**. Ces principes sont tirés de la raison, ou plutôt se confondent avec elle. Le **principe de causalité** en est un exemple : **rien ne se produit sans cause** ou, comme le dit **Leibniz**, sans une « raison suffisante ». Le principe d'inertie peut se comprendre comme une conséquence directe du principe de causalité : la trajectoire d'un mobile mécaniquement isolé est nécessairement rectiligne et uniforme puisqu'il est inconcevable qu'un corps change de vitesse ou de direction sans cause ou sans raison.
- La conviction la plus fondamentale du rationalisme est que **le réel est rationnel**. C'est pourquoi la raison a toujours raison. « Tout ce qui est réel est rationnel », écrit **Hegel**. L'exemple des jardins à la française peut illustrer cette conviction : structurés, géométriques, ils sont censés révéler l'essence rationnelle du réel. Au-delà des apparences sensibles que reproduit le jardin paysagé à l'anglaise, au-delà du témoignage trompeur de nos sens, la nature est mathématique, géométrique, rationnelle. Les arbres sont des cônes, les étangs sont des cercles, les chemins et les rivières sont rectilignes. « **La nature est un livre écrit en langage mathématique** », affirme **Galilée**.

2 Critiques du rationalisme

A Montaigne : on ne peut pas garantir la valeur de la raison

- Le rationalisme ne veut admettre que ce que la raison peut clairement démontrer. Mais comment démontrer la valeur de la raison elle-même et celle de ses principes ? Comme l'a bien vu **Montaigne**, toute démonstration s'appuie sur des principes qui ne peuvent être démontrés : « Aucune raison ne s'établira sans une autre raison : nous voilà à reculons jusques à l'infini. » **Soit on admet des principes indémontrables, soit l'esprit régresse à l'infini** dans la recherche des présupposés de la thèse qu'il veut démontrer.

• Mais **les lois logiques auxquelles toute démonstration doit obéir ne sont pas moins problématiques** : qu'est-ce qui en garantit la valeur ? Le sentiment d'évidence qui nous les fait tenir pour vraies et indiscutables constitue-t-il une garantie suffisante ? **Pourquoi le réel devrait-il obéir aux lois logiques ?** Et comment examiner cette question autrement qu'en admettant la valeur des lois logiques qui président à cet examen ?

• **C'est la raison elle-même qui est en cause.** Comment garantir l'**adéquation de la raison au réel**, sinon en s'appuyant sur la raison elle-même ? « Nous voilà au rouet », comme l'écrit Montaigne. Nous tournons en rond : la raison est l'instrument qui doit permettre de démontrer ce qui est réel, mais il faudrait pouvoir **démontrer la valeur de cet instrument lui-même**.

• Qu'est-ce que la raison, d'ailleurs ? Un ensemble de principes prétendument indiscutables ? Mais ces **vérités premières**, supposées évidentes, ne sont-elles pas seulement des habitudes de pensées, de **simples croyances liées à une époque et à une culture** ? « Nous n'avons autre mire de la vérité et de la raison que l'exemple et idée des opinions et usages du pays où nous sommes », écrit Montaigne. Ainsi jugeons-nous barbares les mœurs des cannibales parce qu'elles diffèrent des nôtres : « Chacun appelle barbarie ce qui n'est pas de son usage. »

• Puisqu'on ne peut garantir la valeur de la raison et de ses principes, **on ne peut atteindre aucune vérité certaine.** C'est ce qu'on appelle le **scepticisme**.

B Pascal : la raison doit s'appuyer sur les connaissances du cœur et de l'instinct

• Mais devons-nous vraiment douter de nos connaissances parce qu'il est impossible de tout démontrer ? Cela montre seulement « la faiblesse de notre raison », comme l'écrit **Pascal**. En effet, **la raison doit reconnaître ses limites** : il y a une infinité de choses qui la surpassent, et tout ne peut pas être démontré ou établi par le raisonnement.

Comprendre la pensée de Pascal

• Par exemple, **Descartes**, supposant que la vie pourrait théoriquement n'être qu'un rêve, cherche vainement à démontrer l'existence du monde, alors que nous savons qu'il existe de manière certaine, immédiate et intuitive : « Nous savons que nous ne rêvons point ; quelque impuissance où nous soyons de le prouver par raison », écrit Pascal. Il n'est pas plus utile de chercher à démontrer l'existence de Dieu : « C'est le cœur qui sent Dieu, et non la raison », écrit encore Pascal. **Les démonstrations mathématiques elles-mêmes s'appuient sur les vérités du cœur et de l'instinct**, c'est-à-dire sur des postulats qu'aucune démonstration ne peut établir.

Citation
« Le cœur a ses raisons que la raison ne connaît point. »
Pascal

C L'empirisme

- Au sens strict et technique du terme, le rationalisme soutient que nos connaissances ne peuvent pas être tirées de l'expérience seule et que la raison est nécessaire à l'élaboration de ces connaissances. Mais que signifie exactement ici le mot « raison » ? Il désigne l'**ensemble des idées innées ou des principes grâce auxquels nous pouvons comprendre notre expérience**, c'est-à-dire ce que nous observons, ou plus généralement ce que nos sens perçoivent.

- **Kant** en donne un exemple : je vois une pierre exposée au soleil et je constate qu'elle est chaude. Mais je ne peux en conclure que le soleil réchauffe la pierre que parce que je sais *a priori* que tout a une cause (principe de causalité) et que j'établis ainsi un **lien de causalité** entre les deux phénomènes que j'ai observés.

- Mais ces principes qui fondent nos connaissances ne sont-ils pas tirés eux-mêmes de l'expérience ? C'est la thèse de **Hume** : **l'idée de causalité naît de la succession régulière des phénomènes dans notre expérience**. Par exemple, j'associe par habitude la flamme à la chaleur. C'est pourquoi je fais de la première la cause de la seconde. Mais à proprement parler, la causalité n'est pas **perçue** : elle est seulement **supposée**, puisque nous ne percevons rien d'autre que les phénomènes qui se succèdent.

Doc. David Hume

> **Citation**
> « La raison est une sorte d'expérience. »
> Hume

- **Le lien de causalité n'est qu'une croyance née de l'habitude** : il ne peut être prouvé et rien ne permet d'affirmer qu'il ne sera pas un jour démenti par l'expérience. Par exemple, jusqu'à présent, chaque fois que j'ai fait chauffer de l'eau, elle s'est mise à bouillir à cent degrés. Mais seule une croyance indémontrable dans la constance de la nature et de ses lois me fait affirmer qu'il en sera toujours ainsi. De ce point de vue, ce que l'on appelle raison pourrait n'être en réalité qu'un **ensemble de croyances dérivées de l'expérience**.

- Cette conception permet d'expliquer comment la raison s'accorde au réel sans faire de Dieu l'auteur de cet accord à la manière de **Descartes** : **la raison s'accorde au réel parce qu'elle dérive de l'expérience des choses**. Mais peut-on également tirer de l'expérience des principes moraux capables de guider notre conduite ?

COURS

D L'empirisme moral

- Les rationalistes comme **Malebranche** estiment que la raison nous montre une **vérité morale évidente et irrécusable**. Mais les principes qui guident notre conduite ne sont-ils pas plutôt tirés de l'expérience ? C'est la thèse de **Hume**. Par exemple, c'est l'observation qui m'apprend que j'ai intérêt à respecter la propriété d'autrui pour qu'il respecte la mienne en retour. De même que le lien de causalité naît du constat que deux phénomènes se succèdent régulièrement, la **règle morale** naît et se renforce progressivement par « la **répétition de l'expérience** des inconvénients qu'il y a à la transgresser », comme l'écrit Hume.

> **Citation**
> « Il n'est pas contraire à la raison de préférer la destruction du monde à une égratignure de mon doigt. »
> Hume

- Nous cherchons ce qui est bon pour nous comme pour les autres et fuyons ce qui nous semble au contraire mauvais. Les sentiments de sympathie et de bienveillance nous permettent de comprendre autrui et ce qui est bon pour lui. Ainsi, **la morale repose sur l'expérience et les sentiments, elle ne doit rien à la raison.**

Pour résumer

1. Le rationalisme : la raison a toujours raison

- Le **rationalisme**, entendu au sens le plus large, se caractérise par une **confiance dans le pouvoir de la raison** et combat tout ce qui lui est contraire.

- La raison est opposée à l'**instinct**, aux **réactions affectives** et aux **passions**. **Platon** imagine ainsi l'âme comme un attelage ailé dont la raison doit tenir les rennes.

- La raison est opposée aux **préjugés**, à la **tradition** et aux **croyances**. **Descartes** nous invite ainsi à n'admettre que ce que démontrent « la force et l'évidence de la raison ».

- La raison est opposée à l'**expérience** : « Nos sens nous trompent », écrit **Descartes**.

- Le rationalisme suppose que **le réel est rationnel.**

2. Critiques du rationalisme

- D'après **Montaigne**, **on ne peut pas garantir la valeur de la raison** et prouver qu'elle s'accorde au réel.

- Pour **Pascal**, la raison doit s'appuyer sur les « **connaissances du cœur et de l'instinct** ».

- **Hume** affirme que **la raison et ses principes sont tirés de l'expérience** : « La raison est une sorte d'expérience. »

- La **morale** peut ainsi être fondée sur l'**expérience** et sur les **sentiments**.

Les incontournables

Malebranche soutient la thèse, devenue surprenante, selon laquelle il existerait une vérité morale universelle et fondée en raison. Il y aurait ainsi des vérités morales aussi évidentes et indiscutables que certaines vérités mathématiques. Par exemple : « Il faut préférer son ami à son chien. »

Je vois par exemple que deux fois deux font quatre, et qu'il faut préférer son ami à son chien ; et je suis certain qu'il n'y a point d'homme au monde qui ne le puisse voir aussi bien que moi. Or je ne vois point ces vérités dans l'esprit des autres, comme les autres ne les voient point dans le mien. Il est donc nécessaire qu'il y ait une Raison universelle[1] qui m'éclaire, et tout ce qu'il y a d'intelligences. Car si la raison que je consulte n'était pas la même qui répond aux Chinois, il est évident que je ne pourrais pas être aussi assuré que je le suis que les Chinois voient les mêmes vérités que je vois. Ainsi la raison que nous consultons quand nous rentrons dans nous-mêmes[2] est une raison universelle. Je dis : quand nous rentrons dans nous-mêmes, car je ne parle pas ici de la raison que suit un homme passionné[3]. Lorsqu'un homme préfère la vie de son cheval à celle de son cocher, il a ses raisons, mais ce sont des raisons particulières dont tout homme raisonnable a horreur. Ce sont des raisons qui dans le fond ne sont pas raisonnables, parce qu'elles ne sont pas conformes à la souveraine raison, ou à la raison universelle que tous les hommes consultent.

Nicolas Malebranche, *De la recherche de la vérité*, 1674.

1. Raison universelle : qui vaut en tous temps, en tous lieux et pour tous les hommes.

2. Quand nous rentrons dans nous-mêmes : quand nous réfléchissons.

3. Un homme passionné : un homme esclave de ses passions, c'est-à-dire de ses désirs et sentiments considérés comme excessifs, contraires à la raison et à la liberté.

Dans ce passage des Pensées, *Pascal établit la célèbre distinction du cœur et de la raison.*

Nous connaissons la vérité, non seulement par la raison[1], mais encore par le cœur[2] ; c'est de cette dernière sorte que nous connaissons les premiers principes[3], et c'est en vain que le raisonnement, qui n'y a point de part, essaye de les combattre. Les pyrrhoniens[4], qui n'ont que cela pour objet, y travaillent inutilement. Nous savons que nous ne rêvons point[5] ; quelque impuissance où nous soyons de le prouver par raison, cette impuissance ne conclut autre chose que la faiblesse de notre raison, mais non pas l'incertitude de toutes nos connaissances, comme ils le prétendent. Car la connaissance des premiers principes, comme qu'il y a espace, temps, mouvements, nombres, est aussi ferme qu'aucune de celles que nos raisonnements nous donnent. Et c'est sur ces connaissances du cœur et de l'instinct qu'il faut que la raison s'appuie, et qu'elle y fonde tout son discours. Le cœur sent qu'il y a trois dimensions dans l'espace et que les nombres sont infinis ; et la raison démontre ensuite qu'il n'y a point deux nombres carrés dont l'un soit le double de l'autre. Les principes se sentent, les propositions se concluent ; et le tout avec certitude, quoique par différentes voies. Et il est aussi inutile et ridicule que la raison demande au cœur des preuves de ses premiers principes, pour vouloir y consentir, que le cœur demandât à la raison un sentiment de toutes les propositions qu'elle démontre, pour vouloir les recevoir. Cette impuissance ne doit donc servir qu'à humilier la raison, qui voudrait juger de tout, mais non pas à combattre notre certitude, comme s'il n'y avait que la raison capable de nous instruire. Plût à Dieu que nous n'en eussions au contraire jamais besoin, et que nous connussions toutes choses par instinct et par sentiment. Mais la nature nous a refusé ce bien ; elle ne nous a au contraire donné que très peu de connaissances de cette sorte ; toutes les autres ne peuvent être acquises que par raisonnement.

Blaise Pascal, *Pensées*, 1670.

1. **La raison :** la faculté de connaître par le raisonnement ou la démonstration, en s'appuyant sur les principes perçus par le cœur.

2. **Le cœur :** la faculté d'appréhender les principes de manière immédiate et intuitive (par exemple, l'existence de Dieu ou du monde).

3. **Les premiers principes :** les fondements de toutes nos connaissances (par exemple, les postulats des mathématiques).

4. **Les pyrrhoniens :** les disciples de Pyrrhon (comme Sextus Empiricus), c'est-à-dire les sceptiques.

5. **Nous savons que nous ne rêvons point :** allusion à l'argument du rêve chez Descartes (voir chap. 13 : La conscience).

Chronologie

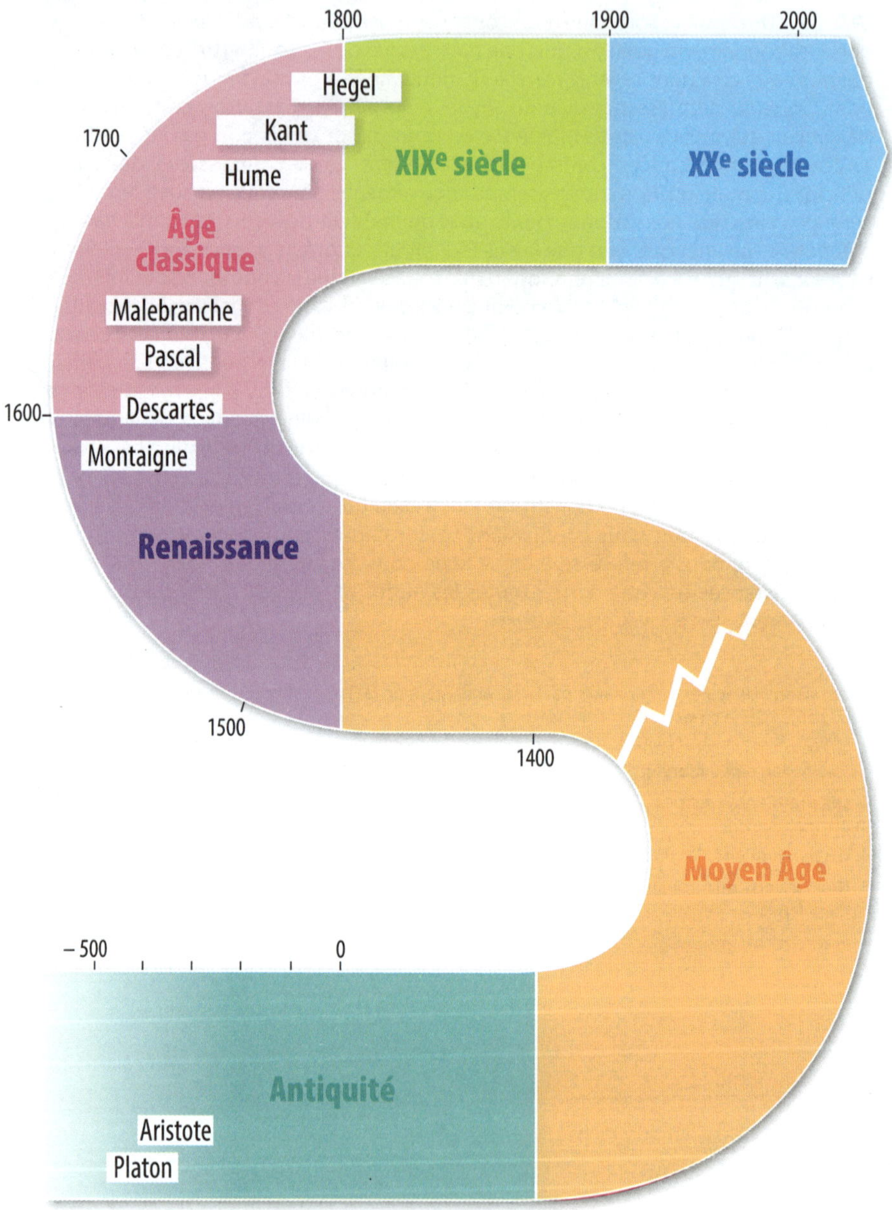

L'essentiel

Mots-clés

Raison : du latin *ratio*, qui désigne à l'origine la faculté de compter. Le terme renvoie ici à la faculté propre à l'homme de distinguer le vrai du faux et le bien du mal. La raison permet, en droit, d'établir une vérité et une morale universelles. C'est la faculté de connaître par le raisonnement ou la démonstration, en s'appuyant sur les principes perçus par le cœur. Par exemple la raison démontre un théorème mathématique en s'appuyant sur des principes saisis par le cœur (au sens que Pascal donne à ce mot).

Rationalisme : au sens strict et par opposition à l'empirisme, le terme désigne la doctrine philosophique selon laquelle toutes nos connaissances reposent sur des principes qui ne peuvent être tirés de l'expérience. Au sens large, le terme évoque la foi en la raison et le rejet de tout ce qui s'y oppose (ou est perçu comme tel) : les sentiments, l'instinct, les préjugés, la tradition, etc.

Empirisme : du grec *emperia* (« expérience »), le terme désigne la doctrine philosophique selon laquelle toutes nos connaissances dérivent de l'expérience, c'est-à-dire de l'observation (ou plus exactement de nos perceptions en général).

Cœur : Dans le vocabulaire de Pascal le terme désigne, par opposition à la raison, la faculté d'appréhender les principes de manière immédiate et intuitive (par exemple, l'existence de Dieu ou du monde).

Repères

- Absolu / Relatif → p. 305
- Croire / Savoir → p. 308
- Vrai / Probable / Certain → p. 319

Auteurs

- Platon → p. 285
- Montaigne → p. 290
- Descartes → p. 291
- Pascal → p. 291
- Hume → p. 293
- Kant → p. 294
- Hegel → p. 295

CHAPITRE 11

La technique

DE QUOI S'AGIT-IL ?

Le mythe de Prométhée montre que la technique est indissociable de l'homme, qui lui doit sa survie même. Mais les progrès prodigieux qu'elle accomplit dans le sillage de la science ne vont pas sans poser problème. Que peut-on attendre, craindre ou espérer de la technique ? Quels dangers fait-elle réellement peser sur nous ? Quels espoirs peut-elle légitimement susciter ?

1 L'homme est inséparable de la technique

A Le mythe de Prométhée

• **Platon** raconte l'histoire de deux Titans, les frères **Prométhée** et **Épiméthée**, chargés par les dieux de répartir parmi les animaux les qualités grâce auxquelles chacun pourra survivre. Épiméthée demande à son frère de le laisser faire seul le partage. Il le fait de manière équilibrée pour éviter la disparition des espèces : certains animaux reçoivent ainsi la force mais pas la vitesse, ou au contraire la vitesse sans la force. Mais quand vient le tour de l'homme, Épiméthée (dont le nom signifie « l'imprévoyant ») s'aperçoit qu'il ne lui reste plus aucun avantage à offrir. C'est pourquoi **l'homme est le plus démuni de tous les animaux** : il naît « nu, sans chaussures, ni couverture, ni armes ». Prométhée (dont le nom signifie « le prévoyant ») se décide alors à « voler la maîtrise des techniques d'Héphaïstos et d'Athéna, en même temps que le feu [...] et à en faire cadeau à l'homme ». **C'est le don du feu et des techniques qui permet à l'homme de survivre.**

• Ainsi, **la technique apparaît comme consubstantielle à l'homme** : elle ne peut pas être séparée de lui, elle fait partie de sa nature et elle est essentielle à sa vie. L'homme est voué par nature à transformer la nature grâce à la technique.

B Bergson : l'*homo faber*

• **Bergson** propose d'ailleurs de rebaptiser l'espèce humaine : ***homo sapiens*** (« homme sage ») pourrait se nommer plus modestement ***homo faber*** (« homme fabricateur »). En effet, **l'intelligence qui caractérise l'homme pourrait se définir comme la faculté de fabriquer des outils** : « L'intelligence, envisagée dans ce qui en paraît être la démarche originelle, est la faculté de fabriquer des objets artificiels, en particulier des outils à faire des outils, et d'en varier indéfiniment la fabrication. »

> **Citation**
> « Si nous pouvions nous dépouiller de tout orgueil, [...] nous ne dirions peut-être pas Homo sapiens, mais Homo faber. »
> Bergson

• En effet, la **capacité d'inventer et d'utiliser de nombreux objets artificiels comme les outils** est un critère qui permet de **distinguer l'homme de ses ancêtres hominidés**, et plus généralement des autres animaux (même si certains animaux comme les singes en sont aussi capables dans une moindre mesure).

• **Le progrès des techniques marque également les grandes étapes de l'histoire humaine**, comme en témoignent des expressions comme « âge de pierre » ou « âge de bronze ».

- De plus, **la vie sociale des hommes gravite**, aujourd'hui encore, **autour de la fabrication et de l'utilisation d'objets artificiels**. Les artefacts, toujours plus nombreux et sophistiqués, sont au cœur de la vie des hommes.
- **Georges Bataille** affirme, dans une perspective plus large, que **l'homme peut se définir comme l'animal qui refuse le donné naturel**, qui le transforme par le travail et l'éducation. **Le monde humain est un monde artificiel**, entièrement modelé par le travail et la technique.

C Les techniques humaines et les productions animales

- Les différences entre les **techniques humaines** et les **productions animales** ont été soulignées par des philosophes comme Marx ou Spengler.
- **Marx** compare le travail des hommes à celui des animaux afin de dégager la **spécificité du travail humain**. Par exemple, l'araignée qui fabrique sa toile peut être comparée à un tisserand, l'abeille qui construit une ruche à un architecte, etc. Mais l'architecte, s'il devait construire une ruche, la construirait d'abord dans sa tête, c'est-à-dire qu'il en concevrait d'abord le plan. Au contraire, **l'abeille n'est pas guidée par l'intelligence mais par l'instinct**.

> **Citation**
> « Ce qui distingue dès l'abord le plus mauvais architecte de l'abeille la plus experte, c'est qu'il a construit la cellule dans sa tête avant de la construire dans la ruche. »
> Marx

- **Oswald Spengler** souligne que **l'homme invente librement des techniques qui évoluent sans cesse**, alors que **les productions des animaux sont guidées par un instinct spécifique immuable** : « Dans l'existence de l'homme, la technique est consciente, arbitraire, modifiable, personnelle, *imaginative* et *inventive*. Elle peut s'apprendre et être perfectionnée. »

2 La technique permet à l'homme de maîtriser la nature au lieu de la subir

A Descartes : l'homme maître et possesseur de la nature

- Savant autant que philosophe, **Descartes** comprend dès le XVIIe siècle ce que les applications pratiques de la science peuvent apporter à l'humanité. La science s'éloigne des spéculations philosophiques abstraites et sans applications pratiques qu'on enseigne encore dans les universités à l'époque (la **philosophie scolastique** inspirée d'**Aristote**). Les propres découvertes de

Comprendre la pensée de Descartes

Descartes, celles du principe d'inertie et des lois de la réflexion et de la réfraction de la lumière, lui montrent qu'« il est possible de parvenir à des connaissances qui soient fort utiles à la vie » et qui nous rendrons « comme **maîtres et possesseurs de la nature** ».

- Préfigurant les thèses du **transhumanisme**, Descartes imagine que le progrès scientifique et technique nous épargnera les souffrances de la maladie et de la vieillesse, et même qu'il rendra les hommes « plus sages et plus habiles », c'est-à-dire qu'il augmentera leurs capacités intellectuelles et physiques. Repoussant les limites de la condition humaine, l'homme, maître et possesseur de sa propre nature, accoucherait ainsi d'une **humanité nouvelle, transformée ou transcendée par la science et la technique**.

B La révolution industrielle et technique du XIXe siècle

- Mais c'est surtout au XIXe siècle, avec la **révolution industrielle et technique**, que le rêve de Descartes commence à se réaliser. En moins de cent ans, de 1825 à 1914, sont inventés la locomotive, la photographie, le moteur à explosion, la pasteurisation, la dynamo, le téléphone, l'ampoule électrique, l'automobile, le cinéma, la radio, l'avion et le travail à la chaîne.
- L'apparition de **machines actionnées par la force de la vapeur**, comme le métier à tisser mécanique, a révolutionné l'univers de la production.

C Mill : l'éloge de la technique

- **John Stuart Mill**, un philosophe anglais du XIXe siècle, a été témoin des progrès accomplis durant la révolution industrielle. Il s'oppose à l'idée d'une nature parfaite qu'il serait interdit de transformer. Pour lui, **les prouesses techniques de l'homme sont de grandes victoires sur la nature** : construire des ponts, assécher des marais, creuser des puits, extraire du charbon et des minerais… En approuvant et en admirant ces réalisations, nous admettons implicitement qu'« il faut soumettre les puissances de la nature et non pas leur obéir ».

> **Citation**
> « Si l'artificiel ne vaut pas mieux que le naturel, à quoi servent les arts de la vie ? »
> Mill

- Ces puissances de la nature (par exemple la foudre, la mer ou le vent) sont souvent hostiles à l'homme, qui doit utiliser sa force et son ingéniosité pour les dominer. Il y parvient grâce à la **technique**, alors que sa force physique n'est rien en comparaison des forces gigantesques de la nature. La grandeur de l'homme réside ainsi dans sa capacité à **agir sur la nature pour la corriger et en tirer ce dont il a besoin.**

En savoir plus sur le transhumanisme

3 Le procès de la technique

A Shelley : *Frankenstein ou le Prométhée moderne*

• **Mary Shelley** écrit au début du XIXe siècle un roman qui témoigne de la peur que suscite déjà le progrès des sciences et des techniques : ***Frankenstein ou le Prométhée moderne***. Victor Frankenstein, un savant passionné, donne vie à une créature monstrueuse qui sème la mort et la désolation. Prométhée, qui était le symbole de la grandeur de l'homme, devient celui de sa témérité. Démesurément enhardi par la conscience du pouvoir que la science lui donne sur la nature, **l'homme se prend pour Dieu en créant la vie**. Aujourd'hui encore, la littérature et le cinéma de science-fiction exploitent dans des scénarios variés le thème de l'homme **dépassé et menacé par ses propres créations**.

B Bergson : le procès du machinisme

• Le **machinisme** est communément accusé de **transformer l'ouvrier en machine** et d'uniformiser la production. Ces griefs ne sont pas sans fondements : l'ouvrier qui utilise une machine travaille souvent de manière **mécanique** et **répétitive**, et une machine produit des objets plus standardisés que la main d'un artisan. Cependant, la machine, augmentant le rendement du travail, procure à l'ouvrier un plus grand nombre d'heures de loisir qui pourraient être consacrées au **libre développement de son intelligence, de sa culture et de son originalité** plutôt qu'aux divertissements que le progrès de l'industrie a mis à la portée de tous.

• On devrait surtout reprocher au machinisme d'avoir **tiré l'homme vers le bas en développant le goût du confort matériel et du luxe**, estime **Bergson**. Le progrès technique aurait pu élever l'homme vers le ciel, développer son esprit et son âme en le libérant du souci des choses matérielles. Mais **les machines ont décuplé les forces de l'homme sans développer son âme** et ont renforcé son asservissement à la matière.

• **Les outils sont comme un prolongement quasi naturel du corps humain**, puisque la nature a doté l'homme d'une intelligence fabricatrice. Mais **les machines**, qui marchent au pétrole ou au charbon, **ont agrandi de manière démesurée le corps et la force de l'homme sans développer son âme**. Ce corps agrandi nécessite un « supplément d'âme », c'est-à-dire une élévation et un développement spirituels.

Citation

« La mécanique [...] ne rendra des services proportionnés à sa puissance que si l'humanité qu'elle a courbée encore davantage vers la terre arrive par elle à se redresser et à regarder le ciel. »

Bergson

C Jonas : les dangers de la technique

- Malgré ses bienfaits, **le progrès technique constitue désormais une menace** pour la nature et la vie humaine qu'elle abrite. C'est dans ce contexte que **Hans Jonas** affirme que **l'homme est responsable de la nature** comme d'un bien fragile qui lui a été confié.
- La technique a permis à l'homme de se protéger de la nature, c'est-à-dire du monde sauvage qui le menaçait. Mais aujourd'hui, **l'homme menace la nature plus que la nature ne menace l'homme**. Par exemple, nous devons protéger l'océan de nos actions plus que nous ne devons nous protéger de l'océan. En menaçant la nature, l'homme est devenu un grand danger pour lui-même. Paradoxalement, **la technique qui nous a protégés est devenue notre plus grande menace.**
- Le pouvoir que la technique donne à l'homme devrait donc être **limité** par une « **éthique pour la nature** » dont Jonas exprime l'exigence fondamentale : « Agis de façon que les effets de ton action soient compatibles avec la permanence d'une vie authentiquement humaine sur Terre. »

> **Bien comprendre**
> La formule est inspirée par l'impératif catégorique kantien (voir chap. 2 : Le devoir).

- Nous avons le droit de risquer notre vie, mais pas celle de l'humanité. Aussi devons-nous nous méfier de notre témérité et **user de la puissance que nous confère la technique avec mesure, prudence et sagesse.**

4 Modérer nos espoirs et nos craintes

A La Fontaine : « Le Loup et le Renard »

- Dans sa fable « Le Loup et le Renard », **La Fontaine** raconte l'histoire suivante. Un renard a cru voir un fromage au fond d'un puits. Il y descend donc au moyen d'une poulie. Mais le fromage n'est que le reflet de la pleine lune et l'animal est coincé. Deux jours plus tard, un loup affamé passe par là. Le renard l'attire et le convainc de descendre dans le puits pour manger ce qu'il reste du fromage. En descendant, le loup fait remonter le rusé renard. « Ne nous en moquons point : nous nous laissons séduire sur aussi peu de fondement ; et **chacun croit fort aisément ce qu'il craint et ce qu'il désire** », conclut La Fontaine.

- La morale de la fable peut s'appliquer aux espoirs et aux craintes que suscitent la technique et ses progrès : nous espérons que le progrès réalisera le vieux rêve de l'immortalité en même temps que nous craignons l'apocalypse climatique. **Les espoirs et les craintes que suscite le progrès** ne sont certes pas sans fondements, mais ils **ne sont pas toujours entièrement rationnels**.

Découvrir l'heuristique de la peur

B Freud : le progrès ne fait pas le bonheur

- Au début du XXe siècle, **Freud** remarque que, malgré les progrès prodigieux de la physique, de la biologie et de leurs applications techniques (comme la médecine), **les hommes ne sont pas plus heureux qu'ils ne l'étaient autrefois**. La croyance selon laquelle le progrès technique ferait le bonheur de l'humanité est donc une **illusion**, c'est-à-dire une **croyance enracinée dans un désir**.

- Cela ne signifie pas, précise Freud, que le progrès technique soit dénué de toute valeur pour l'économie de notre bonheur. On peut seulement affirmer que **la domination de la nature par la science et la technique n'est pas la condition suffisante du bonheur**, ni par conséquent l'unique objectif du progrès de la civilisation.

Citation

« L'humanité a fait accomplir des progrès extraordinaires aux sciences physiques et naturelles, et à leurs applications techniques [...]. Les hommes n'ont pas le sentiment d'être pour cela devenus plus heureux.

Freud

Pour résumer

1. L'homme est inséparable de la technique

■ Le **mythe de Prométhée** montre que la technique est **consubstantielle à l'homme**.

■ **Bergson** avance que l'espèce humaine pourrait être désignée par l'expression ***homo faber*** (« homme fabricateur »).

■ Comme le montrent **Marx** et **Spengler**, il faut distinguer les **techniques inventées par l'homme** des **productions instinctives de l'animal**.

2. La technique permet à l'homme de maîtriser la nature au lieu de la subir

■ **Descartes** affirme que le progrès scientifique et technique rendra l'homme **maître et possesseur de la nature**.

■ **John Stuart Mill** souligne qu'en admirant les grandes réalisations techniques, nous admettons qu'il faut **soumettre les puissances de la nature** et non leur obéir.

3. Le procès de la technique

■ Le roman ***Frankenstein ou le Prométhée moderne*** de **Mary Shelley** montre que **le pouvoir de la technique peut être dangereux**.

■ **Bergson** regrette que les machines aient décuplé les forces de l'homme **sans développer son âme**.

■ Selon **Hans Jonas**, le pouvoir que la technique donne à l'homme devrait être limité par une « **éthique pour la nature** ».

4. Modérer nos espoirs et nos craintes

■ Les **espoirs** et les **craintes** que suscite le progrès ne sont pas toujours **rationnels**.

■ **Freud** affirme que l'idée selon laquelle **le progrès technique rendrait l'homme heureux** est **illusoire**.

Les incontournables

Dans cet extrait anthologique des Deux Sources de la morale et de la religion, *Bergson regrette que le progrès technique ait rabaissé l'homme au lieu de contribuer à son élévation spirituelle.*

L'outil de l'ouvrier continue son bras ; l'outillage de l'humanité est donc un prolongement de son corps. La nature, en nous dotant d'une intelligence essentiellement fabricatrice, avait ainsi préparé pour nous un certain agrandissement. Mais des machines qui marchent au pétrole, au charbon, à la « houille blanche[1] », et qui convertissent en mouvement des énergies potentielles accumulées pendant des millions d'années[2], sont venues donner à notre organisme une extension si vaste et une puissance si formidable, si disproportionnée à sa dimension et à sa force, que sûrement il n'en avait rien été prévu dans le plan de structure de notre espèce : ce fut une chance unique, la plus grande réussite matérielle de l'homme sur la planète. Une impulsion spirituelle[3] avait peut-être été imprimée au début : l'extension s'était faite automatiquement, servie par le coup de pioche accidentel qui heurta sous terre un trésor miraculeux.

Or, dans ce corps démesurément grossi, l'âme reste ce qu'elle était, trop petite maintenant pour le remplir, trop faible pour le diriger. D'où le vide entre lui et elle. D'où les redoutables problèmes sociaux, politiques, internationaux, qui sont autant de définitions de ce vide et qui, pour le combler, provoquent aujourd'hui tant d'efforts désordonnés et inefficaces : il y faudrait de nouvelles réserves d'énergie potentielle, cette fois morale.

Ne nous bornons donc pas à dire, comme nous le faisions plus haut, que la mystique[4] appelle la mécanique[5]. Ajoutons que le corps agrandi attend un supplément d'âme, et que la mécanique exigerait une mystique. Les origines de cette mécanique sont peut-être plus mystiques qu'on ne le croirait ; elle ne retrouvera sa direction vraie, elle ne rendra des services proportionnés à sa puissance que si l'humanité qu'elle a courbée encore davantage vers la terre arrive par elle à se redresser et à regarder le ciel.

Henri Bergson, *Les Deux Sources de la morale et de la religion*, 1932.

1. Houille blanche : énergie hydroélectrique.

2. Énergies potentielles accumulées pendant des millions d'années : énergies fossiles.

3. Spirituelle : qui concerne l'esprit ou l'âme.

4. La mystique : l'élévation, l'élan spirituel.

5. La mécanique : la technique.

REPÈRES

Chronologie

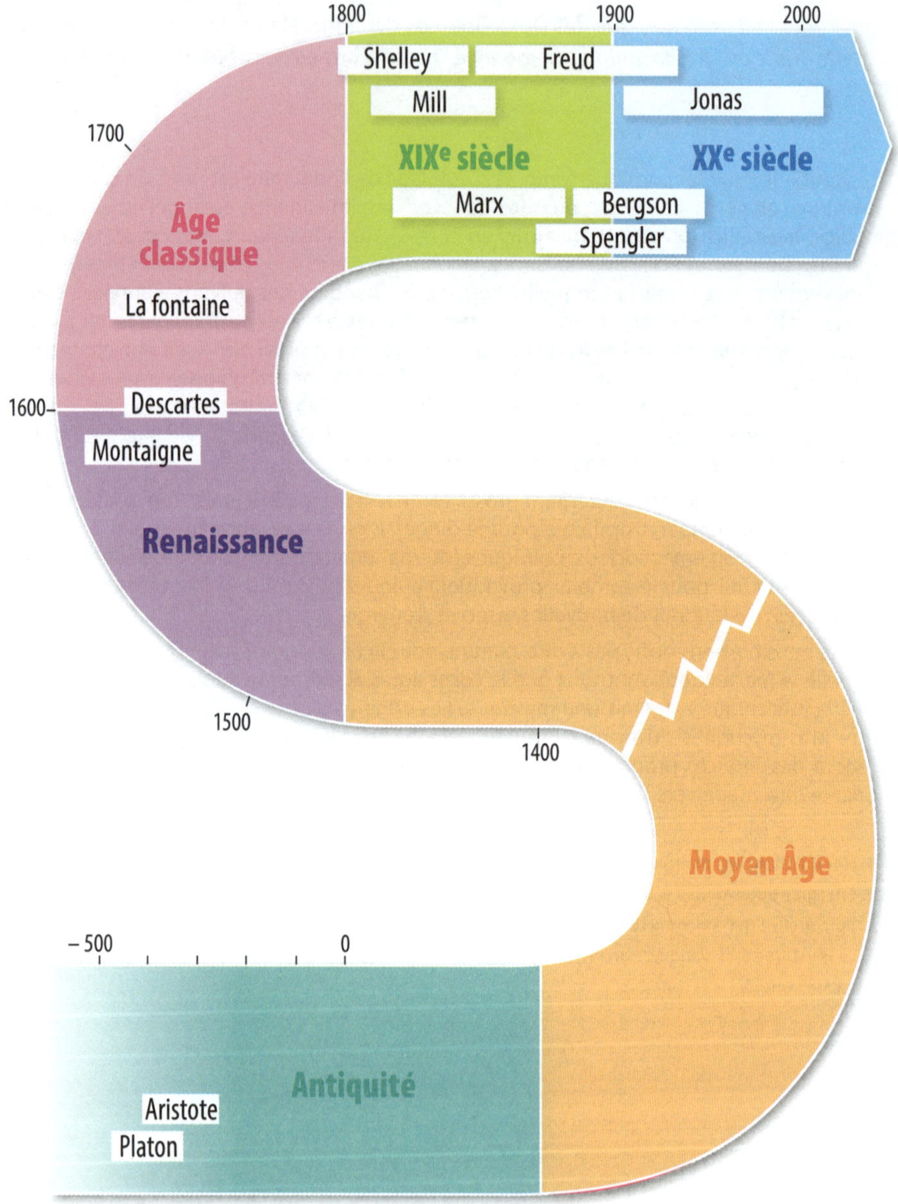

L'essentiel

Mots-clés

Technique : dérivé du grec *technè* (« art », « métier »), le terme désigne, de manière générale, l'ensemble des procédés inventés par l'homme pour agir sur la nature ou la transformer, et, de manière plus spécifique, les procédés qui dérivent des connaissances scientifiques.

Homo faber : « homme fabricateur ». L'expression est utilisée par Bergson pour désigner l'espèce humaine. Elle souligne que l'intelligence qui distingue l'homme de l'animal se manifeste d'abord par la fabrication d'objets artificiels.

Machinisme : emploi de la machine en remplacement de la main d'œuvre. Le machinisme se développe pendant la révolution industrielle du XIXe siècle. Il est communément accusé de réduire l'homme à l'état de machine.

Prométhéen : caractérisé par le désir de se surpasser, le goût des grandes entreprises, la foi en la grandeur de l'homme et en son pouvoir d'agir sur la nature. Dans la mythologie grecque, Prométhée est un Titan qui vole aux dieux la maîtrise des techniques et du feu afin de les offrir à l'homme.

Repères

– Croire / Savoir → p. 308
– Impossible / Possible → p. 313
– Théorie / Pratique → p. 318

Auteurs

– Platon → p. 285
– Descartes → p. 291
– Mill → p. 296
– Marx → p. 297
– Freud → p. 298
– Bergson → p. 298

CHAPITRE 12

La vérité

DE QUOI S'AGIT-IL ?

La notion de vérité est au centre des principales questions examinées par la théorie de la connaissance : peut-on établir une vérité certaine, objective et universelle, une vérité absolue ? Faut-il au contraire renoncer à l'idée d'atteindre une quelconque vérité et s'abstenir de tout jugement ? À défaut d'une vérité absolue, ne peut-on pas espérer atteindre une vérité relative ? Bref, quelle vérité peut-on espérer atteindre ? Mais on peut aussi s'interroger sur le désir de vérité lui-même : pourquoi désirons-nous la vérité ? Est-elle toujours et à tous égards préférable à l'ignorance, à l'illusion et au mensonge ?

1 Quelle vérité peut-on atteindre ?

A Quel est le problème ?

• Il s'agit d'examiner la question de savoir si on peut espérer atteindre la vérité ou si nous devons y renoncer, comme le veulent les **sceptiques**. Faut-il douter de tout et s'abstenir de tout jugement ? Le problème a aussi une dimension morale : tous les points de vue sont-ils également défendables, tolérables ? À défaut d'une vérité **absolue**, c'est-à-dire certaine, objective et universelle, peut-on se contenter d'une vérité seulement **relative** ?

Définir la notion de vérité

B Le scepticisme : on ne peut établir aucune vérité certaine

1. Pyrrhon : douter de toutes choses et suspendre son jugement

• Le **scepticisme** nie la possibilité d'atteindre une quelconque certitude. On considère **Pyrrhon**, un philosophe grec de l'Antiquité, comme le fondateur de cette doctrine (on parle aussi de pyrrhonisme). Celui-ci estime que **rien n'est beau ou laid, juste ou injuste, vrai ou faux**. Les hommes se gouvernent selon la coutume et la loi, c'est-à-dire qu'ils tiennent pour beau, juste ou vrai ce qui est communément considéré comme tel dans la société où ils vivent.

Citation

« En toute chose les hommes se gouvernent selon la coutume et la loi. »

Diogène Laërce (rapportant la doctrine de Pyrrhon)

• Pyrrhon estime que puisqu'on ne peut atteindre aucune vérité certaine, il faut **suspendre son jugement** (*époché*), douter de toutes choses et apprendre à goûter le bonheur de n'avoir aucune certitude. Le doute conduirait paradoxalement à l'**ataraxie**, c'est-à-dire à l'absence de trouble, car si rien n'est certain, tout devient indifférent : l'esprit peut alors se détacher de toutes choses et trouver la paix. On dit que la vie de Pyrrhon justifiait ses théories, qu'il supportait tout : être heurté par un char, tomber dans un trou, être mordu par des chiens… Tout lui était égal, rien ne semblait l'affecter.

• Mais Pyrrhon prônait aussi l'**indifférence à l'égard d'autrui** et aurait laissé un ami se noyer sous ses yeux. Quelle que soit la crédibilité de ces anecdotes, elles illustrent la thèse de Pyrrhon et en montrent les limites : si le détachement peut être vu comme un facteur de bien-être d'un point de vue **psychologique**, l'indifférence à autrui (comme d'ailleurs à soi-même) est difficilement défendable d'un point de vue **moral**. Cela pose bien entendu la question de savoir s'il y a des **vérités morales** et comment on peut les connaître (voir chap. 2 : Le devoir, et chap. 3 : La justice).

2. Sextus Empiricus : tous les points de vue sont également défendables

• Héritier de Pyrrhon, **Sextus Empiricus** a notamment développé une argumentation en faveur de la **suspension du jugement**, qu'on peut résumer ainsi :

– D'abord, chaque question qu'on peut se poser, dans la vie quotidienne comme dans le domaine de la pensée, est susceptible de recevoir des réponses diverses et contradictoires entre lesquelles il est impossible de trancher. **Tous les points de vue sont donc également défendables.**

– Ensuite, **toute démonstration repose sur des principes indémontrables** ou des présupposés discutables.

– Enfin, **chacun voit les choses comme elles lui apparaissent de son point de vue** (de manière subjective), et personne ne peut jamais les voir comme elles sont (de manière objective).

Citation

« À tout argument s'oppose un égal argument. »

Sextus Empiricus

• « Le scepticisme est la faculté de mettre face à face les choses qui apparaissent aussi bien que celles qui sont pensées, de quelque manière que ce soit, capacité par laquelle, du fait de la force égale qu'il y a dans les objets et les raisonnements opposés, nous arriverons d'abord à la suspension de l'assentiment, et après cela à la tranquillité », écrit Sextus Empiricus. Autrement dit, la **confrontation des opinions contradictoires** doit conduire à la **suspension du jugement**, puis à l'**ataraxie.**

3. Le probabilisme de Carnéade

• **Carnéade** est un lointain successeur de **Platon** à la tête de l'École que ce dernier avait fondée à Athènes : l'Académie. Mais les successeurs de Platon ne sont pas restés éternellement fidèles à sa doctrine. En effet, alors que Platon croyait pouvoir atteindre une vérité absolue (dogmatisme), l'Académie finit par devenir un bastion du scepticisme. Cette « trahison » peut être interprétée comme un **retour à la pensée de Socrate**, le maître de Platon, qui prétendait ne rien savoir, ne défendait aucune doctrine et se bornait à poser des questions. « Je ne sais qu'une chose, c'est que je ne sais rien », aurait dit Socrate. Faire de lui un sceptique est cependant très discutable.

• Carnéade, quant à lui, estime que, bien qu'on ne puisse avoir aucune certitude absolue, certaines opinions sont plus **vraisemblables** ou **probables** que d'autres. En effet, on ne peut pas suspendre son jugement en toutes circonstances : il faut bien agir. Et pour agir, il faut faire des choix fondés sur des opinions.

• Carnéade distingue **trois degrés de probabilité** :

– Dans l'urgence, quand on n'a pas le temps de réfléchir, il est légitime de croire ce qui semble vrai à première vue, **sans examen critique. C'est le plus bas degré de probabilité.**

– Une représentation (idée ou perception) qui **ne semble pas contredite par d'autres** est *a priori* assez vraisemblable. **C'est le deuxième degré de probabilité.**

– Une représentation qui reste vraisemblable **après un examen détaillé** atteint un degré de probabilité plus élevé. **C'est le plus haut degré de probabilité.**

• Ce **probabilisme** constitue une **solution moyenne** entre le **scepticisme** de Sextus Empiricus, qui estime toutes les opinions également défendables, et le **dogmatisme** de Platon, qui prétend pouvoir atteindre une vérité absolue.

4. Montaigne : que sais-je ?

• **Montaigne** a lu Sextus Empiricus et a adopté son scepticisme, sans toutefois en faire un système ou une doctrine. En effet, Montaigne n'est pas de ces philosophes qui construisent des systèmes, c'est-à-dire des théories qui reposent sur des principes bien définis, cohérents entre eux et établis une fois pour toutes. Sa manière de penser et d'écrire est plus libre et plus littéraire, et son scepticisme est **plus modéré** et **moins systématique** que celui de Pyrrhon ou de Sextus Empiricus.

• « **Que sais-je ?** », demande Montaigne. La question résume bien l'esprit de sa philosophie. En effet, Montaigne se montre prudent dans ses jugements et rejette le dogmatisme, parce qu'il a conscience que **les hommes sont prisonniers des habitudes de pensée du pays et de l'époque dans lesquels ils vivent**. Mais il ne s'interdit pas d'avoir des opinions ou de défendre des thèses. Il n'applique donc pas de manière systématique le principe de la suspension du jugement (voir chap. 9 : Le langage).

> **Citation**
> « Nous n'avons d'autre mire de la vérité et de la raison que l'exemple et idée des opinions et usances du pays où nous sommes. »
> Montaigne

C Le relativisme

• On nomme **relativistes** les penseurs qui, contestant toute **vérité absolue**, estiment qu'il n'existe que des opinions, des points de vue ou des **vérités relatives**.

• Le sophiste **Protagoras** peut ainsi être qualifié de relativiste. « L'homme est la mesure de toutes choses », affirme-t-il. Cette formule, à première vue énigmatique, signifie que **chacun a sa vérité qui repose sur des impressions subjectives** qui n'ont pas de meilleur juge que lui-même. Par exemple, dans les mêmes conditions, l'un a froid et l'autre non. Personne n'a raison ou tort, tout est vrai : pour l'un, il fait froid ; pour l'autre, il ne fait pas froid.

• **Gorgias**, un autre sophiste, nie l'existence même de l'**être** : il n'y a que des **apparences**. Le discours ne peut donc pas être vrai, il ne peut dire les choses telles qu'elles sont, objectivement. Cette **ontologie** (conception de l'être) fonde la **rhétorique** : l'art oratoire, l'art de bien parler et de convaincre. En effet, si on ne peut pas dire ce qui est, la parole doit servir à défendre le point de vue et les intérêts de celui qui parle.

- Les sceptiques sont d'une certaine façon relativistes eux aussi, dans la mesure où ils estiment que chacun voit les choses de son point de vue et que personne ne peut les voir comme elles sont : « **L'objet apparaît tel ou tel selon celui qui juge** », écrit Sextus Empiricus ». On remarque cependant qu'ici l'objet existe bel et bien, même s'il est inconnaissable. À la différence de Gorgias, Sextus Empiricus suppose un objet, une **réalité derrière les apparences**.

D Le dogmatisme

- Le **dogmatisme** suppose, au contraire du scepticisme et du relativisme, qu'il est possible d'atteindre une **vérité absolue**. La vérité absolue, c'est ce qui est (ou ce qui serait) vrai absolument, c'est-à-dire entièrement, parfaitement et à tous points de vue. C'est donc exactement le contraire d'une **vérité relative**, qui serait valable pour les uns mais pas pour les autres, ou seulement en certains lieux ou milieux, à certaines époques ou dans certaines sociétés, c'est-à-dire une vérité qui ne serait donc qu'en partie vraie et qu'il ne faudrait considérer que comme un éclairage, une perspective ou un point de vue sur les choses.
- Bref, l'idée d'une vérité absolue, c'est l'idée d'une **vérité certaine et universelle**, valable en tous temps, en tous lieux et pour tous les hommes, parce qu'elle dirait les choses telles qu'elles sont, objectivement, et non telles qu'elles apparaissent à chacun dans des perspectives toujours partielles et partiales.
- **Platon** estime ainsi que les hommes peuvent s'accorder autour d'une **vérité objective** qui se distingue des opinions changeantes et contradictoires. Ce qui apparaît spontanément à la conscience de chacun n'est pas la vérité. Celle-ci doit être recherchée au-delà des **opinions** et des **apparences sensibles**, grâce au dialogue philosophique qui permet d'échanger et de confronter rationnellement les points de vue. Elle est scellée par l'accord des esprits au terme d'une discussion bien menée.
- Le discours vrai ne porte donc pas sur les **apparences changeantes et contradictoires** que nous livrent nos sens et qui nourrissent nos **opinions** ou nos **croyances** (*doxa* en grec), mais sur les **Idées** (essences ou formes) qui sont comme les modèles des choses. L'homme de l'opinion (le philodoxe) est comme prisonnier des apparences sensibles : il croit (à tort) ce qu'il voit, il ne peut s'arracher à la **séduction du sensible** et saisir la **réalité suprasensible** (métaphysique, imperceptible et abstraite) **de l'Idée** (voir l'allégorie de la caverne dans « Les incontournables », à la fin de ce chapitre).

• Cette vérité, Platon estime qu'elle ***doit*** exister, parce qu'il faut que les hommes puissent s'entendre et vivre dans la **paix** et la **justice**. Si rien n'est vrai ou faux, juste ou injuste, bien ou mal, alors il n'y a pas d'alternative à la **violence**, physique ou verbale, des hommes qui se battent pour défendre leur point de vue et leurs intérêts. Si rien n'est vrai, les sophistes ont raison et il faut qu'ils aient tort. Si chacun a sa vérité, tous les points de vue se valent, il n'y a plus de différence entre **savoir** et **ignorer**, et l'enseignement comme le dialogue (qui visent la connaissance de la vérité) n'ont plus de valeur ni de sens.

E La solution kantienne

• Même en admettant que, par un effort d'**objectivité,** la conscience parvienne à échapper au point de vue singulier qu'elle a sur le monde, pourra-t-elle se représenter les choses **telles qu'elles sont en elles-mêmes** ou ne pourra-t-elle jamais se les représenter qu'**à la manière d'un esprit (seulement) humain** ?

• **Kant** estime que **les choses en soi (noumènes) sont inconnaissables**. Nous ne pouvons connaître que les **phénomènes** : **les choses telles qu'elles nous apparaissent**, c'est-à-dire telles qu'un esprit humain est condamné à se les représenter.

• Par exemple, la conscience ne peut se représenter les choses que dans un cadre spatio-temporel (dans le temps et dans l'espace), mais cela ne prouve pas que les **choses en soi** existent en effet dans le temps ou dans l'espace (voir chap. 17 : Le temps).

• Kant estime donc qu'il faut distinguer le monde **tel que nous le connaissons** du monde **tel qu'il existe en dehors de nous** (en dehors de notre conscience) et que nous ne pouvons pas connaître. C'est ce qu'on appelle l'**idéalisme transcendantal**. La vérité que nous pouvons atteindre serait donc **relative** à l'esprit humain et à ses « cadres ».

• Kant retient ainsi du scepticisme (celui de Hume, qui l'a « réveillé de son sommeil dogmatique ») l'idée qu'on ne peut rien dire des objets tels qu'ils sont en soi. Cela n'interdit pourtant pas à l'esprit d'élaborer une **vérité universelle** (réalisant l'accord des esprits) mais en même temps **relative à l'esprit humain**, c'est-à-dire une vérité (celle des sciences) qui est bien plus que le **point de vue d'un homme** (ou de certains hommes) mais qui, en même temps, ne peut être rien de plus que le **point de vue de l'homme**.

Citation

« Hume m'a réveillé de mon sommeil dogmatique. »

Kant

F La vérité scientifique

• **Kuhn**, un philosophe des sciences américain, souligne que l'histoire des sciences est marquée par des **révolutions** au cours desquelles un paradigme scientifique (un modèle théorique fondamental) est supplanté par un modèle radicalement différent. Ce constat conduit à remettre en cause la conception commune de la vérité comme **accord avec le réel**. Une théorie scientifique n'est qu'une **construction de l'esprit** qui rend les phénomènes intelligibles, permet de les anticiper et de les maîtriser (voir chap. 5 : La science).

2 La vérité est-elle désirable ?

A Quel est le problème ?

• Nous nous sommes demandé s'il était possible d'atteindre la vérité ou s'il fallait y renoncer, comme le croient les sceptiques. Mais pourquoi désirons-nous la vérité ? Est-elle toujours et à tous égards préférable à l'**ignorance**, à l'**illusion** et au **mensonge** ?

B Le désir de savoir

1. Aristote : le désir de savoir est inhérent à la nature humaine

• « Tous les hommes désirent naturellement savoir », écrit **Aristote**. Or, ce désir se manifeste notamment dans le **plaisir causé par les sensations** : nous aimons voir, sentir, généralement percevoir, parce que nous aimons savoir. Et par-dessus tout, ce sont nos yeux qui satisfont cette **curiosité naturelle**, parce que ce sont eux qui nous apprennent le plus de choses, qui « nous découvrent le plus de différences ». Par exemple, nos yeux perçoivent bien plus de nuances de gris entre le noir et le blanc que nos mains ne peuvent distinguer de degrés entre ce qui est mouillé et ce qui est sec. Aussi préférons-nous la vue aux autres sens : elle nous apprend plus de choses.

• Or, c'est autant pour son utilité, quand nous devons agir, que pour elle-même, quand nous n'avons rien à faire, que nous préférons la vue à tout le reste. C'est que l'homme est un **animal raisonnable** (doué de raison) et qu'il est ainsi **fait pour connaître**. La **vie contemplative** (ou théorétique), celle qui est consacrée à la connaissance, permet à l'homme d'accomplir au mieux sa fonction propre et d'atteindre le bonheur (voir chap. 6 : Le travail).

COURS

2. Rousseau : connaître pour jouir

● Pourquoi un homme qui n'aurait aucun besoin, aucun désir ni aucune crainte se donnerait-il la peine de raisonner ? **Rousseau** estime que l'homme, étant naturellement paresseux, ne fait l'effort de réfléchir et de comprendre que dans l'espoir de **satisfaire ses besoins et ses désirs** : « Nous ne cherchons à connaître que parce que nous désirons de jouir », écrit-il. Les premiers hommes auraient-ils cherché à savoir comment faire du feu s'ils n'avaient espéré se réchauffer, s'éclairer ou cuire leurs aliments ?

● **Nos « passions »** (nos désirs et nos émotions) **nous poussent à réfléchir**, à apprendre et à découvrir. Mais **ce que nous découvrons fait naître de nouveaux désirs** (se chauffer mieux, s'éclairer mieux, cuisiner mieux, par exemple) qui motivent de nouveaux efforts pour découvrir les moyens de les satisfaire. Et nous voilà pris dans le **cercle vertueux** qui mène du désir à la découverte et de la découverte au désir.

Remarque
Alors qu'Aristote estime que l'homme prend naturellement plaisir à apprendre et à comprendre, Rousseau estime que nous ne faisons l'effort d'apprendre et de comprendre que dans la mesure ou cela nous est utile.

Citation
« Quoi qu'en disent les moralistes, l'entendement humain doit beaucoup aux passions. »
Rousseau

3. Bacon : savoir, c'est pouvoir

● Si le savoir est préférable à l'ignorance, c'est donc en raison de son utilité et du **pouvoir** qu'il donne sur les choses. « On ne commande à la nature qu'en lui obéissant », écrit **Bacon** : on ne peut obtenir ce que l'on désire de la nature qu'en **comprenant ses lois** et en les utilisant.

● **Descartes** confirme que c'est bien le progrès des sciences et des techniques qui peut nous faire espérer devenir un jour « comme **maîtres et possesseurs de la nature** » (voir chap. 11 : La technique).

4. Descartes : bien penser pour bien faire

● **Descartes** achève le bilan (mitigé) de ses études en évoquant son désir de savoir demeuré intact : « J'avais toujours un extrême désir d'apprendre à distinguer le vrai d'avec le faux, pour voir clair en mes actions et marcher avec assurance en cette vie. »

● Fidèle en cela à l'esprit de la **philosophie antique**, Descartes donne à la recherche du savoir une **visée pratique : la philosophie doit nous aider à vivre et à agir**, elle doit guider nos choix et orienter notre vie vers ce qui lui donne de la valeur et du sens. Bref, ce que le désir de savoir vise *in fine*, c'est une **éthique** ou une **sagesse**, un « savoir-vivre » (voir chap. 7 : Le bonheur).

C La vérité redoutée

1. Kant : la haine de la raison

- Les hommes qui ont beaucoup cultivé leur raison finissent par la haïr (misologie), estime **Kant**. C'est qu'ils constatent que **la connaissance de la vérité est un obstacle au bonheur**. La lucidité, la conscience nous révèlent en effet les aspects les plus sombres de l'existence ou nous les font ressentir de manière plus aiguë.
- Il y aurait donc un **antagonisme** entre le **bonheur** et la **connaissance de la vérité**. Mais Kant n'en conclut pas qu'il faille s'aveugler ou chercher refuge dans l'illusion. Pour lui, le fait que la nature nous ait doté de raison suggère que **nous ne sommes pas faits pour le bonheur, mais pour une fin plus noble**.

2. Science sans conscience

- « **Science sans conscience n'est que ruine de l'âme** », écrit **Rabelais**. La science et la technique augmentent en effet notre pouvoir. Mais c'est ce pouvoir même que confère le savoir qui est redoutable. Le progrès rend l'homme plus **savant** et plus puissant, mais le rend-il plus **sage** (voir chap. 11 : La technique) ? Faut-il donc redouter le progrès scientifique, voire interdire certaines recherches ?
- On peut au moins souhaiter que le progrès scientifique et technique s'accompagne d'une **réflexion éthique** visant à cerner, dans le champ toujours plus vaste des possibles, celui plus restreint de ce qui est moralement souhaitable.

3. Nietzsche : nous avons un besoin vital d'illusion

- Quelle vérité pouvons-nous supporter, endurer ? Pouvons-nous vivre de manière parfaitement lucide, sans nous faire aucune illusion ? **Nietzsche** estime que nous avons un besoin vital d'illusion. Ce que l'on nomme communément « vérité » n'est d'ailleurs rien d'autre qu'une **illusion utile à la vie**. Tout bien considéré, la valeur d'une idée ne dépend-elle pas moins de sa vérité que de la **réponse qu'elle apporte à nos besoins vitaux** ? « "Vouloir le vrai", ce pourrait être, secrètement, vouloir la mort », écrit Nietzsche.

> **Citation**
> « L'illusion sur soi-même est un besoin vital et une tendance naturelle de l'homme. »
> Nietzsche

4. Kant : l'interdit du mensonge

- Nous savons que la vérité peut blesser, humilier. Nietzsche estime même qu'elle peut être mortifère. Dans ces conditions, on peut douter que toutes les vérités soient bonnes à dire. Cela peut-il justifier un **droit de mentir** ? La question a opposé Kant à Benjamin Constant.

COURS

- « Le principe moral que dire la vérité est un devoir, s'il était pris de manière absolue et isolée, rendrait toute société impossible », écrit **Benjamin Constant**. Autrement dit, la règle morale qui nous enjoint de dire la vérité n'a pas une valeur absolue, elle admet de nombreuses exceptions. Nous admettons d'ailleurs volontiers qu'il est permis de **mentir par humanité**, ou pour éviter des tensions inutiles et apaiser les liens sociaux.
- **Kant** réfute ce droit de mentir : **dire la vérité est un devoir formel**, une règle qui n'admet aucune exception, « quelque grave inconvénient qu'il puisse en résulter », pour moi comme pour autrui. Au point qu'il ne faudrait pas même cacher la vérité à des assassins qui vous demanderaient si votre ami, qu'ils poursuivent, n'est pas réfugié dans votre maison. Cette thèse, certes peu convaincante, repose sur l'idée (intéressante en elle-même) que **l'interdit du mensonge fonde la possibilité de la confiance entre les hommes**. S'il était permis de mentir, souligne Kant, nous ne pourrions plus accorder aucun crédit à la parole d'autrui, nous ne pourrions plus nous engager, passer des contrats et nous faire mutuellement confiance. C'est la possibilité même de la communication et de la vie en commun qui est en jeu.

Pour résumer

1. Quelle vérité peut-on atteindre ?

■ Les **sceptiques** (**Pyrrhon**, **Sextus Empiricus**) estiment qu'on ne peut atteindre aucune vérité certaine : il faut douter de tout et **suspendre son jugement**.

■ Les **sophistes** soutiennent qu'**il n'y a pas de vérité objective** et font de la parole une arme au service du point de vue et des intérêts de celui qui parle.

■ **Platon** rejette le scepticisme et le relativisme des sophistes et défend l'idée d'une **vérité absolue**, objective et universelle (**dogmatisme**).

■ **Kant** affirme que nous ne pouvons atteindre qu'une **vérité relative à l'esprit humain**.

■ **Kuhn** envisage les théories scientifiques comme des **constructions de l'esprit** qui permettent de rendre les phénomènes intelligibles.

2. La vérité est-elle désirable ?

■ **Aristote** souligne que **le désir de savoir est inhérent à la nature de l'homme**.

■ **Rousseau** estime que nous ne faisons l'effort de raisonner que dans l'espoir de **satisfaire nos désirs**.

■ Le savoir augmente en effet notre **pouvoir** sur les choses et tend à faire de l'homme le « **maître de la nature** », comme l'écrit **Descartes**.

■ Mais ce pouvoir que confère la science est redoutable : « **Science sans conscience n'est que ruine de l'âme** », prévient **Rabelais**.

■ **Nietzsche** estime que nous avons un **besoin vital d'illusion**.

■ Dire la vérité apparaît cependant à **Kant** comme un **devoir formel** qui fonde la possibilité de la **confiance** entre les hommes.

REPÈRES

Les incontournables

Par la fameuse allégorie de la caverne, Platon illustre l'idée que la philosophie arrache l'homme à la séduction des apparences sensibles pour l'élever jusqu'à la réalité des Idées. Les interlocuteurs sont Socrate (qui mène la discussion) et Glaucon (élève de Socrate et frère de Platon).

– Eh bien après cela, dis-je, compare notre nature, considérée sous le rapport de l'éducation et du manque d'éducation, à la situation suivante. Voici des hommes dans une habitation souterraine en forme de grotte, qui a son entrée en longueur, ouvrant à la lumière du jour l'ensemble de la grotte ; ils y sont depuis leur enfance, les jambes et la nuque pris dans des liens qui les obligent à rester sur place et à ne regarder que vers l'avant, incapables qu'ils sont, à cause du lien, de tourner la tête ; leur parvient la lumière d'un feu qui brûle en haut et au loin, derrière eux ; et entre le feu et les hommes enchaînés, une route dans la hauteur, le long de laquelle voici qu'un muret a été élevé, de la même façon que les démonstrateurs de marionnettes disposent de cloisons qui les séparent des gens ; c'est par-dessus qu'ils montrent leurs merveilles.

– Je vois, dit-il.

– Vois aussi, le long de ce muret, des hommes qui portent des objets fabriqués de toute sorte qui dépassent du muret, des statues d'hommes et d'autres êtres vivants, façonnées en pierre, en bois, et en toutes matières ; parmi ces porteurs, comme il est normal, les uns parlent, et les autres se taisent.

– C'est une image étrange que tu décris là, dit-il, et d'étranges prisonniers.

– Semblables à nous[1], dis-je. Pour commencer, en effet, crois-tu que de tels hommes auraient pu voir quoi que ce soit d'autre, d'eux-mêmes et les uns des autres, que les ombres qui, sous l'effet du feu, se projettent sur la paroi de la grotte en face d'eux ?

– Comment auraient-ils fait, dit-il, puisqu'ils ont été contraints, tout au long de leur vie, de garder la tête immobile ?

– Et en ce qui concerne les objets transportés, n'est-ce pas la même chose ?

– Bien sûr que si.

– Alors, s'ils étaient à même de parler les uns avec les autres, ne crois-tu pas qu'ils considéreraient ce qu'ils verraient comme ce qui est réellement ?

– Si, nécessairement.

– Et que se passerait-il si la prison comportait aussi un écho venant de la paroi d'en face ? Chaque fois que l'un de ceux qui passent émettrait un son, crois-tu qu'ils penseraient que ce qui l'émet est autre chose que l'ombre qui passe ?

– Non, par Zeus, je ne le crois pas, dit-il.

– Dès lors, dis-je, de tels hommes considéreraient que le vrai n'est absolument rien d'autre que l'ensemble des ombres des objets fabriqués.

Platon, *La République* (ivᵉ siècle av. J.-C.), livre VII, trad. Émile Chambry,

1. Semblables à nous : nous sommes prisonniers des apparences sensibles que nous prenons pour la réalité.

C'est principalement grâce à Sextus Empiricus que l'on connaît la pensée des sceptiques. Dans cet extrait des Hypotyposes pyrrhoniennes, *il expose cinq arguments en faveur de la suspension du jugement.*

Les nouveaux sceptiques[1] ont transmis ces cinq modes de la suspension du jugement[2] : le premier provient de la discordance, le second c'est la régression à l'infini, le troisième est tiré de la relation, le quatrième c'est le postulat ou position de base, le cinquième c'est le cercle vicieux. Le premier a trait à la discordance[3] : nous trouvons que sur une proposition qu'on nous met sous les yeux il y a dans la vie et chez les philosophes une discordance qu'on ne peut trancher et par suite, faute de pouvoir préférer ou repousser, nous aboutissons à la suspension du jugement. Le second c'est la régression à l'infini : nous disons que la preuve qu'on apporte pour garantir la proposition a besoin d'une autre preuve et celle-ci d'une autre, à l'infini ; aussi, puisque nous ne savons où commencer le raisonnement, la suspension du jugement est-elle la conséquence naturelle. Le troisième est tiré de la relation[4], comme nous l'avons dit plus haut : l'objet apparaît tel ou tel selon celui qui juge et ce qui accompagne l'observation, mais nous nous abstenons de juger ce qu'il est par nature. Le quatrième mode est celui du postulat ou de la position de base[5] : rejetés vers l'infini, les dogmatiques prennent un point de départ qu'ils ne prouvent pas, mais auquel ils jugent digne de donner l'assentiment[6] simplement et sans démonstration. Le cinquième mode est celui du cercle vicieux : ce qui doit confirmer la chose en question a besoin d'être prouvé par la chose en question ; aussi, ne pouvant prendre ni l'un ni l'autre pour trouver l'autre, nous abstenons-nous de juger de l'un et de l'autre.

Sextus Empiricus, *Hypotyposes pyrrhoniennes*, IIIe siècle.

1. Les sceptiques estiment que l'homme ne peut atteindre aucune vérité certaine.

2. Suspendre son jugement, c'est ne rien affirmer, ne pas se prononcer, n'avoir aucune opinion.

3. Discordance : désaccord, diversité des opinions.

4. La relation : notre perception des choses est relative à notre subjectivité et aux circonstances.

5. Toute démonstration est fondée sur une affirmation indémontrable.

6. Assentiment : accord.

Chronologie

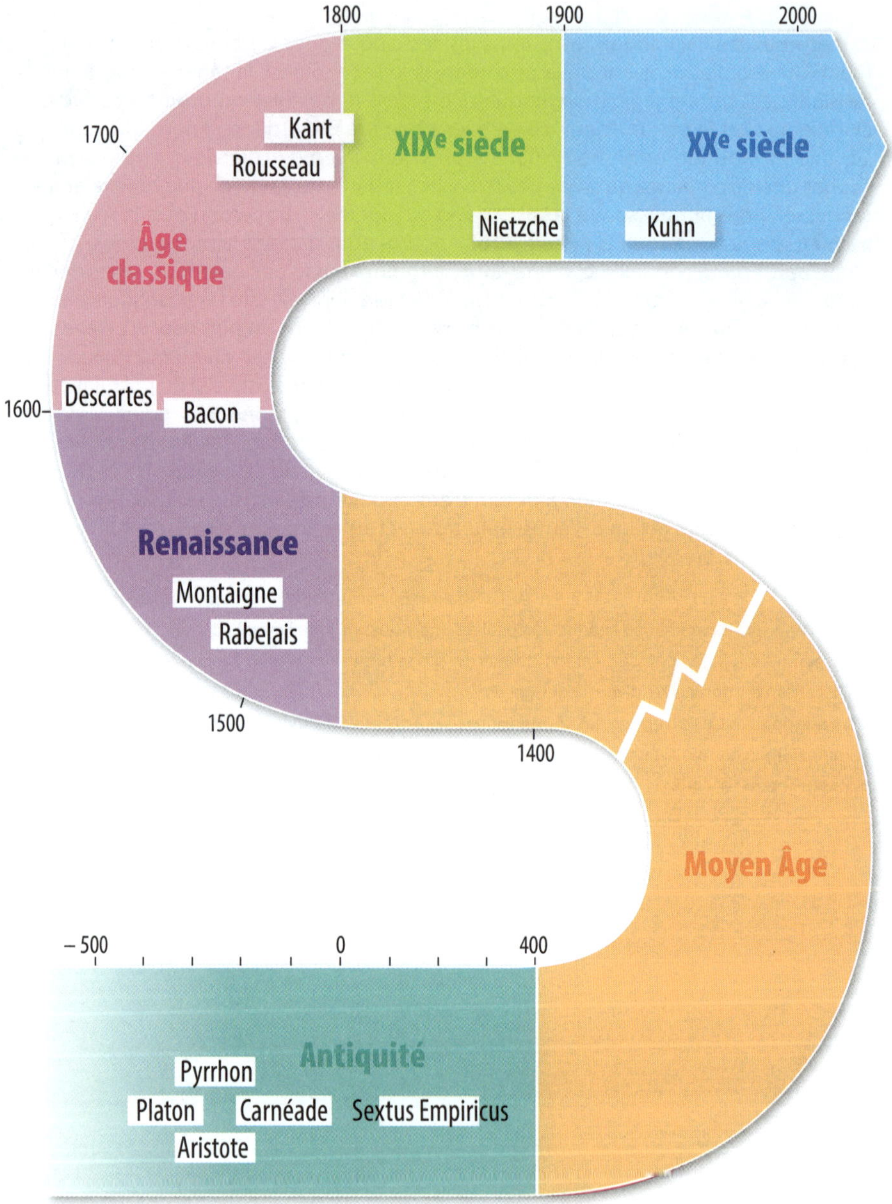

L'essentiel

Mots-clés

Vérité : du latin *veritas*. Le terme désigne l'accord de la pensée avec le réel.

Scepticisme : du grec *skeptesthai* (« examiner », « réfléchir »). Le terme désigne la doctrine selon laquelle l'homme ne peut établir aucune vérité certaine.

Probabilisme : doctrine selon laquelle il n'existe pas de certitude mais seulement des opinions plus ou moins probables.

Noumènes : le terme désigne dans le vocabulaire de Kant les choses en soi qui sont inconnaissables, par opposition aux phénomènes, c'est-à-dire les choses telles que l'esprit humain les perçoit.

Relativisme : doctrine selon laquelle l'homme ne peut atteindre aucune vérité absolue. Toute vérité serait donc relative.

Dogmatisme : du grec *dogma* (« opinion », « croyance »). Le terme désigne la doctrine selon laquelle il est possible d'atteindre une vérité certaine et absolue.

Repères

- Absolu / Relatif → p. 305
- Abstrait / Concret → p. 306
- Objectif / Subjectif / Intersubjectif → p. 315
- Vrai / Probable / Certain → p. 319

Auteurs

- Platon → p. 285
- Aristote → p. 285
- Montaigne → p. 290
- Descartes → p. 291
- Rousseau → p. 293
- Kant → p. 294
- Nietzsche → p. 297

CHAPITRE 13

La conscience

DE QUOI S'AGIT-IL ?

La conscience est la faculté de se représenter les choses et de se représenter soi-même. Mais la représentation que nous nous faisons des choses et de nous-mêmes peut-elle être objective ? Plus radicalement, les philosophes s'interrogent sur l'existence même des choses et sur la réalité du sujet ou du « moi ». Comment puis-je être sûr que les choses existent bien en dehors de ma conscience ? Qu'est-ce qui me permet de me considérer comme un « moi », un et immuable, identique à lui-même malgré le temps et le changement ?

1 La conscience des choses

A Comment savoir si notre conscience des choses est fidèle à la réalité ?

1. Quel est le problème ?

Réviser la notion de conscience

● **La conscience représente** (reflète) **le monde**, mais cette représentation n'est-elle pas nécessairement **subjective** ? Peut-on « voir les choses comme elles sont » ou chacun est-il condamné à se les représenter telles qu'elles apparaissent à sa conscience, dans des perspectives toujours partielles et partiales ? La question divise les philosophes depuis l'Antiquité.

2. La thèse relativiste

● On nomme **relativistes** les penseurs qui, contestant toute **vérité absolue**, estiment qu'il n'existe que des **vérités relatives**, c'est-à-dire des opinions, des points de vue ou des perspectives. En effet, on peut estimer que la conscience d'un individu est toujours déterminée par des facteurs tels que ses intérêts, l'époque à laquelle il vit, sa culture ou même la langue qu'il parle (voir chap. 9 : Le langage).

● **Protagoras**, un célèbre sophiste grec, peut être qualifié de relativiste. « **L'homme est la mesure de toutes choses** », affirme-t-il. Cette célèbre formule, à première vue énigmatique, signifie que **chacun a sa propre vérité**, fondée sur des **impressions subjectives** qui n'ont pas de meilleur juge que soi-même. Par exemple, dans les mêmes conditions, l'un a froid et l'autre non. Personne n'a raison ou tort, tout est vrai : pour l'un, il fait froid ; pour l'autre, il ne fait pas froid.

● Puisqu'on ne peut ni voir, ni dire les choses comme elles sont, la parole ne peut servir qu'à défendre le point de vue et les intérêts de celui qui parle, c'est-à-dire à **imposer une certaine vision des choses à une autre conscience.** C'est le but de la **rhétorique** (l'art oratoire).

3. La thèse dogmatique

● Les **dogmatiques** comme **Platon** estiment au contraire que les hommes peuvent s'accorder autour d'une **vérité objective**. Ce qui apparaît spontanément à la conscience de chacun, souvent dans un sentiment d'évidence, n'est pas la vérité. Celle-ci doit être recherchée **au-delà des opinions et des apparences,** grâce au **dialogue philosophique** qui permet d'échanger et de confronter rationnellement les points de vue. La vérité est scellée par l'accord des esprits (ou des consciences) au terme d'une discussion bien menée (voir chap. 12 : La vérité).

- Selon Platon, la parole doit dire les choses **telles qu'elles sont,** et non **telles qu'elles apparaissent** subjectivement à la conscience de chacun.

4. La thèse kantienne

- Mais même en admettant que, par un effort d'**objectivité,** la conscience parvienne à échapper au point de vue singulier qu'elle a sur le monde, pourra-t-elle se représenter les choses **telles qu'elles sont** en elles-mêmes ou ne pourra-t-elle jamais se les représenter qu'**à la manière d'un esprit (seulement) humain** ?

- **Kant** estime que **les choses en soi (les noumènes) sont inconnaissables**. Nous ne pouvons connaître que les **phénomènes** : les choses telles qu'elles nous apparaissent, c'est-à-dire telles qu'un esprit humain est condamné à se les représenter.

- Par exemple, la conscience ne peut se représenter les choses que dans un cadre spatio-temporel (dans le temps et dans l'espace), mais cela ne prouve pas que les choses en soi existent en effet dans le temps ou dans l'espace (voir chap. 17 : Le temps).

Citation
« Le temps [. . .] n'est rien en soi en dehors du sujet. »
Kant

- Ainsi, l'accord des esprits ne se réaliserait pas autour d'une **vérité absolue**, mais seulement autour d'une **vérité relative à l'esprit humain**.

- Kant estime donc qu'il faut distinguer le monde **tel que nous le connaissons** du monde **tel qu'il existe en dehors de nous** (en dehors de notre conscience) et que nous ne pouvons pas connaître. C'est ce qu'on appelle l'**idéalisme transcendantal.**

B Comment être sûr que le monde existe en dehors de ma conscience ?

1. Quel est le problème ?

- Se demander si la conscience peut se représenter le monde tel qu'il est, c'est **supposer qu'il existe bel et bien un monde extérieur à la conscience**. Or, si l'existence du monde est une évidence pour le sens commun, c'est un problème pour les philosophes.

2. Pourquoi douter de l'existence du monde ?

• **Descartes** doute de l'existence du monde de manière purement théorique et hypothétique. Ce philosophe et savant du XVIIe siècle, passionné par la certitude, estime paradoxalement que c'est seulement en **doutant méthodiquement** de toutes choses qu'on peut espérer établir une vérité certaine : **le doute permet d'écarter tout ce qui est incertain**.

• Or, qu'est-ce qui me prouve que la vie n'est pas un rêve dont on ne se réveillerait jamais ? Si tel était le cas, quel moyen aurais-je de le savoir ? Comment distinguer le sommeil de la veille ? Certes, j'ai des sensations (par exemple, je vois un livre et je le sens dans ma main), mais **comment être sûr que ces sensations sont causées par des objets matériels extérieurs à ma conscience ?** D'autres hypothèses sont théoriquement concevables :

– Première hypothèse : mes sensations ne seraient pas causées par des objets matériels extérieurs à ma conscience mais par ma conscience elle-même, comme dans un rêve. Cette hypothèse conduit au **solipsisme** : incapable d'atteindre une réalité extérieure, la conscience serait théoriquement enfermée sur elle-même. **Rien n'existerait en dehors de ma conscience**, pas même d'autres consciences. L'impossibilité théorique de distinguer le rêve de la réalité est déjà exprimée dans une parabole par **Zhuanghzi**, un philosophe chinois de l'Antiquité : après avoir rêvé qu'il était un papillon, le philosophe se demande s'il n'est pas plutôt un papillon en train de rêver qu'il est un homme.

> **Bien comprendre**
> Descartes ne prétend pas que le monde n'existe pas. Il affirme seulement que l'existence du monde n'est pas une évidence indiscutable.

– Deuxième hypothèse : **le monde ne serait qu'une illusion** engendrée par un « Dieu trompeur » ou un « malin génie », pour reprendre les mots de **Descartes**.

– Troisième hypothèse : les choses existent, à ceci près que ce ne sont justement pas des « choses », c'est-à-dire des objets matériels extérieurs à la conscience. Dieu mettrait dans nos esprits les idées des choses. C'est l'**immatérialisme**, la thèse de **Berkeley** : **la matière n'existe pas, tout est esprit**.

> **Bien comprendre**
> Berkeley met en question l'existence de la matière, mais pas celle du monde : pour lui, le monde existe mais sa réalité est immatérielle.

3. Comment puis-je savoir que le monde existe en dehors de ma conscience ?

• **Descartes** lui-même prend soin de préciser que **son doute est purement théorique** et non pratique. Il s'agit seulement de penser, et non de vivre et d'agir.

- De plus, il ne s'agit pas tant pour lui de douter de l'existence du monde que de renverser l'ordre des évidences. **Ma propre existence, en tant que chose pensante, est évidente et indubitable** : « Je pense donc je suis. » Quand la conscience se retourne sur elle-même (**conscience réfléchie**), elle ne peut pas douter de sa propre existence. En revanche, l'existence des choses, des « corps », est problématique. Par suite, « l'âme est plus aisée à connaître que le corps ».
- Enfin, **Descartes lui-même rejette finalement ses doutes**, qu'il qualifie d'« hyperboliques [exagérés] et ridicules ». Ce que nous vivons étant éveillés a infiniment plus d'unité et de cohérence que nos rêves et s'en distingue clairement par là.
- Mais l'argument de **Pascal** peut sembler plus décisif : « Nous savons que nous ne rêvons pas, quelque impuissance où nous soyons de le prouver par raison. » Certaines vérités sont établies par la **raison** qui **démontre**, d'autres sont connues immédiatement par le **cœur** qui **sent** ou qui **éprouve** ce que l'on ne peut prouver. Ainsi l'existence du monde n'a-t-elle besoin d'aucune démonstration.

2 La conscience de soi

A Puis-je me connaître moi-même ?

1. Quel est le problème ?

- La conscience peut se retourner sur elle-même et se regarder comme dans un miroir. Mais cette **conscience de soi** est-elle une véritable **connaissance de soi** ? Avons-nous bien toujours conscience de ce qui se trame en nous ou une partie de notre vie intérieure peut-elle échapper à notre conscience ?
- Bref, de même qu'on s'est demandé si la conscience qu'un sujet a du monde reflète fidèlement la réalité, on peut se demander si la conscience qu'un sujet a de lui-même **reflète fidèlement sa réalité intérieure**.

2. La thèse cartésienne

- D'une certaine façon, ce qui se passe en nous peut sembler mieux et plus immédiatement connu que ce qui se passe dans le monde, autour de nous, souvent à notre insu ou sans que nous en ayons conscience. « Par le mot de penser, j'entends tout ce qui se fait en nous de telle sorte que nous l'apercevons immédiatement par nous-mêmes », écrit **Descartes**.
- En effet, comment pourrait-on ne pas avoir connaissance de nos propres pensées (au sens le plus large : idées, désirs, sensations, émotions, souvenirs…) ?

Comment ces pensées pourraient-elles se dérober à notre propre conscience ? Si, avec Descartes, on assimile **pensées** et **conscience**, la connaissance de **soi** peut sembler moins problématique que celle des **choses**.

3. L'hypothèse de l'inconscient

• Mais est-il réellement si facile de se connaître soi-même ? Suis-je transparent à moi-même ? Une partie de moi n'est-elle pas plutôt plongée dans l'obscurité ? « **Je est un autre** », écrit **Rimbaud**. En effet, nous pouvons parfois avoir ce sentiment que quelque chose en nous nous est comme étranger et inconnu.

• **Freud** estime ainsi qu'**il y a plus d'inconscient que de conscient dans le psychisme**. Le psychisme pourrait être comparé à un iceberg dont la partie émergée représenterait la conscience. La psychanalyse suppose donc que le sujet refoule dans les profondeurs de l'inconscient les pensées qui, d'une façon ou d'une autre, le perturbent, notamment quand elles sont en contradiction avec les interdits ou les injonctions qu'il a assimilés au cours de son éducation (voir chap. 14 : L'inconscient). Dès lors, la connaissance de soi devient problématique. On ne saurait, en effet, se connaître vraiment sans passer par le processus jamais achevé de la psychanalyse. Il faudrait donc conclure, avec Freud et contre Descartes, que **l'esprit n'est pas plus aisé à connaître que le corps**.

> **Citation**
> Freud n'est pas le premier à avoir eu l'intuition de l'existence de l'inconscient. « Ce dont nous avons conscience, c'est peu de choses », écrivait déjà Nietzsche.

4. La critique sartrienne de l'hypothèse de l'inconscient

• Mais **l'hypothèse de l'inconscient pose un problème moral** : si, comme l'écrit **Freud**, « le moi n'est pas maître dans sa propre maison », s'il n'a pas même conscience des véritables motifs qui le font agir, peut-il encore être tenu pour **libre** et **responsable de ses actes** ? Est-il encore véritablement un sujet agissant de manière libre, consciente et volontaire ?

• Soucieux de réaffirmer la **liberté** et la **responsabilité** du sujet, **Sartre** nie la réalité de l'inconscient qu'il réduit à la **mauvaise foi**, entendue comme un manque de sincérité envers soi-même : nous ne pouvons pas ne pas connaître ce que nous voulons ignorer de nous-mêmes. Nous pourrions donc nous connaître à condition de ne pas nous mentir.

• Sartre ajoute cependant que **la connaissance de soi passe par le regard d'autrui** : je ne saurais obtenir la moindre vérité sur moi-même sans le secours d'autrui. Par exemple, si la jalousie me porte à espionner par le trou d'une serrure, je ne connais pas ma jalousie tant que je suis seul : je la vis, « je la suis », mais je n'en prendrai vraiment conscience que si on me surprend.

5. Le problème de l'introspection

● Dérivé du latin *introspicere*, qui signifie « regarder à l'intérieur », le terme « **introspection** » désigne l'**observation de la conscience par elle-même**. Il s'agit par exemple d'analyser ses états d'âme, ses sentiments afin de mieux se connaître. Ce fut pendant très longtemps la méthode utilisée par la psychologie pour établir des connaissances générales sur « l'âme ». Mais cette méthode est critiquée par les psychologues au début du XXᵉ siècle : dans l'introspection, **je suis à la fois l'observateur et l'objet observé**, je suis en quelque sorte juge et partie. La psychologie bannit alors le recours à l'introspection et se définit comme une étude scientifique et expérimentale du comportement (le **béhaviorisme**).

● Sans rejeter l'introspection, **Malebranche** s'interroge sur ses **limites** : « Il ne suffit [...] pas pour connaître parfaitement l'âme de savoir ce que nous en savons par le seul sentiment intérieur ; puisque la conscience que nous avons de nous-mêmes ne nous montre peut-être que la moindre partie de notre être. »

B Le problème de l'identité personnelle : comment puis-je changer et demeurer le même ?

1. Quel est le problème ?

● Nous sommes spontanément convaincus d'être une seule et même personne de la naissance à la mort, et dans toutes les circonstances de notre vie. Mais, comme souvent, ce qui relève de l'évidence pour le sens commun fait problème pour les philosophes. Comment peut-on **changer** et **rester le même** ? Qu'est-ce qui, au-delà d'un sentiment d'évidence possiblement illusoire, permet d'affirmer l'identité du moi à travers le temps ?

2. Qu'est-ce qui fait l'identité des choses ?

● « On ne peut descendre deux fois dans le même fleuve », écrit **Héraclite** au VIᵉ siècle av. J.-C. Cette formule souligne que tout change, que « tout s'écoule » comme l'eau d'un fleuve, qu'aucune chose ne demeure identique à elle-même à travers le temps. C'est ce qu'on appelle le **mobilisme universel**.

> **Citation**
> « Tout s'écoule. »
> Héraclite

● D'une certaine façon, nous adhérons à cette vision du monde quand nous regrettons que le temps passe si vite et engloutisse ce que nous avons aimé. C'est le thème de la **fuite du temps**. Pour autant, comprenons-nous bien tout ce qu'implique cette idée de l'impermanence des choses ? D'ailleurs, existe-t-il des « choses » à proprement parler ?

● Supposer qu'il y a des choses qui changent, c'est déjà admettre l'existence d'un **substrat** ou d'une **substance** qui serait comme le support stable de ses qualités (caractéristiques) changeantes. Par exemple, un vêtement rétrécit et perd sa couleur au lavage, mais nous considérons que quelque chose demeure malgré ces changements qui permet d'affirmer qu'il s'agit du même vêtement. **La substance pourrait se définir comme le sujet ou le support du changement.** Mais y a-t-il des **choses qui changent** ou est-il plus juste de dire qu'il n'y a que du **changement** ?

3. Qu'est-ce qui fait l'identité d'une personne ?

● Par analogie, on peut se demander ce qui fait l'**identité d'une personne**, voire douter de cette identité. Qu'y a-t-il de commun à l'enfant que j'étais, à l'adulte que je suis et au vieillard que je serai ? Que signifie même ce mot : « **je** » ? S'agit-il du même « je » ? Car, à l'évidence, je ne suis plus l'enfant que j'étais !

● À première vue, rien n'est pourtant plus évident que ce « je ». On se souvient du raisonnement de **Descartes** : je peux douter de tout sauf de ma propre existence en tant que chose pensante, « **je pense donc je suis** ». Le doute lui-même est nécessairement le fait d'un sujet : il faut bien qu'il y ait un « je » qui doute. Je doute donc je suis !

● Mais **Nietzsche** remet en question cette prétendue évidence : ne raisonne-t-on pas à tort selon la routine grammaticale ? En effet, du point de vue de la grammaire, le verbe « penser » doit avoir un sujet. Mais ce « je » grammatical correspond-il à une **réalité psychologique** ? La pensée pourrait n'être qu'un processus sans sujet et **le « je » pourrait n'être qu'une illusion**.

● De fait, **nous dépassons les limites de l'expérience quand nous affirmons l'existence d'un sujet** qui, comme le suggère l'étymologie, se tiendrait sous la diversité de nos états de conscience pour en assurer l'unité et la continuité.

● C'est ce que souligne **Hume** : quand la conscience s'observe elle-même, peut-elle découvrir quelque chose de stable, quelque chose comme un point fixe ou un îlot dans son flux continuel ? Non, **le moi reste introuvable** et nous n'observons en nous-mêmes que des « perceptions particulières » (le chaud ou le froid, la lumière ou l'obscurité, l'amour ou la haine…). Le moi n'est qu'une **hypothèse** des philosophes qui ne correspond à rien dans l'expérience que nous pouvons faire de notre réalité intérieure.

Bien comprendre
Hume est empiriste et agnostique. Cela signifie qu'à ses yeux, toutes nos connaissances dérivent de l'expérience (empirisme) et qu'en conséquence, rien de ce qui dépasse les données de l'expérience ne peut être connu (agnosticisme).

- Dans une perspective différente, le **bouddhisme** remet lui aussi en question la croyance au moi. Cette « philosophie », qui souligne l'impermanence de toutes choses, affirme en outre que **l'idée d'un moi immuable est la cause de toutes nos souffrances**, parce qu'elle engendre l'orgueil et l'égoïsme. **Le désir est vain** et il engendre la souffrance. Il faut donc s'en libérer en **se libérant d'abord de l'illusion du moi**. En effet, ce que l'on désire, on le désire pour soi : richesses, honneurs, pouvoir… Dissiper l'illusion du « soi », c'est donc se libérer également du désir et des maux qui le suivent.

- Ces critiques de la notion de sujet (je, moi, soi) soulèvent une difficulté d'ordre **moral** : si les pensées et les actes ne peuvent être rapportés à aucun sujet, la notion de **responsabilité** (légale ou morale) n'est-elle pas vidée de son sens ? Pour que *je* sois tenu pour responsable d'un acte, il faut en effet supposer un *je* à l'origine de cet acte. Et même un *je* invariable, identique à lui-même à travers le temps. Si, par exemple, on peut juger un homme et le punir, c'est qu'on admet que l'homme qu'on juge est encore celui qu'il était au moment des faits. Sinon, comment serait-il encore responsable aujourd'hui de ce qu'il a fait hier ? Si le sujet n'était qu'une illusion, il faudrait ainsi **renoncer à l'idée d'un sujet moral portant la responsabilité de ses actes**.

- L'exemple des criminels de guerre nazis illustre concrètement ce lien entre **identité personnelle** et **responsabilité**. Si certains se demandent parfois quel sens il y a à juger des vieillards pour des crimes commis dans leur jeunesse, c'est qu'implicitement ils se demandent si le vieillard que l'on juge est bien encore, en quelque façon, le jeune homme qu'il était.

- Mais le passé n'est pas perdu, il demeure en moi et il y a bien du sens à dire que, quelque part, je suis encore l'enfant que j'étais. Que suis-je, sinon mon histoire ? Peut-on dire qui on est autrement qu'en évoquant l'histoire de sa vie ? **Je suis la somme ou la synthèse des expériences qui m'ont construit.**

- « Toute conscience est […] mémoire – conservation et accumulation du passé dans le présent », écrit **Bergson**. **La conscience, inséparable de la mémoire, unifie ma vie**, elle assure la **synthèse** de mes états psychologiques. Elle est, selon Bergson, « un trait d'union entre ce qui a été et ce qui sera, un pont jeté entre le passé et l'avenir ». Ainsi ce que je deviens, loin d'effacer ce que je fus, vient se fondre dans le creuset de ma conscience, l'enrichit et l'augmente sans en compromettre l'unité.

> **Citation**
> « Conscience signifie d'abord mémoire. »
> Bergson

Pour résumer

1. La conscience des choses

■ Si les **relativistes** estiment qu'il n'existe que des points de vue ou des **vérités relatives**, les **dogmatiques** pensent au contraire que l'esprit peut atteindre une **vérité absolue**.

■ Pour **Kant**, nous ne pouvons connaître le monde que d'un point de vue humain. **Les choses en soi demeurent inconnaissables.**

■ **Descartes** souligne que nos sensations ne prouvent pas l'existence d'un **monde d'objets matériels extérieurs à la conscience**.

■ **Berkeley** met en question l'existence de la **matière** sans douter de celle du monde.

2. La conscience de soi

■ **Descartes** assimile **pensées** et **conscience**.

■ L'**hypothèse de l'inconscient** (**Freud**) fait de la connaissance de soi une entreprise problématique.

■ **Sartre** réduit l'inconscient à la **mauvaise foi**.

■ **Hume** estime que nous dépassons les limites de ce que l'observation peut nous apprendre en affirmant l'existence d'un **moi un et immuable**.

■ Mais **Bergson** remarque que **la conscience unifie l'ensemble de notre vie**.

Les incontournables

Dans ce passage du Discours de la méthode, *Descartes découvre la certitude du* cogito, *c'est-à-dire celle de sa propre existence en tant que chose pensante. Il fait de cette première certitude le fondement de tout l'édifice de la connaissance. La conscience de soi devient ainsi le fondement ultime de toute vérité.*

Ainsi, à cause que nos sens nous trompent quelquefois, je voulus supposer qu'il n'y avait aucune chose qui fût telle qu'ils nous la font imaginer. Et parce qu'il y a des hommes qui se méprennent en raisonnant, même touchant les plus simples matières de la géométrie, et y font des paralogismes[1], jugeant que j'étais sujet à faillir[2] autant qu'aucun autre, je rejetai comme fausses toutes les raisons[3] que j'avais prises auparavant pour des démonstrations. Et enfin, considérant que toutes les mêmes pensées que nous avons étant éveillés nous peuvent aussi venir quand nous dormons, sans qu'il y en ait aucune pour lors qui soit vraie, je me résolus de feindre[4] que toutes les choses qui m'étaient jamais entrées en l'esprit n'étaient non plus vraies que les illusions de mes songes. Mais, aussitôt après, je pris garde que, pendant que je voulais ainsi penser que tout était faux, il fallait nécessairement que moi, qui le pensais, fusse quelque chose. Et remarquant que cette vérité : je pense donc je suis, était si ferme et si assurée que toutes les plus extravagantes suppositions des sceptiques[5] n'étaient pas capables de l'ébranler, je jugeais que je pouvais la recevoir, sans scrupules, pour le premier principe[6] de la philosophie que je cherchais.

René Descartes, *Discours de la méthode*, 1637.

1. **Paralogismes :** faux raisonnements.
2. **Faillir :** se tromper.
3. **Raisons :** raisonnements.
4. **Feindre :** simuler, faire semblant.
5. **Sceptiques :** philosophes qui estiment qu'on peut douter de tout.
6. **Premier principe :** fondement.

Chronologie

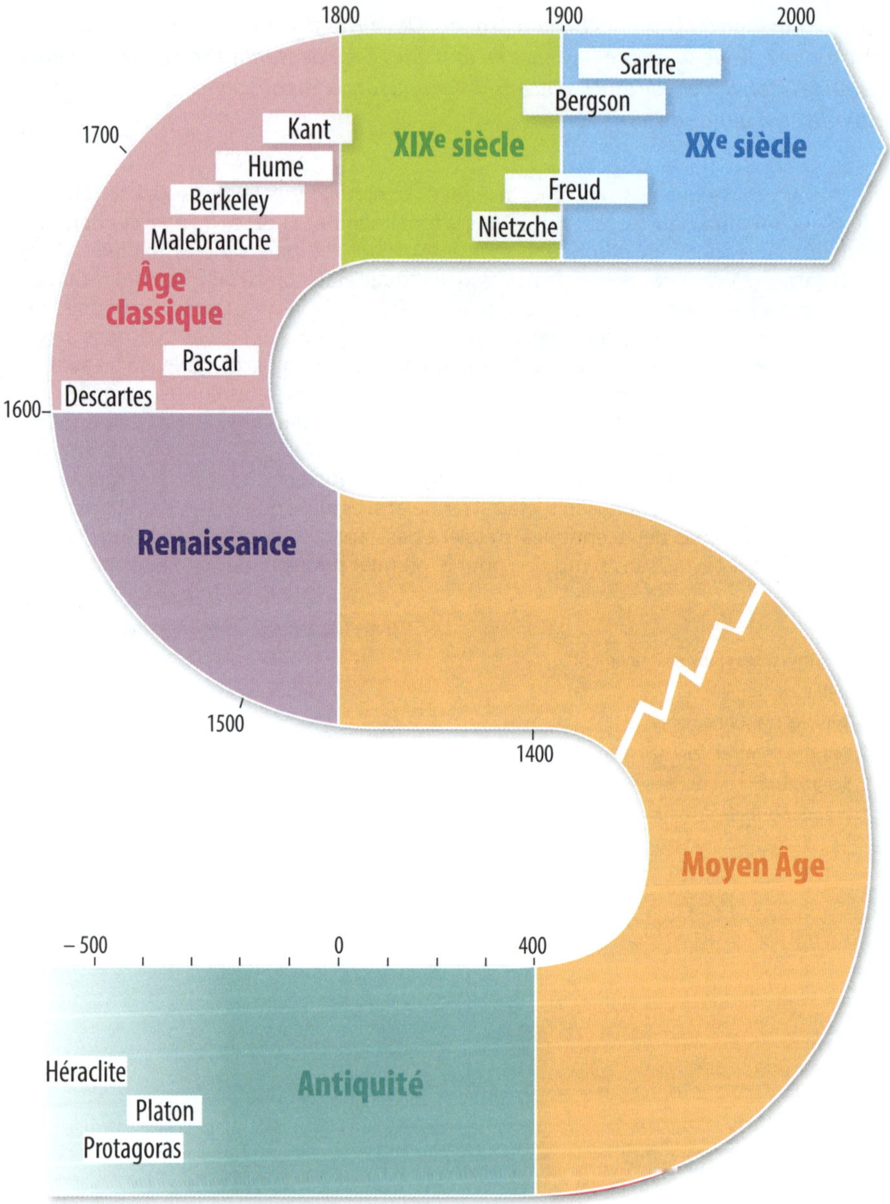

L'essentiel

Mots-clés

Sujet : du latin *subjectum* (« ce qui est placé dessous »). Le sujet peut se définir comme ce qui subsiste, ce qui demeure « sous » les changements qui affectent un individu. C'est le « je » ou le « moi », considéré comme un et identique à lui-même malgré le temps qui passe.

Conscience : du latin *cum-scientia* (« avec science ou connaissance »). La conscience peut se définir comme la faculté de savoir ce qui se passe en nous et autour de nous. En d'autres termes, c'est la faculté de se représenter les choses ou de se représenter soi-même. La conscience distingue les hommes et les animaux (les êtres conscients) des simples choses.

Inconscient : le terme désigne d'abord ce qui n'a pas de conscience (les choses, le corps). Chez Freud, l'inconscient désigne tout ce qui est refoulé par la conscience. C'est la partie du psychisme qui échapperait à la conscience.

Introspection : dérivé du latin introspicere (regarder à l'intérieur), le terme « introspection » désigne l'observation de la conscience par elle-même.

Mauvaise foi : l'expression désigne dans l'œuvre de Sartre un manque de sincérité envers soi-même.

Identité personnelle : l'expression désigne le fait d'être un individu à la fois distinct de tous les autres et identique à lui-même à travers le temps.

Repères

Absolu / Relatif → p. 305
Analyse / Synthèse → p. 307
Objectif / Subjectif / Intersubjectif → p. 315

Auteurs

– Descartes → p. 291
– Pascal → p. 291
– Kant → p. 294
– Nietzsche → p. 297
– Freud → p. 298
– Bergson → p. 298
– Sartre → p. 302

CHAPITRE 14

L'inconscient

DE QUOI S'AGIT-IL ?

La notion d'inconscient soulève principalement deux problèmes. Le premier relève de l'épistémologie (la philosophie des sciences) : peut-il y avoir, paradoxalement, une science de l'inconscient (la psychanalyse) ? Et, plus radicalement, qu'est-ce qui permet d'affirmer l'existence de l'inconscient ou même d'en soupçonner l'existence ? Le second problème relève de la philosophie morale : si nos actes sont motivés par des désirs dont nous n'avons même pas conscience, l'idée d'un sujet moral, portant la responsabilité de ses actes, n'est-elle pas ruinée ? Et comment, a fortiori, pourrions-nous encore espérer tendre vers l'idéal de la sagesse et de la maîtrise de soi ?

COURS

1 Les questions d'ordre épistémologique

A Comment peut-on savoir qu'il existe un inconscient ?

1. Quel est le problème ?

● Comment pourrions-nous connaître l'existence de l'inconscient puisque, par définition, **nous n'en avons pas conscience** ? Qu'est-ce qui permet d'en supposer ou même d'en soupçonner l'existence ?

2. Leibniz : la théorie des petites perceptions

● Si l'idée d'inconscient semble aller de soi aujourd'hui, il n'en a pas toujours été ainsi. Au XVIIe siècle, **Descartes** assimile **psychisme** et **conscience** (voir chap. 13 : La conscience). Il reste d'ailleurs étonnant qu'on puisse penser quelque chose sans savoir qu'on le pense, ou désirer quelque chose sans le savoir…

● Dès cette époque, **Leibniz** note l'existence de **perceptions infra-conscientes**. Par exemple, le mugissement de la mer est l'addition d'une multitude de bruits de vagues dont aucun n'est assez fort pour être perçu consciemment. Il faut pourtant bien que ces bruits soient perçus de manière **infra-consciente** pour produire, en s'ajoutant les uns aux autres, le mugissement de la mer. Il existe donc de « **petites perceptions** », que nous qualifierions aujourd'hui d'inconscientes et que Leibniz désigne sous le nom de « **perceptions sans aperception** ».

> **Citation**
> « Il y a à tout moment une infinité de perceptions en nous, mais sans aperception et sans réflexion. »
> Leibniz

● Mais c'est seulement avec **Freud** que la notion d'inconscient va prendre le sens et l'importance que nous lui connaissons.

3. Sur quoi Freud s'appuie-t-il pour affirmer l'existence de l'inconscient ?

● « Nous possédons de multiples preuves de l'existence de l'inconscient », estime **Freud**. En effet, on peut observer de nombreux phénomènes dans la conscience qui ne peuvent s'expliquer que par l'inconscient : les **actes manqués**, les **rêves**, les **symptômes névrotiques**, mais aussi toutes ces idées qui nous viennent sans raisons apparentes parce qu'elles se sont élaborées en nous de manière inconsciente.

● On appelle **actes manqués** tous les actes qui échouent ou manquent leur but. Par exemple, oublier de faire une chose importante ou dire un mot à la place d'un autre (**lapsus**). Ces échecs, estime Freud, ne se produisent pas par hasard : ils ont une **signification inconsciente**. Par exemple, le président de la chambre des députés déclare : « La séance est close », alors qu'il est censé au contraire la déclarer ouverte. Ce lapsus révèle à l'évidence un **désir refoulé** : celui de voir s'achever au plus vite une séance qui s'annonce particulièrement houleuse.

- De la même façon, Freud accorde aux **rêves** un sens caché : nos rêves sont l'expression déformée d'un désir refoulé. On peut percer leur sens par un effort d'**interprétation** fondé sur le principe de l'**association libre**, c'est-à-dire en se demandant à quoi on associe spontanément (et sans se censurer) les éléments constitutifs du rêve.

Citation

« Le rêve est la voie royale vers l'inconscient. »

Freud

- Cet effort d'interprétation s'appuie aussi sur la connaissance du **symbolisme des rêves**, c'est-à-dire de symboles constants qu'on retrouve généralement chez tous les rêveurs. Ce symbolisme est particulièrement riche dans le domaine sexuel. Le serpent, par exemple, peut être interprété comme la représentation symbolique du pénis.

- L'interprétation des rêves doit enfin tenir compte du **travail du rêve**, c'est-à-dire de la manière dont le rêve déforme les désirs refoulés afin de leur permettre d'échapper à la **censure**. On peut citer notamment deux procédés de déformation :

– la **condensation**, qui condense ou confond plusieurs idées (par exemple, une même personne peut en représenter plusieurs) ;

– le **déplacement**, qui consiste à déplacer des pensées importantes vers des éléments anodins (par exemple, un patient rêve avoir acheté des places de théâtre trop tôt et l'analyse révèle qu'il pense s'être marié trop tôt).

- Les **symptômes névrotiques** (angoisses, phobies, désirs compulsifs, rituels, maladies psychosomatiques…) jouent le rôle de satisfactions substitutives de désirs sexuels refoulés. Ils ont, comme les rêves, une **signification symbolique**.

B La psychanalyse est-elle une science de l'inconscient ?

1. Quel est le problème ?

- Freud estime avoir des preuves de l'existence de l'inconscient. Il élabore même, notamment à partir de l'interprétation des rêves, ce qu'on pourrait appeler une **science de l'inconscient** : la **psychanalyse**.
Mais la psychanalyse est-elle à proprement parler une **science** ? La question engage à l'évidence un examen de l'idée même de science.

En savoir plus sur l'invention de la psychanalyse

2. Pourquoi refuser à la psychanalyse le statut de science ?

Doc. Freud

- **Freud** se réclame de la science. Le père de la psychanalyse n'est d'ailleurs pas un philosophe, mais un **médecin psychiatre**. Et il réclame « le droit de travailler scientifiquement avec l'hypothèse de l'inconscient ». D'ailleurs, ses thèses ont tellement été vulgarisées que, malgré les critiques qu'elles suscitent depuis toujours, nous les avons souvent adoptées comme s'il s'agissait de vérités certaines. Le vocabulaire de Freud est même devenu le nôtre : nous parlons couramment de complexes, de traumatismes ou de désirs refoulés.
- Pour autant, les « vérités de la psychanalyse » sont-elles des **vérités scientifiques** ? Par exemple, il semble acquis que le développement d'un enfant passe par plusieurs stades, dont celui du fameux **complexe d'Œdipe**. Mais cette affirmation peut-elle être vérifiée scientifiquement ? Cela pose la question de savoir à quelle condition on peut considérer qu'une théorie est scientifique.
- On parle communément de « vérité scientifique » pour désigner une **vérité certaine et vérifiée par l'expérimentation**. Pourtant, **Karl Popper** estime que **la vérifiabilité n'est pas un bon critère de la scientificité**. En effet, aucune théorie n'est, d'un point de vue strictement logique, à proprement parler vérifiable (voir chap. 5 : La science). Les conclusions d'une expérience restent de l'ordre de l'interprétation. Elles sont fortement **probables**, mais en toute rigueur, on ne saurait dire qu'elles sont **certaines** de manière catégorique et définitive.
- En revanche, pour être qualifiée de scientifique, une théorie doit être **falsifiable**, c'est-à-dire **testable** ou **réfutable**. Est falsifiable un énoncé (une théorie, une hypothèse) susceptible d'être confronté à l'épreuve de l'expérience et éventuellement réfuté quand celle-ci le contredit. Les théories non scientifiques sont au contraire irréfutables et c'est cela qui, paradoxalement, les discrédite : bien qu'on puisse observer des faits qui semblent les contredire, elles restent **défendables**. Ainsi en est-il du **marxisme** ou de la **psychanalyse**, souligne Popper. La psychanalyse serait donc une fausse science, ou **pseudoscience**.

Bien comprendre

Refuser à la psychanalyse le statut de science ne revient pas à lui retirer tout crédit ou toute valeur (la philosophie non plus n'est pas une science). En revanche, il s'agit de dénoncer la prétention infondée à la scientificité des théories freudiennes.

2 Les questions d'ordre moral

A L'hypothèse de l'inconscient ruine-t-elle la morale ?

1. Quel est le problème ?

- Si les véritables mobiles de nos actes demeurent généralement inconscients, pouvons-nous encore être tenus pour **libres** et **responsables de nos choix** ? L'idée d'un sujet moral, libre, conscient, agissant de manière volontaire et portant, par conséquent, la responsabilité de ses actes semble menacée. L'idée de **devoir** ou d'**obligation morale** (voir chap. 2 : Le devoir) semble ruinée du même coup : comment pourrions-nous être tenus d'agir par devoir si nos actes sont déterminés par des mobiles dont nous n'avons même pas conscience ?

2. Alain : la diabolisation de l'inconscient

- L'inconscient peut devenir une **excuse** grâce à laquelle nous pourrions facilement **nous exonérer de toute responsabilité**. Il ne faut pas faire de l'inconscient « un autre Moi [...], une sorte de mauvais ange, diabolique conseiller », écrit **Alain**. Il soutient, avec Descartes et contre Freud, qu'il n'y a de pensées en nous que par le sujet (ou le je) et refuse ainsi l'idée d'un inconscient psychique : seuls le corps, ses mécanismes et ses instincts relèvent de l'inconscient, et la volonté peut et doit les maîtriser.

> **Citation**
> « Le freudisme, si fameux, est un art d'inventer en chaque homme un animal redoutable. »
> Alain

3. Sartre : la mauvaise foi

- **Sartre** se montre soucieux, lui aussi, de réaffirmer la pleine liberté et la pleine responsabilité du sujet. Il réduit ainsi l'inconscient à la **mauvaise foi** par laquelle nous prétendons **nier notre liberté et notre responsabilité** en feignant d'ignorer les mobiles qui nous font agir. En réalité, **nous savons ce que nous faisons** ou pourrions le découvrir par un effort de sincérité envers nous-mêmes. Comment la conscience pourrait-elle, en effet, ignorer ce qu'elle refoule ? Nous ne pourrions pas refouler un désir si nous n'en avions aucune conscience.

> En savoir plus sur la théorie de Sartre

4. La défense de la psychanalyse

- Les critiques de la psychanalyse sont aussi anciennes que la psychanalyse elle-même. **Freud** en a lui-même proposé une explication : **nous rejetons comme fausses les idées qui nous déplaisent**. Or, la psychanalyse a infligé à l'amour-propre de l'humanité une des plus grandes humiliations que la science lui ait fait connaître.

- L'égocentrisme naïf de l'homme a d'abord été démenti par la **révolution copernicienne** qui, mettant fin au géocentrisme de **Ptolémée** (astronome de l'Antiquité), obligea l'homme à renoncer à l'idée qu'il occupait une place privilégiée, au centre de la création.
- Une deuxième vexation fut infligée par la **théorie de l'évolution** de **Darwin** qui rappelle à l'espèce humaine, si fière et sûre de sa supériorité, son appartenance au règne animal.
- Enfin, c'est la **psychanalyse** elle-même qui contraint l'homme à l'humilité en « montrant au moi qu'il n'est seulement pas maître dans sa propre maison ». C'est cette dernière vexation qui explique, aux yeux du père de la psychanalyse, le déchaînement insensé des détracteurs de sa science. Et on sait, en effet, que les thèses de Copernic et de Darwin rencontrèrent également de violentes oppositions.
- Mais si le moi n'est pas le maître, cela ne signifie pas qu'il doive renoncer à le devenir : « **Là où le ça est, le moi doit advenir** », écrit Freud. La psychanalyse (comme thérapie) doit en effet permettre au sujet de prendre conscience de ce qu'il refoule, de s'en libérer et de **parvenir ainsi à la maîtrise de lui-même**. Ainsi, loin d'invalider l'idéal antique de la sagesse et de la maîtrise de soi, la psychanalyse en indiquerait au contraire le chemin.

B L'hypothèse de l'inconscient invalide-t-elle l'idéal antique de la sagesse et de la maîtrise de soi ?

1. Quel est le problème ?

- La découverte de l'inconscient a pu donner à croire qu'il nous fallait renoncer à l'idéal de la sagesse et de la maîtrise de soi : les Anciens pouvaient se donner comme objectif d'apprendre à connaître et à **maîtriser les désirs et les passions** qui gouvernent communément les hommes (désirs insatiables de gloire ou de richesses, par exemple), mais comment pourrait-on **contrôler les pulsions** obscures qui peuplent les profondeurs de l'inconscient ?

2. L'idéal de la sagesse et de la maîtrise de soi

- Les **stoïciens** estiment que la sagesse consiste à se soumettre à l'ordre naturel des choses. Cela implique que nous apprenions à **maîtriser nos désirs** et à les conformer à ce qui est ou doit être. À la limite, il faudrait même, pour jouir de la sérénité du sage, parvenir à ne plus désirer et à se satisfaire de ce qui est. C'est le stoïcisme qui inspire à **Descartes** cette célèbre maxime : « Tâcher toujours plutôt à me vaincre que la fortune, et à changer mes désirs plutôt que l'ordre du monde. »

- Mais à la lumière de la théorie du refoulement, on peut se demander s'il est bien « sage » de chercher à dominer ses désirs. Les désirs que nous prétendons dominer ne sont-ils pas seulement **refoulés** dans l'inconscient ?

3. Peut-on maîtriser ses désirs ou seulement les refouler ?

- **Freud** a souligné qu'une éducation trop sévère et répressive pouvait nuire à l'épanouissement de l'individu, entraver sa capacité à jouir de la vie et engendrer la **névrose** : c'est le « **retour du refoulé** ». Le désir refoulé n'est pas anéanti, il est seulement nié et étouffé, bâillonné.

- Le père de la psychanalyse propose une image du refoulement : lors d'une conférence, un individu perturbateur (le **désir**) est mis à la porte par des auditeurs musclés (le **refoulement**). La porte est bloquée (la **résistance**). Mais l'individu refoulé s'acharne à perturber la conférence en criant dans le couloir et en tambourinant à la porte (le **retour du refoulé**). Il faudra alors réintégrer le perturbateur (le réintroduire dans le champ de la conscience), parlementer et trouver une solution avec lui (c'est le rôle du thérapeute).

- Trois issues sont alors possibles :
– le patient **assume**, au moins partiellement, son désir ;
– le patient **détourne** son désir vers un but plus élevé, plus noble (sublimation) ;
– le patient **condamne** moralement son désir dans la pleine lumière de la conscience.

Citation
« C'est en pleine lumière que l'on triomphe du désir. »
Freud

4. La psychanalyse peut être regardée comme une philosophie

- Tout bien considéré, la psychanalyse ne discrédite donc pas l'idéal de la sagesse et de la maîtrise de soi. Et à défaut de lui accorder le statut de science, on pourrait même l'envisager, avec certains de ses détracteurs, comme une **philosophie**.

- Faut-il d'ailleurs s'étonner que le père de la psychanalyse puisse être regardé (à son corps défendant) comme un philosophe, alors que la philosophie s'est elle-même parfois définie comme une **médecine de l'âme** ? C'est peut-être ce qui justifie que Freud, qui n'était pas philosophe mais scientifique et médecin (il insistait sur ce point), soit inscrit au programme de philosophie des classes de terminale.

Pour résumer

1. Les questions d'ordre épistémologique

■ Dès le XVIIe siècle, **Leibniz** remarque l'existence de **perceptions infra-conscientes** (**théorie des petites perceptions**).

■ Pour **Freud**, les **rêves**, les **actes manqués** ou encore les **symptômes névrotiques** témoignent de l'existence de l'inconscient.

■ La psychanalyse revendique le **statut de science** parce qu'elle se fonde sur une **pratique** et une **expérience clinique**.

■ Pourtant, **Karl Popper** lui refuse ce statut parce que les thèses de la psychanalyse ne sont pas **falsifiables** (testables ou réfutables).

2. Les questions d'ordre moral

■ **Alain** craint que l'idée selon laquelle nos actes seraient déterminés par des mobiles inconscients ne soit utilisée comme une **excuse facile**.

■ Dans une perspective voisine, **Sartre** réduit l'inconscient à une attitude de **mauvaise foi** par laquelle nous prétendons nier notre liberté et notre responsabilité.

■ Mais la psychanalyse vise au contraire à rendre le sujet plus **conscient**, plus **libre** et plus **responsable**. Loin d'invalider l'idéal de la sagesse et de la maîtrise de soi, la psychanalyse pourrait donc en indiquer le chemin.

Les incontournables

Dans ce passage bien connu de Métapsychologie, *Freud défend la psychanalyse contre ses nombreux détracteurs. Il y revendique « le droit de travailler scientifiquement avec l'hypothèse de l'inconscient », qu'il estime « nécessaire et légitime », c'est-à-dire prouvée par de nombreux phénomènes psychiques comme les rêves ou les actes manqués.*

On nous conteste de tous côtés le droit d'admettre un psychisme inconscient et de travailler scientifiquement avec cette hypothèse. Nous pouvons répondre à cela que l'hypothèse de l'inconscient est *nécessaire* et *légitime*, et que nous possédons de multiples preuves de l'existence de l'inconscient. Elle est nécessaire parce que les données de la conscience sont extrêmement lacunaires ; aussi bien chez l'homme sain que chez le malade, il se produit fréquemment des actes psychiques qui, pour être expliqués, présupposent d'autres actes qui, eux, ne bénéficient pas du témoignage de la conscience. Ces actes ne sont pas seulement les actes manqués[1] et les rêves chez l'homme sain, et tout ce qu'on appelle symptômes psychiques et phénomènes compulsionnels[2] chez le malade ; notre expérience quotidienne la plus personnelle nous met en présence d'idées qui nous viennent sans que nous en connaissions l'origine et de résultats de pensées dont l'élaboration nous est demeurée cachée. Tous ces actes demeurent incohérents et incompréhensibles si nous nous obstinons à prétendre qu'il faut bien percevoir par la conscience tout ce qui se passe en nous en fait d'actes psychiques[3] ; mais ils s'ordonnent dans un ensemble dont on peut montrer la cohérence si nous interpolons[4] les actes inconscients inférés[5]. Or, nous trouvons dans ce gain de sens et de cohérence une raison, pleinement justifiée, d'aller au-delà de l'expérience immédiate. Et s'il s'avère de plus que nous pouvons fonder sur l'hypothèse de l'inconscient une pratique couronnée de succès[6], par laquelle nous influençons, conformément à un but donné, le cours des processus conscients, nous aurons acquis avec ce succès une preuve incontestable de l'existence de ce dont nous avons fait l'hypothèse. On peut aller plus loin et avancer, pour étayer la thèse d'un état psychique inconscient, que la conscience ne comporte à chaque moment qu'un contenu minime, si bien que, mis à part celui-ci, la plus grande partie de ce que nous nommons connaissance consciente se trouve nécessairement pendant les plus longues périodes en état de latence, donc dans un état d'inconscient psychique.

Sigmund Freud, *Métapsychologie* (1915),
trad. Jean Laplanche et J.-B. Pontalis, © Gallimard, 1968.

1. Acte manqué : acte qui manque son but ou échec lié à un désir refoulé (oubli, perte ou lapsus, par exemple).

2. Phénomènes compulsionnels : compulsions ou désirs irrépressibles.

3. C'est la thèse de Descartes (voir chap. 13 : La conscience).

4. Interpoler : insérer, ajouter.

5. Actes inconscients inférés : actes qu'on peut déduire des actes conscients.

6. Une pratique couronnée de succès : la psychanalyse.

Chronologie

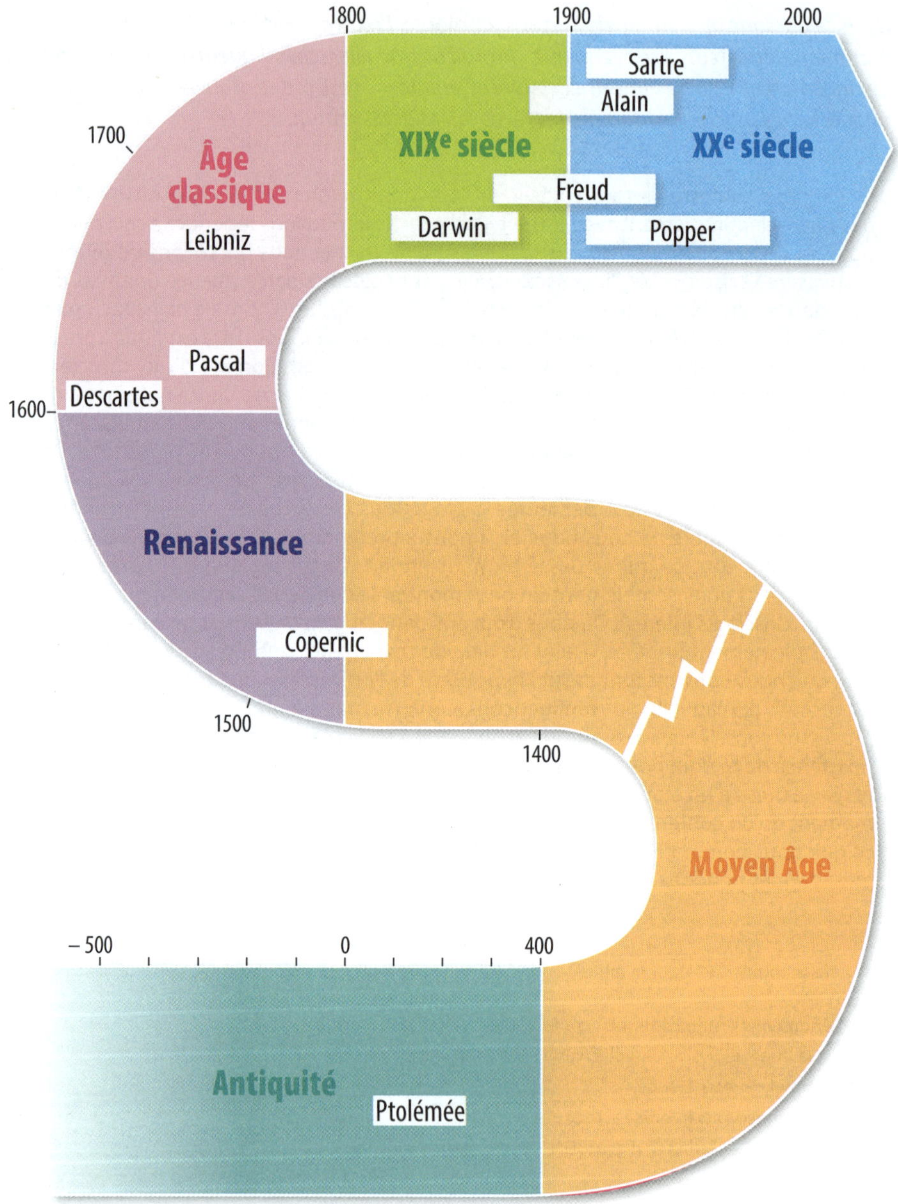

L'essentiel

Mots-clés

Inconscient : partie profonde du psychisme dont nous n'avons pas conscience.

Refoulement : processus par lequel les représentations liées à une pulsion contraire à notre morale sont rejetées hors de la conscience.

Psychanalyse : discipline fondée par Freud. Psychothérapie dont le principe est de revivre ce que nous avons refoulé de notre passé afin de nous en libérer. Le terme désigne aussi l'ensemble des théories psychologiques liées à cette pratique.

Le **Ça** désigne l'ensemble de nos pulsions inconscientes : pulsions de vie (*Eros*) et pulsions de mort (*Thanatos*).

Le **Moi** est la partie la plus consciente du psychisme, soumise aux exigences souvent contradictoires du ça et du surmoi ainsi qu'aux contraintes de la réalité.

Le **Surmoi** est notre gendarme intérieur ou notre conscience morale : l'ensemble des interdits et des injonctions intériorisés au cours de l'éducation.

Repères

Croire / Savoir → p. 308
Médiat / Immédiat → p. 315
Vrai / Probable / Certain → p. 319

Auteurs

– Descartes → p. 291
– Leibniz → p. 292
– Freud → p. 298
– Alain → p. 299
– Popper → p. 301
– Sartre → p. 302

CHAPITRE 15

La liberté

DE QUOI S'AGIT-IL ?

Être libre, c'est faire ce qu'il me plaît. Mais une liberté sans limites est incompatible avec la vie sociale. Cela signifie-t-il qu'on renonce à sa liberté en obéissant aux lois qui organisent la vie sociale ? Par ailleurs, chacun sait par expérience qu'il peut être dominé par ses désirs. On peut donc se demander si la liberté implique qu'on libère ses désirs ou si elle consiste au contraire à s'en libérer. Elle semble supposer en tout cas la capacité de choisir de faire ou de ne pas faire (par exemple, de fumer ou non) sans que le désir ne me l'impose. Mais cette liberté de choix (les philosophes parlent de libre arbitre) pose elle-même problème : n'est-elle pas une illusion liée à l'ignorance des causes qui déterminent nos choix ?

1 La loi est-elle l'ennemie de la liberté ?

A Quel est le problème ?

• La loi est souvent vécue comme une contrainte **liberticide** (ennemie de la liberté). En effet, la loi interdit, oblige, sanctionne et restreint ainsi la liberté au risque de l'anéantir. C'est donc au nom de la liberté que les révolutionnaires de Mai 68 voulaient « interdire d'interdire ». Mais **obéir à la loi signifie-t-il renoncer à sa liberté ?**

B La liberté contre la loi

• Le mot « liberté » dérive du latin *libertas*, qui désigne la condition de l'homme libre (*liber*) par opposition à l'esclave (*servus*). La liberté est donc le contraire de l'obéissance et de la soumission : être libre, c'est **agir selon sa volonté** ; obéir, c'est au contraire **se soumettre à la volonté d'un autre**. On pourrait en conclure que, pour être parfaitement libre, il faut s'affranchir de toute autorité, commander à tous et ne jamais avoir à obéir à rien ni à personne.

• C'est l'idée que le sophiste **Calliclès** (personnage d'un dialogue de **Platon**) se fait de la liberté. À ses yeux, **il faut être fort pour être libre** : imposer sa loi et refuser de se soumettre aux lois égalitaristes que la masse des faibles a établies à son avantage (voir chap. 3 : La justice). C'est ce que permet la **rhétorique**, l'art de persuader et de faire triompher son point de vue, son désir et ses intérêts.

• Mais pour être libre, est-il vraiment nécessaire d'être le plus fort, de commander et d'imposer son désir et sa loi ? Ne suffit-il pas de **ne pas avoir à obéir** ? C'est ce que permet en théorie la société idéale dont rêvent les **anarchistes** comme **Kropotkine** : une **société sans État, sans juges et sans lois** au sein de laquelle les individus coopéreraient librement sans avoir à se soumettre à une forme quelconque d'autorité (voir chap. 8 : L'État).

Citation
« Nous ne craignons pas de dire : "Fais ce que tu veux, fais comme tu veux". »
Kropotkine

C La loi envisagée comme la condition de la liberté

• La doctrine anarchiste suppose que les hommes sont suffisamment bons pour vivre ensemble pacifiquement, sans qu'il soit nécessaire de leur imposer des règles. Mais si « l'homme est un loup pour l'homme », comme le dit **Hobbes**, s'il est naturellement habité par des instincts violents, comme **Freud** l'affirme,

Doc. Portrait de Thomas Hobbes

il est nécessaire que l'État impose des règles qui **limitent la liberté de chacun** afin de **garantir la liberté de tous.**

- Comme l'écrit **Henri Lacordaire**, un écrivain du XIXe siècle : « Entre le fort et le faible, entre le riche et le pauvre, entre le maître et le serviteur, **c'est la liberté qui opprime et la loi qui affranchit** ». La liberté anarchique, sans règles et sans justice, permet en effet aux plus puissants (physiquement, mentalement, économiquement...) ou aux plus violents d'abuser de leur force pour soumettre les plus faibles. La loi donne au contraire les mêmes droits à tous. **Elle partage la liberté de manière équitable.** Pour le faible, la liberté, c'est donc la loi qui lui donne des droits et qui le protège.

- Mais pour le plus fort, la liberté consiste-t-elle vraiment à pouvoir faire pleinement usage de sa force ? Il faut déjà remarquer avec **Rousseau** que « **nul n'est jamais assez fort pour être toujours le maître** ». De plus, il se pourrait que la vraie liberté réside davantage dans le **pouvoir qu'on a sur soi-même** que dans le **pouvoir qu'on a sur les autres**. Le tyran (politique ou domestique), le caïd qui fait sa loi, l'enfant roi (qui fait aussi la sienne) sont-ils vraiment libres parce qu'ils commandent à tous et n'obéissent à personne ? Ne sont-ils pas plutôt **esclaves de leurs désirs** et de leurs caprices ? Quel empire (pouvoir, maîtrise) ont-ils sur eux-mêmes ? Qui dirait d'un enfant capricieux, colérique et jamais satisfait, qu'il est libre et heureux ? Pour lui, **la liberté et le bonheur commenceraient paradoxalement par l'obéissance**.

- Suis-je donc libre quand j'obéis à la loi ? Oui, si derrière le mot « liberté » je ne réclame pas la **licence**, c'est-à-dire le **droit de tout faire**, sans limites. Oui, si le mot « loi » désigne une **règle adoptée démocratiquement dans l'intérêt de tous**, et non le décret arbitraire d'un tyran ou d'un dictateur. Oui enfin, si l'obéissance désigne le **respect d'une règle que je comprends et que j'approuve**, et non une docilité obtenue par la violence, la répression et la terreur.

- « **La liberté est le droit de faire tout ce que les lois permettent** ; et si un citoyen pouvait faire ce qu'elles défendent, il n'aurait plus de liberté, parce que les autres auraient tout de même ce pouvoir », écrit **Montesquieu**. Cette liberté à la fois **limitée** et **garantie par la loi**, c'est ce que les philosophes appellent la **liberté civile**, la liberté du citoyen qui vit dans un **État de droit**, et non dans un monde violent et anarchique où tout serait permis.

- Cette conclusion suppose que la loi soit digne de son nom, c'est-à-dire qu'elle vise à **organiser la coexistence équitable des libertés**, et non à asseoir le pouvoir des puissants. En droit, la démocratie empêche les plus forts de faire les lois à leur avantage en donnant le pouvoir au peuple (voir chap. 8 : L'État).

2 Faut-il libérer le désir ou se libérer du désir ?

A Quel est le problème ?

• Mes désirs peuvent me sembler entravés, empêchés ou contrariés par une multitude de contraintes, de règles et d'interdits liberticides, comme les lois, la morale et les normes sociales. Mais puis-je libérer mes désirs sans empiéter sur la liberté d'autrui et sans devenir moi-même leur esclave ? Faut-il **libérer le désir** ou faut-il **se libérer du désir** ?

B Libérer le désir

1. Mai 68 : « Jouir sans entraves »

• C'est l'esprit de **Mai 68 :** la jeunesse se rebelle contre une société excessivement normative qui laisse peu de place à la liberté, notamment sexuelle. Elle réclame le droit de « **jouir sans entraves** » et proclame qu'il est « **interdit d'interdire** ». On situe l'origine du mouvement à Nanterre, une université parisienne où les garçons revendiquaient l'accès au dortoir des filles !

2. L'hédonisme d'Aristippe et Calliclès

• Mais l'idée selon laquelle la morale et ses interdits feraient obstacle au bonheur est très ancienne et revient régulièrement dans l'histoire de la philosophie. Elle se dessine d'abord dans la pensée et dans la vie d'**Aristippe de Cyrène**, une figure emblématique de l'**hédonisme**, doctrine selon laquelle **le plaisir est le principal but de l'existence**. Peu respectueux des conventions (il vit avec une « courtisane »), Aristippe défend la liberté de l'individu et mène une vie de plaisirs. Il se montre néanmoins soucieux de maîtriser le plaisir : **la vertu consiste à maîtriser le plaisir, non à s'en abstenir**.

• **Calliclès**, un personnage d'un dialogue de **Platon**, défend un hédonisme plus radical. À Socrate qui lui reproche de s'épuiser vainement en cherchant à remplir un tonneau percé (symbole d'un désir sans fin), Calliclès répond que ce qui rend la vie agréable, c'est d'« **y verser le plus qu'on peut** ».

3. Nietzsche : la critique de la morale judéo-chrétienne

• **Nietzsche** estime que **la morale judéo-chrétienne condamne à tort le désir et le plaisir**. À ses yeux, elle permet aux « faibles » de prendre leur revanche et de paralyser les « forts » en étouffant leurs désirs dans la culpabilité (voir chap. 3 : La justice).

4. Freud : le gendarme intérieur

- De manière plus modérée, **Freud** affirme qu'une éducation trop sévère et trop répressive peut nuire à l'épanouissement personnel et engendrer des troubles psychiques (les névroses). Il nomme « **surmoi** » le **gendarme intérieur**, **gardien de l'ordre et de la morale**, qui interdit, exige, condamne et culpabilise quand nous franchissons la ligne blanche (quand nous transgressons l'interdit).
- Cela signifie-t-il qu'il faille se libérer de toute règle pour s'épanouir ? Ce n'est pas l'opinion de Freud, qui souligne au contraire que la vie en société exige de l'individu qu'il apprenne à **contrôler ses désirs et ses pulsions** (voir chap. 2 : Le devoir).

C La liberté morale

- La société de consommation multiplie nos désirs et nous encourage à leur donner libre cours. Mais libérer son désir, c'est devenir l'esclave volontaire d'un tyran capricieux et éternellement insatisfait qui veut toujours plus, mieux ou autre chose. La liberté bien comprise semble impliquer, au contraire, qu'on s'affranchisse de la **tyrannie du désir**. Elle peut se définir comme le pouvoir de penser et d'agir en fonction de **principes raisonnables**, au lieu d'être dominé par des **désirs** et des **impulsions irrationnels** et **incontrôlables**. « L'impulsion du seul appétit est esclavage, et l'obéissance à la loi qu'on s'est prescrite est liberté », écrit **Rousseau**.
- La vraie liberté ne consiste donc pas à faire tout ce qu'il me plaît, sans respecter aucune règle, mais à me donner une règle raisonnable qui me libère de l'esclavage du désir. C'est ce que **Rousseau** appelle la **liberté morale**. **Kant** parle, lui, d'**autonomie** (du grec *auto* : « soi-même », et *nomos* : « loi »).

Réviser la morale de Kant

- Quoi qu'il en soit, la liberté semble impliquer qu'on puisse **choisir**, par exemple entre l'impulsion du désir et l'action raisonnable et réfléchie. Mais avons-nous réellement le choix ?

3 La liberté n'est-elle qu'une illusion ?

A Quel est le problème ?

- On condamne moralement (et pénalement) celui qui a mal agi : il aurait pu et dû agir autrement, il était libre, il est donc responsable de ses actes et de leurs conséquences. De même, quand on loue le comportement de quelqu'un, c'est parce qu'on suppose qu'étant libre, il aurait pu faire d'autres choix. Mais avons-nous réellement le **choix** ou nos décisions sont-elles **déterminées** par des facteurs comme notre éducation, notre milieu, nos expériences ou même nos gènes ? Ce débat oppose les partisans du **déterminisme** aux partisans du **libre arbitre**.

B La thèse déterministe

Comprendre la thèse déterministe

● Partons d'un exemple emprunté à **André Comte-Sponville** : c'est le second tour des élections présidentielles, je suis dans l'isoloir et j'ai trois choix possibles : je peux voter pour un candidat de droite, voter pour un candidat de gauche ou voter blanc. Mettons que je choisisse le candidat de droite. Je pense avoir agi librement parce que j'aurais pu faire un autre choix. Et j'ai même pu sentir, au moment où je délibérais intérieurement, une **hésitation** qu'on peut prendre pour le **signe de la liberté**.

● Mais décomposons le **mécanisme de ma prise de décision** : j'ai choisi en fonction de mes convictions politiques, lesquelles dépendent notamment des **valeurs** auxquelles je crois. Par exemple, si je suis très fortement attaché à l'idée de la liberté et de la responsabilité individuelle et, par conséquent, à la liberté d'entreprendre, je serai *a priori* plutôt enclin à voter à droite. Si, au contraire, je suis plus sensible à l'idée de la responsabilité collective et, par conséquent, au thème de la justice sociale, je serai plutôt sensible aux arguments traditionnels de la gauche. Ces convictions peuvent elles-mêmes être liées à mon éducation, à mon parcours personnel, à mon expérience et aux leçons que j'en ai tirées. Bref, quelles que soient les raisons qui ont déterminé mon choix, elles existent, car **rien n'arrive sans raisons ou sans causes** (principe de causalité).

● Tout événement s'explique par des causes antérieures qui le déterminent. Or, il n'y a aucune raison de penser que l'événement intérieur que constitue mon choix échappe à cette règle ! Et même si j'ai « choisi au hasard », il faut bien qu'une cause, même si elle est absurde, infime ou inconsciente (voir chap. 14 : L'inconscient), ait déterminé mon choix. Je ne pouvais donc pas en faire un autre, puisque **la même cause produit toujours le même effet**. C'est ce qu'on appelle le **déterminisme** : la doctrine selon laquelle **tous les événements**, et en particulier les actions humaines, **sont liés et déterminés par la chaîne des événements antérieurs**.

● « **Il n'y a rien de contingent dans la nature** », affirme ainsi **Spinoza** : tout ce qui se produit dans l'Univers se produit de manière **nécessaire**. Et les actions humaines ne font pas exception à ses yeux : « L'homme n'est pas un empire dans un empire », écrit-il.

> **Citation**
> « Les hommes se figurent être libres. »
> Spinoza

- La liberté n'est de ce point de vue qu'une **illusion** qui naît de l'**ignorance des causes** qui déterminent nos désirs : « Les hommes se figurent être libres, parce qu'ils ont conscience de leurs volitions et de leur appétit [volontés et désirs] et ne pensent pas, même en rêve, aux causes par lesquelles ils sont disposés à appéter [désirer] et à vouloir, n'en ayant aucune connaissance », écrit Spinoza.
- Cette thèse soulève cependant une **objection morale** : si notre volonté n'est pas libre, nous ne sommes pas **responsables** de nos actes. Le déterminisme ne ruine-t-il pas l'idée d'un **sujet moral**, libre et responsable de ses actes ?

C Les partisans de la liberté

1. Saint Thomas : le déterminisme est moralement inacceptable

- Les partisans de la liberté refusent de renoncer à l'idée d'un sujet moral, libre et responsable de ses actes. « Si rien ne vient de nous, mais si nous sommes poussés à vouloir par nécessité, la délibération, le conseil et le précepte, la punition, la louange et le blâme, sur lesquels porte la philosophie morale, sont supprimés », écrit **saint Thomas d'Aquin**. Ce dernier considère « l'**opinion de la nécessité** », c'est-à-dire le déterminisme, comme « **hérétique** » (contraire au dogme de l'Église catholique).

2. Kant : la liberté est un « postulat de la raison pratique »

- Dans une perspective voisine, **Kant** fait de la liberté un « **postulat de la raison pratique** », c'est-à-dire une idée qu'il faut admettre pour des raisons morales (ou « pratiques »), bien qu'on ne puisse pas démontrer qu'elle est vraie. En effet, l'idée même de **devoir** ou d'**obligation morale** suppose le **libre arbitre**, c'est-à-dire la liberté de choix (voir chap. 2 : Le devoir).
- Cet attachement à l'idée de liberté, perçue comme ce qui fait la grandeur de l'homme, contraint les adversaires du déterminisme à expliquer comment celle-ci peut se concevoir malgré le principe de causalité : comment puis-je me déterminer (me décider) sans être moi-même déterminé par rien ? **Le libre arbitre semble contredire le principe de causalité.** Mais selon Kant, la liberté est concevable à condition de distinguer les **phénomènes** (les choses telles qu'elles nous apparaissent dans le temps et l'espace) des **noumènes** (les choses en soi que nous ne pouvons pas connaître). En effet, le principe de causalité suppose l'existence du temps et ne s'applique ainsi qu'aux phénomènes. La liberté reste donc concevable dans l'ordre des choses en soi (voir chap. 17 : Le temps).

Comprendre l'hypothèse de Kant

3. Bergson : le passé ne pèse pas sur nos choix

Citation
« Si l'on convient d'appeler libre tout acte qui émane du moi, et du moi seulement, l'acte qui porte la marque de notre personne est véritablement libre. »
Bergson

- **Bergson** estime que c'est seulement la manière dont nous nous représentons communément le temps qui rend la liberté impensable. Ainsi, nous ne devons pas nous représenter le passé comme extérieur au présent : **le passé ne pèse pas sur nous et sur nos choix mais se confond avec nous**, de sorte que ce qui émane de lui émane de nous et peut donc être considéré comme libre (voir chap. 17 : Le temps).

- Pour autant, **tous nos actes ne sont pas libres**. En effet, la plupart de nos actes quotidiens sont accomplis de manière automatique. Par exemple, quand mon réveil sonne, je réagis comme « un **automate conscient** », écrit Bergson. Mais nous renonçons souvent à notre liberté dans des circonstances plus graves, par exemple quand nous prenons une décision importante sous l'influence de nos amis sans que notre choix procède vraiment de notre personnalité.

Doc. Bergson

- L'**acte libre** émane au contraire des « profondeurs obscures de notre être ». Il n'est pas justifié par une raison précise et clairement identifiable, mais il exprime notre **personnalité tout entière**, il nous ressemble comme l'œuvre peut ressembler à l'artiste, il répond à « cette conception particulière de la vie qui est l'**équivalent de toute notre expérience passée** », comme l'écrit Bergson.

4. Sartre : « L'homme n'est rien d'autre que ce qu'il se fait »

- **Sartre** soutient que **l'homme, n'ayant pas de nature, est entièrement libre et responsable de ce qu'il choisit d'être**. C'est l'idée maîtresse de l'**existentialisme** sartrien : « **L'existence précède l'essence**. » Cela signifie qu'il n'existe aucune essence, aucune définition universelle de l'homme censée déterminer nos existences : « L'homme existe d'abord, [...] il se définit après. »

Doc. Sartre

- L'homme n'est donc pas comparable à un objet fabriqué par un artisan ou créé par Dieu. L'objet existe d'abord dans l'esprit de son créateur, il est d'abord un concept, une idée ou une essence, il est conçu avant d'être réalisé. Au contraire, **l'homme se définit lui-même par ses actes et par ses choix**. Son existence n'est pas tracée d'avance en fonction d'une quelconque nature.

Pour résumer

1. La loi est-elle l'ennemie de la liberté ?

■ **Calliclès** prétend **se libérer de la contrainte des lois** et **agir selon son bon plaisir** grâce au pouvoir de la **rhétorique**.

■ **Kropotkine** imagine une **société sans État** qui accorderait une **entière liberté aux individus**.

■ **Montesquieu** définit au contraire la liberté comme « le **droit de faire tout ce que les lois permettent** ».

2. Faut-il libérer le désir ou se libérer du désir ?

■ **Aristippe** défend la **liberté de l'individu** au nom d'une **vie de plaisir**.

■ **Nietzsche** estime que **la morale judéo-chrétienne permet aux « faibles » de paralyser les « forts »** en étouffant leurs désirs.

■ **Rousseau** souligne que la vraie liberté ne consiste pas à obéir à ses désirs, mais à **se donner des règles raisonnables**.

3. La liberté n'est-elle qu'une illusion ?

■ **Spinoza** soutient que **la liberté est une illusion** qui naît de l'ignorance des causes qui déterminent nos désirs.

■ Mais les partisans de la liberté (comme **saint Thomas, Kant, Bergson** et **Sartre**) estiment que **le déterminisme est inacceptable** parce qu'il ruine l'idée d'un **sujet moral, libre et responsable**.

Les incontournables

Dans cette fameuse lettre, Spinoza illustre la thèse selon laquelle le libre arbitre n'est qu'une illusion engendrée par l'ignorance des causes qui nous font agir.

Une pierre par exemple reçoit d'une cause extérieure qui la pousse une certaine quantité de mouvement et, l'impulsion de la cause extérieure venant à cesser, elle continuera à se mouvoir nécessairement. Cette persistance de la pierre dans le mouvement est une contrainte, non parce qu'elle est nécessaire[1], mais parce qu'elle doit être définie par l'impulsion d'une cause extérieure. Et ce qui est vrai de la pierre il faut l'entendre de toute chose singulière, quelle que soit la complexité qu'il vous plaise de lui attribuer, si nombreuses que puissent être ses aptitudes[2], parce que toute chose singulière est nécessairement déterminée par une cause extérieure à exister et à agir d'une certaine manière déterminée.

Concevez maintenant, si vous voulez bien, que la pierre, tandis qu'elle continue de se mouvoir, pense et sache qu'elle fait effort, autant qu'elle peut, pour se mouvoir. Cette pierre assurément, puisqu'elle a conscience de son effort seulement et qu'elle n'est en aucune façon indifférente, croira qu'elle est très libre et qu'elle ne persévère dans son mouvement que parce qu'elle le veut. Telle est cette liberté humaine que tous se vantent de posséder et qui consiste en cela seul que les hommes ont conscience de leurs appétits et ignorent les causes qui les déterminent. Un enfant croit librement appéter le lait, un jeune garçon irrité vouloir se venger et, s'il est poltron, vouloir fuir. Un ivrogne croit dire par un libre décret de son âme ce qu'ensuite, revenu à la sobriété, il aurait voulu taire. De même un délirant, un bavard, et bien d'autres de même farine, croient agir par un libre décret de l'âme et non se laisser contraindre. Ce préjugé étant naturel, congénital parmi tous les hommes, ils ne s'en libèrent pas aisément.

Baruch Spinoza, *Lettre à Schuller* (1674),
trad. Ch. Appuhn, Garnier-Flammarion, 1966.

1. **Non parce qu'elle est nécessaire :** ce n'est pas parce que la pierre est nécessairement en mouvement dès qu'elle a reçu une impulsion qu'elle n'est pas libre, mais parce que cette nécessité est liée à une cause extérieure. Spinoza définit comme libre « la chose qui existe par la seule nécessité de sa nature et est déterminée par soi seule à agir ». Dieu est dit libre en ce sens.

2. L'homme, malgré sa complexité et ses aptitudes, est donc déterminé, au même titre que la pierre et que toute chose créée. Il ne fait pas exception : « L'homme n'est pas un empire dans un empire », écrit Spinoza.

Dans cet extrait de la Critique de la raison pure, *Kant montre qu'en tenant un individu pour responsable de ses actes, nous envisageons sa conduite comme libre, et non comme déterminée par des causes comme son éducation.*

Qu'on prenne un acte volontaire, par exemple un mensonge pernicieux, par lequel un homme a introduit un certain désordre dans la société, dont on recherche d'abord les raisons déterminantes qui lui ont donné naissance, pour juger ensuite comment il peut lui être imputé avec toutes ses conséquences. Sous le premier point de vue, on pénètre le caractère empirique de cet homme[1] jusque dans ses sources, que l'on recherche dans la mauvaise éducation, dans les mauvaises fréquentations, en partie aussi dans la méchanceté d'un naturel insensible à la honte, qu'on attribue en partie à la légèreté et à l'inconsidération, sans négliger les circonstances tout à fait occasionnelles qui ont pu influer. Dans tout cela, on procède comme on le fait, en général, dans la recherche de la série des causes déterminantes d'un effet naturel donné.

Or, bien que l'on croie que l'action soit déterminée par là, on n'en blâme pas moins l'auteur, et cela, non pas à cause de son mauvais naturel, non pas à cause des circonstances qui ont influé sur lui, et non pas même à cause de sa conduite passée ; car on suppose qu'on peut laisser tout à fait de côté ce qu'a été cette conduite et regarder la série écoulée des conditions comme non avenue, et cette action comme entièrement inconditionnée par rapport à l'état antérieur, comme si l'auteur commençait absolument avec elle une série de conséquences[2]. Ce blâme se fonde sur une loi de la raison où l'on regarde celle-ci comme une cause qui a pu et a dû déterminer autrement la conduite de l'homme, indépendamment de toutes les conditions empiriques nommées. Et on n'envisage pas la causalité de la raison, pour ainsi dire, simplement comme concomitante[3], mais au contraire comme complète en soi, quand bien même les mobiles sensibles ne seraient pas du tout en sa faveur et qu'ils lui seraient tout à fait contraires ; l'action est attribuée au caractère intelligible de l'auteur[4] : il est entièrement coupable à l'instant où il ment ; par conséquent, malgré toutes les conditions empiriques de l'action, la raison était pleinement libre, et cet acte doit être attribué entièrement à sa négligence.

Emmanuel Kant, *Critique de la raison pure*, 1781.

1. Le caractère empirique de cet homme : le sujet considéré comme un phénomène nécessairement déterminé par une série de causes (comme l'éducation ou les fréquentations).

2. On considère qu'un sujet est responsable de ses actes comme si son action n'était déterminée (conditionnée) par aucune cause antérieure.

3. Concomitante : simultanée.

4. Le caractère intelligible de l'auteur : le sujet considéré comme une chose en soi (noumène), capable de se déterminer sans être elle-même déterminée par rien.

Chronologie

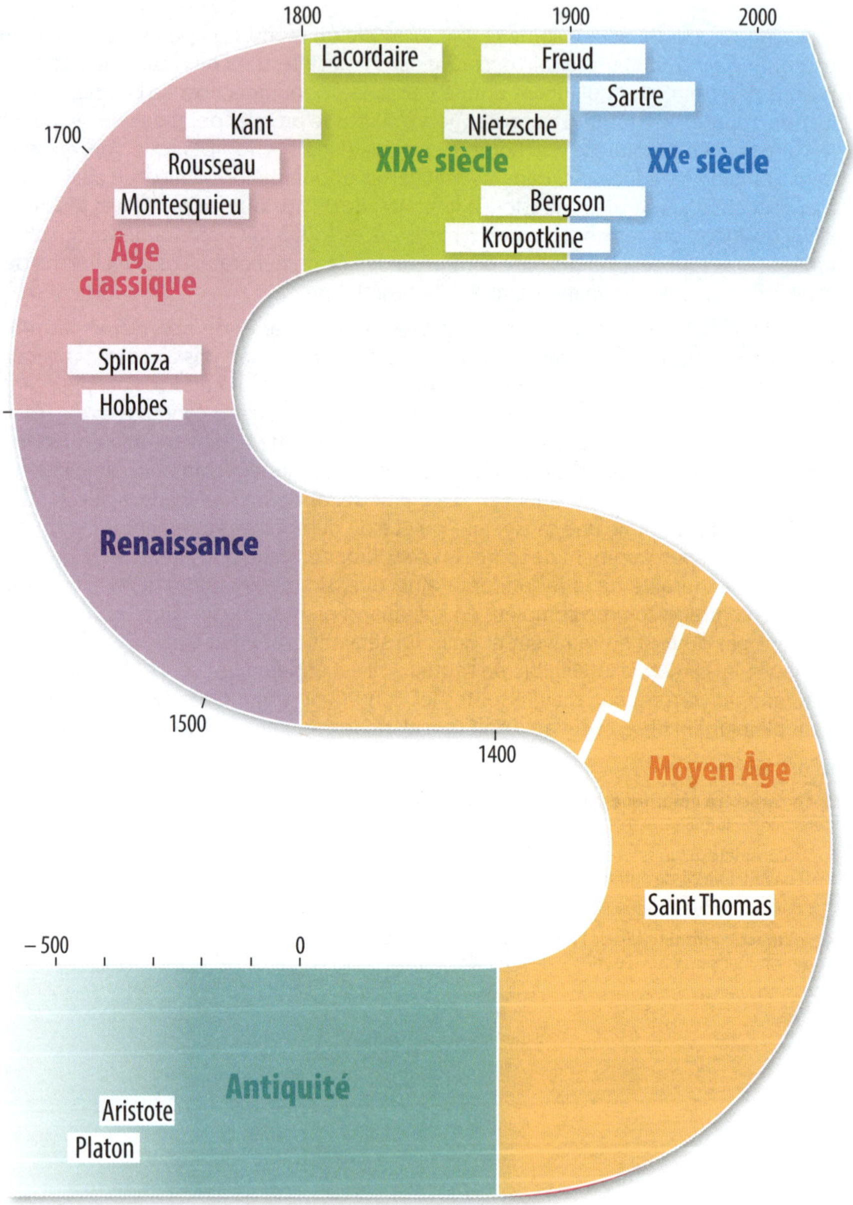

L'essentiel

Mots-clés

Liberté : du latin *libertas*, qui désigne la condition de l'homme libre par opposition à l'esclave. Le terme désigne donc d'abord le pouvoir d'agir conformément à sa volonté.

Liberté civile : liberté d'action du citoyen, à la fois limitée et garantie par la loi.

Licence : du latin *licentia* (« permission »). Le terme désigne une liberté excessive, sans limites et sans règles.

Liberté morale : c'est le pouvoir de penser et d'agir en fonction de principes raisonnables au lieu d'être dominé par des émotions, des désirs et des pulsions irrationnels et incontrôlables.

Libre arbitre : c'est la faculté qu'aurait l'homme de se déterminer à faire une chose (plutôt qu'une autre) sans que sa volonté soit elle-même déterminée par rien (liberté de la volonté).

Repères

Contingent / Nécessaire → p. 308
En fait / En droit → p. 310
Théorie / Pratique → p. 318

Auteurs

– Platon → p. 285
– Hobbes → p. 291
– Spinoza → p. 292
– Montesquieu → p. 293
– Kant → p. 294
– Nietzsche → p. 297
– Sartre → p. 302

CHAPITRE 16

La religion

DE QUOI S'AGIT-IL ?

La notion de religion nous amène bien entendu à poser la question de l'existence de Dieu et du fondement de la croyance : la foi relève-t-elle de l'irrationnel ou peut-elle s'appuyer sur la raison ? Mais la religion ne se réduit pas au seul fait de croire en Dieu. L'exemple du bouddhisme montre même que, paradoxalement, une religion sans dieu est concevable, et nous oblige ainsi à nous interroger sur l'essence de la religion : qu'est-ce que la religion ?

1 Qu'est-ce que la religion ?

A Quel est le problème ?

• La religion est communément définie comme la **croyance en Dieu ou en des dieux**. Mais si une religion sans dieu est concevable, l'idée de religion cesse d'être une évidence pour devenir un problème : comment définir la religion ? Qu'est-ce qu'une religion ? C'est la nature même de la religion, son **essence**, qui fait problème.

B Durkheim : religion est synonyme de société

• « Une religion est un système solidaire de croyances et de pratiques relatives à des choses sacrées, c'est-à-dire séparées, interdites, croyances et pratiques qui unissent en une même **communauté morale**, appelée Église, tous ceux qui y adhèrent », écrit **Durkheim**.

• Durkheim envisage donc la religion comme un **fait social** : les croyances religieuses ne sont pas le fait d'individus isolés, mais sont communes à un groupe dont elles font l'unité. La religion est une foi commune qui **relie** ceux qui la partagent. C'est d'ailleurs ce que suggère une étymologie possible du mot « religion » : *religare* (« relier »).

Citation
« La religion est une chose éminemment collective. »
Durkheim

• Il existe des **religions sans dieu** comme le bouddhisme, le confucianisme (doctrine religieuse et philosophique chinoise fondée par **Confucius**) ou le taoïsme (doctrine religieuse et philosophique chinoise fondée par **Lao Tseu**). Mais la distinction du **sacré** et du **profane** est une caractéristique universelle, présente dans toutes les religions. **Le sacré est donc l'essence du religieux**, affirme Durkheim. Il représente un ordre des choses séparé, distinct des choses banales, et inspire à la fois la vénération et la crainte.

• Les croyances et les pratiques religieuses, les rites et les traditions transmettent à l'individu une représentation du monde, une manière de penser, une logique et des valeurs qui sont comme l'âme de la société, son identité et son fondement. **Religion et société sont presque des synonymes**, estime Durkheim.

• Les éternels débats qui tournent autour de la question de savoir si on peut concilier **science** et **religion** supposent que la religion est avant tout un système d'idées, de représentations ou de croyances et sous-estiment l'importance des **rites**. Or, ceux-ci sont essentiels puisqu'ils permettent à la religion d'accomplir sa **véritable fonction**, qui est de « nous faire vivre et nous faire agir », comme les croyants l'éprouvent clairement. **La foi est une force** : « Le fidèle qui a communié avec son dieu [...] sent en lui une force plus grande pour supporter les difficultés de l'existence ou pour les vaincre. »

Bien comprendre

Durkheim est athée. Il n'argumente pas en faveur de la foi religieuse, mais s'efforce de décrire et d'analyser un fait social (la religion) de manière scientifique et objective.

C Kant : la religion se ramène à la morale

- « Qu'est-ce que la religion ? », demande **Kant**. La religion, c'est la **loi morale** renforcée par l'idée de Dieu envisagé comme « législateur et juge ». Les prières, les chants, la messe doivent être considérés comme des moyens d'encourager les fidèles, de leur **donner la force de faire leur devoir**.
- La religion donne donc du poids à la morale, mais elle ne la fonde pas : **la loi morale n'est pas un commandement divin arbitraire**. La loi divine est en même temps **loi naturelle** : elle définit des principes de justice universels dont tout être doué de raison connaît ou reconnaît la valeur (voir chap. 3 : La justice).
- Par exemple, ce n'est pas parce que Dieu a interdit de voler que c'est mal de voler, c'est plutôt parce que c'est mal de voler que Dieu l'a interdit. **La morale ne se fonde pas sur un texte sacré** (la Bible, par exemple) qui définirait ce qui est bien ou mal : **nous la trouvons en nous-mêmes.**

Citation

« La religion est la loi présente en nous pour autant qu'elle reçoit son poids d'un législateur et juge au-dessus de nous. »

Kant

- Ainsi, quand on éduque un enfant, on ne doit pas lui dire qu'une action est bonne ou mauvaise parce que Dieu l'a décidé ou parce que c'est écrit dans un texte sacré, mais on doit lui faire prendre conscience de la **loi morale qu'il porte en lui**.
- **Dostoïevski** fait dire à un de ses personnages que **si Dieu n'existait pas, tout serait permis**. Kant n'aurait pas souscrit à cette thèse. Si Dieu n'existait pas, la loi morale, présente en nous, demeurerait la même et exigerait toujours le respect inconditionnel de la personne humaine. Du point de vue de Kant, le croyant (et plus encore le pratiquant) trouve dans la religion un **soutien** et une **force** qui peuvent l'aider à accomplir son **devoir**. La religion n'est rien d'autre que ce soutien.
- Quand **Nietzsche** affirme que « **Dieu est mort** », cela signifie en réalité qu'il espère la fin prochaine du règne de la **morale judéo-chrétienne** qui, à ses yeux, témoigne d'une **haine de la vie** et constitue une **entrave à l'épanouissement de l'humanité**. Ce point de vue suggère qu'**une religion est surtout une morale**, même pour ceux qui la combattent comme Nietzsche.

D Religion naturelle et religion révélée

• La **religion naturelle** prétend accéder à la connaissance de Dieu et de la morale par la seule **raison**. Elle cherche à dégager le noyau rationnel de la religion, dans l'esprit des **Lumières** (voir chap. 10 : La raison). C'est par exemple la démarche de **Kant** dans un livre au titre significatif : *La Religion dans les limites de la simple raison*.

• La **religion révélée** se fonde quant à elle sur la **lecture** et l'**interprétation des textes sacrés** (comme la Bible ou le Coran), textes dans lesquels Dieu se révèlerait aux hommes.

• **Pascal** distingue ainsi le **Dieu des savants et des philosophes** (celui de la religion naturelle) du **Dieu d'Abraham, d'Isaac et de Jacob** (celui de la Bible).

• Cependant, dans l'esprit de philosophes comme **Kant**, la **vérité révélée** (celle qui se dégage des textes sacrés) doit rejoindre pour l'essentiel la **vérité de la raison**. Mais la foi, la croyance religieuse est-elle rationnelle ?

2 La foi relève-t-elle de l'irrationnel ?

A Quel est le problème ?

• Faut-il opposer **foi** et **raison**, **religion** et **science** ? La foi relève-t-elle de l'irrationnel ? Cela peut se comprendre de deux manières.

– On peut tout d'abord soutenir que la foi religieuse serait **irrationnelle**, donc infondée. C'est le point de vue des athées, comme **Freud** qui estime que la religion est une **illusion**, voire un délire.

– On peut aussi estimer que la foi religieuse dépasse les **limites de la raison**.

• À l'inverse, la foi religieuse peut sembler compatible avec une conception du monde parfaitement **rationnelle**. **Descartes**, figure emblématique du **rationalisme** (voir chap. 10 : La raison) prétend ainsi **démontrer l'existence de Dieu**. Avant lui, **saint Thomas** affirme déjà qu'il existe des preuves de l'existence de Dieu et que **la raison éclaire et conforte la foi**.

B Kant et les « preuves » de l'existence de Dieu

• Trois arguments présentés comme des **preuves de l'existence de Dieu** reviennent régulièrement dans l'histoire des idées. **Kant** les a analysés et réfutés.

Bien comprendre
Kant veut montrer qu'on ne peut pas prouver l'existence de Dieu, mais croit lui-même en Dieu pour des raisons d'ordre moral.

1. La preuve ontologique

• Selon la **preuve ontologique** (du grec *ontos* : « l'être »), **Dieu ne peut pas ne pas exister parce que l'existence fait partie de son essence** (ou de son être). Autrement dit, Dieu existe par définition : « On ne peut même pas penser qu'il n'est pas », écrit **Saint Anselme.** En effet, l'inexistence de Dieu est **inconcevable** parce qu'elle implique une contradiction : Dieu, c'est l'être parfait, l'être tel qu'on ne peut en concevoir de plus grand, l'Infini, l'être qui existe au plus haut degré.

• **Descartes** reprend cet argument à son compte : « Je ne peux pas plus concevoir Dieu sans l'existence qu'un triangle sans ses trois côtés », écrit-il. **L'existence est comprise dans l'idée de Dieu**, comme le fait d'avoir trois côtés est compris dans l'idée du triangle.

• Mais comme le remarque **Kant, l'existence n'est pas une idée ou un concept**. Par exemple, il n'y a aucune différence conceptuelle entre cent thalers (une ancienne monnaie allemande) réels et cent thalers possibles. La seule différence, c'est que les premiers existent alors que les seconds n'existent pas. La définition du thaler reste la même dans les deux cas. L'existence n'ajoute rien au concept, elle n'est pas de l'ordre du concept. Ainsi, le concept d'une chose ne peut pas inclure son existence. **Rien**, pas même Dieu, **n'existe *a priori***, c'est-à-dire par définition.

2. La preuve cosmologique

• On ne peut ainsi espérer démontrer l'existence de Dieu qu'en s'appuyant sur l'**expérience**, c'est-à-dire sur le constat que **quelque chose existe qui impliquerait l'existence de Dieu**.

• La **preuve cosmologique** part donc du **constat** que quelque chose existe (moi, mes clés, l'Univers en général…) et en conclut qu'il faut bien admettre l'existence d'un « Créateur » ou d'une **cause première** du monde (qui est aussi cause d'elle- même), car sans cela rien ne pourrait exister.

> **Bien comprendre**
> Une preuve est un argument qui, en droit, mettrait fin à toute discussion (du moins entre des interlocuteurs de bonne foi).

• **Kant** estime que cette deuxième démonstration se ramène à la première et se réfute donc de la même façon. Mais la preuve cosmologique soulève d'autres objections : **l'idée d'une cause première est-elle concevable ?** Comment comprendre la possibilité d'un commencement absolu, c'est-à-dire d'une origine avant laquelle il n'y avait rien ? L'idée d'un commencement du monde n'est pas plus satisfaisante pour l'esprit que l'idée selon laquelle quelque chose aurait toujours existé.

COURS

3. La preuve physico-théologique

> **Citation**
> « L'univers m'embarrasse, et je ne puis songer que cette horloge existe et n'ait pas d'horloger. »
> Voltaire

- La **preuve physico-théologique**, enfin, part du constat qu'il y a de l'**ordre**, de l'**harmonie** et de la **finalité** dans l'Univers et conclut à l'existence d'une cause intelligente du monde : c'est le **Grand Architecte** de **Voltaire**, Dieu conçu comme le grand ingénieur de l'Univers.
- **Kant** reconnaît une certaine valeur à cet argument, qui « mérite toujours d'être nommé avec respect » parce qu'il est « le plus ancien, le plus clair, le mieux approprié à la commune raison ». Il refuse néanmoins d'en faire une preuve, parce qu'il n'établit pas plus que les deux premiers l'existence d'un **Être suprême**, c'est-à-dire **absolument nécessaire**.
- Bref, on ne peut **démontrer** l'existence de Dieu, et c'est précisément pour cela qu'on peut y **croire** : si on **savait** que Dieu existe, si on en avait la **preuve**, Dieu ne serait plus un objet de **croyance** mais un objet de **science.** Toutefois, **cette croyance reste aux yeux de Kant parfaitement rationnelle**.

C Pascal : « C'est le cœur qui sent Dieu »

> **Citation**
> « C'est le cœur qui sent Dieu et non la raison. Voilà ce que c'est que la foi. Dieu sensible au cœur, non à la raison. »
> Pascal

- **Pascal** estime que la foi religieuse ne repose pas sur la **raison**, mais sur le **cœur**.
- Les démonstrations, qui relèvent de la **raison**, sont des déductions qui s'appuient nécessairement sur des **principes** (des points de départ) eux-mêmes **indémontrables**. C'est un argument qu'avancent d'ailleurs les **sceptiques** pour mettre en doute la possibilité d'atteindre une vérité certaine. Mais Pascal estime que ces principes sont connus de manière **immédiate** et **intuitive** par ce qu'il appelle le **cœur.**

> **Bien comprendre**
> Ce Dieu sensible au cœur n'est pas le « Dieu des savants et des philosophes », mais celui « d'Abraham, d'Isaac et de Jacob », c'est-à-dire celui de la Bible et des chrétiens.

- Par exemple, il est inutile de chercher, comme **Descartes**, à démontrer l'existence du monde (voir chap. 13 : La conscience) ou celle de Dieu. On ne peut pas non plus démontrer les principes des mathématiques, par exemple que la ligne droite est le chemin le plus court entre deux points. En d'autres termes, il y a des vérités qui ne se **prouvent** pas mais s'**éprouvent**. On le sait en amour : « Le cœur a ses raisons que la raison ne connaît pas », écrit Pascal.

● La foi relève donc du cœur plus que de la raison. Néanmoins, quand il s'adresse au libertin (à l'athée), Pascal montre que celui qui n'a pas la foi doit **parier que Dieu existe** parce que le gain qu'il peut espérer en sauvant son âme (le bonheur éternel) est infini alors que sa mise (sa vie, qu'il devra réformer) est « finie », c'est-à-dire limitée dans le temps. La foi pourrait donc aussi naître d'un **calcul rationnel**.

D L'athéisme

● L'**athée** se définit comme un **rationaliste** et estime que la foi religieuse est **irrationnelle**, c'est-à-dire **contraire à la raison**. Une analyse rationnelle des désirs et des sentiments à l'origine de la croyance en Dieu permettrait ainsi d'en démontrer le caractère illusoire.

● **Marx** estime que la religion est la **consolation du pauvre**, qui espère être dédommagé dans l'au-delà des souffrances qu'il endure ici-bas. À la religion qui endort et berce d'illusions, Marx préfère donc la **révolution** par laquelle le peuple exige le bonheur et la justice ici-bas.

Citation

« La religion est l'opium du peuple. »

Marx

Comprendre la pensée de Marx

● **Freud** fait de la religion une **illusion**, une croyance enracinée dans le désir infantile d'être protégé, rassuré et consolé. De ce point de vue, Dieu serait comme un **père plus puissant** qui nous protègerait d'un monde injuste et violent, et qui apaiserait notre **peur de la mort** en nous promettant l'immortalité. En d'autres termes, les promesses de la religion seraient trop belles pour être vraies et on ne pourrait y croire qu'en étant complice de ses illusions. Cependant, aux yeux de Freud, l'illusion n'est pas essentiellement une croyance erronée, mais plutôt une croyance enracinée dans un **désir** qu'on refuse de **confronter à la réalité**. Il donne l'exemple d'une jeune femme de condition modeste qui s'imagine qu'un homme riche l'épousera et fera son bonheur. Il est peu probable que son fantasme se réalise, mais cela n'est pas impossible et elle a envie de croire qu'il se réalisera.

● « **Si Dieu existe, d'où vient le mal ?** » demande **Leibniz**. En effet, si on admet qu'il existe un Dieu bon et tout-puissant, comment peut-il laisser faire le mal ? Leibniz résout le problème en soutenant que **Dieu a créé « le meilleur des mondes possibles »** (ce qui lui vaut les moqueries de **Voltaire** dans *Candide*). On peut aussi affirmer que les hommes sont responsables du mal qu'ils font, mais que penser du mal dont les hommes ne sont pas responsables, comme celui qui frappe les aveugles de naissance ? **Diderot** estime ainsi que **l'existence du mal est incompatible avec celle de Dieu**. Si le mal existe, c'est que Dieu n'existe pas. Ce raisonnement lui vaut quelques semaines de prison.

Pour résumer

1. Qu'est-ce que la religion ?

■ L'exemple du **bouddhisme** montre qu'il peut y avoir des **religions sans dieu**.

■ **Durkheim** observe cependant que la distinction du **profane** et du **sacré** se retrouve dans toutes les religions. Il estime que la religion est comme l'**âme d'une société**, son identité et son socle.

■ **Kant** ramène la religion à la **morale** : la religion n'est rien d'autre que « la loi morale présente en nous en tant qu'elle reçoit son poids d'un législateur et juge au-dessus de nous » (Dieu).

■ Pour **Nietzsche**, la morale judéo-chrétienne relève de la **haine de la vie**.

2. La foi relève-t-elle de l'irrationnel ?

■ **Descartes** prétend **démontrer** l'existence de Dieu en reformulant la **preuve ontologique** de **saint Anselme** : Dieu, défini comme l'être parfait, ne peut pas ne pas exister.

■ **Kant** entend démontrer au contraire qu'on ne peut **prouver** ni l'existence de Dieu ni son inexistence : on ne peut qu'y **croire**. La **foi** se distingue donc du **savoir**. Elle reste cependant **rationnelle** à ses yeux.

■ **Pascal** estime que la foi dépend du **cœur** et non de la **raison.**

■ L'**athéisme** condamne la croyance religieuse au nom de la **rationalité**.

■ **Marx** affirme que la religion est « l'**opium du peuple** ». **Freud** y voit une **illusion** qui apaise notre **peur de la mort**.

■ Pour **Diderot**, l'**existence du mal** implique l'**inexistence de Dieu**.

Les incontournables

Le père de la psychanalyse soutient ici que, bien que la religion soit une illusion consolatrice, elle n'est cependant pas vitale pour l'homme. Comme Marx, il la compare à un narcotique.

Il serait certes absurde de vouloir commencer par supprimer la religion par la violence et d'un seul coup. L'entreprise serait avant tout sans espoir. Le croyant ne se laisse arracher sa foi ni par des arguments ni par des interdictions. Et y réussît-on avec quelques-uns que ce serait une cruauté. Une personne qui, pendant des décennies, a pris des narcotiques ne peut naturellement plus dormir si l'on vient à l'en priver. L'effet des consolations que la religion apporte à l'homme peut être mis en parallèle avec celui des narcotiques : ce qui se passe actuellement en Amérique[1] l'illustre fort joliment. On veut là-bas priver les humains – évidemment sous l'influence du règne des femmes – de tout excitant, de toute boisson enivrante, et on les gave en échange avec de la piété[2]. Voilà encore une expérience dont le résultat ne saurait être douteux.

Ainsi je suis en contradiction avec vous lorsque, poursuivant vos déductions, vous dites que l'homme ne saurait absolument pas se passer de la consolation que lui apporte l'illusion religieuse, que, sans elle, il ne supporterait pas le poids de la vie, la réalité cruelle. Oui, cela est vrai de l'homme à qui vous avez instillé dès l'enfance le doux – ou doux et amer – poison. Mais de l'autre, qui a été élevé dans la sobriété ? Peut-être celui qui ne souffre d'aucune névrose[3] n'a-t-il pas besoin d'ivresse pour étourdir celle-ci. Sans aucun doute l'homme alors se trouvera dans une situation difficile ; il sera contraint de s'avouer toute sa détresse, sa petitesse dans l'ensemble de l'univers ; il ne sera plus le centre de la création, l'objet des tendres soins d'une Providence bénévole[4]. Il se trouvera dans la même situation qu'un enfant qui a quitté la maison paternelle, où il se sentait si bien et où il avait chaud. Mais le stade de l'infantilisme n'est-il pas destiné à être dépassé ? L'homme ne peut pas éternellement demeurer un enfant, il lui faut enfin s'aventurer dans l'univers hostile. On peut appeler cela « l'éducation en vue de la réalité » ; ai-je besoin de vous dire que mon unique dessein[5], en écrivant cette étude, est d'attirer l'attention sur la nécessité qui s'impose de réaliser ce progrès ?

Sigmund Freud, *L'Avenir d'une illusion* (1927), trad. Marie Bonaparte, édition électronique J.-M. Tremblay, coll. « Les classiques des sciences sociales », 1932.

1. **Ce qui se passe actuellement en Amérique :** la prohibition.
2. **Piété :** fervent attachement à la religion.
3. **Névrose :** pathologie psychique (angoisse, phobies, obsessions…).
4. **Providence bénévole :** le secours et la bienveillance désintéressée de Dieu.
5. **Dessein :** intention, but.

Chronologie

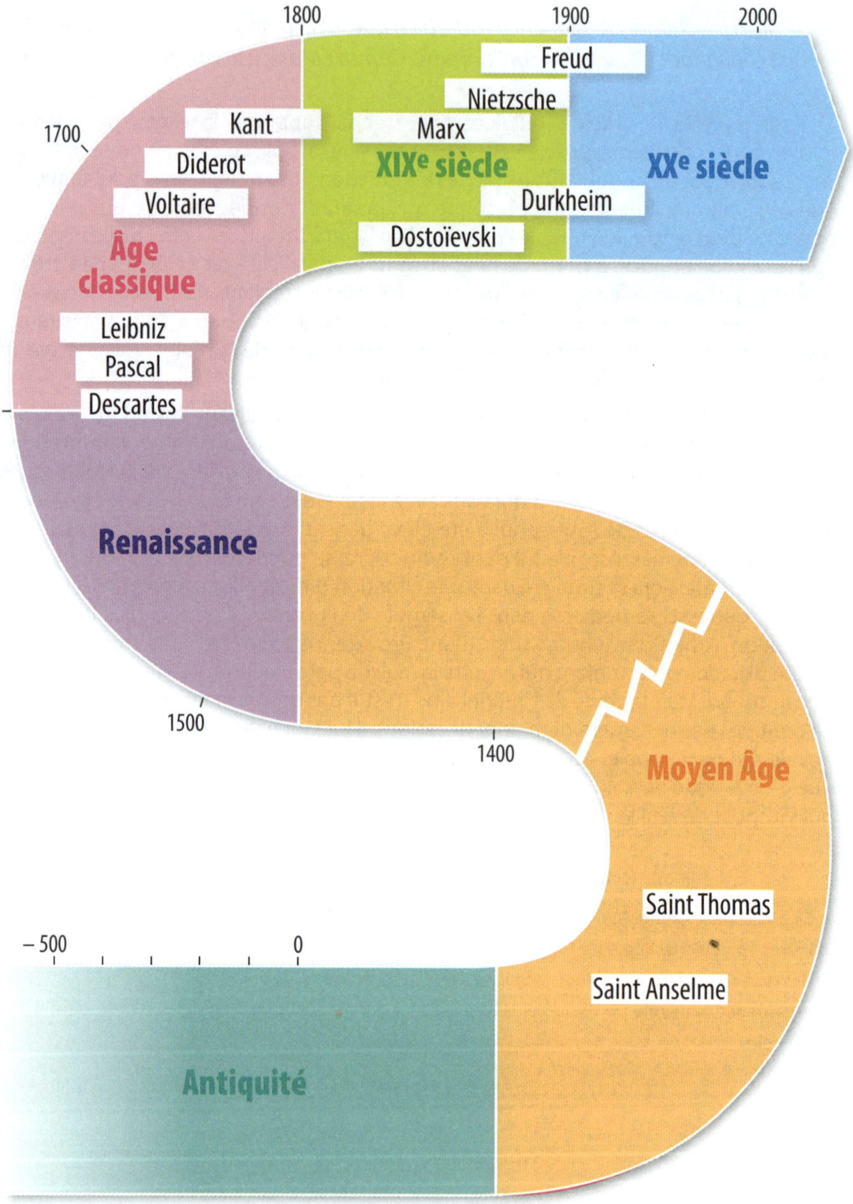

L'essentiel

Mots-clés

Religion : le terme pourrait dériver du latin *religare* (« relier »). Cette étymologie suggère que la religion est essentiellement une foi commune qui relie ceux qui la partage. Mais le terme pourrait aussi être issu de *relegere* (« relire », « recueillir »). Recueillir des textes et chercher la vérité dans leur lecture peut en effet être considéré comme une démarche caractéristique de la religion.

Religion naturelle : c'est une religion rationnelle, c'est-à-dire qu'elle prétend s'appuyer sur la raison pour définir la nature de Dieu et pour prouver son existence.

Foi : du latin *fides* (« confiance », « loyauté »). Le terme désigne une croyance qui ne s'appuie pas sur des preuves rationnelles.

Athée : du grec *atheos* (« sans Dieu »). Le terme désigne celui qui ne croit pas en Dieu.

Irrationnel : désigne péjorativement ce qui est contraire à la raison. Mais on qualifie aussi d'irrationnel ce qui est irréductible à la raison.

Repères

– Absolu / Relatif → p. 305
– Analyse / Synthèse → p. 307
– Croire / Savoir → p. 308
– Objectif / Subjectif / Intersubjectif → p. 315

Auteurs

– Descartes → p. 291
– Pascal → p. 291
– Leibniz → p. 292
– Kant → p. 294
– Marx → p. 297
– Nietzsche → p. 297
– Freud → p. 298

CHAPITRE 17

Le temps

DE QUOI S'AGIT-IL ?

La nature du temps peut sembler mystérieuse et insaisissable. On comprend ce mot, mais comment le définir ? S'il est difficile d'expliquer le temps, c'est que sa réalité même semble s'évanouir sous l'effet de l'analyse. En effet, si le passé n'est plus, si le futur n'est pas encore et si le présent n'est que la limite entre l'un et l'autre, en quel sens peut-on dire que le temps existe ? Est-il quelque chose en soi, en dehors de notre esprit ? La science elle-même finit par en douter, réfutant l'idée d'un temps absolu. Pourtant, le temps existe bel et bien pour nous : le temps de notre vie, le temps vécu, celui qui passe et auquel nous rêvons d'échapper. Mais comment échapper au temps ? N'est-il pas plus sage de l'accepter et de se réconcilier avec le devenir ?

COURS

1 Le temps existe-t-il en dehors de l'esprit ?

A Quel est le problème ?

● Il s'agit de savoir si le temps a une existence **objective** ou **subjective**, voire **intersubjective**. Autrement dit, le temps existe-t-il en dehors de notre esprit (à la manière d'une réalité physique), comme nous le pensons spontanément, ou n'existe-t-il au contraire que pour un sujet, un esprit, une conscience (à la manière d'une réalité psychique) ? Alors que Newton affirmait l'existence d'un « temps absolu, vrai et mathématique », donc objectif, les philosophes ont souvent estimé que le temps était subjectif. La question fait encore débat aujourd'hui pour la science.

B Saint Augustin : le temps est dans l'âme

Comprendre la théorie de Saint-Augustin

● « Qu'est-ce que le temps ? », demande **saint Augustin** dans ses *Confessions*. **L'idée de temps**, si évidente quand on ne l'analyse pas, **devient paradoxale et énigmatique dès qu'on cherche à l'expliquer**. En effet, le passé n'est plus et le futur n'est pas encore. Seul le présent existe. Mais l'existence du présent est paradoxale. Si le présent était toujours présent, il ne relèverait pas du temps mais de son contraire : l'éternité. Le présent n'est donc un temps que parce qu'il s'en va dans le passé, parce qu'il tend à ne pas être.

● Saint Augustin souligne que **l'idée de la longueur du temps ne résiste pas non plus à l'analyse** : le passé n'est pas long puisqu'il n'est plus. Le même raisonnement s'applique au futur qui, par définition, n'existe pas encore. Quant au présent, il ne peut pas davantage être qualifié de long. En effet, combien de temps le présent dure-t-il ? Ni cent ans, ni un an, ni une heure, puisque toute durée, aussi courte soit-elle, peut être divisée en deux parties dont l'une est passée et l'autre à venir. **Le présent n'est que la limite sans extension entre un passé qui n'est déjà plus et un avenir qui n'est pas encore.**

● Saint Augustin ne peut résoudre l'énigme du temps qu'en admettant que le temps n'existe que dans l'âme ou dans l'esprit, dans ce qu'on appellera plus tard la conscience. **C'est dans l'âme que le passé, le présent et le futur sont présents**, c'est en elle que le temps passe, s'étire et se mesure, qu'il existe. De ce point de vue, la réalité du temps n'est donc pas **physique** et **objective**, mais au contraire **psychique** et **subjective**.

Citation

« C'est en toi mon âme que je mesure le temps. »

Saint Augustin

C Kant : le temps n'existe pas en dehors du sujet

- **Kant** parvient à une conclusion similaire par une voie différente. Il soutient d'abord que « le temps n'est pas un concept empirique ou qui dérive d'une expérience quelconque ». En d'autres termes, **le temps n'est pas une idée construite à partir des phénomènes que nous pouvons observer**. C'est au contraire parce que nous avons d'abord une représentation du temps que nous pouvons nous représenter la succession des choses ou leur simultanéité.
- Le temps forme ainsi (avec l'espace) une sorte de **cadre qui conditionne notre perception des choses**. Notre esprit ne peut percevoir les choses que dans ce cadre spatio-temporel. Pour l'esprit humain, **toute réalité est nécessairement spatio-temporelle**. C'est ce qui explique que nous pouvons faire disparaître mentalement tout ce qui existe dans l'Univers, mais pas le temps ou l'espace. Si nous vidons l'Univers, deux choses demeurent : le vide (ou l'espace) et le temps, qui continue nécessairement de s'écouler. Arrêter le temps est en effet inconcevable puisque celui-ci s'arrêterait nécessairement… pendant un certain temps ! « Le temps n'est pas quelque chose qui existe **en soi** […] ; il n'est rien **en dehors du sujet** », conclut Kant.

Bien comprendre
Cela ne fait pas du temps une illusion aux yeux de Kant.

- Cette théorie lui permet par ailleurs de comprendre la possibilité de la **liberté**. Celle-ci semble en effet impossible puisque tous les événements, se succédant de manière nécessaire en vertu du principe de causalité, forment quelque chose comme un destin. L'hypothèse est, comme le souligne Kant, moralement inacceptable puisque nous devons nous considérer comme des sujets libres et responsables de nos choix. Mais **si le temps n'existe que pour l'esprit humain, la liberté devient pensable** et son existence peut et doit être postulée au nom de la morale (voir chap. 15 : La liberté).

D Bergson : la durée n'existe que pour un être conscient

- Ce sont ces mêmes objections élevées par les **déterministes** contre l'idée de liberté qui conduisent **Bergson** à corriger l'idée que nous nous faisons communément du temps : « Nous essayons d'établir que toute discussion entre les déterministes et leurs adversaires implique une confusion préalable de la durée avec l'étendue. »

- Du point de vue déterministe, la liberté est impossible parce que le passé (l'éducation, l'histoire personnelle, etc.) pèse sur nous, sur notre présent, et détermine ainsi nos choix. Bergson souligne cependant que **le passé ne peut pas peser de l'extérieur sur notre état présent** parce que ce passé n'est pas *extérieur* au présent. En effet, la notion d'**extériorité** appartient à l'espace et non au temps. Ainsi, nos états de conscience se succèdent, mais ils ne sont pas posés les uns à la suite des autres sur une ligne : « La durée toute pure [sans mélange ni confusion avec l'idée d'espace] est la forme que prend la succession de nos états de conscience quand notre moi se laisse vivre, quand il s'abstient d'établir une séparation entre l'état présent et les états antérieurs. »
- De ce point de vue, **le temps ne peut exister en dehors de la conscience**. En dehors, il n'y a que l'espace dans lequel les choses existent simultanément. La succession, le temps n'existent qu'en nous.
- C'est ce que montre, par exemple, l'analyse du **mouvement** : on pense communément qu'un mouvement a lieu dans l'espace. Or, si les positions successives d'un objet en mouvement occupent bien de l'espace, le mouvement lui-même, c'est-à-dire le passage d'une position à une autre, s'opère dans le temps et non dans l'espace. Il « n'a de réalité que pour un spectateur conscient ». En supprimant le **spectateur** et donc la **conscience**, on supprime aussi le **mouvement** et le **temps**.

Citation
« Nous projetons le temps dans l'espace, nous exprimons la durée en étendue. »
Bergson

E Les théories scientifiques

- **Aristote** définit le temps comme la **mesure du changement** : « Voilà ce qu'est le temps : le nombre du mouvement. » Pour le philosophe, il n'y a donc pas de temps sans changement. En effet, si rien ne changeait, le temps ne passerait pas. Le temps n'est pas le mouvement, puisque ce dernier peut être plus ou moins rapide, mais bien la mesure du mouvement. De ce point de vue, **le temps n'existe que dans l'âme** puisque c'est elle qui mesure le changement.
- **Newton** admet que le temps d'Aristote, le temps qui mesure le changement, existe : ce sont les heures, les jours, les années. Mais ce temps relatif au changement n'est pas à ses yeux le vrai temps. **Le vrai temps est absolu, indépendant des choses et de leur mouvement.** Il continuerait de passer même si rien ne changeait : « Le temps absolu, vrai et mathématique, sans relation à rien d'extérieur, coule uniformément, et s'appelle la **durée**. » Ce temps absolu qui existe indépendamment des choses, de leurs mouvements et de notre esprit, est devenu une évidence pour la pensée commune. Mais cette conception du temps est réfutée par la physique relativiste.

● Pour **Einstein, le temps est réel** (comme l'espace), c'est-à-dire qu'il existe indépendamment de nous, de notre esprit, de notre conscience. Mais **il n'est pas absolu** : il n'est pas une entité indépendante des autres choses qui constituent le monde. Le temps, ou plus exactement l'espace-temps, est un des champs qui constituent la réalité physique. **L'espace-temps est le champ gravitationnel** en interaction avec les autres champs qui composent la réalité physique (comme le champ électromagnétique, par exemple). Or, **ce champ n'est pas uniforme** : il peut s'étirer, se déformer, se courber ou se contracter, de sorte que le temps est ralenti par la gravité (il s'écoule plus lentement en plaine qu'en montagne, par exemple) et par la vitesse. Pour la physique relativiste, **il n'y a plus un temps universel, mais des temps locaux** : les choses n'existent pas dans le temps, mais dans leur temps. La question de savoir ce qui se passe en même temps dans deux endroits distincts n'a donc plus de sens.

● Mais la physique va encore plus loin : elle remet en question le fait que le temps s'écoule du passé vers le futur. À l'échelle microscopique, la différence entre le passé et le futur, entre la cause et l'effet, s'évanouit. **Le temps ne semble plus avoir de direction.** Le temps tel que nous le concevons n'existerait ainsi que pour nous, dans notre esprit et non dans les choses. Une certitude demeure cependant : ce temps qui s'écoule inexorablement du passé vers le futur, de la naissance à la mort, qu'on ne peut ni ralentir ni accélérer, existe pour nous. C'est le **temps vécu**, celui qui nous menace, qui nous angoisse et auquel nous rêvons d'échapper.

Citation

« Ô temps, suspends ton vol !
Et vous, heures propices,
suspendez votre cours !
Laissez-nous savourer les
rapides délices des plus
beaux de nos jours ! »

Lamartine

2 Cela a-t-il du sens de vouloir échapper au temps ?

A Quel est le problème ?

● **Le temps est communément perçu comme un ennemi.** Nous nous efforçons d'en retarder les effets et rêvons d'éternité. Mais cela a-t-il un sens de vouloir échapper au temps ? Et devons-nous vraiment l'envisager comme notre ennemi ? Il faudrait analyser et discuter les raisons conscientes ou inconscientes qui, nous faisant envisager le temps et le changement négativement, engendrent en nous un **désir d'éternité**. Ces raisons justifient-elles que nous cherchions à échapper au temps ? Au contraire, ne serait-il pas plus sage de l'accepter et de nous réconcilier avec le devenir ?

B Échapper au temps

1. Le temps nous apparaît comme ce qui voue toutes choses à l'anéantissement

- Dans la mythologie grecque, Kronos, le roi des Titans, dévore ses enfants. On peut dire du temps (*chronos*) qu'il agit de la même manière : **il dévore tout ce qu'il engendre**. Dès lors, comment ne pas redouter ce père tout-puissant ?

- « C'est une chose horrible de sentir s'écouler tout ce qu'on possède », écrit **Pascal**. Tout change, tout se corrompt et se défait, tout passe de manière irréversible. C'est ce qu'on appelle l'**irréversibilité du temps**. On ne peut jamais revenir en arrière, ni véritablement revivre une expérience : par définition, « re-vivre », ce n'est pas vivre une chose pour la première fois.

- **Si les phénomènes naturels se répètent objectivement, rien en revanche ne se répète pour la conscience.** Comme le souligne **Bergson**, deux états de conscience ne peuvent jamais se ressembler tout à fait, puisqu'ils constituent « deux moments différents d'une histoire » et que « le même moment ne se présente pas deux fois ».

2. Pascal : du divertissement à l'espoir d'une vie éternelle

- On peut échapper à la peur en s'efforçant d'ignorer ce qui l'engendre. « Les hommes n'ayant pu guérir la mort, la misère, l'ignorance, ils se sont avisés, pour se rendre heureux, de n'y point penser », écrit **Pascal**. Pour ne pas y penser, il faut s'occuper. C'est la raison pour laquelle nous fuyons l'ennui et recherchons ce que l'auteur des *Pensées* nomme le **divertissement**. Pascal regroupe sous ce terme la plupart des activités humaines en tant qu'elles nous divertissent ou nous détournent du malheur de notre condition de mortels. Cela inclut des activités comme le jeu, la danse ou la chasse, mais aussi des activités sérieuses comme le travail ou la guerre. Bref, tout ce qui fait **diversion**.

Comprendre le divertissement selon Pascal

- Pascal condamne cette attitude qui consiste à détourner le regard pour chercher refuge dans l'inconscience et l'illusion : « La seule chose qui nous console de nos misères est le divertissement, et cependant c'est la plus grande de nos misères. » Notre salut dépend au contraire d'une **conversion** qui tourne notre regard vers Dieu et l'espoir de **la vie éternelle**. C'est tout le sens du célèbre **pari de Pascal**.

Bien comprendre

La vie éternelle n'est pas à envisager comme une vie sans fin, mais plutôt comme une existence hors du temps. Mourir, ce serait donc comme faire un saut hors du temps.

- L'auteur des *Pensées* s'adresse au **libertin rationaliste et athée** qui, comme le Dom Juan de **Molière**, « croit que deux et deux sont quatre et que quatre et quatre sont huit ». Il s'agit de lui montrer que s'il calcule bien, son intérêt est de croire, qu'il a tout à y gagner et rien à y perdre. Il faut donc parier que Dieu existe. Que mise-t-on ? Sa vie et la manière de la conduire, un mode de vie qu'il faudra réformer si on fait le pari de l'existence de Dieu.
Quoi qu'il en soit, « ce que vous jouez est **fini** », c'est-à-dire limité dans le temps. Or, le gain espéré est **infini** : « une éternité de vie et de bonheur ». Si Dieu existe, on a tout gagné : le bonheur éternel ou le bonheur d'être éternel, d'échapper enfin au temps. S'il n'existe pas, ce qu'on a perdu n'est rien ou ne vaut rien : « Il n'y a de bien en cette vie que l'espérance d'une autre vie. »

Bien comprendre

Pascal a la foi, il croit en Dieu parce que son cœur sent cette existence.
Il n'a donc pas besoin, lui, de parier (voir chap. 16 : La religion).

3. Alquié : les sources affectives du désir d'éternité

- C'est le sentiment de la **fuite du temps** qui fait naître le **désir d'éternité**. Mais comme le montre **Ferdinand Alquié**, le désir d'éternité ou le **refus du temps** a de multiples causes.
- Il s'enracine d'abord dans ce que le psychanalyste **Otto Rank** appelle le **traumatisme de la naissance** : le premier changement dont chacun de nous fait l'expérience nous arrache brutalement au confort de la vie intra-utérine. Ne faut-il pas voir dans cette première expérience du temps la matrice de toutes les nostalgies, de tous les paradis perdus, des âges d'or et autres mythes du « bon vieux temps » ?
- Le temps est donc ce qui nous éloigne toujours plus du paradis perdu. Mais il est aussi ce qui nous conduit inexorablement vers un avenir à la fois imprévisible et hanté par la **certitude du vieillissement et de la mort**.
- Enfin, **le temps**, périmant les solutions que l'expérience et l'habitude nous avaient appris à mettre en œuvre pour résoudre nos problèmes, **nous contraint à nous adapter sans cesse**, parfois dans la douleur, sous peine d'être nous-mêmes dépassés et périmés.
- Bref, tout semble contribuer à engendrer la **peur du changement**, le refus du temps ou le désir d'éternité. Mais la sagesse ne voudrait-elle pas au contraire que nous acceptions l'idée de l'impermanence de toutes choses ?

Remarque

Dans une perspective voisine, le bouddhisme nous invite à accepter l'impermanence, celle des choses comme la nôtre. Rien n'est immuable.

C Accepter le temps et le devenir

1. Le sens de la vie

> **Remarque**
> « La nature ne fait rien en vain », écrit Aristote. Cela signifie qu'à ses yeux, rien n'existe par hasard, sans raison ou sans but.

• Tout peut sembler vain et dérisoire au regard de l'idée que rien n'est éternel. Mais le caractère temporel de l'existence humaine lui enlève-t-il toute valeur et tout sens ? La valeur des choses ne réside-t-elle pas au contraire dans leur caractère éphémère et leur absolue singularité ? La vie est-elle absurde parce qu'elle n'est pas éternelle ? Quelle que soit la manière dont on l'envisage, l'idée d'un **sens de la vie** implique que celle-ci soit **orientée vers un but ou une fin qui se réalise dans le temps**. Ainsi, loin d'être absurde parce qu'elle est temporelle, l'existence humaine n'a de sens au contraire qu'à cette condition.

• Affirmer que la vie a un sens, c'est supposer que l'homme est fait pour quelque chose, qu'il doit accomplir un projet qui lui serait dicté par sa nature. En reprenant le vocabulaire d'**Aristote**, on pourrait dire que le sens de la vie, c'est de devenir **en acte** l'animal raisonnable que nous sommes **en puissance**.

• Mais **Sartre** nie l'idée que l'homme ait une nature et soit fait pour ceci ou pour cela. C'est l'idée maîtresse de l'**existentialisme** : « **L'existence précède l'essence.** » Un coupe-papier, par exemple, existe d'abord dans l'esprit d'un concepteur. Il a avant d'exister une « essence », c'est-à-dire une nature ou une définition liée à sa fonction. Mais il en va tout autrement de l'homme, qui n'a pas *a priori* de fonction parce qu'il n'a été fabriqué par personne (Sartre est athée). De ce point de vue, la vie n'a pas de sens *a priori* : elle est donc « absurde » et rien ne peut justifier dans l'absolu le fait d'exister. Toutefois, l'existence prend sens relativement à un projet que nous définissons librement par les choix que nous faisons tout au long de notre existence : le **projet existentiel**. L'homme n'est d'abord rien : « L'homme existe d'abord, se rencontre, surgit dans le monde et […] se définit après », écrit Sartre.

2. Le thème de la brièveté de la vie

• Ce que nous déplorons, ce n'est peut-être pas tant le caractère temporel de l'existence que sa **brièveté**. « La vie est trop courte », disons-nous. Ce lieu commun mérite d'être discuté.

• D'abord, **rien dans l'absolu ne peut être dit « long » ou « court »**. La vie d'un homme est plus courte que celle d'une tortue, mais plus longue que celle d'un papillon. Et si elle semble parfois bien courte, elle peut au contraire paraître longue quand notre passé nous semble lointain, confus et comme étranger à ce que nous sommes devenus.

> **Citation**
> « Vous vivez comme si vous deviez vivre toujours [...], et perdez votre temps alors que ce jour est peut-être le dernier. »
> Sénèque

• De plus, **la vie n'est-elle pas courte parce que nous en faisons généralement un mauvais usage ?** C'est la thèse du stoïcien **Sénèque** dans *De la brièveté de la vie*. Que de temps ne perdons-nous pas dans des occupations inessentielles ? Comme la vie pourrait être longue si nous faisions bon usage du temps qu'il nous est donné de vivre !

• On pourrait ajouter, avec **Épicure**, que **la longueur de la vie importe moins que sa qualité** : « De même que le sage ne préfère pas une nourriture très abondante à une nourriture très savoureuse, de même, pour le temps, il ne cherche pas à jouir du plus long, mais du plus agréable », écrit-il. Pour le dire autrement, il importe plus d'ajouter de la vie aux années que d'ajouter des années à la vie.

3. Épicure : « La mort n'est pas à craindre »

• Longue ou courte, l'existence n'est-elle pas gâchée par l'idée de la mort ? « Le dernier acte est sanglant, quelque belle que soit la comédie en tout le reste. On jette enfin de la terre sur la tête, et en voilà pour jamais », écrit **Pascal**. **Épicure** estime pourtant que « **la mort n'est pas à craindre** ». Comment comprendre cette affirmation éminemment paradoxale ? La mort n'est-elle pas le pire des maux ou du moins le plus angoissant ?

• « La mort n'est rien pour nous », répond Épicure. En effet : « Lorsque nous existons, la mort n'est pas là, et lorsque la mort est là, nous n'existons pas. » **La mort n'est donc rien, ni pour les vivants** (puisqu'elle n'existe pas encore pour eux)**, ni pour les morts** (puisqu'ils n'existent plus).

• Cette juste conception de la mort, qui réfute l'imagination, la superstition et les mythes, permet de **vaincre la peur de la mort**, de « jouir de sa vie mortelle » et de supprimer « le regret de n'être pas éternel », écrit l'auteur de la *Lettre à Ménécée*.

• **Sartre** rejoint Épicure quand il estime que **la mort est étrangère à l'existence** puisqu'elle vient seulement à la fin, sans faire obstacle au projet existentiel qui lui donne sens.

4. Le stoïcisme : la mort est dans l'ordre des choses

• **Épictète** distingue les choses qui **dépendent de nous** de celles qui **n'en dépendent pas**. Nos opinions, nos désirs ou nos craintes, nos actions dépendent de nous, mais non pas l'ordre immuable de la nature. On ne peut donc le changer, mais seulement le comprendre et l'accepter : « Vivre en accord avec la nature. »

- Naître, grandir, mûrir, vieillir et finalement mourir, tout cela est **dans l'ordre des choses.** Et cet ordre est **nécessaire** et **rationnel** aux yeux des **stoïciens** : chaque chose dans l'Univers est à sa place et joue son rôle, tout conspire et fait sens. Tout est donc en quelque façon justifié et **la mort a du sens** : « C'est une malédiction pour les épis de ne pas être moissonnés, et ce serait une malédiction pour les hommes de ne pas mourir », écrit Épictète.

- La biologie semble donner raison aux stoïciens. **La mort est une condition de l'évolution**, affirme le biologiste **François Jacob**. Il est évident, en effet, que le remplacement des individus est la condition de l'évolution de l'espèce. C'est pourquoi la mort serait inscrite dans notre programme génétique.

Citation

« Les contraintes de l'évolution s'accordent mal au vieux rêve de l'immortalité. »

Jacob

5. Être, c'est devenir

- **L'être peut sembler incompatible avec le devenir** puisque le changement anéantit ce qui est. C'est la thèse de **Parménide** : le changement, étant incompatible avec l'être, n'est qu'illusion.

- Mais si rien n'est stable, si « tout s'écoule » comme le soutient **Héraclite**, **l'être semble au contraire se confondre avec le devenir.** Les choses n'existeraient donc que parce qu'elles changent et le temps, au lieu d'être redouté parce qu'il voue toutes choses à l'anéantissement, devrait être regardé au contraire comme ce qui les fait exister.

- L'amour en est un exemple, parce qu'**il ne peut se conserver qu'en se transformant**. Avec le temps, tout change, mais tout ne se perd pas et la sagesse voudrait que nous renoncions au désir d'éternité en comprenant l'identité paradoxale de l'être et du devenir.

Les incontournables

1. Le temps existe-t-il en dehors de l'esprit ?

■ **Saint Augustin** estime que **le temps ne peut exister que dans l'âme**.

■ « Le temps n'est pas une chose qui existe en soi, en dehors du sujet », soutient **Kant** : c'est un **cadre** dans lequel l'esprit humain est « condamné » à percevoir le monde.

■ Pour **Bergson**, le temps, se définissant comme la **succession de nos états de conscience**, ne peut exister en dehors de nous.

■ La **physique** actuelle remet en question l'idée que le temps avance dans une **direction spécifique** et donc l'existence du temps au sens où nous l'entendons.

2. Cela a-t-il un sens de vouloir échapper au temps ?

■ Comme le Titan Kronos, ***chronos*** (le temps) **dévore tout ce qu'il engendre**.

■ Aussi **Pascal** estime-t-il que notre vie de mortels ne vaut que par l'espoir de la **vie éternelle** (hors du temps).

■ Mais on peut penser que le **caractère temporel de l'existence** ne lui enlève rien de sa **valeur** ni de son sens. D'ailleurs, l'idée même d'un **sens de la vie** suppose le temps.

■ Les **Anciens** nous invitent à **accepter sagement l'idée de la mort**.

■ **Héraclite** nous fait comprendre que nous ne pouvons pas **être** sans **devenir**.

Les incontournables

Dans ce passage des Confessions, *saint Augustin s'interroge sur la nature mystérieuse du temps.* A priori *évidente, l'idée de temps s'embrouille dès qu'on l'analyse. En effet, le passé n'est plus, le futur n'est pas encore et le présent n'existe que parce qu'il disparaît. La réalité du temps semble se dissoudre sous l'effet de l'analyse.*

Qui pourra l'expliquer clairement et en peu de mots ? Qui pourra, pour en parler convenablement, le saisir même par la pensée[1] ? Cependant, quel sujet plus connu, plus familier de nos conversations que le temps ? Nous le comprenons très bien quand nous en parlons ; nous comprenons de même ce que les autres nous en disent. Qu'est-ce donc que le temps ? Si personne ne me le demande, je le sais ; si je cherche à l'expliquer à celui qui m'interroge, je ne le sais plus. Cependant, j'affirme avec assurance qu'il n'y aurait point de temps passé si rien ne passait, qu'il n'y aurait point de temps à venir si rien ne devait succéder à ce qui passe, et qu'il n'y aurait point de temps présent si rien n'existait.

Il y a donc deux temps, le passé et l'avenir ; mais que sont-ils, puisque le passé n'est déjà plus et que l'avenir n'est point encore ? Qu'est-ce donc que le temps ? Quant au présent, s'il était toujours présent et ne tombait point dans le passé, il ne serait plus le temps mais l'éternité[2]. Or, si le présent n'est temps que parce qu'il tombe dans le passé, comment pouvons-nous dire qu'il est, lui qui n'a d'autre cause de son existence que la nécessité de la perdre bientôt ? Donc nous ne pouvons dire avec vérité que le temps existe que parce qu'il tend à n'être plus.

Saint Augustin, *Confessions* (399),
trad. Péronne et Ecalle remaniée par P. Pellerin, Nathan, 1998.

1. Pour formuler une définition du temps, il faudrait d'abord en comprendre la nature.

2. Le présent n'est que la limite entre le passé et l'avenir, il n'a pas d'extension.

*Dans ce passage de l'*Essai sur les données immédiates de la conscience, *Bergson montre que la durée, définie comme une succession sans extériorité, n'existe que dans la conscience.*

Quand je suis des yeux, sur le cadran d'une horloge, le mouvement de l'aiguille qui correspond aux oscillations du pendule, je ne mesure pas de la durée, comme on paraît le croire ; je me borne à compter des simultanéités, ce qui est bien différent. En dehors de moi, dans l'espace, il n'y a jamais qu'une position unique de l'aiguille et du pendule, car des positions passées il ne reste rien. Au dedans de moi, un processus d'organisation ou de pénétration mutuelle des faits de conscience se poursuit, qui constitue la durée vraie. C'est parce que je dure de cette manière que je me représente ce que j'appelle les oscillations passées du pendule, en même temps que je perçois l'oscillation actuelle. Or, supprimons pour un instant le moi qui pense ces oscillations dites successives ; il n'y aura jamais qu'une seule oscillation du pendule, une seule position même de ce pendule, point de durée par conséquent. Supprimons, d'autre part, le pendule et ses oscillations ; il n'y aura plus que la durée hétérogène du moi, sans moments extérieurs les uns aux autres, sans rapport avec le nombre. Ainsi, dans notre moi, il y a succession sans extériorité réciproque ; en dehors du moi, extériorité réciproque sans succession[1] : extériorité réciproque, puisque l'oscillation présente est radicalement distincte de l'oscillation antérieure qui n'est plus ; mais absence de succession, puisque la succession existe seulement pour un spectateur conscient[2] qui se remémore le passé et juxtapose les deux oscillations ou leurs symboles dans un espace auxiliaire.

Henri Bergson, *Essai sur les données immédiates de la* conscience, 1888.

1. Dans la conscience, les moments se succèdent sans être extérieurs les uns aux autres, à la manière des parties de l'espace.

2. Le temps (ou plus exactement la durée vraie) n'existe donc que dans la conscience.

Chronologie

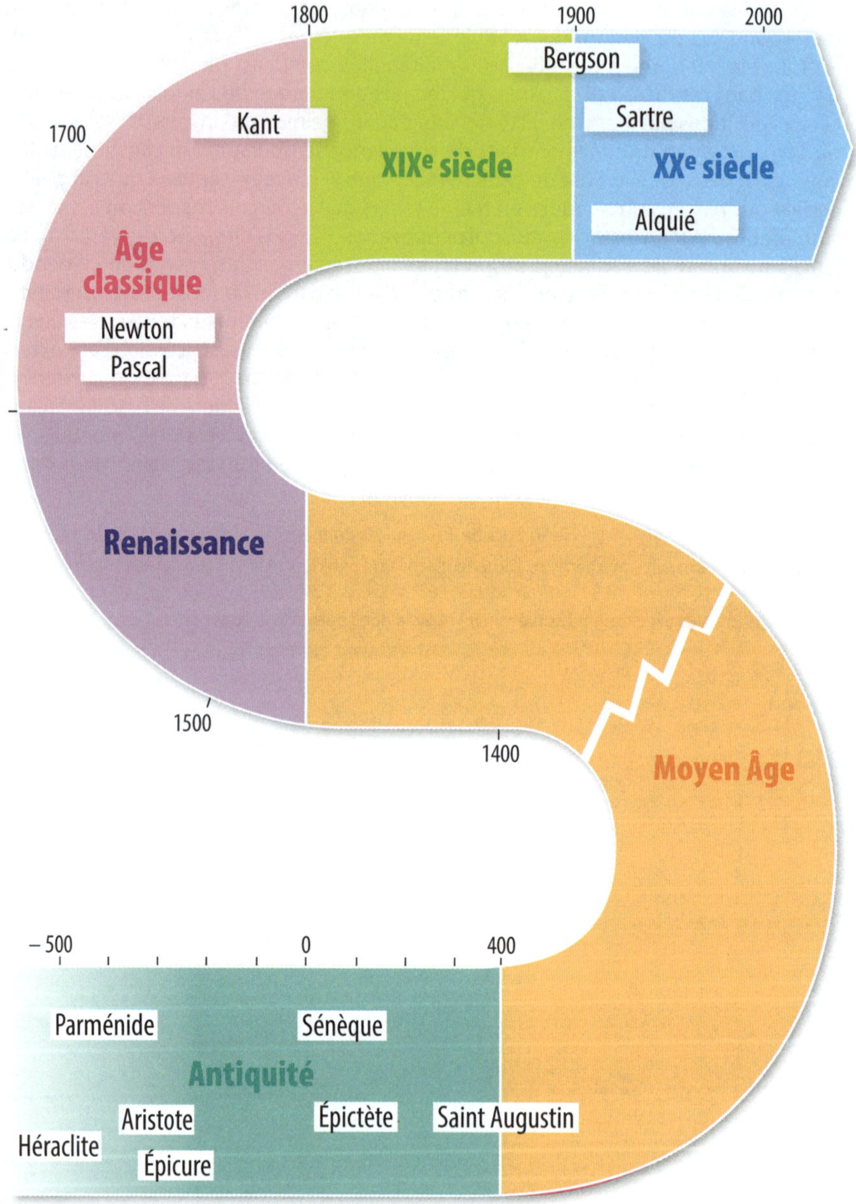

L'essentiel

Mots-clés

■ **Devenir** : ce terme désigne le changement. Le devenir peut sembler incompatible avec l'être, comme l'affirme Parménide. De ce point de vue, le changement ne serait qu'une illusion. Héraclite, au contraire, affirme que « tout s'écoule » et qu'ainsi l'être se confond avec le devenir.

■ **Esprit** : psychisme ou conscience, par opposition à la matière. Bergson affirme que le temps, ou plus exactement la durée, n'existe que pour l'esprit, ce qui permet de le distinguer de la matière.

■ **Sujet** : être pensant ou conscient, par opposition aux objets ou aux choses.

■ **Éternité** : ce terme peut désigner :
1. le caractère de ce qui n'a pas de fin ou de ce qui n'a ni commencement ni fin ;
2. ce qui existe ou existerait en dehors du temps.

■ **Déterministe** : penseur défendant l'idée selon laquelle notre volonté n'est pas libre, mais nécessairement déterminée par le passé.

Repères

– Absolu / Relatif ➜ p. 305
– En acte / En puissance ➜ p. 306
– Objectif / Subjectif / Intersubjectif ➜ p. 315
– Universel / Général / Particulier / Singulier ➜ p. 319

Auteurs

– Aristote ➜ p. 285
– Épicure ➜ p. 286
– Sénèque ➜ p. 287
– Pascal ➜ p. 291
– Kant ➜ p. 294
– Bergson ➜ p. 298
– Sartre ➜ p. 302

Cahier Spécial BAC

Description de l'épreuve

1 L'épreuve écrite

- **DURÉE :** 4 heures.
- **COEFFICIENT :** 8.
- **NOTATION :** la copie est évaluée sur 20 points.

L'épreuve de philosophie donne le choix entre trois sujets : deux **sujets de dissertation** et une **explication de texte**.

Les sujets de dissertation

- Les sujets de dissertation prennent la forme d'une **question directe**. Ils font référence à une ou plusieurs notions du programme.
- La question posée invite à une **discussion rigoureuse**. Les candidats sont encouragés à explorer les enjeux des notions abordées et à examiner de façon critique les réponses que la question appelle.
- Les sujets proposés donnent aux candidats l'occasion de **mobiliser la culture philosophique acquise**, sans pour autant exiger des connaissances approfondies.

L'explication de texte

- Le troisième sujet est constitué d'un **texte philosophique** dont l'auteur figure dans la liste des auteurs au programme, qu'il est demandé aux candidats d'expliquer. Le texte fait référence à une ou plusieurs notions du programme.
- Il n'est pas obligatoire de connaître la doctrine ou l'œuvre de l'auteur. En revanche, les candidats doivent rendre compte d'une **compréhension précise** du texte et du problème qui y est soulevé.
- Si le texte vous semble vraiment **obscur**, il est probablement préférable de traiter un des sujets de dissertation. Cependant, méfiez-vous aussi des textes trop **clairs** : on peut difficilement expliquer ce qui est déjà clair et cela conduit souvent à paraphraser les propos de l'auteur.

2 L'oral de rattrapage éventuel

→ **TEMPS DE PRÉPARATION :** 20 minutes.

→ **DURÉE :** 20 minutes (10 minutes d'exposé suivies de 10 minutes d'entretien).

L'épreuve orale de rattrapage prend la forme d'une **explication de texte** présentée par le candidat, suivie d'un **entretien** avec l'examinateur. Le texte est choisi par l'examinateur dans l'œuvre philosophique ayant fait l'objet d'une étude suivie au cours de l'année.

BAC BLANC

Énoncés

Nous proposons dans cet énoncé deux dissertations et deux explications de texte. Lors des épreuves officielles, il y aura bien seulement deux dissertations et une explication de texte au choix.

SUJET 1 : DISSERTATION

De quoi sommes-nous responsables ?

SUJET 2 : DISSERTATION

L'amour du travail a-t-il un sens ?

SUJET 3 : EXPLICATION DE TEXTE

Pascal, *Pensées*

Quand je me suis mis quelquefois à considérer les diverses agitations des hommes et les périls et les peines où ils s'exposent, dans la cour, dans la guerre, d'où naissent tant de querelles, de passions, d'entreprises hardies et souvent mauvaises, etc., j'ai découvert que tout le malheur des hommes vient d'une seule chose, qui est de ne savoir pas demeurer en repos, dans une chambre. Un homme qui a assez de bien pour vivre, s'il savait demeurer chez soi avec plaisir, n'en sortirait pas pour aller sur la mer ou au siège d'une place[1]. On n'achètera une charge à l'armée si cher que parce qu'on trouverait insupportable de ne bouger de la ville ; et on ne recherche les conversations et les divertissements des jeux que parce qu'on ne peut demeurer chez soi avec plaisir.

Mais quand j'ai pensé de plus près, et qu'après avoir trouvé la cause de tous nos malheurs j'ai voulu en découvrir la raison, j'ai trouvé qu'il y en a une bien effective, qui consiste dans le malheur naturel de notre condition faible et mortelle, et si misérable que rien ne peut nous consoler lorsque nous y pensons de près.

Quelque condition qu'on se figure, si l'on assemble tous les biens qui peuvent nous appartenir, la royauté est le plus beau poste du monde ; et cependant, qu'on s'en imagine un accompagné de toutes les satisfactions qui peuvent le toucher. S'il est sans divertissement, et qu'on le laisse considérer et faire réflexion[2] sur ce qu'il est, cette félicité languissante[3] ne le soutiendra point, il tombera par nécessité dans les vues qui le menacent, des révoltes qui peuvent arriver, et enfin de la mort et des maladies qui sont inévitables ; de sorte que, s'il est sans ce qu'on appelle divertissement, le voilà malheureux, et plus malheureux que le moindre de ses sujets qui joue et qui se divertit.

Blaise Pascal, *Pensées*, 1670.

1. Aller au siège d'une place : assiéger une ville ou une place forte.

2. Faire réflexion : réfléchir, prendre conscience.

3. Félicité languissante : « félicité » est un synonyme de « bonheur » ; la langueur est un état d'abattement.

SUJET 4 : EXPLICATION DE TEXTE

Alain, *Idées*

Nos idées, par exemple de mathématique, d'astronomie, de physique, sont vraies en deux sens. Elles sont vraies par le succès ; elles donnent puissance dans ce monde des apparences. Elles nous y font maîtres, soit dans l'art d'annoncer, soit dans l'art de modifier selon nos besoins ces redoutables ombres au milieu desquelles nous sommes jetés. Mais, si l'on a bien compris par quels chemins se fait le détour mathématique, il s'en faut de beaucoup que ce rapport à l'objet soit la règle suffisante du bien penser. La preuve selon Euclide n'est jamais d'expérience ; elle ne veut point l'être. Ce qui fait notre géométrie, notre arithmétique, notre analyse, ce n'est pas premièrement qu'elles s'accordent avec l'expérience, mais c'est que notre esprit s'y accorde avec lui-même, selon cet ordre du simple au complexe qui veut que les premières définitions, toujours maintenues, commandent toute la suite de nos pensées. Et c'est ce qui étonne d'abord le disciple, que ce qui est le premier à comprendre ne soit jamais le plus urgent ni le plus avantageux. L'expérience avait fait découvrir ce qu'il faut de calcul et de géométrie pour vivre, bien avant que la réflexion se fût mise en quête de ces preuves subtiles qui refusent le plus possible l'expérience, et mettent en lumière cet ordre selon l'esprit qui veut se suffire à lui-même. Il faut arriver à dire que ce genre de recherches ne vise point d'abord à cette vérité que le monde confirme, mais à une vérité plus pure, toute d'esprit, ou qui s'efforce d'être telle, et qui dépend seulement du bien penser.

ALAIN, *Idées*, © Gallimard, 1932.

La connaissance de la doctrine de l'auteur n'est pas requise. Il faut et il suffit que l'explication rende compte, par la compréhension précise du texte, du problème dont il est question.

Corrigés

Dans un souci de clarté, le plan des corrigés est explicité par des titres. Cependant, la copie que vous rédigerez le jour de l'épreuve ne doit en comporter aucun.

SUJET 1 : DISSERTATION

De quoi sommes-nous responsables ?

Coup de pouce

Le sujet renvoie à la notion de liberté. À première vue, nous ne pouvons en effet être responsables que de ce que nous choisissons librement. Or, c'est justement ce qui fait problème : notre volonté peut-elle se déterminer sans être elle-même déterminée par rien ? Par suite, sommes-nous responsables de quoi que ce soit ?

Introduction

Dans son acception la plus familière, la notion de responsabilité tend à se confondre avec celle de culpabilité. Le responsable n'est autre que le coupable qu'il faut châtier. Pourquoi est-il coupable ? Parce qu'il a commis une faute, parce qu'il a choisi le mal au lieu du bien, et parce qu'il aurait pu (et dû) agir autrement.

C'est ce dernier point qui fait problème : quand je fais un choix, peut-on vraiment dire que j'aurais pu en faire un autre ? Je choisis en effet en fonction de mes goûts, de mes désirs, de mes convictions, de mes « principes »... Or, ai-je choisi tout cela ? Et plus radicalement, ai-je choisi d'être celui que je suis ?

Pour être responsable, il faudrait que je sois libre, et non déterminé par l'histoire qui a fait de moi ce que je suis. Le libre arbitre, dit Nietzsche, est une invention des théologiens, c'est « le tour de passe-passe théologique le plus suspect pour rendre l'humanité *"responsable"* ».

Dès lors, on est en droit de s'interroger sur cette notion de responsabilité, si familière, si « évidente » et pourtant éminemment problématique pour la philosophie. De quoi sommes-nous responsables au juste ? Qu'est-ce qui dépend vraiment de nous, de nos choix et de notre liberté ? Si tout ce qui arrive arrive nécessairement, si tout s'enchaîne inéluctablement en vertu du principe du déterminisme, la notion de responsabilité conserve-t-elle un sens ?

CONSEIL

Analysez les termes de la question pour dégager la problématique. À l'évidence, l'analyse doit porter ici sur la notion de responsabilité, mais aussi sur celle de liberté, même si le terme ne figure pas explicitement dans l'énoncé du sujet.

I. Thèse : nous ne sommes responsables de rien

A. Nous ne sommes pas responsables de ce que nous sommes

Être ou ne pas être, telle *n'est pas* la question, puisque nous n'avons pas choisi de naître. Nous n'avons pas choisi d'être et nous n'avons pas non plus choisi d'être *ce que nous sommes* : la condition humaine, notre nature d'homme (hérédité spécifique), la combinaison singulière de gènes qui fait de chacun de nous un individu unique, notre sexe, la couleur de nos yeux ou de nos cheveux… Même notre caractère est en partie déterminé par nos gènes. Nous n'avons pas davantage choisi la date et le lieu de notre naissance, ni notre héritage et notre identité culturelle.

REMARQUE

Ce sujet appelle un plan dialectique (thèse, antithèse, synthèse). Ce type de plan permet de traiter de nombreux sujets et donne de bons résultats, à condition de ne pas être appliqué de manière mécanique et caricaturale.

« On choisit pas ses parents, on choisit pas sa famille, on choisit pas non plus les trottoirs de Manille, de Paris ou d'Alger pour apprendre à marcher », dit la chanson. On ne choisit pas son passé, son histoire, les expériences de vie qui font de nous ce que nous sommes. Bref, on ne choisit donc pas d'être celui qu'on est. Mais choisit-on au moins *ce qu'on fait* ? Et par conséquent, en est-on responsable ?

B. Si nous ne sommes pas responsables de ce que nous sommes, nous ne le sommes pas non plus de ce que nous faisons

La liberté d'action n'est jamais totale ni jamais nulle. On choisit ce qu'on fait, mais nos choix résultent de ce que nous sommes et que nous n'avons pas choisi d'être. Suis-je responsable de mes goûts, de mes désirs, de mes croyances, de mes convictions ? Ma personnalité est le résultat de déterminismes biologiques, psychologiques et sociaux. J'ai intériorisé au cours de mon éducation des interdits et des injonctions, des normes sociales qui constituent ma conscience morale.

Pourtant, ce processus de « normalisation » ne suffit pas toujours à empêcher toute déviance, tout écart par rapport à la norme. À qui la faute ? La faute n'est à personne. « Ce que l'homme va faire est toujours une suite de ce qu'il a été », écrit le baron d'Holbach. Par conséquent, « il n'est pas maître d'agir autrement qu'il ne fait au moment où sa volonté est déterminée par son choix ».

CONSEIL

Les citations sont un plus, mais elles ne sont nullement indispensables. En revanche, votre réflexion doit être soutenue par des références philosophiques.

C. Le libre arbitre est une illusion

Nous ne sommes responsables de rien parce que le libre arbitre est une illusion. « Telle est cette liberté humaine que tous les hommes se vantent d'avoir et qui consiste en cela seul que les hommes sont conscients de leurs désirs et ignorants des causes qui les déterminent », écrit Spinoza.

Le criminel a-t-il choisi le crime ? Certes, mais il était déterminé par son passé à faire ce choix. Penser qu'il aurait pu en faire un autre est absurde : il faudrait admettre que la même cause (lui-même) puisse produire des effets différents ! « Notre vie est une suite d'instants nécessaires et notre conduite bonne ou mauvaise, vicieuse ou vertueuse [...] est un enchaînement d'actions aussi nécessaires que les instants de notre durée », écrit le baron d'Holbach. « Choisit-on d'être bien fait ou d'être bossu ? » demande Sade.

Transition

Mais peut-on en conclure avec ce dernier qu'il n'y a rien au monde de plus ridicule que de vouloir contrarier, punir ou corriger l'homme dont le comportement n'est pas conforme aux lois ou à la morale ?

II. Antithèse : nous sommes responsables de ce que nous choisissons librement

A. Le déterminisme ruine la morale

La conséquence d'un tel raisonnement est inacceptable. Peut-on exonérer l'individu de toute responsabilité au prétexte qu'il n'a pas choisi d'être l'homme qu'il est ? Saint Thomas d'Aquin souligne que nier le libre arbitre ruinerait la morale. La thèse selon laquelle chacun agit toujours de manière nécessaire élimine les notions de mérite et de démérite, « car si rien ne vient de nous, mais si nous sommes poussés à vouloir par nécessité, la délibération, le conseil et le précepte, la punition, la louange et le blâme, sur lesquels porte la philosophie morale, sont supprimés », écrit-il.

C'est le même raisonnement qui conduit Kant à faire de la morale un postulat de la raison pratique. Quelque intérêt que je puisse avoir à faire une chose, je dois reconnaître qu'il m'est possible d'agir autrement si tel est mon devoir. Si on veut me contraindre, en me menaçant de mort, de porter un faux témoignage contre un honnête homme, je dois reconnaître qu'il m'est possible de vaincre ma peur et de faire mon devoir. Je sais ainsi que je suis libre, c'est-à-dire que je *peux* faire une chose parce que je le *dois*.

B. Nous choisissons de nous laisser déterminer ou non

Hegel va dans le même sens : « Les circonstance ou mobiles n'ont jamais sur l'homme que le pouvoir qu'il leur accorde lui-même », écrit-il. Pour s'exonérer de toute responsabilité, un homme dira que sa volonté a été déterminée par tel ou tel mobile ; mais en réalité, il a choisi de se laisser déterminer par ces mobiles.

Le même argument se trouve chez Malebranche : il est vrai que nous sommes toujours déterminés par certains motifs, parfois cachés (inconscients), mais c'est que nous avons aussi donné notre consentement. Et nous le sentons bien : au moment même où nous prenons notre décision, « nous avons le sentiment intérieur de notre liberté ». Supposons par exemple que je sois tenté de voler un objet que je désire mais que je ne peux pas acheter. Je passerai à l'acte si, et seulement si, j'accepte de me laisser déterminer par mon désir. Et je sens intérieurement que je donne mon consentement au moment où je le donne.

Transition

Mais mon consentement est-il vraiment donné librement ? Ce que je choisis, est-ce que je le choisis librement ou nécessairement ? Et par conséquent, est-ce que j'en suis vraiment responsable ? Nous voilà revenus au point de départ !

III. Synthèse : nous sommes responsables de ce que nous choisissons nécessairement

A. Redéfinition de la notion de responsabilité

Comme on l'a vu, on ne peut ni admettre la notion de libre arbitre (parce qu'elle est impensable), ni renoncer à la notion de responsabilité. Il faut donc redéfinir les notions de liberté et de responsabilité.

> **CONSEIL**
> La solution d'un problème dépend souvent de la manière dont on en définit les termes. La synthèse, pour apporter une véritable solution à la contradiction, doit donc souvent redéfinir les termes de la question.

Je suis responsable de ce qui advient par moi, non parce que cela aurait pu ne pas advenir, mais parce que cela devait advenir par moi *nécessairement*. Le criminel est responsable de son crime, non parce qu'il aurait pu ne pas le commettre, mais parce que c'est son choix, c'est-à-dire un choix qui émane de sa personnalité. C'est aussi la raison pour laquelle il doit être puni, c'est-à-dire corrigé : non parce qu'il aurait pu et dû faire autrement, mais plutôt *parce qu'il n'aurait pas pu faire autrement*, parce qu'il est ce qu'il est. Il s'agit donc de le punir pour le changer, afin qu'il ne puisse plus commettre d'autres crimes.

C'est ce que suggère Diderot dans *Jacques le fataliste*. Jacques « croyait qu'un homme s'acheminait aussi nécessairement à la gloire ou à l'ignominie qu'une boule qui aurait la conscience d'elle-même suit la pente d'une montagne », et pourtant « il se mettait en colère contre l'homme injuste » parce que celui-ci « est modifié par le bâton ». Qu'elle prenne la figure de la culpabilité ou celle du mérite, la responsabilité est donc bien là, dans ce qui procède de moi et porte la marque de ma personnalité.

Être responsable, c'est avoir fait un choix qu'on doit pouvoir expliquer et justifier, c'est « avoir des comptes à rendre », c'est *répondre* de ses actes (le terme « responsabilité » vient du latin *respondere*, qui signifie « répondre »).

De quoi sommes-nous donc responsables au juste ? On ne saurait énumérer l'ensemble de nos responsabilités, la tâche serait infinie ! Nous sommes responsables de ce que nous avons voulu, même si notre volonté n'est pas libre, même si le libre arbitre est une illusion, même si nous ne nous sommes pas choisis nous-mêmes. Nous sommes responsables de ce qui arrive par nous, par notre volonté, par notre choix. Mais qu'est-ce qui dépend réellement de nous ?

B. Qu'est-ce qui dépend de nous ?

Il faudrait sans doute toujours le savoir, pour trouver le courage de changer ce qui peut l'être et la force d'accepter ce qui ne le peut pas. C'est ce que voulaient les stoïciens dont Descartes s'inspire dans le *Discours de la méthode*, au moment de se donner une morale provisoire : « Il n'y a rien qui soit réellement en notre pouvoir que nos pensées, en sorte qu'après que nous avons fait notre mieux touchant les choses qui nous sont extérieures, tout ce qui manque de nous réussir est, au regard de nous, absolument impossible. »

Épicure va dans le même sens : l'avenir n'est jamais tout à fait en notre pouvoir, ni jamais tout à fait hors de notre pouvoir. Si nos pensées dépendent de nous, le cours des choses dépend d'un grand nombre de causes. Notre responsabilité n'est donc peut-être jamais totale ni jamais nulle, mais toujours partielle. Or, c'est cette *part* de responsabilité qu'il faudrait pouvoir définir, comme on cherche à le faire lors d'un accident de la route, par exemple.

C. Responsabilité individuelle et responsabilité collective

C'est en raison d'une simplification pratiquement nécessaire qu'on déclare parfois que quelqu'un est responsable d'un accident à cent pour cent. En réalité, chacun l'est toujours au moins un peu, du seul fait qu'il a choisi de prendre la route. Il n'y aurait donc jamais que des degrés de responsabilité, et beaucoup de responsabilités collectives, diffuses et partagées.

Ainsi la responsabilité politique n'est-elle pas réservée à ceux qui gouvernent. Ainsi sommes-nous tous conjointement responsables de notre environnement, de la société ou de l'éducation de la jeunesse, par exemple. Un proverbe africain dit qu'il faut tout un village pour élever un enfant : un enfant n'est pas éduqué seulement par ses parents ; c'est aussi, d'une certaine façon, la société tout entière qui le forme. *Nous* sommes donc parfois *collectivement* responsables de ce qui apparaît pourtant à première vue comme relevant de la seule responsabilité individuelle.

Conclusion

La conception commune de la notion de responsabilité nous est apparue comme mal fondée, car fondée sur une notion impensable : celle du libre arbitre. Mais on ne pouvait cependant y renoncer : l'idée que nul n'est responsable de rien est en effet inacceptable. Il nous a alors fallu redéfinir la notion de responsabilité. Le responsable n'est pas celui qui aurait pu agir autrement, puisqu'il a agi en raison des nécessités de sa nature. Il est celui qui a voulu ce qui est arrivé et qui ne pouvait pas vouloir autre chose parce qu'il est ce qu'il est. Il est celui qu'on doit louer si ce qui est advenu par sa volonté est bon et blâmer si cela est mauvais.

Nous sommes donc responsables de ce qui dépend de nous, de notre volonté et de nos choix. Mais qu'est-ce qui dépend réellement de nous, et de nous seuls ? Qu'est-ce qui n'en dépend absolument pas ? Rien, peut-être... C'est probablement toujours « nous » qui sommes responsables, et jamais seulement l'individu pris isolément et en lui-même. Parce que l'individu isolé est un mythe, parce que je ne suis ce que je suis que par les autres... Il faudrait donc s'interroger sur la part de responsabilité de la société dans la genèse du crime, par exemple. Comment une société injuste pourrait-elle engendrer des individus vertueux ?

SUJET 2 : DISSERTATION

L'amour du travail a-t-il un sens ?

> **Coup de pouce**
>
> La question est délibérément provocante. C'est qu'elle est posée pour provoquer la réflexion. Celle-ci doit cependant rester méthodique et s'efforcer de décrire et d'analyser l'amour du travail afin d'en montrer la valeur et les limites. Il semble donc assez naturel d'envisager un plan en deux parties, la seconde complétant et nuançant la première sans à proprement parler la contredire.

Introduction

« Le travail éloigne de nous trois grands maux : l'ennui, le vice et le besoin », écrit Voltaire. Cela explique qu'on puisse aimer le travail et même parfois l'aimer passionnément, jusqu'à y consacrer l'essentiel de son temps, de sa vie ou de son énergie.

Pourtant, les Grecs méprisaient le travail. Ils y voyaient une activité servile, indigne d'un homme libre. De ce point de vue, l'amour du travail apparaît comme un non-sens : aimer le travail, ce serait aimer ses chaînes, aimer la contrainte, la souffrance et la servitude.

On peut donc se demander si l'amour du travail a un sens, s'il est sensé et justifié ou s'il procède au contraire d'une forme d'aveuglement, d'illusion, voire de perversion qui, paradoxalement, nous ferait aimer ce que nous devrions mépriser.

I. L'amour du travail peut avoir un sens

A. Description et analyse psychologique

Certains aiment le travail, ou du moins leur travail. Ils ont, à tort ou à raison, le sentiment que travailler leur fait du bien, contribue à leur équilibre, à leur bien-être et à leur épanouissement personnel. En effet, il est indéniable que travailler permet de se sentir utile et compétent, et donc d'être fier de soi. On peut aimer le travail parce qu'il permet de s'aimer soi-même. Rien n'est plus sensé.

> **GAGNEZ DES POINTS**
>
> Liez autant que possible les arguments entre eux au lieu de simplement les juxtaposer.

Mihaly Csikszentmihalyi, un psychologue ayant consacré sa vie à découvrir ce qui rend les gens heureux, estime que nos plus grands bonheurs correspondent à un état de concentration ou d'absorption complète dans une activité, qu'il nomme *flow* (« flux »).

Cette théorie éclaire le célèbre jugement de Kant qui affirme que « le Ciel n'aurait pas pris soin de nous avec plus de bienveillance en nous offrant toutes choses déjà préparées ». L'homme, en effet, a besoin d'occupation et de s'oublier lui-même dans une tâche qui l'absorbe.

B. Aimer ce qu'on fait

« Chaque chose a deux anses : l'une par où on peut la porter, l'autre par où on ne le peut pas », écrit Épictète. Mieux vaut aimer le travail, puisque nous devons travailler. Ce qu'on ne peut changer, ce qui est inscrit dans l'ordre naturel des choses ou dans la condition humaine, il faut l'accepter et même l'aimer si on le peut. Il faut donc envisager le travail sous son jour le plus favorable et lui rendre justice si on veut pouvoir l'aimer et être heureux.

Le sage est libre et heureux parce qu'il donne son assentiment à l'ordre des choses, affirment les stoïciens. Il est en accord, en harmonie avec ce qui est ou doit être. Mieux vaut en effet aimer ce qu'on a, ce qu'on est et ce qu'on fait que de se condamner à être éternellement insatisfait. Aimer le travail, c'est aimer la vie, non telle qu'on la rêve, mais telle qu'elle peut être. Rien ne semble plus sage et plus sensé.

C. Travailler permet de changer ce qui peut l'être

« Que la force me soit donnée de supporter ce qui ne peut être changé et le courage de changer ce qui peut l'être, mais aussi la sagesse de distinguer l'un de l'autre », écrit Marc Aurèle. Dans son esprit, il s'agit surtout d'agir à la lumière de l'idée que nous avons davantage de pouvoir sur nos pensées, nos désirs ou nos émotions que sur le cours des choses.

Mais nous pouvons interpréter la formule autrement : il y a, dans le monde, des choses qu'il est en notre pouvoir de changer et d'autres que nous ne pouvons qu'accepter. Or, on peut aisément les confondre : accepter ce qu'on pourrait changer ou, à l'inverse, s'évertuer à changer ce qui ne peut l'être.

Dans cette perspective, aimer le travail, c'est accepter sagement ce qui ne peut être changé (l'homme est condamné à travailler pour adapter la nature à ses besoins) et en même temps changer tout ce qui peut l'être par l'effort, la volonté et la peine.

Dès lors, c'est la détestation du travail qui apparaît comme un non-sens, puisqu'elle consiste à refuser ce qu'on ne peut qu'accepter (la nécessité de travailler) tout en s'interdisant de changer ce qui pourrait l'être précisément grâce au travail.

Transition

Mais l'amour du travail a-t-il toujours un sens ? Dans quelle mesure est-il raisonnable de s'investir dans le travail ? Peut-on toujours l'aimer ?

II. L'amour du travail peut ne pas avoir de sens

A. Le travail est ce qui permet à l'homme de s'accomplir mais aussi ce qui l'aliène

Le travail est un aspect de ce qu'on peut appeler la négativité humaine : « L'homme est l'animal qui n'accepte pas simplement le donné naturel, qui le nie », écrit Georges Bataille. Cela signifie que l'homme ne peut se satisfaire des choses telles qu'elles sont et que, par conséquent, il les transforme par le travail et par l'éducation (qui est un travail sur soi). Il crée ainsi un monde nouveau, artificiel : le monde humain, celui de la culture par opposition à la nature. Le travail est donc le propre de l'homme et lui permet de s'accomplir, comme Marx le souligne également. De ce point de vue, l'amour du travail est pleinement sensé et justifié.

Cependant, Marx dénonce le travail aliéné du prolétaire qui, condamné à vendre sa force de travail pour vivre, n'est rien de plus qu'un esclave moderne. Étranger à ce qu'il fait et comme étranger à lui-même, il exécute une tâche qui devient de plus en plus mécanique et répétitive. « Le travail aliéné est mortification », écrit Marx. Comment un individu doué de bon sens pourrait-il aimer ce travail-là ?

B. L'amour du travail peut être un amour fou

Pourtant, les ouvriers aiment le travail, constate Paul Lafargue. La classe ouvrière est possédée par une étrange folie : « l'amour du travail, la passion moribonde du travail, poussée jusqu'à l'épuisement de l'individu », écrit-il en 1880 dans son livre *Le droit à la paresse*. Pour cet écrivain et homme politique français, il faut contraindre les ouvriers à travailler moins et à consommer les biens qu'ils produisent.

D'un point de vue psychologique, le surinvestissement dans le travail peut se comprendre comme une forme d'addiction. Les anglophones parlent aujourd'hui de *work addiction* (« addiction au travail ») et de *workaholics* (« bourreaux de travail »). Certains sont fiers de « se défoncer au travail », sans relever que l'expression provient du vocabulaire de la toxicomanie (addiction à une substance toxique).

D'un point de vue existentiel, le travail peut, comme le jeu, les spectacles ou la chasse, relever de ce que Pascal appelle le divertissement : tout ce qui « fait diversion », occupe notre esprit et nous détourne de la misère de notre condition de mortel.

D'un point de vue sociologique et politique, l'amour excessif du travail peut se comprendre comme relevant de l'idéologie au sens marxiste du terme : une vision des choses illusoire que la classe dominante (la bourgeoisie) impose dans son propre intérêt à la classe dominée (le prolétariat).

Sans être marxiste, c'est cette idéologie bourgeoise glorifiant le travail que Nietzsche dénonce : « Le travail constitue la meilleure des polices », écrit-il. Pour le philosophe, le travail est un puissant facteur d'ordre et de sécurité parce qu'il épuise les hommes et entrave le développement de leur individualité. De ce point de vue, l'amour du travail, magnifié et idéalisé, contribuerait à maintenir l'ordre établi à l'avantage des privilégiés. Il faudrait donc dénoncer cette illusion idéologique et faire prendre conscience aux hommes qui en sont victimes qu'ils sont tombés amoureux de leurs chaînes.

C. Aimer le travail ou n'aimer que le travail ?

Le travail préserve la vie, c'est une raison suffisante de l'aimer. Ce qui n'aurait guère de sens, ce serait de n'aimer que lui. Si on travaille pour gagner sa vie, c'est-à-dire pour produire les moyens de sa subsistance (nourriture, vêtements, logement…), c'est que le travail est le moyen de la vie, et non sa fin. Il faut donc travailler pour vivre, et non pas vivre pour travailler. Que le travail, qui n'a qu'une valeur de moyen, devienne une fin en soi, c'est cela qui n'aurait pas de sens. Le travail n'est pas tout.

Aimer le travail n'empêche pas d'aimer la paresse, les loisirs et plus encore le loisir, le temps libre que l'on peut consacrer à des activités gratuites ou désintéressées qui n'ont pas d'autre but qu'elles-mêmes et la perfection de celui qui s'y adonne. La philosophie en est un exemple. Elle est, aux yeux d'Aristote, une fin en soi et ainsi, d'une certaine façon, le contraire d'un travail : elle relève de la *praxis* (« pratique ») et non de la *poiésis* (« production »).

Par exemple, l'artisan qui fabrique une chaise vise le résultat (la chaise), il ne travaille pas pour travailler. Le philosophe, au contraire, philosophe pour philosopher. Ce n'est pas le résultat qui compte ici, mais l'activité elle-même en tant qu'accomplissement de la nature même de l'homme.

Sans mépriser le travail à la manière des Anciens, Hannah Arendt entend le cantonner à sa dimension vitale (gagner son pain, gagner sa vie) pour conserver une place à l'œuvre et à l'action. Nous ne savons plus rien des activités plus nobles et plus enrichissantes que le travail, cultivées autrefois par l'aristocratie. Nous ne savons plus guère que produire et consommer des biens. Cela est d'autant plus absurde que, les progrès de l'automatisation vidant progressivement les usines, nous avons devant nous la perspective d'une « société de travailleurs sans travail ».

Conclusion

Loin d'être absurde et vide de sens, l'amour du travail semble parfaitement fondé : le travail éloigne de nous la misère, il crée des biens et des richesses qui nous assurent une vie confortable (avoir chaud quand il fait froid, avoir de la lumière quand il fait nuit, avoir à manger quand on a faim…).

Cet amour ne doit cependant pas être inconditionnel ni exclusif. On ne peut aimer le travail quelles qu'en soient les conditions (le travail aliéné) et n'aimer que lui. Ce n'est donc pas l'amour du travail qui n'a pas de sens, mais seulement la passion du travail, puisqu'elle fait perdre toute mesure, toute sagesse et tout discernement.

SUJET 3 : EXPLICATION DE TEXTE

Pascal, *Pensées*

Coup de pouce

La notion de divertissement est la clé de ce texte. Par ce terme, Pascal désigne tout ce qui peut occuper notre esprit et nous éviter de penser à la misère de la condition humaine. Il condamne pourtant le divertissement : « La seule chose qui nous console de nos misères est le divertissement ; et cependant c'est la plus grande de nos misères », écrit-il. Aux yeux du philosophe, seule la foi peut nous sauver : « Misère de l'homme sans Dieu, grandeur de l'homme avec Dieu. »

Introduction

Les moralistes, comme La Rochefoucauld ou Pascal, sont des observateurs désenchantés des mœurs humaines, dont ils s'efforcent de découvrir les ressorts cachés.

Pourquoi les hommes s'agitent-ils vainement ? Pourquoi risquent-ils leur vie dans des entreprises aussi absurdes que dangereuses ? C'est cette énigme que Pascal élucide d'un trait dans un passage célèbre des *Pensées* : « Tout le malheur des hommes vient d'une seule chose, qui est de ne savoir pas demeurer en repos dans une chambre. »

Comment comprendre ce besoin que nous avons de nous occuper, de nous agiter, de nous divertir à tout prix ? Pourquoi réclamons-nous le tumulte quand nous pourrions jouir du repos ? Pascal voit dans ce qu'il appelle le divertissement le moyen qui permet communément aux hommes d'échapper à la misère de leur condition de mortels. Mais les hommes ne se font-ils réellement l'amour, la guerre ou la conversation que pour échapper à l'angoisse de la mort ? La thèse peut paraître réductrice.

Développement

A. Composition du passage

Le passage s'ouvre sur une idée tirée de l'observation distanciée du comportement des hommes : nous nous épargnerions bien des misères si nous pouvions demeurer en repos. Mais pourquoi en sommes-nous tellement incapables ? C'est que, nous dit Pascal, nous avons besoin d'agir pour ne pas penser à la misère de la condition humaine. Le passage s'achève sur un exemple permettant de vérifier cette thèse : celui du roi sans divertissement.

B. Explication détaillée

Pascal se fonde sur des observations que son lecteur peut vérifier, y compris en lui-même : les hommes s'agitent, s'affairent, s'occupent de mille manières. Ils fuient comme la peste l'ennui et le désœuvrement, qu'ils semblent redouter plus que le danger, la violence ou la guerre. Pourquoi sommes-nous incapables de jouir paisiblement du confort que peut nous offrir un foyer ? Pourquoi prendre la mer au péril de sa vie ? Pourquoi assiéger une ville ou conquérir l'Asie quand on pourrait rester chez soi près du feu ?

Les exemples sont datés, mais cela n'enlève rien à la pertinence du questionnement de Pascal. Pourquoi faire le tour du monde à la voile, sauter d'un pont attaché à un élastique, jouer au casino ou aller au cinéma, sinon parce que nous ne pouvons demeurer chez nous avec plaisir ? On objectera peut-être qu'il est possible de « demeurer chez soi avec plaisir ». Mais chez soi ou ailleurs, pouvons-nous nous passer de divertissement ? Pouvons-nous vivre sans radio, sans téléphone, sans Internet, sans livres… bref, sans rien pour nous occuper l'esprit ? Ce n'est peut-être pas fondamentalement *chez soi*, mais plutôt *en soi* qu'il faut chercher le péril que nous fuyons dans l'action.

Pourquoi fuyons-nous cet ennui qui nous met face à nous-mêmes ? Parce qu'il nous fait prendre conscience de la misère de la condition humaine, du « malheur naturel de notre condition faible et mortelle », écrit Pascal. Le malheur serait donc en un sens naturel pour l'homme, c'est-à-dire qu'il est lié à la nature ou à la condition humaine, à notre condition de mortels. Pascal en propose une terrible image : la condition humaine est comparable à celle de prisonniers qui attendent que vienne leur tour d'être exécutés. Qui sera le prochain ? Qui la mort viendra-t-elle chercher aujourd'hui ?

Mais notre condition n'est pas seulement définie par la mort. Nous sommes aussi des êtres temporels : nous existons dans le temps, ce monstre qui dévore ses enfants. « Avec le temps, va, tout s'en va », chante le poète Léo Ferré. « C'est une chose horrible de sentir s'écouler tout ce que l'on possède », écrit l'auteur des *Pensées*. La vie, ou du moins cette vie ici-bas, Pascal la juge horrible et misérable : « Il n'y a rien de bon en cette vie », écrit-il. Rien de bon sinon « l'espoir d'une autre vie », éternelle et heureuse, ou heureuse parce qu'éternelle, c'est-à-dire hors du temps.

Puisque nous ne pouvons échapper à la misère de notre condition mortelle que par l'espoir du salut, nous devrions entrer dans la foi et réformer notre vie pour être sauvés. Mais les hommes choisissent d'ordinaire de fuir la réalité dans le divertissement. « Les hommes n'ayant pu guérir la mort, la misère, l'ignorance, ils se sont avisés, pour se rendre heureux, de n'y point penser », écrit Pascal. Pour ne pas y penser, il faut s'occuper. C'est la raison pour laquelle nous fuyons l'ennui et recherchons ce que l'auteur des *Pensées* nomme le divertissement.

Le philosophe condamne cette attitude qui consiste à détourner le regard pour chercher refuge dans l'inconscience et l'illusion : « La seule chose qui nous console de nos misères est le divertissement ; et cependant c'est la plus grande de nos misères », écrit-il. À ses yeux, notre salut dépend au contraire d'une conversion qui tourne notre regard vers Dieu et l'espoir de la vie éternelle.

Pascal achève sa démonstration avec l'exemple du roi sans divertissement, qui inspirera un roman à Giono. L'idée est simple et clairement formulée : « Un roi sans divertissement est un homme plein de misères. » Malgré tous les privilèges liés à sa condition, un roi n'est qu'un simple mortel et ne peut l'oublier qu'en se divertissant.

C. Brève discussion de la thèse

La vie ici-bas est-elle aussi misérable que l'affirme Pascal ? Ne vaut-elle que par l'espoir du salut ? Le divertissement au sens pascalien du terme est-il vraiment le ressort caché, la raison fondamentale de la plupart des activités humaines ? Ne fait-on l'amour ou la guerre que pour échapper à l'angoisse de la mort ?

La thèse de Pascal est séduisante par sa noirceur, son pessimisme et son désenchantement, mais on peut la juger réductrice. Nietzsche dénoncera ce qu'il appelle le nihilisme, c'est-à-dire la tentation de dénigrer la réalité, la vie ou le monde en les comparant à une autre réalité, une autre vie, un autre monde idéal. Par ailleurs, le rôle de la philosophie n'est-il pas au contraire de nous apprendre à vivre et à aimer la vie malgré la mort ?

Conclusion

Pascal souligne que les activités humaines ne sont souvent qu'une vaine agitation qui ne vise qu'à échapper à l'ennui. L'idée a tellement marqué les esprits qu'on parle aujourd'hui du « divertissement » au sens pascalien.

> **CONSEIL**
> Dans la conclusion, pensez à rappeler à la fois la valeur et les limites de la thèse exprimée par l'auteur dans le texte.

Cette thèse peut cependant paraître exagérément pessimiste et réductrice. On peut douter qu'il soit possible de ramener la quasi-totalité des activités humaines au divertissement pascalien. Et n'y a-t-il vraiment rien de bon en cette vie sinon l'espoir d'une autre vie, comme le prétend Pascal ?

SUJET 4 : EXPLICATION DE TEXTE

Alain, *Idées*

> **Coup de pouce**
>
> Il s'agit d'un extrait d'un livre d'Alain intitulé *Idées* et paru en 1932. L'auteur s'exprime dans un langage courant, sans employer aucun terme technique. Toutefois, on ne peut comprendre ce passage sans maîtriser quelques notions élémentaires, comme celles de vérité formelle et matérielle. D'une manière générale, le propos relève de la théorie de la connaissance et renvoie aux notions de vérité, de démonstration, de théorie et d'expérience. Ce sujet montre que l'explication de texte ne requiert pas forcément moins de connaissances que la dissertation.

Introduction

Si on s'interroge communément sur ce qui est vrai, on ne se demande jamais ce que cela veut dire. Qu'est-ce qu'une idée vraie ? Qu'est-ce qu'on appelle « vrai » ? C'est la question que se pose Alain dans ce passage d'*Idées*.

Sa réponse se fonde sur l'exemple des idées scientifiques, qui peuvent être vraies en deux sens. En un premier sens, les idées peuvent être vraies par leur succès, par leur efficacité. Mais les idées mathématiques sont également vraies en ce sens qu'elles sont rigoureusement démontrées par l'esprit seul, *a priori* et sans référence à l'expérience.

Cette thèse soulève une difficulté : comment ce que l'esprit construit *a priori* (sans s'appuyer sur l'expérience) peut-il s'accorder avec le réel, l'éclairer et nous permettre d'agir sur lui ? D'une manière plus générale, la thèse d'Alain amène à s'interroger sur les limites de la « raison pure » : que peut la raison seule, privée de tout secours venant de l'expérience ?

Développement

A. Composition du passage

Le passage s'ouvre sur une affirmation : une idée peut être vraie en deux sens. Le texte tout entier vise à préciser, développer et justifier cette affirmation initiale.

En un premier sens, une idée peut être vraie par son efficacité, c'est-à-dire par le pouvoir qu'elle nous donne sur les choses : pouvoir de prédire leur cours ou de le modifier pour satisfaire nos besoins.

Mais Alain souligne ensuite que l'efficacité des idées ne suffit pas à les justifier : l'esprit réclame une démonstration indépendante de l'expérience, comme celles de la géométrie. Cette seconde forme de vérité, inconnue de la pensée commune, est présentée comme la plus satisfaisante pour l'esprit « qui veut se suffire à lui-même » et ne rien devoir à l'expérience.

> **CONSEIL**
>
> Évitez d'en dire trop dans cette première partie afin de vous répéter le moins possible ensuite. Il s'agit seulement de mettre en évidence la construction du passage.

B. Explication détaillée

Les idées sont d'abord vraies par leur succès et leur efficacité, c'est-à-dire parce qu'elles « marchent ». Les idées mathématiques le montrent parfaitement : la règle de trois, le nombre Pi, le théorème de Thalès... sont utiles, ils permettent de résoudre des problèmes concrets. Les vérités mathématiques sont vraies à titre d'outils intellectuels, d'instruments. Elles sont vraies d'une « vérité instrumentale », dirait William James, fondateur du pragmatisme.

Les idées sont également vraies parce qu'elles éclairent les phénomènes, parce qu'elles les rendent intelligibles, prévisibles et maîtrisables. Thalès avait, dit-on, fait l'admiration de ses contemporains en prédisant une éclipse du Soleil. La météorologie permet de prévoir le temps. « Science, d'où prévoyance ; prévoyance, d'où action », écrit Auguste Comte. La science permet de prévoir et d'expliquer le réchauffement climatique, et ainsi de prendre les mesures nécessaires pour le combattre (réduire les émissions de gaz à effet de serre).

> **GAGNEZ DES POINTS**
>
> Pensez à structurer votre développement en paragraphes marqués par des alinéas.

Nous sommes jetés « au milieu d'ombres redoutables », écrit Alain. Cela signifie que les phénomènes (les « ombres ») sont d'abord inexplicables et imprévisibles, donc redoutables. Imaginons le monde tel qu'un petit enfant peut le percevoir : les événements se succèdent sans raison, il fait jour mais la nuit survient, imprévisible, inexplicable, mystérieuse et redoutable, les êtres vont et viennent, apparaissent ou disparaissent... Les idées mettent progressivement de l'ordre dans les choses : les phénomènes se succèdent selon des lois, la cause précède l'effet. Tout s'éclaire, prend sens, devient prévisible et donc maîtrisable. La rotation de la Terre explique la succession régulière du jour et de la nuit, les êtres ont un visage, un nom et un caractère, ils sont identifiables et prévisibles. La peur recule à mesure que la lumière dissipe les ombres. La vérité des idées est à la mesure de leur succès, c'est-à-dire de leur capacité à transformer un chaos confus et obscur en un univers intelligible, ordonné, prévisible et maîtrisable. On le sait depuis Bacon : savoir, c'est pouvoir.

Mais les « ombres au milieu desquelles nous sommes jetés » ne sont peut-être pas seulement des objets dans la pénombre qui attendraient la lumière de la raison. Si les phénomènes sont désignés comme des « ombres », c'est vraisemblablement en référence aux ombres de l'allégorie de la caverne de Platon. Envisagés sous cet angle platonicien, les phénomènes (ce que nous voyons, touchons, percevons) ne sont que des apparences, et non la réalité même (ce qui est vraiment réel).

> **CONSEIL**
>
> Ne vous référez à d'autres auteurs que pour éclairer le passage. Expliquez le texte, tout le texte, rien que le texte.

La vérité ne serait donc pas visible, perceptible par les sens, mais seulement concevable par l'esprit, la raison ou l'intelligence. Ainsi formulée, la thèse d'Alain peut aussi bien renvoyer à Descartes qu'à Platon. Elle est rationaliste en ce sens qu'elle affirme que « nos sens nous trompent », comme l'écrit Descartes, et que nos connaissances valides sont principalement fondées sur la raison.

Ce détour par l'histoire de la philosophie, suggéré par la référence implicite aux ombres de la caverne, éclaire également la suite du texte. Si les idées sont vraies, ce n'est pas seulement parce qu'elles nous rendent « comme maîtres et possesseurs de la nature », comme le souligne Descartes, mais c'est aussi et surtout parce qu'elles sont démontrées, c'est-à-dire rigoureusement établies par un raisonnement qui, comme dans la géométrie d'Euclide, ne s'appuie pas sur l'expérience : « La preuve selon Euclide n'est jamais d'expérience », écrit Alain.

Les idées, par exemple mathématiques, sont donc vraies formellement, par la force de la forme (*vi formae*), avant de l'être matériellement, par la force de la matière (*vi materiae*). Autrement dit, ce n'est pas tant parce qu'elles s'accordent avec l'expérience ou permettent de comprendre et de maîtriser le cours des choses que les idées mathématiques sont vraies, c'est surtout parce qu'elles sont cohérentes : « Ce qui fait notre géométrie, notre arithmétique, notre analyse, ce n'est pas premièrement qu'elles s'accordent avec l'expérience, mais c'est que notre esprit s'y accorde avec lui-même. »

On pourrait ajouter que les mathématiques ne sont même rigoureusement vraies que par la forme, puisqu'elles n'examinent que des entités abstraites comme les nombres et les figures. Par exemple, le segment de droite n'est qu'une longueur sans largeur ni profondeur, le point mathématique est un lieu idéalement précis sans extension qui n'existe que dans l'esprit qui le conçoit ou dans le ciel des Idées de Platon…

Alain estime donc que l'esprit ne peut se satisfaire de la vérité d'expérience, celle que le succès confirme. L'exemple de la géométrie d'Euclide le montre bien : « La preuve selon Euclide n'est jamais d'expérience », écrit Alain. Il ajoute : « Elle ne veut point l'être. » Et il confirme plus loin que l'accord des mathématiques avec l'expérience et leur efficacité n'est pas « la règle suffisante du bien penser ». L'esprit ne cherche pas « cette vérité que le monde confirme », mais une vérité reposant sur des « preuves subtiles qui refusent le plus possible l'expérience », une vérité « plus pure » et sans mélange, « toute d'esprit ».

Ce sont bien sûr les mathématiques qui réalisent au mieux cet idéal de pureté théorique : elles engendrent d'abord leurs objets en les définissant de manière claire et distincte (la droite, le cercle, le triangle…). Ces définitions idéales sont donc « toujours maintenues », définitives. Elles se distinguent en cela des définitions de la philosophie, qui sont d'abord données à titre de « simples essais » et que la réflexion corrigera jusqu'à aboutir peut-être à une définition définitive, comme le souligne Kant.

La géométrie d'Euclide offre ainsi à l'esprit un modèle parfaitement satisfaisant. Partant de définitions, de postulats et d'axiomes, Euclide démontre toute la géométrie. Tout son raisonnement n'est que la suite logique de ce qu'il a posé au départ, la conséquence de ses principes (le terme latin *principium* signifie d'ailleurs « commencement »). C'est en ce sens qu'on peut dire avec Alain que les définitions « commandent toute la suite ». C'est ce qu'on appelle la méthode hypothético-déductive, qui déduit méthodiquement tout ce qui découle logiquement des hypothèses admises au commencement. Si un triangle est un triangle, si un angle est un angle, alors la somme des angles d'un triangle est égale à deux angles droits. CQFD, ce qu'il fallait démontrer. On part du simple (la définition du triangle) pour aboutir au complexe, à la plus grande satisfaction de l'esprit.

C. Approfondissement critique

Mais comment comprendre que ce qui est construit du dedans, par l'esprit seul, s'accorde si merveilleusement avec le monde des choses matérielles, extérieures à l'esprit ? Si l'esprit était informé par l'expérience, comme dans la théorie empiriste, le problème ne se poserait pas ou il se poserait de manière moins aiguë : on pourrait supposer, par exemple, que les principes sur lesquels s'appuient les démonstrations mathématiques sont suggérés par l'expérience, par l'observation des choses.

Cette difficulté pose plus généralement la question des « limites de la raison pure », pour le dire en termes kantiens. Que peut la raison seule, quand elle est privée de tout secours venant de l'expérience ? Comment les mathématiques sont-elles possibles *a priori* ? Et que dire des autres sciences évoquées par Alain, l'astronomie et la physique ? Elles utilisent bien sûr très largement les mathématiques, mais sont bien loin d'être construites *a priori* et on peut se demander si on peut partager l'opinion d'Alain selon laquelle l'astronomie et la physique refuseraient le plus possible l'expérience. N'est-ce pas ce refus de l'expérience qui conduit Descartes à forger des théories parfois très fragiles, comme par exemple sa fameuse théorie des tourbillons ?

Conclusion

Quoi qu'il en soit de ces difficultés, le texte d'Alain vaut d'abord par la question qu'il pose : en quel sens peut-on dire qu'une idée est vraie ? Il vaut aussi par la réponse qu'il propose. Celle-ci a l'intérêt de souligner la valeur de la conception commune de la vérité, qui est matérielle, empiriste et pragmatique : une idée vraie, c'est une idée qui a fait la preuve de son efficacité, une idée qui marche.

> **CONSEIL**
> Ce prolongement critique vise plus à approfondir la compréhension du problème qu'à réfuter la thèse de l'auteur. Soyez bref et mesurez votre propos.

Mais cette vérité, qui est « la plus urgente et la plus avantageuse », Alain souligne qu'elle n'est pas forcément toute la vérité ou la seule concevable : comme le montre l'exemple des mathématiques, ce qui est vrai peut l'être aussi sans référence à l'objet, dans et par l'esprit seul.

Annexes

AUTEURS

Antiquité

Les présocratiques

Le terme « présocratiques » est trompeur. En effet, il ne désigne pas, comme on pourrait le croire, des philosophes dont les idées préfigureraient celles de Socrate, mais seulement des penseurs **antérieurs** à celui-ci, ayant vécu aux VIe et VE siècles av. J.-C. Les présocratiques sont généralement désignés par le nom de « **penseurs** » plutôt que par celui de « philosophes » en raison du caractère souvent énigmatique et poétique de leurs textes (on n'en possède que des fragments). Aristote considère leur pensée comme une philosophie balbutiante, mais leur intérêt est reconnu à partir de Hegel. **Héraclite** et **Parménide** sont des présocratiques.

Socrate

(470-399 av. J.-C.)

Celui qu'on présente communément comme le **père de la philosophie** n'a pas écrit une seule ligne. On lui attribue cette formule célébrissime : « Je ne sais qu'une chose, c'est que je ne sais rien. » Platon, son élève, raconte que Socrate se croyait investi d'une mission : celle d'« examiner » ses concitoyens (les Athéniens), c'est-à-dire de les questionner pour leur faire prendre conscience de l'inconsistance de leurs opinions et les encourager à « **prendre soin de leur âme** », donc de leur formation intellectuelle et morale. C'est en raison de cette activité philosophique subversive que Socrate, accusé d'impiété et de corrompre la jeunesse, fut condamné à boire la ciguë (un poison mortel).

Platon

(427-347 av. J.-C.)

Platon est le principal élève de Socrate. Il a écrit des **dialogues** qui mettent en scène son maître. Platon estime que ses concitoyens ont fait taire leur conscience en tuant Socrate : Athènes est corrompue, comme toutes les Cités existantes, et préfère l'ignorer. Il faut donc réformer la société pour y faire régner la Justice. C'est le rôle que Platon assigne aux **rois philosophes** qui gouvernent la Cité idéale qu'il imagine dans *La République*. Platon espère établir des réformes politiques en Sicile en conseillant Denys, tyran de Syracuse, mais échoue et rentre à Athènes pour y fonder une école de philosophie, l'**Académie**, où il enseignera sa fameuse théorie des **Idées** : les Idées, modèles des choses, sont la vraie réalité.

Aristote

(384-322 av. J.-C.)

Aristote est le plus célèbre des élèves de l'Académie. N'ayant pu y succéder à Platon, il fonde sa propre école : le **Lycée**. Fidèle à son maître mais encore plus à la vérité, Aristote réfute la théorie des Idées. À ses yeux, l'**essence** (synonyme d'Idée chez Platon) n'existe pas dans un ciel métaphysique, mais est **immanente aux choses**. Aristote a eu une influence considérable sur l'Antiquité et le Moyen Âge. Aujourd'hui encore, on ne peut se poser la question de la spécificité de l'être humain sans évoquer sa fameuse définition de l'homme comme **animal raisonnable et politique**.

Zhuangzi

(369-286 av. J.-C.)

Plus connu sous le nom de **Tchouang-Tseu**, Zhuangzi est un philosophe chinois de l'Antiquité. Il a donné son nom à l'œuvre la plus importante du **taoïsme** : le *Zhuangzi*. Il s'agit en réalité d'une compilation de textes écrits par divers auteurs. La pensée qui s'en dégage s'apparente au **scepticisme** : le discours ne permettant d'atteindre aucune connaissance certaine, « le meilleur usage qu'on peut faire de la parole est de se taire ». Le *Zhuangzi* contient une des **paraboles** les plus connues de la philosophie chinoise : Zhuangzi rêve qu'il est un papillon, mais se demande en se réveillant s'il n'est pas en réalité un papillon en train de rêver qu'il est un homme.

Pyrrhon

(360-270 av. J.-C.)

Diogène nous dit que Pyrrhon fut le disciple d'Anaxarque, qu'il suivit chez les gymnosophistes, des ascètes hindous dont il aurait tiré sa philosophie : le **scepticisme** (ou pyrrhonisme). Cette philosophie se caractérise par l'idée qu'on ne peut connaître aucune vérité certaine, qu'il faut par conséquent douter de tout et suspendre son jugement (*épochè*). Ce doute généralisé doit permettre d'atteindre l'**ataraxie** (absence de troubles, quiétude, repos de l'âme). La vie de Pyrrhon, dit-on, justifiait sa théorie, car il était indifférent aux événements : « Il n'évitait rien, ne se gardait de rien, supportait tout, au besoin d'être heurté par un char, de tomber dans un trou, d'être mordu par des chiens », écrit Diogène.

Épicure

(341-270 av. J.-C.)

Naissant dans une époque troublée (l'empire d'Alexandre le Grand se divise à sa mort et la situation de la Grèce se dégrade), Épicure renonce à l'idée du salut collectif au profit d'une philosophie du **salut individuel**. Il trouve refuge, avec ses disciples, derrière les murs du **Jardin**, une propriété qu'il achète à Athènes pour y fonder son école. Épicure est accusé dès l'Antiquité de mener une vie de débauche parce qu'il fait consister le bonheur dans le plaisir (**hédonisme**). C'est pourtant à tort qu'on parle des pourceaux d'Épicure, car le philosophe est en réalité un ascète qui recommande, bien avant les excès de la société de consommation, d'apprendre à reconnaître et à privilégier nos vrais besoins (**désirs naturels et nécessaires**).

Cicéron

(106-43 av. J.-C.)

Cicéron est un orateur et un homme politique romain. Ses œuvres (souvent des **dialogues**) se nourrissent des philosophes grecs, comme les sceptiques et les stoïciens, dont il confronte les thèses.

Lucrèce

(98-56 av. J.-C.)

Disciple latin d'Épicure (qu'il n'a bien entendu pas connu), Lucrèce est l'auteur d'un long poème philosophique intitulé *De la nature des choses*. Malgré la fidélité de Lucrèce à son maître (qu'il compare à un dieu), Lucrèce donne à sa philosophie une tonalité différente, plus triste, plus tragique. Pour Épicure, le bonheur est à portée de main et celui qui observe ses préceptes doit « vivre comme un dieu parmi les hommes ». Mais Lucrèce ne semble pas avoir atteint le bonheur et saint Jérôme prétend même qu'il s'est suicidé. Ce n'est pourtant vraisemblablement qu'une calomnie visant à discréditer une **pensée matérialiste**, évidemment opposée à la pensée chrétienne.

Sénèque

(4 av. J.-C.-65 apr. J.-C.)

Sénèque est un orateur et un homme politique romain. D'abord précepteur de Néron, il devient ensuite son ministre. Disgracié, il se suicide sur l'ordre de Néron. Dans *De la brièveté de la vie*, Sénèque soutient que la vie n'est courte que parce que nous faisons **mauvais usage du temps** qu'il nous est donné de vivre.

Épictète

(50-135)

Épictète (du grec *épiktêtos* : « serviteur ») est un esclave né en Asie Mineure et amené à Rome, où il est torturé par un maître cruel. Affranchi, probablement après la mort de ce dernier, il étudie la philosophie **stoïcienne**. Chassé d'Italie par un édit de Domitien qui bannit tous les philosophes, Épictète trouve refuge dans une cité grecque où il ouvre une école. Son enseignement est recueilli par Arrien dans les *Entretiens* et dans le *Manuel* (du grec *enkheiridion* : « ce que l'on garde sous la main »). C'est le premier « manuel » de l'histoire. Épictète souligne la visée essentiellement pratique de la philosophie, qui est un **art de vivre** plus qu'une démarche théorique et spéculative. Cet art de vivre repose principalement sur la distinction entre les choses qui **dépendent de nous** (nos pensées) et celles qui **ne dépendent pas de nous** (l'ordre des choses).

Marc Aurèle

(121-180)

Empereur romain et philosophe **stoïcien**, Marc Aurèle rédige pendant ses campagnes militaires des pensées qui prendront à sa mort le titre de *Pensées pour moi-même*. Le philosophe s'adresse en effet à lui-même et cherche à se rendre impassible vis-à-vis des événements du monde. Le sage trouve refuge dans une **citadelle intérieure** dont aucun élément extérieur ne peut troubler la paix. Conformément à ce qu'enseignait Épictète, Marc Aurèle s'efforce de distinguer ce qui dépend de nous et peut être changé de ce qu'il faut trouver la force de supporter : « Que la force me soit donnée de supporter ce qui ne peut être changé et le courage de changer ce qui peut l'être, mais aussi la sagesse de distinguer l'un de l'autre », écrit-il.

Nagarjuna

(vers 150-vers 250)

Nagarjuna est le plus célèbre des philosophes **bouddhistes**. Ce que l'on dit de lui relève de la tradition et ne peut être vérifié. Sa pensée, complexe, abstraite et exotique (d'un point de vue occidental), concerne fondamentalement l'**existence des choses**. À ses yeux, les choses n'existent pas intrinsèquement, c'est-à-dire qu'elles n'ont pas d'existence propre.

Sextus Empiricus

(vers 160-vers 210)

Philosophe et médecin grec, Sextus Empiricus est la principale source de connaissance du **scepticisme**. Il affirme à la suite de Pyrrhon, père fondateur de la doctrine, que l'homme, ne pouvant atteindre aucune vérité certaine, doit suspendre son jugement et chercher l'**ataraxie** (la sérénité) dans le **détachement** et l'**indifférence** à toutes choses.

Plotin

(204-270)

Plotin étudie la philosophie à Alexandrie auprès d'un maître platonicien et s'établit ensuite à Rome, où il ouvre une école. Il est le principal représentant du courant d'idées le plus remarquable de l'Antiquité tardive : le **néo-platonisme**, une philosophie inspirée de Platon qui a influencé la théologie chrétienne. À ses yeux, le monde procède d'un principe, qu'il appelle l'**Un** ou **Dieu**, dont la nature reste mystérieuse mais que l'on peut comparer à une source de lumière. Au plus près de cette lumière divine se trouvent l'**Intelligence** et l'**Âme** ; au plus loin, la matière se perd dans l'obscurité.

Saint Augustin

(354-430)

Après un parcours spirituel compliqué, saint Augustin se convertit au christianisme à l'âge de 32 ans. Ordonné prêtre quelques années plus tard, il devient évêque d'Hippone, une des principales cités de l'Afrique romaine. Le philosophe s'efforce de faire la synthèse du **platonisme** et du **christianisme**. On lui attribue parfois à tort cette formule effectivement en usage de son temps : *Credo quia absurdum* (« Je crois parce que c'est absurde »). En réalité, la foi n'est pas incompatible avec la raison dans son système de pensée. Saint Augustin est notamment l'auteur des ***Confessions*** et d'une fameuse analyse qui met en évidence la difficulté de saisir la **nature du temps** : le passé n'est plus, le futur n'est pas encore et le présent n'est que la limite sans extension qui les sépare. Où se trouve donc le temps que l'on dit long ?

Moyen Âge

Avicenne

(980-1037)

Philosophe et médecin arabe, Avicenne est l'héritier et le commentateur d'Aristote. Sa philosophie relève principalement de la **métaphysique** et de la **théologie**. Il estime par exemple que la métaphysique doit prouver l'existence de Dieu.

Saint Anselme

(1033-1109)

Philosophe et théologien, archevêque de Cantorbéry, saint Anselme concilie **foi** et **raison** : la foi cherche l'intelligence, et inversement. C'est dans cette perspective qu'il démontre l'**existence de Dieu** : Dieu est l'être le plus grand qui puisse être conçu. Or, un être qui existerait dans le réel et non pas seulement dans l'esprit (comme idée) serait plus grand qu'un être qui n'existerait que dans l'esprit. Donc Dieu n'est pas seulement une idée. C'est ce qu'on appellera plus tard la **preuve ontologique**. Elle sera notamment reformulée par Descartes, puis réfutée par Kant.

Averroès

(1126-1198)

Médecin et philosophe arabe, commentateur d'Aristote, Averroès a influencé la **scolastique** (la philosophie enseignée dans les universités européennes du IXe au XVIIe siècle). Cependant, sa philosophie, affirmant l'**éternité de la matière** et niant par conséquent la création, sera critiquée par saint Thomas d'Aquin et condamnée par l'Église.

Moïse Maïmonide

(1138-1204)

Philosophe et médecin juif, Maïmonide étudie les fondements philosophiques du **judaïsme**. Il s'interroge notamment sur le rôle de la Loi divine dans la communauté politique.

Saint Thomas d'Aquin

(1225-1274)

Né près d'Aquino en Italie, Thomas d'Aquin ne doit pas être confondu avec l'apôtre qui, doutant de la résurrection du Christ, a besoin de voir pour croire. Dominicain, maître de **théologie**, il enseigne à Paris et en Italie. Comme saint Augustin cherchait à concilier la philosophie platonicienne avec la foi chrétienne, saint Thomas s'efforce de concilier cette dernière avec la philosophie d'Aristote. On retient communément de sa philosophie l'idée que la foi, loin de s'opposer à la raison, est au contraire éclairée et confortée par l'intelligence. Saint Thomas prétend ainsi donner de multiples preuves de l'**existence de Dieu**. Par exemple, l'existence d'une finalité dans l'Univers implique l'existence d'une cause intelligente du monde (quelque chose comme un ingénieur de la création). C'est ce que Kant appellera la **preuve physico-théologique**. Le **thomisme** est la philosophie officielle de l'Église catholique.

Guillaume d'Occam

(1285-1347)

Philosophe anglais, membre de l'ordre des franciscains, Guillaume d'Occam est notamment l'auteur d'une théorie qui affirme que les idées ne sont que des noms : le **nominalisme**. Cela signifie d'une part qu'une idée n'a pas d'existence réelle (contrairement à ce qu'affirme Platon) et d'autre part qu'elle n'est pas une construction logique qu'on peut exprimer dans une définition rigoureuse, mais une image ou un ensemble indéfini d'images analogues. Par exemple, l'idée de triangle, c'est l'image d'un triangle possible et non pas toute figure définie par l'intersection de trois droites.

Renaissance

Nicolas Machiavel

(1469-1527)

Secrétaire du gouvernement de Florence, Nicolas Machiavel remplit de nombreuses missions diplomatiques avant d'être disgracié par les Médicis, de retour au pouvoir en 1512. C'est cette expérience qui nourrit la **réflexion politique** qu'il développe dans *Le Prince*, son œuvre la plus célèbre. Le philosophe y expose les moyens de prendre le pouvoir et de s'y maintenir : la force et la ruse. L'adjectif « machiavélique » retient d'ailleurs cette idée d'absence de scrupules dans l'**exercice du pouvoir**. Mais en analysant les mécanismes du pouvoir de manière objective et non moralisante, Machiavel ouvre la voie de la **science politique moderne**. Il incarne, par opposition à l'idéalisme de Platon, le **réalisme politique** : « Quiconque veut fonder un État et lui donner des lois doit supposer d'avance les hommes méchants. »

Michel de Montaigne

(1533-1592)

Michel Eyquem naît au château de Montaigne, près de Bordeaux (ville dont il deviendra maire). Son père lui enseigne la musique et lui apprend le latin comme une langue vivante. C'est pourtant en français qu'il écrit les ***Essais***, dans sa bibliothèque. On peut encore lire les inscriptions gravées sur les poutres de celle-ci, notamment la fameuse formule de Sextus Empiricus : « À tout argument s'oppose un égal argument » ainsi que la fameuse question « **Que sais-je ?** » qui résume le **scepticisme** de Montaigne. « Nous n'avons autre mire de la vérité et de la raison que l'exemple et idée des opinions et usances du pays où nous sommes », écrit-il. On retiendra de la biographie du philosophe sa fameuse amitié avec La Boétie : « Parce que c'était lui, parce que c'était moi. »

Francis Bacon

(1561-1626)

Contraint de renoncer à ses hautes fonctions après avoir été accusé de corruption, cet homme d'État anglais s'est ensuite entièrement consacré à la philosophie. Il défend notamment l'idée selon laquelle les sciences doivent s'appuyer sur l'**expérience** autant que sur la **raison** pour établir la vérité. En comprenant les **lois de la nature**, les sciences permettent de maîtriser les phénomènes : « On ne commande à la nature qu'en lui obéissant. »

Thomas Hobbes

(1588-1679)

Philosophe anglais, contemporain de Descartes (il est l'auteur d'objections aux *Méditations métaphysiques*), Hobbes a passé une partie de sa vie en exil en France. Sa pensée relève principalement de la **philosophie politique** et de l'**anthropologie** : l'homme étant un loup pour l'homme, l'état de nature est un état de **guerre perpétuelle** de tous contre tous, de sorte que la société ne peut exister sans que l'État ne garantisse l'ordre et la sécurité en exerçant un pouvoir absolu. L'auteur du *Léviathan* justifie donc l'**absolutisme**. Rousseau réfutera sa théorie du contrat social : la liberté étant inaliénable, le peuple ne peut pas y renoncer, fût-ce au bénéfice (du reste improbable dans une monarchie) de l'ordre et de la sécurité.

René Descartes

(1596-1650)

Philosophe et savant du XVIIe siècle, Descartes a découvert les lois de la réflexion et de la réfraction de la lumière (dites « lois de Descartes »). Comme philosophe, il se montre surtout soucieux de définir une **méthode** pour guider l'esprit dans la recherche de la vérité. « Ce n'est pas assez d'avoir l'esprit bon, mais le principal est de l'appliquer bien », écrit-il dans son célèbre *Discours de la méthode* (1637). Le **doute** est le concept central de cette méthode : il permet d'éviter les erreurs liées à la précipitation ou aux préjugés et d'atteindre une vérité certaine. Le ***cogito*** (« Je pense ») est la première de ces certitudes et le fondement de toutes les autres : « Je pense donc je suis. »

Âge classique

Blaise Pascal

(1623-1662)

Savant, philosophe et mystique du XVIIe siècle, Pascal a démontré l'existence du vide et donné son nom à une unité de mesure. Comme philosophe, il est surtout l'auteur d'un ouvrage inachevé publié après sa mort sous le titre de *Pensées*. Contre le **rationalisme** (donc notamment contre Descartes), Pascal affirme que certaines vérités sont senties par le « **cœur** » plutôt que démontrées par la raison. On le sait en amour : « Le cœur a ses raisons que la raison ne connaît pas. » Mais cette faculté de connaître les choses de manière immédiate et intuitive, d'éprouver ce qu'on ne peut prouver, permet aussi de sentir l'**existence de Dieu** ou celle du monde sans avoir besoin d'aucune démonstration.

John Locke

(1632-1704)

La jeunesse de Locke est marquée par la première révolution anglaise. Plus tard, il fuit l'Angleterre parce qu'elle retourne à l'absolutisme. Contrairement à Hobbes qui avait justifié ce régime politique, Locke estime que le pacte social doit préserver les **libertés individuelles**. C'est que sa conception de l'état de nature est bien plus optimiste que celle de son compatriote : Locke voit dans l'état de nature un état de liberté auquel les hommes ne peuvent pas renoncer pour se soumettre à un pouvoir absolu. Locke développe également une théorie de la connaissance **empiriste** : il soutient, contre l'**innéisme** de Descartes, l'idée que toutes nos connaissances dérivent de l'expérience.

Baruch Spinoza

(1632-1677)

Né dans la communauté juive d'Amsterdam, Spinoza en sera exclu pour ses positions **rationalistes**. Il gagne sa vie en polissant des lunettes et refuse une chaire à l'université pour conserver sa liberté d'expression. Son œuvre maîtresse, l'*Éthique*, est écrite « à la manière des géomètres ». Elle s'ouvre donc sur des définitions et énonce des axiomes qui servent de base à des démonstrations à la fin desquelles figure la mention C.Q.F.D. (« Ce qu'il fallait démontrer »). Spinoza fait de la **liberté** (au sens du libre arbitre) une **illusion** liée à l'ignorance des causes qui déterminent nos **désirs**. Une pierre qui deviendrait consciente après avoir reçu une impulsion extérieure se croirait libre, parce qu'elle aurait conscience de son mouvement (comme nous avons conscience de nos désirs) sans savoir que celui-ci a été initié par une cause étrangère.

Nicolas Malebranche

(1638-1715)

Prêtre et philosophe français, Malebranche fait converger la **philosophie** et la **théologie** : « La religion, c'est la vraie philosophie », écrit-il. À ses yeux, nous voyons la vérité en Dieu, qui est quasiment assimilé à la raison. Héritier du **rationalisme cartésien**, Malebranche valorise la raison. À l'inverse, il dévalorise les sens et l'imagination.

Gottfried Wilhelm Leibniz

(1646-1716)

Philosophe et savant, Leibniz est un disciple de Descartes, dont il reprend l'idée d'une explication mathématique de l'Univers. On lui doit le **calcul infinitésimal**. Comme philosophe, il est notamment connu pour avoir tenté d'expliquer comment le mal peut exister dans un monde pourtant créé par un Dieu parfaitement bon et tout-puissant. L'auteur des *Essais de théodicée* (1710) disculpe Dieu du mal qu'on peut observer dans le monde. Dieu aurait en effet créé le « **meilleur des mondes possibles** », c'est-à-dire non pas un monde parfait mais un monde contenant le maximum de bien et le minimum de mal. Même pour Dieu tout-puissant, tous les biens ne sont pas « compossibles » (compatibles). Voltaire caricaturera cette thèse dans *Candide*. Leibniz semble avoir été le premier à soupçonner, dans les *Nouveaux essais sur l'entendement humain* (1704), l'existence de **perceptions infra-conscientes** (théorie des petites perceptions).

Jean-Baptiste Vico

(1668-1744)

Historien, juriste et philosophe italien, Vico s'oppose au **rationalisme** de Descartes. À ses yeux, la raison ne peut pas rendre compte de la **complexité de la réalité vécue**, notamment de la réalité historique.

George Berkeley

(1685-1753)

Contre le matérialisme qui menace la foi, Berkeley, évêque et philosophe, nie l'existence de la matière et fait de Dieu l'essence même de la réalité. À ses yeux, **tout est spirituel**, tout est esprit ou dans l'esprit, la matière n'existe pas. C'est ce qu'on appelle l'**immatérialisme**. Cela ne signifie pas que nos sensations soient produites par nos propres esprits : elles ne sont pas imaginaires, mais bien réelles. Toutefois, elles ne sont pas causées par des choses matérielles, mais par un esprit différent des nôtres : Dieu, « qui agit en toute chose et en quoi toute chose consiste ».

Montesquieu

(1689-1755)

Charles-Louis de Secondat, baron de Montesquieu, étudie le droit et devient conseiller au parlement de Bordeaux. L'auteur des *Lettres persanes* sera élu à l'Académie française. Mais la philosophie retient surtout son œuvre maîtresse, *De l'esprit de lois*, dans laquelle il formule sa célèbre théorie de la **séparation des pouvoirs** (exécutif, législatif et judiciaire). Il faut que le pouvoir limite le pouvoir pour en éviter les abus. On se souviendra également de sa définition de la **liberté politique** : « La liberté est le droit de faire tout ce que les lois permettent. »

David Hume

(1711-1776)

Hume préfère la philosophie à la carrière juridique à laquelle le destinait sa famille. Il travaille pourtant dans la diplomatie en parallèle de son activité philosophique. Contre le rationalisme dogmatique (celui de Descartes, par exemple), Hume développe une philosophie **sceptique** et **empiriste**. Il estime donc, comme Locke et contre Descartes, que nos connaissances (dont la valeur est seulement relative) dérivent de l'**expérience** : nos idées ne sont pas innées, mais sont des images affaiblies de nos impressions. Par exemple, la brûlure est une impression (ou une sensation) et le souvenir de cette impression est ce qu'on appelle une idée. Le scepticisme de Hume porte notamment sur la notion de **causalité**. En effet, nous n'observons jamais, à proprement parler, de lien de causalité entre les choses. C'est en réalité la succession habituelle de deux événements qui nous conduit à établir entre eux un lien causal qui n'est ni nécessaire, ni objectif.

Jean-Jacques Rousseau

(1712-1778)

Rousseau est le fils d'un artisan horloger qui le place en apprentissage à l'âge de 13 ans. Il fugue trois ans plus tard et est recueilli par Mme de Warens. Il lit, commence à écrire et devient l'ami de Diderot. Il doit d'abord sa notoriété au *Discours sur les sciences et les arts*, dans lequel il soutient la thèse paradoxale selon laquelle le « progrès » constitue en réalité une dépravation. On retient d'ailleurs généralement de la pensée de Rousseau l'idée que **l'homme est bon par nature**, mais perverti par la société. C'est oublier que l'auteur du *Contrat social*, estime aussi que la vie sociale transforme « l'animal stupide et borné » que nous sommes à l'état de nature en « un être intelligent et un homme ». Rousseau est enfin considéré comme le père de la **démocratie moderne** : « Le peuple soumis aux lois doit en être l'auteur », écrit-il. Les révolutionnaires, se reconnaissant dans sa pensée, font transférer ses cendres au Panthéon en 1794.

Denis Diderot

(1713-1784)

Savant, écrivain et philosophe, Diderot est une figure emblématique des Lumières. Il dirige l'*Encyclopédie* avec d'Alembert. D'abord partisan du **déisme** (comme Voltaire), il devient ensuite **matérialiste** et **athée**. S'il existait un Dieu bon et tout-puissant, aucun enfant ne naîtrait aveugle, estime-t-il. Ce point de vue lui vaut d'être jeté en prison. Sur le plan moral, Diderot s'oppose à l'ascétisme (qui combat les désirs sensibles) et prône un retour à la **nature** et à l'**instinct**. Le *Supplément au Voyage de Bougainville* met ainsi en scène la vie heureuse des habitants d'une île de rêve qui laissent libre cours à leurs désirs sexuels.

Étienne Bonnot de Condillac

(1714-1780)

Ce philosophe français des Lumières soutient que les **sensations** sont la source de toutes nos idées et connaissances. Cette thèse est illustrée par l'image d'une statue habitée par un esprit mais dépourvue de toute idée, qui élabore progressivement un savoir entièrement fondé sur ses sens.

Adam Smith

(1723-1790)

Ce philosophe et économiste anglais de l'époque des Lumières est considéré comme le père du **libéralisme économique**. Pour Adam Smith, le libre jeu des intérêts égoïstes est la condition de la prospérité économique. « Tout en ne cherchant que son intérêt personnel, chaque individu travaille souvent d'une manière bien plus efficace pour l'intérêt de la société que s'il avait réellement pour but d'y travailler », écrit-il. Toutes les énergies sont mobilisées par la recherche égoïste du profit et les prix s'autorégulent sans intervention de l'État, de sorte que les échanges sont équitables et profitables à tous. Tout se passe comme si une « grande main invisible » régulait les échanges économiques.

Emmanuel Kant

(1724-1804)

Kant naît à Königsberg en Allemagne et y passe toute son existence. Sa sédentarité et la régularité de son emploi du temps sont légendaires. Professeur à l'université de Königsberg, Kant consacre sa vie à une œuvre monumentale qui a beaucoup marqué l'histoire des idées. Sa **théorie de la connaissance** distingue les choses telles que nous les connaissons (les **phénomènes**) des choses telles qu'elles sont en elles-mêmes (les **noumènes**), que nous ne pouvons pas connaître. C'est ce qu'on appelle l'**idéalisme transcendantal**. Sa philosophie morale s'oppose à celle des Anciens, qui faisaient de la morale un art d'être heureux. Kant estime que la morale ne doit pas nous apprendre à être heureux, mais à nous rendre dignes du bonheur en faisant notre devoir **par devoir**, c'est-à-dire de manière désintéressée et sans calcul.

Jeremy Bentham

(1748-1832)

Ce philosophe anglais est le père de l'**utilitarisme**. Cette doctrine affirme qu'une action est morale quand elle est « utile », c'est-à-dire quand elle tend à maximiser le bonheur ou le bien-être de l'humanité.

Georg Wilhelm Friedrich Hegel

(1770-1831)

Hegel fait des études de théologie, devient précepteur, puis professeur à l'université d'Iéna et ensuite à Berlin. Ses cours, recueillis par ses élèves, sont publiés à sa mort. Hegel envisage la philosophie comme une **science systématique** synthétisant toutes les connaissances et toute l'histoire des idées. L'histoire manifeste à ses yeux un progrès, elle est la réalisation de la **Raison**. Cette dernière n'est pas seulement une faculté de l'esprit humain, mais ce qui gouverne le réel. « Tout ce qui est réel est rationnel », écrit Hegel. Le progrès par lequel la Raison s'incarne progressivement dans le monde est **dialectique**, c'est-à-dire analogue à celui de l'esprit humain qui progresse en surmontant ses contradictions. La philosophie hégélienne a eu une influence considérable.

Arthur Schopenhauer

(1788-1860)

« La vie oscille comme un pendule, de droite à gauche, de la souffrance à l'ennui », écrit Schopenhauer. Il est l'auteur d'un *Art d'être heureux* qui nous apprend à nous armer contre la souffrance plutôt qu'à conquérir un bonheur impossible. Derrière l'illusion du monde tel que nous nous le représentons se cache le « **vouloir-vivre** », le principe métaphysique qui sous-tend toute chose et engendre le désir et la souffrance de l'homme.

Auguste Comte

(1798-1857)

Auguste Comte est un philosophe et un économiste français. Il est considéré comme le père du **positivisme** (bien que le terme soit en réalité de Saint-Simon, dont il a été le secrétaire). Comte pense que notre compréhension du monde passe par trois états (**loi des trois états**) : l'état théologique, l'état métaphysique et l'état positif (ou scientifique). Dans le premier, les hommes expliquent les phénomènes naturels par l'intervention d'êtres surnaturels ou de divinités (Zeus lance la foudre, par exemple). Dans le deuxième, des entités abstraites remplacent les êtres surnaturels. Dans le dernier, l'esprit humain parvenu à maturité s'en tient à observer les faits et à établir entre eux des relations invariables : les lois. Celles-ci permettent d'anticiper et d'agir.

XIXe siècle

Antoine Augustin Cournot

(1801-1877)

Cet économiste, mathématicien et philosophe français est surtout connu pour sa **théorie du hasard**, défini comme la rencontre de séries causales indépendantes. Il applique notamment cette théorie à l'histoire.

Ludwig Feuerbach

(1804-1872)

Ce philosophe allemand matérialiste et athée est surtout connu pour sa **critique de la religion**. À ses yeux, les qualités que l'on attribue traditionnellement à Dieu (comme la sagesse ou l'amour) sont des qualités humaines élevées à la perfection. La religion projette ainsi dans le ciel un rêve de perfection qui coupe l'homme de lui-même.

Alexis de Tocqueville

(1805-1859)

Cet historien et homme politique français doit sa notoriété à un livre : *De la démocratie en Amérique*. Tocqueville y analyse les effets possiblement pervers de l'**égalité démocratique** : alors que la hiérarchie sociale implique une relation entre les individus, l'égalité les rend indépendants et peut ainsi menacer l'unité de la société. Par ailleurs, la démocratie peut donner naissance à une forme de **despotisme bienveillant** : les individus pourraient se soumettre passivement à un État tout-puissant leur assurant un bonheur médiocre.

John Stuart Mill

(1806-1873)

Fortement marqué par l'utilitarisme de Bentham, ce philosophe et économiste anglais fait du **bonheur collectif** le but de l'action morale. Selon lui, bien que les hommes agissent le plus souvent par intérêt, celui-ci peut donner naissance à des sentiments altruistes et désintéressés.

Søren Kierkegaard

(1813-1855)

Mélancolique et romantique, ce penseur et théologien danois analyse les drames de l'existence humaine. Il décrit, en se fondant sur sa propre expérience, les **étapes de la vie**. Venant en premier, le « **stade esthétique** » est caractérisé par la recherche du plaisir et la jouissance de l'instant. Mais le désir n'est jamais satisfait. Vient ensuite le « **stade éthique** », caractérisé par le respect du devoir et la bonne conscience. Mais la vertu n'est pas récompensée par le bonheur. L'existence trouve alors son achèvement dans le « **stade religieux** », où l'homme se découvre lui-même dans un face-à-face avec Dieu.

Karl Marx

(1818-1883)

Marx étudie le droit à Bonn, puis l'histoire et la philosophie à Berlin, avant de devenir journaliste. Il se marie avec une aristocrate et se noue d'amitié avec le fils d'un industriel, Engels, qui écrira avec lui le *Manifeste du parti communiste*. Marx constate que la philosophie n'a fait que penser le monde. Il ambitionne, lui, de le changer. On ne peut nier qu'il y ait réussi. L'auteur du *Capital* dénonce l'**exploitation de l'homme par l'homme**. À ses yeux, le prolétaire est un esclave moderne contraint de vendre sa force de travail en échange d'un salaire injustement bas. Le fait de posséder les moyens de production (usines, machines, terres…) place en effet le « bourgeois » en position de force. C'est donc l'abolition de la propriété privée qui doit mettre fin à cette injustice. La **religion** est dénoncée comme un **opium moral** qui incline le peuple à endurer ses souffrances pour atteindre le bonheur dans l'au-delà.

Friedrich Engels

(1820-1895)

Engels est le fils d'un riche industriel allemand. Il découvre la condition ouvrière en travaillant pour une entreprise qui appartient à son père. Engels et Marx sont de grands amis. Ensemble, ils fondent la Première Internationale et écrivent *le Manifeste du parti communiste*. De son côté, Engels analyse notamment le rôle de la **violence** dans l'histoire. À ses yeux, celle-ci sert à adapter l'**ordre social** aux transformations économiques en vainquant la résistance des classes sociales qui, comme la noblesse au XVIIIe siècle, appartiennent au passé.

William James

(1842-1910)

Ce psychologue et philosophe américain est le fondateur du **pragmatisme**, doctrine selon laquelle la vérité se définit par l'utilité et le succès. De ce point de vue, une théorie scientifique est vraie dans la mesure où elle permet de maîtriser les phénomènes et donne naissance à des applications techniques. Le vrai, c'est ce qui marche.

Friedrich Nietzsche

(1844-1900)

Nietzsche a étudié et enseigné la philologie. Fils de pasteur, né au presbytère de Röcken en Allemagne, il proclame la « **mort de Dieu** », c'est-à-dire le déclin de la foi chrétienne, événement qu'il regarde comme une libération. À ses yeux, l'ascétisme de la morale chrétienne relève en effet de la haine de la vie. Nietzsche espère ainsi l'avènement d'une **humanité nouvelle**, libérée des entraves de la morale traditionnelle et animée par la « **volonté de puissance** ». C'est ce qu'il appelle le « **surhomme** ». Les « considérations intempestives » et souvent ambigües de Nietzsche font l'objet d'interprétations diverses et contradictoires. Sa sœur a falsifié l'œuvre du philosophe pour lui faire servir la cause du nazisme.

Nietzsche meurt fou après une longue maladie, offrant ainsi un argument à ceux qui soulignent le danger de penser trop loin.

Sigmund Freud

(1856-1939)

« Ce n'est pas à moi que revient le mérite [...] d'avoir mis au monde la psychanalyse », estime Freud en 1909 (*Cinq leçons sur la psychanalyse*). Il n'est encore en effet qu'un étudiant préoccupé par ses examens de médecine quand le Dr Joseph Breuer applique pour la première fois, vers 1880, à une jeune hystérique un procédé de traitement qui deviendra la **psychanalyse**. La jeune femme présente de multiples symptômes, tant physiques que psychiques, liés à des traumatismes anciens qu'elle évoque sous hypnose. C'est l'étude de ce cas qui permet à Freud d'établir les notions fondamentales de la psychanalyse (refoulement et résistance, par exemple). C'est donc à bon droit qu'on le considère comme le père de cette discipline qu'il veut scientifique. Quoiqu'il tienne beaucoup à se distinguer des philosophes, Freud est l'auteur d'une œuvre qui, dépassant le strict cadre de la médecine, propose une **nouvelle grille d'interprétation du monde**. Ainsi, l'art, le travail, la religion, la morale ou la civilisation sont éclairés à la lumière des thèses de la psychanalyse, au point que l'idée que l'homme a de lui-même s'en trouve définitivement transformée.

Émile Durkheim

(1858-1917)

Ce philosophe et sociologue français est le père de la **sociologie moderne**. Celle-ci doit sa scientificité et son objectivité à un principe fondamental : « considérer les faits sociaux comme des choses ». Durkheim montre comment la société façonne les individus, leurs sentiments et leur personnalité. Par exemple, c'est à ses yeux l'institution de la famille qui crée les sentiments familiaux et l'institution du mariage qui crée la jalousie sexuelle, et non l'inverse. La société vit en nous autant que nous vivons en elle et nous lui devons notre humanité même : l'homme n'est homme que dans la mesure où il est civilisé.

Henri Bergson

(1859-1941)

Prix Nobel de littérature en 1927, Bergson estime pourtant que le **langage** nous éloigne des choses comme de nos propres états d'âme. Dans *Le Rire* (1900), il compare les mots à des **étiquettes** collées sur les choses. C'est que les mots et les concepts formés par l'intelligence ne retiennent du réel que des généralités au service de l'action. L'**intuition** au contraire, balayant les conventions du langage, nous permet de saisir ce que les choses ont d'unique et d'inexprimable. C'est aussi par l'intuition que nous accédons à la **durée**, définie comme « la forme que prend la succession de nos états de conscience quand notre moi se laisse vivre, quand il s'abstient d'établir une séparation entre l'état présent et les états antérieurs ».

Edmund Husserl

(1859-1938)

Philosophe allemand, Husserl fait des études scientifiques avant de se consacrer à la philosophie. Il est le fondateur de la **phénoménologie**, qui vise à faire de la philosophie une **science**. La méthode phénoménologique consiste à appréhender la **réalité** telle qu'elle se donne ou, comme l'écrit Husserl, à « revenir des discours et opinions aux choses mêmes ». Dans le prolongement du doute cartésien, la « **réduction phénoménologique** » revient à mettre entre parenthèses l'attitude spontanée et naïve qui consiste à affirmer sans réflexion l'existence d'un monde extérieur à la conscience.

Max Weber

(1864-1920)

Sociologue allemand, juriste de formation, Weber est notamment connu pour sa thèse sur l'origine du **capitalisme**. À ses yeux, l'éthique protestante (calviniste) a favorisé l'apparition du capitalisme en encourageant les hommes à faire fructifier les biens qu'ils reçoivent de Dieu. On lui doit aussi, en autre, la distinction entre l'**éthique de la conviction** (qui s'appuie sur des principes, comme la morale kantienne) et l'**éthique de la responsabilité** (qui juge une action sur ses conséquences plus que sur les principes ou les maximes qui l'inspirent).

Alain

(1868- 1951)

Émile Chartier, dit Alain, est philosophe, journaliste et écrivain. Il enseigne notamment au lycée Henri IV, où il marque beaucoup son public. On dit qu'il conseille à ses élèves d'écrire leurs textes d'un seul jet et sans ratures. Alain est **rationaliste** et **cartésien**. « Un objet est pensé, et non pas senti », écrit-il. À ses yeux, la raison peut et doit gouverner les « passions » et soumettre le corps. Alain s'oppose à Freud et nie l'existence d'un inconscient psychique, d'un « diabolique conseiller » qu'il serait trop facile de désigner comme le responsable de nos fautes. Pour lui, il n'y a de pensées que par un « je », un **sujet conscient**, libre et responsable.

Marcel Mauss

(1872-1950)

Sociologue et ethnologue français, disciple de Durkheim (son oncle maternel), Marcel Mauss est surtout connu pour sa **théorie du don**. Selon lui, dans les sociétés dites « primitives », l'échange n'est pas seulement économique : c'est un « **fait social total** ». Par le don (et le contre-don), les communautés « s'obligent » mutuellement et créent ainsi des liens sociaux.

Bertrand Russell

(1872-1970)

Mathématicien, logicien et philosophe britannique, Russell fait de la **logique** la base des mathématiques, contre l'intuitionnisme qui affirme que les mathématiques reposent aussi sur « l'intuition ». Il fait par ailleurs l'éloge de la philosophie et souligne son utilité dans un monde qui manque cruellement de sagesse. À ses yeux, la philosophie vaut avant tout par son **incertitude**, c'est-à-dire par sa capacité à ébranler nos certitudes et à nous faire envisager des hypothèses qui s'écartent de la pensée commune.

Karl Jaspers

(1883-1969)

La pensée de ce psychologue et philosophe allemand est d'un accès difficile (comme celle de son contemporain Heidegger). Elle se fonde notamment sur les concepts d'**existence** et de **transcendance**. L'existence est caractérisée par l'expérience de la liberté et du choix. La transcendance désigne ce qui se situe au-delà du monde physique (mais non un Dieu personnel comme dans la religion). Pour Jaspers, c'est en s'ouvrant à cette transcendance que l'homme accède à une existence véritable.

Gaston Bachelard

(1884-1962)

Le parcours social, et surtout intellectuel, de Gaston Bachelard force l'admiration. D'origine modeste, il travaille à la Poste tout en poursuivant des études de mathématiques. Il enseigne ensuite au collège, obtient une licence de philosophie, puis une agrégation et un doctorat. Le postier termine sa carrière à la Sorbonne, où il enseigne l'**histoire** et la **philosophie des sciences**. Bachelard souligne que la science ne progresse pas en accumulant les découvertes. Le progrès scientifique connaît des ruptures, des révolutions, des « **coupures épistémologiques** ». L'esprit scientifique progresse donc en revenant sur ses erreurs, dans un véritable repentir intellectuel. Ce progrès se heurte à des « **obstacles épistémologiques** » comme l'expérience commune ou les idées toutes faites, qui semblent relever du simple bon sens ou de l'évidence : « L'opinion a en droit toujours tort », écrit-il.

Martin Heidegger

(1889-1976)

Ce philosophe allemand au jargon difficile est parfois considéré comme le plus grand philosophe de son temps. Son comportement sous le nazisme, quand il était recteur d'université, fait polémique. La philosophie de Heidegger est fondée sur la distinction de l'**Être** et de l'**étant**. Les étants sont les réalités particulières, tandis que l'Être est la source de toutes choses. L'homme est un étant particulier puisqu'il peut s'interroger sur l'Être et se demander pourquoi il y a quelque chose plutôt que rien. Cependant, il préfère communément échapper à l'angoisse et au questionnement en se réfugiant dans la banalité de la vie quotidienne.

Ludwig Wittgenstein

(1889-1951)

Ludwig Wittgenstein est un philosophe et logicien anglais d'origine autrichienne. « La philosophie est une lutte contre la manière dont le langage ensorcelle notre intelligence », affirme-t-il. À ses yeux, la fonction de la philosophie est donc de nous débarrasser des pièges dans lesquels le langage nous fait tomber. La philosophie n'a pas pour but d'élaborer des thèses, mais de **clarifier nos pensées**. Les problèmes philosophiques proviennent de confusions qu'il faut dissiper.

Walter Benjamin

(1892-1940)

Walter Benjamin est un écrivain allemand, membre de l'École de Francfort (un groupe d'intellectuels allemands des années 1950). Sa réflexion concerne notamment l'**art** et l'**histoire**. À ses yeux, l'interprétation des œuvres d'art permet de comprendre l'histoire.

XXe siècle

Karl Popper

(1902-1994)

Karl Popper est un philosophe logicien et épistémologue d'origine autrichienne. On retient le plus souvent de sa pensée l'idée qu'une théorie doit être **falsifiable**, c'est-à-dire testable, pour être scientifique. Ce critère permet à Popper de distinguer les **sciences véritables** (la physique ou la biologie, par exemple) des **pseudo-sciences** (comme la psychanalyse ou le marxisme). Sa réflexion est aussi politique : Popper inscrit le marxisme dans une tradition métaphysique propice au **totalitarisme**, qu'il fait remonter à Platon (la Cité idéale décrite dans *La République* peut être perçue comme totalitaire).

Vladimir Jankélévitch

(1903-1985)

Ce philosophe français, spécialiste de la philosophie allemande, est aussi musicologue. Sa réflexion porte notamment sur le **devenir**, la **durée** et l'**instant** : « Nous ne vivons véritablement que parce que nous passons. »

Hans Jonas

(1903-1993)

Ce philosophe allemand est principalement connu pour son « **éthique pour l'âge technologique** » exposée dans *Le Principe responsabilité*. Jonas énonce une nouvelle obligation morale essentielle : « Agis de façon que les effets de ton action soient compatibles avec la permanence d'une vie authentiquement humaine sur Terre. » Il affirme également que la nature doit être considérée, à l'instar de l'être humain, comme une **fin en soi**.

Raymond Aron

(1905-1983)

Ce philosophe et sociologue français fonde la revue *Les Temps modernes* avec Sartre et Beauvoir. Ses travaux concernent l'**histoire** et la **politique**. Dans *L'Opium des intellectuels*, Aron critique le marxisme et analyse la fascination que celui-ci exerce sur des intellectuels comme Sartre. « Mieux vaut avoir tort avec Sartre que raison avec Aron », disait-on à l'époque (de manière très partiale).

Jean-Paul Sartre

(1905-1980)

Sartre nous apprend dans *Les Mots*, un roman autobiographique, qu'il a découvert le monde à travers les définitions des dictionnaires, entre les murs de la bibliothèque de son grand-père (chez qui il vivait avec sa mère). Comme dans la philosophie de Platon, les Idées ou les Essences précèdent donc l'existence dans son esprit. Pourtant, Sartre affirmera que pour l'homme, c'est au contraire l'existence qui précède l'essence : l'homme existe d'abord et il se définit ensuite. Il est donc libre et non prisonnier d'une nature, il se choisit lui-même par ses actes. Nous sommes ainsi entièrement **libres** et **responsables**, et seule la mauvaise foi peut nous faire prétendre le contraire. C'est ce que l'on appelle l'**existentialisme**. Sartre a reçu le prix Nobel de littérature pour *Les Mots* et l'a refusé : être nobélisé aurait signifié être enfermé dans une essence, dans une définition. Être défini, c'est être fini, c'est le contraire d'exister. C'est donc, d'une certaine façon, être déjà mort.

Emmanuel Levinas

(1906-1995)

Emmanuel Levinas est un philosophe français d'origine lituanienne. On retient généralement de sa philosophie sa réflexion sur **autrui**. À ses yeux, l'autre est d'abord un visage qui exprime le dénuement, la vulnérabilité et, par là même, une exigence morale : je suis responsable d'autrui.

Hannah Arendt

(1906-1975)

Hannah Arendt est née en Allemagne, où elle a fait ses études. Après avoir été arrêtée une première fois en Allemagne en 1933, puis une seconde fois en France en 1940, elle s'exile aux États-Unis. Arendt se veut **politologue** plutôt que philosophe. Ses travaux portent notamment sur le **totalitarisme** et l'**antisémitisme**. On retient généralement sa thèse sur la **banalité du mal** : Eichmann, le tortionnaire nazi de triste mémoire, lui apparaît non comme une bête furieuse, mais comme un petit fonctionnaire obéissant aux ordres sans se poser de questions morales.

Simone de Beauvoir

(1908-1986)

Simone de Beauvoir est une philosophe, essayiste et romancière française. Son livre le plus connu, *Le Deuxième Sexe*, fait scandale. « **On ne naît pas femme, on le devient** », déclare Beauvoir. Cette affirmation contestée est en accord avec l'**existentialisme** qu'elle défend : l'existence n'est pas déterminée par une essence ou une quelconque nature. Une « femme », par exemple, n'est pas vouée par nature à être mère, elle le choisit librement (ou pas). Sa relation avec Sartre est mythique.

Maurice Merleau-Ponty

(1908-1961)

Philosophe français de la génération de Sartre, Beauvoir et Aron (avec lesquels il codirige la revue *Les Temps modernes*), Merleau-Ponty est un représentant éminent de la **phénoménologie**, un courant philosophique fondé par Husserl qui préconise de « retourner aux choses mêmes », c'est-à-dire aux phénomènes ou au monde tel qu'il est perçu. Merleau-Ponty applique notamment la méthode phénoménologique à **autrui**. Il décrit par exemple l'expérience du dialogue comme une collaboration par laquelle les interlocuteurs « coexistent » littéralement.

Claude Lévi-Strauss

(1908-2009)

Ethnologue français, Claude Lévi-Strauss est la figure fondatrice du **structuralisme**. L'ethnologie structurale vise à dégager, sous les phénomènes de surface qui différencient les cultures, des schémas sous-jacents, comme les structures de la parenté. Strauss soutient que **toutes les cultures se valent**, qu'elles ont toutes également progressé, mais sur des chemins différents.

Simone Weil

(1909-1943)

Professeure de philosophie, cette intellectuelle française choisit de travailler en usine chez Renault pour expérimenter et partager la **condition ouvrière**. Plus tard, pendant la guerre d'Espagne, elle s'engage dans les Brigades internationales. Weil développe un **mysticisme** d'inspiration chrétienne nourri d'hellénisme.

Jeanne Hersch

(1910-2000)

Jeanne Hersch est une philosophe suisse, professeure à l'université de Genève. À ses yeux, la fonction de la philosophie est d'**éclairer l'obscur** pour rendre leur épaisseur aux êtres, à la manière d'une torche qui révèlerait la profondeur insoupçonnée d'un puits. Son œuvre concerne principalement la notion de **liberté**. Celle-ci consiste à préférer ce qui est meilleur, et non pas à faire ce que l'on veut.

Paul Ricœur

(1913-2005)

Ce philosophe français a enseigné à la Sorbonne puis aux États-Unis. Ses travaux concernent notamment l'**herméneutique** (l'art de comprendre ou d'interpréter). Ricœur estime que la lecture d'un récit (historique, romanesque, autobiographique…) donne naissance à un sens qui permet au lecteur d'élaborer l'idée qu'il se fait de lui-même. On lui doit l'idée d'**identité narrative** : je définis mon identité en me racontant.

Gertrude Anscombe

(1919-2001)

Gertrude Anscombe est une philosophe et théologienne britannique, élève de Wittgenstein. Dans l'esprit de la **philosophie analytique**, elle s'attache à ce que nous pouvons dire adéquatement des choses puisque « c'est à travers le langage et à travers les mots que nos pensées prennent corps ».

Iris Murdoch

(1919-1999)

Iris Murdoch est une écrivaine et philosophe britannique. Ses romans mêlent le **récit** et la **réflexion philosophique**. Comme Sartre (qu'elle a commenté), Iris Murdoch croit en la **contingence absolue du réel**.

John Rawls

(1921-2002)

Ce philosophe américain a été rendu célèbre par sa *Théorie de la justice*. À ses yeux, la justice requiert essentiellement un **droit égal pour tous** et le plus étendu possible à la liberté. Cela n'exclut pas l'existence d'inégalités sociales et économiques, à condition que ces dernières soient avantageuses pour la société dans son ensemble et qu'elles s'accompagnent d'une réelle égalité des chances.

Gilbert Simondon

(1924-1989)

Ce philosophe français assez peu connu a dénoncé la **technophobie** et s'est efforcé de réconcilier culture et technique.

Hilary Putnam

(1926-2016)

Ce philosophe américain est notamment connu pour avoir proposé une expérience de pensée qui transpose l'hypothèse cartésienne du **Dieu trompeur** dans le monde moderne. Putnam imagine un cerveau placé dans une cuve et connecté à un ordinateur qui lui envoie des stimuli semblables à ceux de sa vie antérieure. Quel moyen aurait-il de savoir qu'il est un cerveau dans une cuve ? Devons-nous faire confiance au témoignage de nos sens ?

Michel Foucault

(1926-1984)

Ce philosophe français est un des intellectuels les plus connus du XXᵉ siècle. Sa méthode constante consiste à retracer l'histoire (il utilise plutôt le terme d'**archéologie**) de phénomènes comme la folie, la médecine, la prison ou la sexualité. On lui doit par exemple l'idée selon laquelle le pouvoir s'exerce aujourd'hui en rendant la société transparente sur le modèle du panoptique, une architecture carcérale imaginée par Bentham au XIXᵉ siècle.

REPÈRES

Que sont les mots repères ?

• Les mots repères se retrouvent constamment dans l'étude de la philosophie. Ils accompagnent les notions et s'y réfèrent. Chacun des « couples repères » présente des distinctions lexicales qui aident à formuler rigoureusement la pensée, mais aussi des distinctions conceptuelles qui sont constitutives d'une culture philosophique élémentaire.

• Les repères interviennent de manière transversale dans l'examen des notions et l'étude des œuvres. Ce ne sont donc pas des parties de cours séparées, mais des définitions au service de toute la pensée. Il ne s'agit pas d'apprendre par cœur ces définitions et de les utiliser mécaniquement, mais d'avoir des jalons qui aident à penser.

• Les repères ne doivent pas être regardés comme des vérités gravées dans le marbre. Bien que les distinctions opérées soient très utiles, elles doivent être discutées. Par exemple, distinguer ce qui est légal de ce qui est légitime suppose qu'il existe des principes de justice supérieurs aux lois. Or, certains philosophes contestent cette thèse (voir p. 61).

• Nous définirons les couples de mots avant tout dans leurs relations. Ces repères ne sont pas des mots de vocabulaire isolés, mais des termes mis en rapport.

Absolu / Relatif

• « Absolu » dérive du latin *absolutus* qui signifie « parfait », « achevé ». « Absolu » est donc synonyme de « parfait », « total » ou « sans limites ». Par opposition, on qualifie communément de « relatif » ce qui est imparfait, incomplet ou limité. Si je dis par exemple que j'ai une confiance absolue en quelqu'un, cela signifie que cette confiance est totale, parfaite, sans limites. En revanche, une confiance seulement relative est une confiance imparfaite, limitée.

• La signification du terme « absolu » se rattache aussi au verbe *absolvere* qui signifie « parfaire », « achever », mais également « détacher », « délier » ou « séparer ». « Absolu » s'oppose donc à « relatif » comme ce qui ne dépend de rien (n'est lié à rien) s'oppose à ce qui dépend d'autre chose (est en relation avec autre chose).

• Cette distinction joue un rôle important dans la pensée philosophique. Ainsi les théologiens conçoivent-ils Dieu comme un être absolu, parfait, illimité et inconditionnel, un être dont l'existence ne dépendrait pas d'autre chose, qui n'aurait besoin que de soi-même pour exister. La distinction permet également de poser des questions relevant de la philosophie des sciences, de la morale ou de l'esthétique : le vrai, le bien, le juste, le beau peuvent-ils être absolus ou sont-ils toujours relatifs (au temps et au lieu, au point de vue, à la sensibilité ou aux goûts de chacun) ? La philosophie politique pose aussi la question de savoir si le pouvoir doit être absolu pour garantir l'ordre et la sécurité (Hobbes), ou au contraire limité pour préserver la liberté (Montesquieu).

Abstract / Concret

- « Abstrait » dérive du latin *abstrahere* (« retrancher »). L'abstraction consiste à séparer par l'esprit ce qui est uni dans l'expérience. L'esprit peut notamment distinguer l'essence d'une chose de ses accidents. Par exemple, Aristote définit l'homme comme un « animal raisonnable » (capable de raisonner et de parler). Cette définition abstraite néglige délibérément les « accidents » qui n'appartiennent pas à l'idée générale de l'homme (comme l'âge, le sexe ou les origines) pour ne retenir que les déterminations nécessaires et permanentes de l'homme (être un animal, parler, raisonner).
- Dérivé du latin *concretus* (« dru », « épais »), « concret » signifie « perceptible », « tangible » ou « réel » et s'oppose donc aux idées abstraites formées par l'esprit.
- « Abstrait » a généralement un sens péjoratif dans la langue courante. En effet, on qualifie d'« abstraites » des théories ou des idées difficiles à comprendre parce qu'elles sont trop générales et coupées de la réalité concrète, de l'expérience ou du vécu. On dit de celui qui forme ce genre d'idées qu'il se perd en abstractions. Ce reproche est souvent adressé à la philosophie, ou plus spécifiquement aux spéculations métaphysiques (concernant notamment Dieu, l'âme ou l'origine du monde), parfois par les philosophes eux-mêmes, notamment par les empiristes comme Hume.
- Mais les rationalistes comme Platon ou Descartes estiment au contraire que les idées que l'esprit forme par abstraction sont plus vraies, voire plus réelles, que ce qui est perçu par les sens. L'esprit doit alors s'arracher à la séduction des apparences sensibles (ce que l'on appelle ordinairement le « concret ») et s'exercer à former des idées abstraites pour percer la vraie nature des choses. Pour Platon, l'étude des mathématiques prépare cette conversion de l'âme. C'est pourquoi il aurait fait graver cette inscription sur le fronton de l'Académie : « Nul n'entre ici s'il n'est géomètre. »

En acte / En puissance

- Le vocabulaire de la philosophie doit cette distinction à Aristote, qui nomme « acte » ce qui existe en réalité par opposition à ce qui n'existe qu'en puissance, c'est-à-dire virtuellement ou possiblement. On peut dire par exemple qu'une statue est dans le bois *en puissance* avant que le sculpteur ne la fasse exister *en acte*, ou encore qu'un poulain est un cheval *en puissance*. Le passage de la puissance à l'acte (ou actualisation) achève l'être ou le réalise pleinement.
- Le bonheur peut être compris, dans cette perspective, comme l'actualisation ou le plein accomplissement de l'animal raisonnable (doué de la faculté de connaître) que l'homme est en puissance. Aristote conçoit donc le bonheur comme une « forme de contemplation », c'est-à-dire de connaissance. L'éducation peut aussi se comprendre comme l'actualisation d'un être qui possède la raison en puissance, c'est-à-dire comme le processus par lequel l'enfant devient adulte en accomplissant sa nature d'animal raisonnable.

Analyse / Synthèse

- « Analyse » dérive du grec *analysis*, qui désigne l'action de désagréger. L'analyse distingue, sépare ou décompose. L'analyse chimique, par exemple, permet d'identifier les composants d'une substance. La synthèse, au contraire, relie, rassemble ou compose, comme l'indique son étymologie (*sunthesis* : « poser ensemble »). Par exemple, un chimiste peut synthétiser un édulcorant ou un parfum, c'est-à-dire les produire à partir d'éléments simples. La synthèse va donc du simple au complexe, alors que l'analyse part du complexe qu'elle décompose en éléments simples.
- Ceci est vrai de l'analyse des concepts, des problèmes ou des phénomènes en philosophie. Postulant qu'il est nécessaire de rechercher la vérité avec méthode, Descartes estime qu'il faut analyser les problèmes pour les résoudre et comprendre d'abord les choses les plus simples pour avancer progressivement vers la complexité : « Diviser chacune des difficultés que j'examinerais en autant de parcelles qu'il se pourrait et qu'il serait requis pour les mieux résoudre [...], conduire par ordre mes pensées en commençant par les objets les plus simples et les plus aisés à connaître pour monter peu à peu, comme par degrés, jusques à la connaissance des plus composés. »
- La distinction des jugements analytiques et des jugements synthétiques permet à Kant de poser un des plus fameux problèmes de la philosophie des sciences : comment un jugement synthétique *a priori* est-il possible ? La proposition « Un triangle a trois côtés » constitue dans le vocabulaire de Kant un jugement analytique, puisque l'analyse du sujet (un triangle) suffit à justifier le prédicat (a trois côté). Mais une proposition comme « La somme des angles d'un triangle est égale à 180 degrés » ne peut pas se fonder sur l'analyse du concept de triangle. Or, les mathématiques ne se fondent pas non plus sur l'expérience (sur l'observation). Comment sait-on donc, et *a priori*, que la somme des angles d'un triangle est égale à 180 degrés ?

Concept / Image / Métaphore

- Un concept, c'est ce qu'on appelle communément une idée ou une notion, c'est-à-dire la représentation mentale générale ou abstraite d'une chose. Par exemple, le concept de triangle, c'est l'idée générale de triangle, c'est-à-dire l'idée d'une figure géométrique délimitée par trois droites sécantes. Les philosophes se montrent généralement soucieux de former des concepts rigoureux, définis de manière précise. Par exemple, dans les dialogues de Platon, Socrate demande souvent à son interlocuteur de définir ce dont il parle : qu'est-ce que la vertu, la piété, le beau, la justice ?
- Mais les philosophes ne dédaignent pas les images et les métaphores. Une image est ce qui évoque une réalité en raison d'une ressemblance ou d'une analogie. Par exemple, Platon compare l'âme humaine à un attelage ailé.

• On appelle plus spécifiquement « métaphore » un procédé rhétorique ou une figure de style qui consiste à désigner une chose ou idée par un mot qui désigne initialement une autre chose ou idée. Une métaphore est donc un déplacement de sens, comme l'indique son étymologie (*métaphoria* signifie « transposition » en grec). Ce déplacement est justifié par une analogie. « Le temps de notre vie est un enfant qui joue et pousse des pions », écrit par exemple Héraclite. Techniquement, on parle de métaphore quand aucun terme n'introduit formellement la comparaison (« comme », « ainsi que », « ressembler à »...).

Contingent / Nécessaire

• Est nécessaire « ce dont le contraire est inconcevable », écrit Alain. Par exemple, il est inconcevable que deux et deux ne fassent pas quatre ou qu'un phénomène se produise sans cause. On qualifie ainsi de « nécessaire » ce qui ne peut pas ne pas être ou ce qui ne peut pas être autrement.
• Les partisans du déterminisme, comme Leibniz ou Spinoza, estiment que tout est nécessaire, c'est-à-dire que ce qui existe ou se produit ne pourrait pas ne pas exister. De ce point de vue, la liberté est une illusion. Les déterministes s'opposent donc à la pensée commune, qui admet que ce qui existe aurait pu ne pas exister et que l'avenir est contingent, c'est-à-dire indéterminé (et non pas seulement imprévisible). On qualifie donc de « contingent » ce qui peut exister ou non.
• Sartre appelle « nausée » le sentiment aigu de la contingence des choses. « Possible » est parfois utilisé comme un synonyme de « contingent ».

Croire / Savoir

• « Croire » se dit communément en deux sens. Au sens faible, c'est un synonyme de « présumer ». En ce sens, je peux dire que je crois qu'il va pleuvoir. Au sens fort, « croire » signifie être persuadé qu'une chose est vraie ou réelle. C'est en ce sens que le croyant croit en Dieu. Dans les deux cas, « croire » s'oppose à « savoir » : *croire* qu'il va pleuvoir, ce n'est pas le *savoir* ; quelle que soit la force de sa foi, le croyant ne peut *croire* que parce qu'il ne *sait* pas que Dieu existe. Si on pouvait démontrer l'existence de Dieu, on *saurait* qu'il existe, de sorte que, à proprement parler, on ne pourrait plus y *croire*.
• On peut donc croire sans preuves et il serait même plus juste de dire qu'on ne peut croire qu'à condition de ne pas avoir de preuves. Savoir, au contraire, c'est posséder des preuves de ce que l'on tient pour vrai. Ce que l'on sait, on peut le justifier, le démontrer ou l'établir de manière indiscutable. Le savoir est donc l'objet d'une certitude objective. Mais que peut-on savoir ? L'homme peut-il acquérir des certitudes objectives ou faut-il douter de tout comme le soutient le scepticisme ? « Que sais-je ? » demande Montaigne.
• Si le savoir est impossible, il n'y a donc que des croyances. En effet, les théories scientifiques elles-mêmes peuvent être regardées comme des « vérités provisoires » plutôt que comme des certitudes objectives et définitives. Cela ne signifie pas que toutes les croyances doivent être placées sur un pied d'égalité. D'une part, il reste possible de les

hiérarchiser en fonction de leur degré de probabilité ; d'autre part, on peut distinguer la croyance naïve ou dogmatique de celui qui *croit savoir* ce qu'en réalité il ignore de la croyance sage et prudente de celui qui, à l'exemple de Socrate, *sait qu'il ne sait rien*. « Quand on croit de la foi la plus ferme que l'on possède la vérité, on doit savoir qu'on le croit et non pas croire qu'on le sait », écrit Jules Lequier.

Essentiel / Accidentel

- La philosophie qualifie d'« essentiel » ce qui appartient à l'essence d'une chose ou à sa nature (*essentia* en latin). Est qualifié au contraire d'« accidentel » ce qui peut être changé dans une chose sans changer sa nature. L'essence d'une chose, c'est donc ce qui fait qu'elle est ce qu'elle est. L'essence du triangle, par exemple, c'est d'être une figure géométrique à trois côtés. Celle-ci s'exprime dans une définition qui retient les déterminations nécessaires et permanentes d'une chose (avoir trois côtés dans notre exemple) et fait abstraction de ses accidents, c'est-à-dire de ce qu'elle n'est pas toujours ou nécessairement. Ainsi, être équilatéral est un accident pour le triangle, comme la taille, la couleur de la peau ou le sexe sont des accidents pour l'être humain.
- C'est cette essence, opposée aux accidents, que Socrate incite ses interlocuteurs à chercher en posant systématiquement la question « Qu'est-ce que ? » : qu'est-ce que la justice, le beau, la piété, la vertu ? Pour Platon, son disciple, les apparences sensibles, changeantes et contradictoires, ne pouvant être vraiment réelles, les essences (ou Idées), éternelles et immuables, constituent la vraie réalité. Mais ces réalités prétendument immuables existent-elles vraiment ? Héraclite estime au contraire que les choses n'existent que parce qu'elles changent, de sorte que l'être se confond avec le devenir : « Tout s'écoule. »
- La connaissance historique nous ayant habitués à considérer les choses sous l'angle du devenir, nous sommes enclins aujourd'hui à douter de l'existence de ces essences éternelles et immuables chères à Platon. Dès lors, distinguer l'essentiel de l'accidentel ne semble pas toujours pertinent. Cela a-t-il un sens, par exemple, de se demander si la beauté est essentielle à l'art ou l'égalité à la justice ? S'il n'existe aucune essence éternelle de l'art ou de la justice, ces questions ne se posent même pas.

Exemple / Preuve

- On appelle « preuve » ce qui sert à établir qu'une chose est vraie. Mais peut-on établir la moindre vérité ? Et si oui, de quelle façon ? Certains philosophes qualifiés de dogmatiques estiment que l'on peut établir des vérités certaines. Par exemple, Descartes présente ses arguments en faveur de l'existence de Dieu ou de l'immortalité de l'âme comme de véritables preuves. Les sceptiques estiment au contraire qu'on ne peut rien prouver du tout, en aucun domaine.

- La pensée commune confond parfois « exemple » et « preuve ». Or, un exemple est un cas particulier dont on ne peut tirer aucune conclusion générale. Cependant, un seul exemple *a contrario* suffit en droit à réfuter une thèse : pour réfuter la thèse selon laquelle tout ce qui est rare est cher, il suffit de donner un seul exemple du contraire.

Expliquer / Comprendre

- Les sciences de la nature, comme la physique ou la biologie, expliquent les phénomènes en les reliant à une cause ou à une loi. Par exemple, la chute des corps et la rotation des planètes s'expliquent par la loi de l'attraction universelle énoncée par Newton. Mais les sciences humaines, comme la psychologie ou l'histoire, procèdent-elles comme les sciences de la nature ? Wilhelm Dilthey estime que leurs méthodes diffèrent parce que les phénomènes naturels ne peuvent être saisis de la même manière que la vie psychique. « Nous expliquons la nature, nous comprenons la vie psychique », écrit-il. L'idée sera reformulée par Raymond Aron : « Nous expliquons la nature, nous comprenons l'homme. »
- Comprendre, c'est saisir un sens, donner une signification à un comportement, un texte, un fait historique ou social. Ce que l'on comprend serait donc relié à une intention plutôt qu'à une simple cause ou à une loi. De ce point de vue, on pourrait dire qu'un historien *comprend* la Révolution française plus qu'il ne l'*explique*. Celui-ci peut certes expliquer la Révolution, c'est-à-dire la relier à des causes (comme la famine), mais surtout, il la comprend, c'est-à-dire qu'il en saisit le sens en la reliant aux intentions des révolutionnaires : abolir les privilèges et la monarchie absolue au nom de valeurs comme la liberté et l'égalité, instaurer la République…

En fait / En droit

- Le fait se distingue du droit comme ce qui est se distingue de ce qui doit être (mais pas nécessairement). Par exemple, *en droit*, on est à l'heure à un rendez-vous, alors qu'*en fait*, on ne l'est pas nécessairement. D'un point de vue moral, le fait ne peut pas déterminer le droit. Par exemple, en fait, il est souvent vrai que le plus fort impose sa loi, mais cela ne l'autorise cependant pas à le faire en droit. Rousseau souligne que la force, étant un fait, ne donne aucun droit, de sorte que l'autorité politique ne saurait légitimement reposer sur la force.
- Kant estime, dans une perspective voisine, que la raison détermine nos devoirs *a priori*, c'est-à-dire indépendamment de ce que l'on peut observer en fait : « La raison commande par elle-même, et indépendamment de tous les faits donnés, ce qui doit avoir lieu. » Ainsi, la psychologie et la sociologie décrivent les mœurs , c'est-à-dire la manière dont nous nous comportons en fait (*de facto* en latin), alors que la morale prescrit des normes qui déterminent comment nous devons nous conduire en droit (*de jure*).

• Mais s'il n'y a rien de contingent dans la nature, comme l'écrit Spinoza, c'est-à-dire si tout ce qui se produit se produit nécessairement, la distinction du fait et du droit est-elle encore pertinente ? Quel sens y a-t-il, en effet, à affirmer que les choses devraient *en droit* être différentes de ce qu'elles sont *en fait*, si elles ne peuvent pas être différentes de ce qu'elles sont ? De ce point de vue, la sagesse consisterait à accepter ce qui est en fait, c'est-à-dire à comprendre que la réalité ne s'écarte jamais de la perfection. Cette idée soulève évidemment bien des objections.

Formel / Matériel

• On qualifie de « formel » ce qui concerne la forme distinguée de la matière, c'est-à-dire du contenu ou du fond. Le vocabulaire de la philosophie distingue notamment la vérité formelle de la vérité matérielle. La vérité formelle, c'est la cohérence de la pensée, sa validité logique indépendamment de sa matière ou de son contenu. En effet, un raisonnement peut être formellement valide (logique) alors que son contenu (les idées qu'il exprime) ne sont pas conformes au réel. C'est le cas, par exemple, du raisonnement suivant : tout ce qui est rare est cher, or un âne boiteux est rare, donc un âne boiteux est cher. D'un point de vue formel, le raisonnement est correct, alors que ce qui affirmé (la matière, le contenu, le fond) est contraire à la réalité.

• Nietzsche juge suspecte la perfection formelle des systèmes philosophiques qui, comme celui de Hegel, prétendent expliquer toute la réalité. On peut craindre que cette perfection formelle soit obtenue au prix d'une schématisation, voire d'une falsification, du réel. La « probité », comme l'écrit Nietzsche, consisterait au contraire à se rendre attentif au « texte du réel ».

Genre / Espèce / Individu

• « Genre », « espèce » et « individu » sont des concepts qui servent à classer les choses pour les rendre intelligibles, c'est-à-dire pour éclairer la réalité. Par exemple, on peut dire que Socrate est un *individu* (un être unique, différent de tous les autres) appartenant à l'*espèce* humaine, qui se distingue elle-même au sein du *genre* animal par une faculté propre à l'homme : le *logos* (la faculté de raisonner et de parler). C'est dans cette perspective qu'Aristote définit l'homme comme un animal (genre) raisonnable (différence spécifique).

• D'un point de vue théorique, on peut se demander avec Aristote si l'être d'une chose réside dans ses caractéristiques générales ou dans sa réalité individuelle et concrète : l'être de Socrate, par exemple, réside-t-il dans ses caractéristiques générales (dans son essence comme le croit Platon) ou plutôt dans son existence individuelle et concrète ? En pratique, les concepts de genre, d'espèce et d'individu peuvent s'avérer utiles quand on cherche à saisir l'essence d'une chose et à en donner une définition précise, notamment dans une dissertation. Qu'est-ce que l'homme ? Qu'est-ce que l'art, la religion, le travail ?

Hypothèse / Conséquence / Conclusion

● Dans la langue courante, le mot « hypothèse » désigne une supposition ou une éventualité. Les philosophes emploient souvent le terme dans ce sens eux aussi. Dans le vocabulaire des mathématiques, le mot « hypothèse » désigne un axiome, un postulat, une convention ou une proposition qui sert de base à une démonstration. Par exemple, le postulat d'Euclide (par un point pris hors d'une droite, on peut mener une parallèle et une seule) est une hypothèse. Dans les sciences expérimentales, comme la physique ou la biologie, une hypothèse est une explication qui n'a pas encore été soumise au contrôle de l'expérience.

● Le mot « conséquence » désigne communément la suite ou les effets d'une action. Par exemple, la morale conséquentialiste soutient qu'une action doit être jugée en fonction de ses conséquences ou de ses effets prévisibles. Dans le vocabulaire de la logique, le terme « conséquence » désigne ce qui découle d'un principe, c'est-à-dire ce qu'on peut en déduire (une déduction). En ce sens, « conséquence » peut être synonyme de « conclusion ». On parle par exemple de la conclusion d'un syllogisme. Celle-ci est nécessaire, indiscutable (dès lors qu'on a admis les prémisses du raisonnement).

● Cependant, le mot « conclusion » désigne communément, et de manière moins stricte, le jugement qu'on porte à l'issue d'un raisonnement ou d'une analyse. En ce sens, une conclusion reste discutable. Par exemple, on peut constater que le droit varie en fonction des pays et des époques, mais faut-il en tirer la conclusion que rien n'est juste ou injuste ?

Idéal / Réel

● On qualifie d'« idéal » ce qui, en raison de sa perfection, existe seulement à la manière d'une idée (*idea* en latin) pour un esprit. « Réel » qualifie au contraire ce qui existe à la manière d'une chose (*res* en latin), donc ce qui existe effectivement (en dehors de l'esprit). C'est en ce sens qu'on peut dire que les objets mathématiques (les nombres ou les figures géométriques) sont des objets idéaux (et non réels) : un point mathématique, par exemple, est un lieu idéalement précis et sans extension. Il se distingue en cela d'un point réel, comme celui qu'un professeur de mathématiques peut tracer à la craie. Mais Platon estime que les Idées, parfaites et immuables, sont plus réelles que les choses sensibles, parce que ces dernières ne sont que des apparences changeantes et contradictoires. De ce point de vue, la vraie réalité serait donc, paradoxalement, idéale.

● D'un point de vue moral et politique, on peut estimer que l'action doit être guidée et stimulée par des idéaux comme la Justice. Platon conçoit par exemple une « Cité parfaite » (une société idéale) dans laquelle des rois philosophes feraient régner la justice. Mais Machiavel critique cet idéalisme politique et entend fonder sa propre philosophie sur une connaissance du comportement de l'homme réel et des conditions réelles de l'exercice du pouvoir.

• Plus radicalement, Nietzsche dénonce ce qu'il appelle le « nihilisme », c'est-à-dire la dévalorisation du réel par l'idéal. En dénigrant le réel, les conceptions idéales de Platon, de la morale ou de la religion nous empêcheraient de l'aimer. La joie, au contraire, dit oui à la vie réelle avec tout ce qu'elle comporte de négativité, d'imperfections et de souffrances, oui à la vie aimée au point qu'on puisse accepter son éternel retour.

Identité / Égalité / Différence

• L'identité, c'est le caractère de ce qui est en tout point le même. Leibniz affirme qu'il n'existe pas deux être identiques dans l'Univers, que chaque être est unique, différent de tous les autres et identique seulement à lui-même. Mais on peut se demander ce qui fait l'identité des choses et des personnes si tout change, si « tout coule » comme l'affirme Héraclite : dans ce cas, rien ni personne ne demeurerait alors identique à soi-même. C'est ce raisonnement qui conduit Hume à mettre en question l'existence d'un moi identique à lui-même à travers le temps.

• D'un point de vue moral et politique, l'égalité (du latin *aequalis* : « de même niveau ») se distingue clairement de l'identité en cela qu'elle n'exclut en rien la différence. En effet, dans l'idéal démocratique, les différences (culturelles, ethniques, économiques…) n'empêchent nullement les hommes d'être égaux en dignité et en droit.

• D'un point de vue anthropologique, on peut toutefois souligner avec Lévi-Strauss la difficulté que les hommes éprouvent communément à se regarder comme des égaux malgré leurs différences ethniques et culturelles.

Impossible / Possible

• On qualifie de « possible » ce qui est concevable, c'est-à-dire conforme aux lois logiques ou aux lois de la nature (les lois établies par les sciences comme la physique). Le possible, c'est donc ce qui peut exister, ce qui existe peut-être ou pourrait exister un jour. Par exemple, l'existence d'une vie extraterrestre est possible : l'idée n'est ni logiquement inconcevable, c'est-à-dire contradictoire, ni contraire aux lois établies par la physique, la chimie ou la biologie. En revanche, un cercle carré est impossible, c'est-à-dire inconcevable.

• Mais ce qui est illogique ou contraire aux lois établies par les sciences doit-il être tenu pour impossible absolument ? Pourquoi le réel devrait-il se conformer aux lois de la logique ? La vérité scientifique est-elle une vérité absolue ? N'est-il pas plus prudent de dire que certaines choses sont impossibles au regard des lois, de la logique humaine ou de nos connaissances actuelles ?

Intuitif / Discursif

- L'adjectif « intuitif » qualifie ce qui relève de l'intuition (du latin *intueri* : « regarder attentivement »), c'est-à-dire une manière de connaître qui diffère du raisonnement. « Discursif » désigne au contraire ce qui relève du « discours », c'est-à-dire du raisonnement.
- Alors que le raisonnement et la pensée discursive procèdent par étapes, comme dans une déduction logique, une démonstration mathématique ou une argumentation philosophique, l'intuition se définit au contraire comme une connaissance immédiate. L'intuition, c'est, en d'autres termes et comme l'étymologie le suggère, ce que je vois immédiatement par l'esprit. Par exemple, le *cogito* cartésien (« Je pense donc je suis ») est une intuition intellectuelle et non la conclusion d'un raisonnement : je sais de manière immédiate et intuitive que j'existe en tant que chose pensante. En revanche, la démonstration de l'existence de l'âme (que Descartes appuie sur la certitude intuitive du *cogito*) relève de la pensée discursive.
- Chez Bergson, l'intuition s'oppose aux mots ou aux concepts qui, en raison de leur généralité, ne permettent pas de connaître les choses dans leur singularité. Il la définit comme une « espèce de sympathie intellectuelle par laquelle on se transporte à l'intérieur d'un objet pour coïncider avec ce qu'il a d'unique et d'inexprimable ».
- La distinction *intuitif / discursif* permet de résoudre des problèmes relevant de la philosophie de la connaissance. Par exemple, les sceptiques estiment qu'on ne peut rien démontrer parce que toute démonstration repose sur des principes par définition indémontrables. On peut résoudre ce problème en considérant que les principes qui fondent nos connaissances (les postulats mathématiques, par exemple) relèvent de l'intuition. L'existence même d'une pensée intuitive reste cependant discutable.

Légal / Légitime

- « Légal » et « légitime » dérivent du latin *lex* (« loi ») et qualifient ce qui est conforme à la loi. On peut cependant distinguer ce qui est légal, c'est-à-dire conforme aux lois en vigueur dans un État (droit positif), de ce qui est légitime, c'est-à-dire conforme à la vraie justice, éternelle et universelle (droit naturel).
- « Il y a une loi vraie, droite raison, conforme à la nature, diffuse en tous, constante, éternelle [...] ; elle n'est pas autre à Rome ou à Athènes ; elle n'est pas autre aujourd'hui que demain ; mais loi une, et éternelle, et immuable, elle sera pour toutes nations et de tout temps », écrit Cicéron. C'est, par exemple, au nom de cette loi naturelle qu'Antigone désobéit au décret de Créon pour donner une sépulture à son frère. Son acte est légitime, mais illégal.
- La distinction *légal / légitime* est discutable : elle pose la question de savoir s'il existe une « vraie justice », indépendante des temps et des lieux, des coutumes et des lois. Ce problème sous-tend un certain nombre de sujets de dissertation classiques. Suffit-il, pour être juste, de se conformer aux lois et aux coutumes de son pays ? Ce qui est légal est-il nécessairement légitime ? A-t-on le droit de désobéir à la loi ?

Médiat / Immédiat

• On qualifie d'« immédiat » ce qui est direct, sans intermédiaire. Par exemple, l'intuition serait une connaissance directe ou immédiate, quelque chose comme une vision directe ou immédiate du réel. On qualifie au contraire de « médiat » ce qui est indirect, ce qui comporte un intermédiaire, une médiation. La pensée discursive (le raisonnement), qui procède par étapes et au moyen de concepts, est une connaissance indirecte ou médiate.

• La distinction *médiat / immédiat* permet notamment de poser des problèmes relevant de la théorie de la connaissance : connaissance de soi, des autres et des choses. Descartes estime par exemple que nous connaissons immédiatement toutes nos pensées. « Par le mot de penser, j'entends tout ce qui se fait en nous de telle sorte que nous l'apercevons immédiatement par nous-mêmes », écrit-il. Freud estime au contraire que la plupart de nos pensées sont inconscientes et ne peuvent être connues que de manière indirecte ou médiate, notamment grâce à l'analyse de nos rêves.

Objectif / Subjectif / Intersubjectif

• On qualifie d'« objectif » ce qui est fidèle à l'objet, c'est-à-dire au réel. Par opposition, « subjectif » se dit de ce qui est ressenti, perçu ou conçu par un sujet d'une manière qui lui est propre. Par exemple, l'historien est censé être objectif, c'est-à-dire qu'il doit concevoir une représentation du passé fidèle, exacte et impartiale. Mais selon Rousseau, « il s'en faut bien que les faits décrits dans l'histoire soient la peinture exacte des mêmes faits tels qu'ils sont arrivés : ils changent de forme dans la tête de l'historien, ils se moulent sur ses intérêts, ils prennent la teinte de ses préjugés ». Le philosophe estime donc que l'historien est souvent subjectif ou qu'il manque d'objectivité.

• Plus radicalement, on peut se demander s'il est possible d'atteindre une vérité objective, impersonnelle ou universelle. « L'homme est la mesure de toutes choses », dit Protagoras. Autrement dit, la seule vérité possible résiderait dans les sensations de chacun, dans ses impressions subjectives.

• On qualifie d'« intersubjectif » ce qui concerne la relation entre les sujets, c'est-à-dire entre les personnes. Par exemple, Kant estime que l'interdit du mensonge rend possible la communication intersubjective, c'est-à-dire entre les sujets.

Obligation / Contrainte

• Les termes « obligation » et « contrainte » sont communément perçus comme des synonymes. Pourtant, alors que la contrainte s'exerce de l'extérieure et s'oppose à ma volonté, l'obligation semble au contraire s'imposer de l'intérieur et par ma propre volonté.

● Raisonnons à partir d'un exemple emprunté à Rousseau : vous êtes agressé par un brigand au coin d'un bois qui vous contraint de lui donner votre bourse. À l'évidence, il ne s'agit pas d'une obligation morale ou d'un devoir : « Céder à la force est un acte de nécessité, non de volonté. » Imaginons maintenant que vous soyez témoin d'une agression : vous n'êtes pas *contraint* de porter secours à la victime ; en revanche, la morale et la loi vous y *obligent*. En termes kantiens, l'obligation (ou le devoir) relève de l'autonomie, c'est-à-dire de la loi (*nomos* en grec) que l'on se donne à soi-même, alors que la contrainte est une force extérieure contraire à ma volonté.
● Cette distinction reste cependant discutable, puisqu'on peut estimer que l'obligation n'est rien d'autre qu'une contrainte intériorisée au cours de l'éducation. Par exemple, les interdits et les injonctions parentales intériorisés, qui constituent ce que Freud appelle le surmoi, peuvent être regardés comme des contraintes intérieures.

Origine / Fondement

● Dérivé du latin *origo*, le mot « origine » désigne le commencement, la cause, la création, la naissance ou la genèse. Découvrir l'origine d'une chose, c'est donc l'expliquer.
● Dérivé du latin *fundare* (« bâtir », « asseoir solidement un édifice »), le mot « fondement » désigne plutôt ce qui justifie une chose, ce qui permet de la légitimer, sa raison d'être ou le principe sur lequel elle repose. La recherche du fondement relèverait ainsi de la philosophie plutôt que de la science. Par exemple, Rousseau se demande quel est le fondement de la société et de l'autorité politique. Or, il ne s'agit pas tant pour lui de découvrir l'origine de la société et de l'autorité politique (la cause qui expliquerait leur naissance) que de les légitimer en identifiant leur fondement : le contrat social, soit un pacte tacite par lequel les hommes s'engagent à se plier à la volonté générale.
● Chercher un fondement, c'est donc chercher à justifier ou à légitimer un phénomène. C'est, autrement dit, chercher le pourquoi ou la raison d'être des choses. Chercher l'origine, c'est au contraire contester la valeur d'une chose en montrant justement qu'elle est sans fondement. Ainsi Nietzsche ne cherche-t-il à établir la généalogie de la morale que pour en saper le fondement : la morale naîtrait de l'amertume et de la rancœur des faibles et procéderait ainsi de la haine de la vie. L'idée même de fondement est discutable : nos certitudes, nos valeurs, nos actes ont-ils un fondement indiscutable ou seulement une origine ?

Persuader / Convaincre

● Persuader ou convaincre, c'est, dans les deux cas, amener quelqu'un à penser, à vouloir ou à faire quelque chose, mais par des moyens différents. Persuader quelqu'un, c'est jouer sur ses sentiments, ses désirs ou ses craintes. Convaincre quelqu'un, c'est s'adresser à sa raison.

• Persuader est souvent associé à la rhétorique, à l'art oratoire et à ses artifices, alors que la philosophie prétend convaincre grâce à des arguments rationnels. Platon a ainsi combattu les sophistes et les orateurs qui ne cherchent, selon lui, qu'à séduire leur auditoire par des discours habiles. Cette condamnation de la persuasion repose sur l'idée qu'il y a une vérité fondée en raison dont on peut convaincre autrui. Mais s'il n'y a que des opinions fondées sur des impressions subjectives, comme l'affirme par exemple le sophiste Protagoras, la parole ne peut servir qu'à défendre le point de vue et les intérêts de celui qui parle.

Principe / Cause / Fin

• « Principe » vient du latin *principium* (« commencement »), lui-même dérivé de *princeps* (« prince »), titre porté par les empereurs romains. « Principe » désigne donc ce qui est premier, par opposition aux conséquences (du latin *consequi* : « suivre », « venir après ») qui découlent des principes. Si les conséquences sont justifiées par les principes, les principes, étant par définition premiers, ne peuvent être déduits d'autre chose et ainsi démontrés. Les sceptiques, comme le souligne Pascal, en concluent qu'il n'y a rien de certain. Mais on peut aussi considérer que les principes sont tellement clairs et évidents qu'on ne peut en douter : c'est par exemple le cas des axiomes mathématiques ou du *cogito* cartésien (« Je pense donc je suis »).

• Dans le contexte de la philosophie morale, le mot « principe » désigne une règle fondamentale que l'on devrait toujours respecter, quelles qu'en soient les conséquences. Par exemple, pour Kant, dire la vérité est un devoir formel, une règle qui n'admet aucune exception, « quelque grave inconvénient qui puisse en résulter ».

• On appelle « cause » ce sans quoi une chose ne pourrait exister. Par exemple, la pluie n'existerait pas sans les nuages. La « fin », c'est le but, ce en vue de quoi la chose existe. Mais la pluie a-t-elle une fin, un but ? C'est ce qu'estiment les partisans du finalisme comme Aristote. Aux yeux de ce dernier, connaître une chose, c'est d'abord connaître sa fin, sa raison d'être, dans un univers où rien n'existe sans raison. La science moderne se limite au contraire à identifier les causes des phénomènes naturels : la pluie existe-t-elle pour faire pousser les plantes ? La science ne peut pas l'affirmer et ne s'en soucie pas. Tout ce qu'elle sait, c'est que les nuages causent la pluie, qui cause à son tour la croissance des plantes. La philosophie, au contraire, s'interroge souvent sur le but, la fin ou le sens des choses : le sens de la vie, la fin de l'histoire, la fonction de l'État…

Public / Privé

• On qualifie de « public » ce qui concerne tout le monde, ce qui appartient ou est accessible à tous. Le terme « privé » désigne au contraire ce qui ne concerne qu'une seule personne, ce qui appartient ou n'est accessible qu'à une personne (ou à certaines personnes). Par exemple, un bien public appartient au peuple ou à l'État, alors qu'un bien privé appartient à une personne (ou à un groupe de personnes).

• La distinction *public / privé* permet de clarifier des questions d'ordre psychologique, moral ou politique. Par exemple, on peut se demander dans quelle mesure ce que nous vivons dans l'intimité de notre conscience peut ou doit être rendu public. Dans le domaine économique et politique, Marx prône l'abolition de la propriété privée des moyens de production, responsable à ses yeux de l'exploitation du prolétariat. D'une manière plus générale, on peut s'interroger sur le rapport que l'intérêt public entretient avec les intérêts privés. « Tout en ne cherchant que son intérêt personnel, chaque individu travaille souvent d'une manière bien plus efficace pour l'intérêt de la société que s'il avait réellement pour but d'y travailler », estime Adam Smith.

Ressemblance / Analogie

• La langue courante tend à confondre « ressemblance » et « analogie ». Cependant, la ressemblance (du latin *similis* : « semblable ») concerne des choses qui présentent des similitudes évidentes, alors que l'analogie relie les choses de manière plus complexe. Le mot « analogie » dérive du grec *analogia* qui désigne la proportion mathématique, c'est-à-dire une identité de rapport ou de proportion. Par exemple, 1/2 = 2/4. Mais l'analogie ne concerne pas seulement les mathématiques. Si Baudelaire évoque « l'automne des idées », c'est par analogie : la vieillesse est à l'esprit ce que l'automne est à la nature.
• Dans la philosophie, l'analogie est utilisée pour illustrer une idée ou pour raisonner. Par exemple, dans *La République*, Platon comprend la justice dans l'âme par analogie avec la justice dans la Cité : la justice règne dans la Cité quand les rois philosophes, secondés par les gardiens, gouvernent le peuple ; elle règne dans l'âme quand la raison, secondée par le cœur, gouverne les passions. L'analogie est un moyen de raisonner fructueux mais incertain : le peuple doit-il être soumis aux philosophes comme les passions doivent l'être à la raison ?

Théorie / Pratique

• « Théorie » dérive du grec *theôria* (« contemplation »). « Pratique » est tiré du grec *praktikos* (« actif », « efficace »). La théorie s'oppose donc à la pratique comme la pensée peut s'opposer à l'action. On admet communément que ce qui est vrai *en théorie* ne l'est pas (ou pas toujours) *en pratique*. Cela signifie que la théorie est trop générale et abstraite pour s'appliquer à la réalité concrète et singulière. Cet écart entre théorie et pratique est réduit dans les sciences appliquées qui s'efforcent de prendre en compte la complexité du réel. « Il est évident qu'entre la théorie et la pratique, il doit y avoir encore un intermédiaire qui forme le lien et le passage de l'une à l'autre », écrit Kant.
• Le pragmatisme de William James efface cette distinction entre théorie et pratique en faisant de l'efficacité le critère de la valeur des idées : celles-ci ne sont pas vraies dans l'absolu, mais seulement parce qu'elles permettent d'agir adéquatement sur le réel.
• Dans le domaine moral, on peut aussi se demander si ce qui est vrai en théorie, c'est-à-dire « en principe », s'applique à tous les cas particuliers et en toutes circonstances.

Transcendant / Immanent

- « Transcendant » dérive du verbe latin *transcendere*, qui signifie « monter » (*scandere*) en passant « au-delà » (*trans*). Dans son usage le plus commun, le verbe « transcender » renvoie à l'idée de dépasser une limite, de surpasser ou de se surpasser (« se transcender »). Dans le vocabulaire de la philosophie, « transcendant » désigne ce qui est au-delà ou au-dessus du monde, d'une autre nature ou d'un tout autre ordre.
- Du latin *immanere* (« demeurer dans »), « immanent » s'oppose à « transcendant » comme l'intérieur s'oppose à l'extérieur. Au contraire du christianisme, du judaïsme ou de l'Islam, qui voient en Dieu un être transcendant et extérieur au monde, Spinoza estime que Dieu est la cause immanente du monde et se confond donc avec lui. « *Deus sive Natura* », écrit-il en une formule demeurée célèbre. Cela signifie que Dieu et la Nature (le monde) sont équivalents à ses yeux.

Universel / Général / Particulier / Singulier

- « Universel » se dit d'abord de ce qui s'étend à tout l'Univers. C'est en ce sens que l'on dit que Newton a découvert la loi de l'attraction universelle. « Universel » qualifie ensuite ce qui s'étend à tous les esprits. Les philosophes se demandent par exemple s'il existe une vérité universelle, c'est-à-dire valable en tout temps, en tout lieu et pour tous les hommes. Enfin, on qualifie d'« universel » ce qui s'étend à toute une classe d'objets. Par exemple, « Tous les hommes sont mortels » est une proposition universelle.
- « Général » peut être synonyme d'« universel ». Cependant, on qualifie aussi de « général » ce qui est vrai dans la plupart des cas, abstraction faite des cas particuliers.
- « Particulier » désigne, dans le vocabulaire de la logique, ce qui n'appartient pas à tous les individus d'une classe. Par exemple, être petit, blond ou barbu sont des caractéristiques particulières que ne présentent pas tous les individus de la classe homme.
- « Singulier » désigne ce qui est unique, propre à un individu ou parfois ce qui est rare et surprenant. Bergson souligne que chacun de nous a sa manière singulière d'aimer ou de haïr, que les mots ne peuvent pas exprimer fidèlement en raison de leur généralité.

Vrai / Probable / Certain

- On qualifie de « vrai » ce que l'on juge conforme au réel (vérité matérielle) ou logiquement rigoureux (vérité formelle). « Probable » se dit de ce qui peut être vrai ou de ce qui semble vrai sans qu'on puisse en être certain. On qualifie enfin de « certain » ce dont on ne peut pas douter, ce qui s'impose de manière indiscutable.
- Mais peut-on atteindre une vérité certaine ? Les sceptiques estiment qu'on ne peut rien savoir avec certitude. Les probabilistes soutiennent que l'on peut atteindre des vérités plus ou moins probables ou vraisemblables. Les dogmatiques croient, quant à eux, pouvoir établir des vérités certaines.

Repères

INDEX DES AUTEURS